Narratori Feltrinelli

Domenico Dara
Liberata

Pubblicato in accordo con Piergiorgio Nicolazzini Literary Agency (PNLA)

Prima edizione ne "I Narratori" agosto 2024

Stampa Grafica Veneta S.p.A. di Trebaseleghe - PD

ISBN 978-88-07-03614-9

FSC
www.fsc.org
MISTO
Carta | A sostegno della gestione forestale responsabile
FSC® C021883

GRAFICA VENETA
CARBON NEUTRAL

Questo libro è stampato da Grafica Veneta S.p.A.
con un processo di stampa e rilegatura certificato 100% carbon neutral
in accordo con PAS 2060 BSI

Liberata

Alle mie
Maya e Aurora

Il mio destino ha un cuore antico

"Idillio", Mensile di fotoromanzi e attualità
Anno XIII, nr. 301, Sped. abb. post. Gr. III – 70, 84 pagine, 250 lire

Credeva a tutto quello che non si vede. Credeva al destino già scritto, all'anima che vive dopo la morte, al malocchio che colpisce, all'invidia che affama, a certi pensieri che spostano gli oggetti, alle voci dei defunti, ai sogni che si avverano, al potere misterioso della luna, alle vite che non sono accadute ma che lo stesso ci perseguitano.

Sua madre la biasimava per questo, e lei avrebbe voluto risponderle proprio tu parli, proprio tu che credi in Dio al di sopra di ogni cosa, l'incorporeo per eccellenza. Ma evitava di discutere con chi sapeva solo sprofondare nel silenzio, immusonirsi, voltare le spalle e lasciarla con le parole che le morivano in bocca.

"Oggi inizia il mese benedetto," le disse la madre mentre s'inspallava lo scialle per andare alla messa delle nove. Chiamava a quel modo il periodo di cinquanta giorni che precedeva l'Esposizione della Sacra Reliquia. "Potresti farlo uno sforzo per il Santo."

Sua madre credeva in Dio e soprattutto nei suoi messaggeri in terra.

"Non per me, che io sono a posto, ma per te, non si sa mai possa miracolarti," concluse chiudendosi dietro la porta.

Non le rispose. Ignorava di quali miracoli abbisognasse, a quale delle tante mancanze che la madre le elencava si riferisse: forse non avere la testa a posto, forse non essersi ancora trovata un uomo.

Alzò le spalle e si mise a spolverare. Non aveva uno schema preciso; per un periodo aveva seguito l'ordine alfabetico: bagno, camere, corridoio, cucina. S'inventava sequenze diverse. Quella mattina sarebbe andata da sinistra a destra: cucina, camere, bagno, corridoio. Il soggiorno però, il più importante, sempre per ultimo: col piumino di penne di tacchino che adoperava soltanto per i fotoromanzi impilati sul tavolo: "Idillio", "Grand Hotel", "Sabrina", "Letizia", "Charme", "Marina", "Jacques Douglas", "Lucky Martin". Solo gli ultimi numeri del mese: tutti gli altri conservati come ostie in ogni luogo chiuso: cassetti, armadi, comò. Li spolverava con delicatezza, soprattutto quando passava intorno ai volti, soprattutto se erano primissimi piani, soprattutto se c'era lui in copertina, bello di una bellezza che non poteva essere di questo mondo, che ogni volta non riusciva a non fissarlo negli occhi, così tanto che talvolta le sembrava le palpebre si muovessero, il sorriso si pronunciasse, che insomma prendesse vita. C'erano giorni, momenti, attimi, in cui addirittura lo sentiva parlare, come a darle il buongiorno, e faceva echeggiare la sua voce più a lungo possibile, come a riempire tutti i vuoti accumulati in corpo e anima nei secoli dei secoli.

Prese in mano "Idillio", *Il mio destino ha un cuore antico*.

In copertina, Franco Gasparri era abbracciato a Katiuscia.

La invidiava, come ogni donna fotografata al suo fianco, per non dire di quelle che lo baciavano, che a volte andava in bagno, davanti allo specchio, e cercava di assumere la stessa posizione, guardando e riguardando la pagina appoggiata sul marmo come un manuale delle istruzioni sulla vita, piegava il capo allo stesso modo, si sistemava sulla guancia la medesima ciocca di capelli, e quando le sembrava finalmente di essere una copia respirante di quell'icona, protendeva le labbra, chiudeva gli occhi e si baciava l'incavo della mano tra pollice e indice fingendo fosse la bocca di lui. E nei momenti di maggiore malinconia si sfiorava addirittura la pelle con la punta della lingua, quella ricettiva, quella che accoglie dall'esterno i sapori del mondo ma anche le sue assenze.

Si sedette a sfogliare una storia che conosceva a memoria,

a guardare fotografie già viste, a rileggere parole soppesate decine di volte, a immaginarsi là dentro, tra cornici squadrate e ordinate, una vita in bianco e nero che era in ogni caso più colorata della sua.

"Come hai fatto a intuire la verità?"
"È stato un momento. Come un lampo."
"Non ci credevi..."
"Ho sempre pensato che stare sola fosse il mio destino."
"Prima di conoscermi..."
"Prima di conoscerti..."
Lo guardò negli occhi, avida di sentire le sue labbra addosso. Lui la strinse forte a sé:
"Ora basta. Proviamo a dimenticare il passato".

Suonarono alla porta. Era sola in casa. Guardò dalla finestra, di solito cercavano suo padre per lavoro e non aveva voglia di rispondere. Ma riconobbe subito la giacca fucsia.

"Scommetto che stavi leggendo."

"Veramente spolveravo."

"E adesso smetti subito. Vieni con me." Giuditta, la sua unica amica, era agitata.

"Dove?"

"La maga, quella che legge le carte, è ritornata."

"Ma è domenica..."

"C'è anche oggi. Devo parlarle, e tu mi accompagnerai."

Liberata la guardò stranita.

"Non ti ricordi?"

Dimenticava tutto. Quando glielo facevano notare si sentiva in colpa di avere una testa fatta a quel modo, forata e tarlata.

"Te l'avevo detto, mi ero fatta leggere le carte per Fortunato. Aveva previsto delle cose e ha indovinato tutto. Tutto. Per filo e per segno. E adesso ho bisogno di chiederle altro. Dai, vieni con me, fai presto."

Indossò il cappottino grigio e uscirono.

"È successo quello che aveva previsto. Sembra impossibile. Vorrei avere io questo potere di leggere il futuro!"

"Sei sicura?"

"In che senso?"
"E se poi non ti piacesse?"
Non faceva freddo per essere una giornata di fine aprile, ma Liberata si era abbottonata lo stesso fino al collo.
"Che dici, Liberà?"
"Pensaci. Non sarebbe peggio vedere il futuro e non trovarci quello che ti aspetti? Neanche la speranza ti resterebbe più."
"Le tue frasi da fotoromanzo! A proposito, hai visto l'ultimo numero di 'Marina'?"
"Ancora!"
"Ma come fai a dire che non è il più bello?"
"Come tanti altri."
La prese a braccetto e si strinse a lei come a cercare una maggiore complicità.
"Ma hai visto che occhi verdi? Ho appeso il suo poster sull'armadio. Franco Dani è il più bello di tutti!"
Liberata fu distratta da un profumo di braciole di patate: il vero annuncio della primavera, per lei, erano le finestre spalancate e i balconi aperti.
"Solo il nome ha di bello," rispose, tanto sapeva che a Giuditta piaceva per quella fossetta pronunciata che lo assomigliava a Fortunato.
"Dove sta la maga?"
"Di fronte alla pasticceria di Damiano."
Per tutta la strada, Giuditta le raccontò che non credeva a queste cose, ma era arrivata al limite, e se non avesse trovato una risposta sarebbe uscita di testa, che proprio Fortunato non lo capiva, che un giorno la voleva e un altro nemmeno la salutava, e lei non sapeva cosa fare. E la cartomante glielo aveva detto, che nelle carte si vedeva che in realtà lui la voleva, che il suo cuore batteva per lei, ma che aveva un carattere fatto maschio, aveva detto proprio così, fatto maschio, e gli piaceva essere adulato. "E io cosa devo fare?" aveva detto Giuditta, "La stessa cosa, che anche noi abbiamo un cuore maschio, se vogliamo" era stata la risposta della cartomante, "e tu devi farglielo conoscere." E così aveva cominciato lei a non guardarlo, a non affacciarsi sulla porta del negozio quando sfrecciava con

l'auto, a parlare più a lungo con qualche cliente bello ed elegante. Tutto era andato come previsto: Fortunato la cercava e la guardava e salutava come accorato, e si era persino lamentato che si vedevano poco. Giuditta era soddisfatta.

"E allora perché torni da lei?"

"Per sapere come comportarmi adesso."

Passarono a fianco della cabina telefonica della Castagnaredda.

Un uomo di spalle parlava animatamente. Quando si voltò, Liberata riconobbe il forestiero che da qualche giorno si aggirava per il paese. I loro sguardi s'incrociarono. Lo vide mettere giù la cornetta e cercare qualcosa in tasca.

"Cosa c'è?" chiese l'amica.

"Niente," ripose Liberata.

Dopo qualche metro si voltò, l'uomo era ancora fermo dentro la cabina. Giuditta la tirò per il braccio e attraversarono veloci la strada.

Davanti alla pasticceria c'era gente e non volevano farsi vedere.

"Aspettiamo a entrare," le disse.

Si fermarono di fronte al portone di legno. L'unico segno di straordinarietà era la locandina in basso a destra appuntata con dei chiodi:

CARTOMANTE ADELE
LEGGE IL FUTURO

Qualcuno, con una penna, aveva aggiunto scritte e disegni osceni. Sul citofono a due chiamate, un'etichetta bianca con scritto solo LA MAGA. Si guardarono intorno, e quando l'ultimo cliente entrò da Damiano, Giuditta con un gesto furtivo suonò il citofono. S'infilarono dentro come mosche all'arrivo della pioggia. Sulle scale un odore d'incenso da prete benedicente. Lo studio era al primo piano, la porta socchiusa. Entrarono.

Liberata si guardò intorno cercando di riconoscere gli oggetti che poco per volta emergevano dalla penombra. L'unica luce era la lampada sul tavolo.

La maga Adele era lì, proprio come l'aveva immaginata, con i capelli raccolti sotto un foulard viola e con una coroncina di monete bronzee: in mezzo alla fronte tre puntini disegnati della stessa fattura del finto neo sopra il labbro a destra, il rossetto del medesimo colore del foulard e del vestito zingaresco. Indossava anelli colorati a tutte le dita e i polsi erano coperti di bracciali. Fece un gesto ampio ed eccessivo per invitarle a sedere, Giuditta di fronte a lei, l'amica al suo fianco.

Il mazzo di carte era al centro del tavolino, dentro un semicerchio di candele rosse. La cartomante lo prese in mano.

"Sei ritornata, vuol dire che le carte hanno avuto ragione."

"Spero continueranno ad averla."

"Le carte non sbagliano mai. Dimmi cosa vuoi sapere questa volta."

Giuditta raccontò quello che era successo fino al giorno prima.

"E adesso? Come devo comportarmi? Cosa dicono?"

Adele mischiò il mazzo per sette volte.

"Come sopra così sotto," disse, e le rovesciò una per una.

"Cosa vedete?"

Dopo sette carte si fermò. Le scrutava con attenzione. Liberata era curiosa di sentirla, lei credeva alle cose che non si vedono, anche al futuro che si manifestava a moderne sacerdotesse. Le fissò anche lei, per capire cosa potessero significare una donna seduta che tiene in mano una bilancia e una spada o un uomo appeso dai piedi.

"Prima lui e adesso tu. Tirare troppo strappa la corda. Ogni estremo deve tendere all'equilibrio, perché il rischio della fine e della rottura è più vicino di quanto possa sembrare."

Giuditta perse il buonumore con cui era arrivata:

"Mi spaventate, così".

"Le carte mostrano quello che può essere il futuro se le cose continuano in questo modo. *Se*. Ma noi possiamo cambiarle."

"Come?"

Adele appoggiò il mazzo di carte vicino alla lampada e allargò le braccia sul tavolo, come a volerle raccogliere:

"Ritorna poco per volta a essere come prima, non cercarlo tu ma quando lo fa lui non tirarti indietro, fagli capire che lo vuoi ma nello stesso tempo che ne potresti fare a meno. La vedi la bilancia? Devi trovare la giusta misura, perché così funziona tra gli esseri umani. Tutta la nostra vita consiste in questo: trovare il punto d'equilibrio. Vedrai in questo modo che il destino non ti volterà le spalle, e che tutto si metterà a posto per questa vostra storia nata tra mille difficoltà, non è vero?".

"Mille e una," confermò.

Giuditta si era già alzata dalla sedia quando la cartomante le chiese:

"E la tua amica se ne va così?".

Liberata si trovò i loro occhi addosso, e per reazione abbassò lo sguardo.

"Tu non vuoi sapere cos'hanno da dirti le carte?"

Esitò.

"Non preoccuparti per i soldi, oggi te le leggo gratis. Siediti."

Si sedette, che aveva un carattere che non solo era incapace di resistere agli ordini, ma perfino ai consigli.

"Ma io... sono sola."

"Vuoi dirmi che una bella ragazza come te non ha un fidanzato?" disse la maga mischiando le carte.

Era imbarazzata.

"Come sopra così sotto," ripeté riproducendo il rito del rovesciamento.

Liberata guardò con maggiore attenzione le carte allineate una dopo l'altra sul tavolo, figure strane, un carro e una torre, stelle e luna, e poi uno scheletro che la spaventò.

La maga le scrutava con la stessa intensità:

"Sei sicura che non c'è nessun uomo?".

Assentì col capo, e anche Giuditta.

"Eppure, le carte non dicono questo. Lo vedi il Cavaliere della Fortuna?" disse mostrando con l'indice inanellato la seconda carta.

Liberata pensò a Franco Gasparri. In fondo Adele aveva ragione, lui c'era nella sua vita, in ogni parte del suo corpo, c'era come nessun altro uomo in carne e ossa avrebbe potuto esserci, che poi cos'era questa invenzione umana dello spazio, della presenza, del contatto, che forse non erano più vicini loro di quanto avrebbero mai potuto esserlo Giuditta e Fortunato? Non aveva mai baciato nessuno, è vero; solo una volta, quasi, all'uscita di scuola, Leone l'aveva aspettata e le aveva chiesto un bacio, e dentro di sé aveva acconsentito perché non era brutto e perché era ancora l'unica della classe a non averlo fatto, e allora si era allungata verso di lui ma poi, quando stava per sfiorarlo, aveva sentito un odore, anche adesso che ci ripensava non avrebbe saputo definirlo con esattezza, una disturbanza che l'aveva fatta ritrarre subito e correre verso casa, quell'odore che nella sua testa divenne l'odore della realtà, del compromesso, un sentore di pelle e terra, di guastamenti, di piccoli gesti quotidiani, mentre invece i baci non devono avere odori, che la vita d'ogni giorno deve restare fuori dalle labbra che si sfiorano, e un bacio deve farci dimenticare chi siamo, la vita che viviamo.

Forse Leone, il figlio del bidello, la pensava ancora, forse non si era mai dimenticato di lei.

La maga la fissò, e solo allora Liberata si accorse dei suoi occhi verdi.

"C'è qualcosa che non torna," disse con tono grave e sincero.

Prese il mazzo che aveva messo da parte e girò un'altra carta, l'uomo appeso che Liberata aveva visto prima.

Adele ritornò a guardarla con uno sguardo sospeso, carico di parole che non pronunciava ma che lasciavano fra loro come un richiamo.

Raccolse le carte senza dire più niente.

"A me anche la prima volta mi ha fatto pagare," protestò Giuditta, urtata, mentre scendevano le scale.

"Aspetta un attimo," disse Liberata appena fuori dal portone.

In pasticceria c'era poca gente, nessuno in giro.

"Cosa devi fare?"

Prese dalla borsa la Polaroid.
"Pure qui?"
Inquadrò la locandina col nome della maga al centro e scattò. La foto fuoriuscì, prima un quadrato scuro, poi i colori che a poco a poco si definivano, le forme che si mostravano, e nel muoverla avanti e indietro le piacque guardare il lento emergere dell'immagine. Era sempre questione di tempo: tutto prima o poi si ricomponeva secondo la propria natura.
Rivolse un lungo sguardo a Giuditta, e la sensazione che aveva sempre avuto, che assomigliasse all'attrice Marina Santi, si rafforzò.
"Mi piacerebbe sapere cosa ne fai di queste foto," disse l'amica, esprimendo per l'ennesima volta un desiderio che non si sarebbe mai avverato.
Sono certa che rideresti di me, pensò Liberata, e questo bastava. Controllò che la fotografia si fosse asciugata e la mise in borsa.
"Allora? Andiamo?"
Come sopra così sotto. Tornando verso casa ripensò a quella frase, che certo aveva a che fare col cielo, e immaginando cosa potesse accomunare gli uomini e le stelle, guardando in alto e sperando di vederne qualcuna, Liberata andò a sbattere contro una moto nera parcheggiata lì e che per poco non fece cadere a terra.
"Ma si può sapere a cosa stai pensando?"
Fu come se la voce dell'amica la svegliasse. Sentì un dolore forte al fianco e se lo strinse con la mano.
"Allora?"
Non disse nulla.
"Certe volte sembri proprio imbambolata," concluse Giuditta.
Imbambolata.
Che poteva essere anche un bel nome da chiamarsi, pensò.
Imbambolata.
Imbambolata Macrì.

Ognuno ha la sua isola felice

"Kolossal", Mensile di fotoromanzi
Anno IX, nr. 187, Sped. abb. post. Gr. III – 70, 82 pagine, 300 lire

Credeva alle sensazioni che increspano la pelle, alle suggestioni che ingombrano i pensieri e diventano predizioni, al futuro che si mostra nel volo degli uccelli, alla sorte dipinta sulle carte.

Risuonandole ancora in testa le parole della maga, tornata a casa andò subito in giardino.

Le piaceva trovare similitudini tra le sue giornate e le pagine dei fotoromanzi: non una storia intera, che non sarebbe mai capitata, ma particolari che accendessero fiammelle, creassero possibilità, che incrementassero il miraggio della sovrapposizione. Come se quelle pagine patinate fossero oracoli, fotografie allineate come tarocchi, che illuminavano bivi e raccontavano futuri.

Se Giuditta o sua madre l'avessero vista lì dentro, nel capanno che il padre le aveva costruito perché vi conservasse le sue collezioni, nessuno avrebbe più creduto alla storia della memoria assente. Per il mondo era così, per la sua vita, per gli anni trascorsi senza nemmeno sapere come, anni passati e basta, ma non per i suoi giornali, dei quali ricordava trama, titolo, mese, anno.

Chiusa la porta, sola col suo mondo di carta e sogni, andò verso la seconda cassa a destra e scorse le riviste fin quando non trovò quello che stava cercando, il numero 187 di "Kolossal", *Ognuno ha la sua isola felice*, pagina trentadue:

"Non ho mai creduto a queste cose."
"Ma indovina sempre!"
"E cosa ci vuole? Chi va da lei è sempre in cerca di buone notizie, e lei te le dà... a pagamento."
Non fece in tempo a rispondere che il rumore di una frenata le fece voltare.
L'uomo al volante abbassò il finestrino:
"Scusi, sa indicarmi un distributore di benzina qui vicino?".
Carla fu trafitta dalla bellezza dell'uomo e per un attimo perse le parole.
"Dietro a questa curva, in fondo alla strada," aggiunse l'amica.
La macchina ripartì velocemente, e quando la vide scomparire, a Carla per un attimo tornarono in mente le parole della cartomante, che l'amore sarebbe scoppiato all'improvviso, inatteso, esplosivo.

Lo lesse tutto, sebbene ricordasse il finale.

Chiuse la cassa, sistemò gli altri fotoromanzi ma quello lo lasciò fuori, a portata di mano, come quando si trova un guanto per strada e lo si raccoglie e lo si appoggia sulla finestra più vicina, visibile, per propiziare il ritorno della persona distratta.

Uscendo, l'effetto non svaniva, come se anche le fantasie potessero incidere la retina, al pari del sole quand'era bambina: lo fissava il più a lungo possibile, fino al punto stremo in cui gli occhi incendiavano, che poi si accampava luminoso al centro di ogni visione, persino nel buio della notte. Se la madre se ne accorgeva, ti rovini gli occhi le urlava, e le dava uno schiaffo, forte, in nome dell'antico precetto per cui è solo attraverso il dolore e la sofferenza che si impara a vivere.

Guardava il mondo che le stava intorno incasellandolo nei quadrati immaginari dei fotoromanzi: scorci, volti, particolari, racchiudeva tutto il visibile dentro un reticolo regolare e non mancava occasione, in quei momenti, di riflettersi appena possibile in una superficie limpida – lo specchietto di un'auto, il vetro di una finestra – per sentirsi anche lei in una fotografia, la comparsa di una storia che si andava scrivendo. Di solito l'effetto durava fin quando il suo sguardo non cadeva su qualcosa che rompeva l'incantesimo: un uomo vestito male, per esempio, o una bestemmia pronunciata ad alta voce: quel giorno fu lo sputo catarroso che compare Melina scaraventò sul selciato subito dopo averla incrociata.

Tutto crollò, perché nessuno sputa nei fotoromanzi.

La madre non era ancora arrivata. Visto che il pranzo andava solo scaldato, Liberata andò a vedere a che punto fosse il padre.

La sua officina era alla fine del corso. Un grande caseggiato marrone sulla sinistra. La domenica di solito non lavorava, ma doveva finire una consegna urgente.

La saracinesca era abbassata, Liberata entrò dalla porta di dietro.

Oreste Macrì stava armeggiando con un motore:

"Ho quasi fatto".

Diede un giro di cacciavite e s'infilò nell'abitacolo. Un paio di accelerate e poi lo spense, quindi uscì e chiuse il cofano.

Le sorrise, come faceva sempre.

"Finito."

Liberata lo seguì al lavandino e lo osservò riflesso nello specchio mentre si toglieva le macchie d'olio con la pasta lavamani che sembrava liquirizia. L'incipiente stempiatura lo assomigliava all'attore Paolo Lilli: gli davano sempre ruoli secondari, una comparsa silenziosa, impassibile, quasi immobile, alla stregua delle lampade o dei posacenere lasciati a caso sui tavoli. A lei facevano tristezza queste nature morte umane, e s'incantava a osservarle, in secondo piano, defilate, ad ammirare i protagonisti, immaginandone i pensieri, le delusioni, le inevitabili invidie delle comparse, cosa avrebbero fatto appena usciti dalla porta, mentre la storia principale andava avanti senza di loro, fare quello che l'umanità fa nelle sue giornate, portare le buste della spesa, discutere coi figli, lasciar cadere le calze ai piedi del letto.

"Hai poi dato un'occhiata a quelle carte?"

Liberata si occupava di tutte le pratiche dell'officina, e

adesso c'era da trovare un altro aiutante visto che Ippolito aveva avuto un incidente e forse non sarebbe più tornato.

Il lavoro aumentava e avevano bisogno di qualcuno.

"Non dovrebbero esserci problemi."

"Allora domani iniziamo."

Il padre staccò l'interruttore generale della corrente.

"Andiamo, non ho voglia di sentire tua madre lamentarsi."

Liberata sorrise e una volta per strada lo prese a braccetto.

"Io vado a casa a calmarla. Tu passi un attimo in edicola?" disse lui. "Oggi è il turno dell'*Argiope bruennichi.*"

La guardò per scorgere sul volto la reazione stupita di quando pronunciava i nomi astrusi dei suoi insetti. Gli piaceva farlo perché gli ricordava la sua faccia stupefatta di bambina, e Liberata davvero tornava indietro nel tempo a quando sentiva quelle parole incomprensibili, che le sembravano magiche come tutte le cose che non comprendeva fino in fondo.

L'edicola di Glauco era al centro della piazza.

Liberata vi passava quasi tutti i giorni poiché l'elenco delle riviste da comprare era lunghissimo. E poi c'erano anche i fascicoli del padre e della madre, che a volte l'edicolante la scherzava dicendo che anche lui era un impiegato dell'officina Macrì per quanti soldi gli lasciavano ogni settimana.

Glauco era il segretario della locale sezione del Partito comunista italiano, cosicché esponeva gli strilli dei suoi quotidiani preferiti: "il manifesto", "l'Unità", "Paese Sera". Ma quella mattina l'attenzione di Liberata fu per i titoli della "Gazzetta del Sud":

LA POLIZIA FASCISTA IRROMPE NELL'UNIVERSITÀ

MOZZATA LA TESTA DELLA MADONNA DI PORTOSALVO

In virtù della sua fede politica, nessuno avrebbe mai detto che anche a Glauco piacessero i fotoromanzi; il partito la cui missione era cambiare la società italiana non vedeva di buon occhio quelle storie lacrimevoli che distraevano dall'impegno e dalla realtà.

Lo sapeva solo lei: seduto nel suo chiosco, da cui distillava gocce di mondo e briciole d'impegno in quell'angolo di terra sconsolato, li leggeva prima di venderli, senza farsi vedere.

"È uno dei pochi vantaggi di avere un'edicola."

"Ma non farlo con i miei," gli disse Liberata il giorno in cui lo scoprì richiudere una copia di "Charme" e rimetterla nell'espositore. Non avrebbe sopportato che altre mani sfogliassero le sue pagine.

Quel giorno Glauco stava leggendo l'ultimo numero di "Kolossal", *Prigionieri di un dolcissimo amore*, con Claudia Rivelli e Kirk Morris.

"Ti piace Claudia, vero?" gli chiese Liberata notando il modo in cui osservava la copertina.

Lui esitò prima di rispondere:

"Sì".

"È bellissima!"

"Sì."

"È la tua preferita," continuò indicandogli il poster di un vecchio numero di "Darling" che aveva attaccato in un punto nascosto agli sguardi dei clienti, accanto a una locandina con falce e martello. C'erano ritratti sempre lei e Kirk Morris, una coppia fissa come Franco e Katiuscia, e le sembrava strana questa cosa che cambiavano vicende, personaggi, luoghi, ma i volti erano sempre gli stessi, e malgrado tutto ci si dimenticava delle storie appena lette, come se bastasse aprire il giornale per azzerare ogni riferimento, ogni ricordo, ogni nome. L'esistenza che ricomincia ogni volta, dimentica di quanto accaduto il giorno prima. E che bello sarebbe svegliarsi ogni mattina senza memoria, senza quei ricordi che il più delle volte ti allontanano dalla vita e te la guastano; ogni mattina aprire gli occhi e avere lo stesso volto ma chiamarsi in un altro modo, parlare un'altra lingua, abitare in un altro luogo. Ogni giorno svegliarsi senza la condanna di vivere ciò che si è diventati vivendo.

"Non ci fanno bene questi fotoromanzi, a noi."

"No," rispose l'edicolante alzando gli occhi sulla strada e vedendo sfilare davanti a sé la stessa umanità che incrociava da quando era nato.

"Ma io ormai sono andato," riprese, "tu invece sei giovane e bella, a te potrebbe capitare in ogni momento."

La voce malinconica di Glauco ricordò a Liberata che lui non si era mai sposato. Diceva che doveva prendersi cura della sorella maggiore, che in paese si sussurrava avesse la testa debole.

"Mi dai il fascicolo di mio padre?"

"Eccolo, insieme alle riviste per tua madre che ieri non avevo fatto in tempo a scartare."

Gli porse i soldi e andò verso casa.

Alla fine della strada Liberata si fermò, si voltò, prese la Polaroid dalla borsa e fotografò l'edicola solitaria.

Guardò nella buca delle lettere. Vuota. Era domenica e sapeva che il postino non era passato, ma guardò lo stesso, per quell'assurda convinzione, quando si desidera troppo qualcosa, che almeno per una volta le regole del mondo possano stravolgersi.

"Tua madre non è ancora tornata," le disse Oreste, seduto sulla poltrona in cucina.

"Durante il periodo benedetto non ha orari."

Da quattordici anni, da quando cioè il nonno morente le aveva tramandato l'incarico, sua madre era Segretaria e Tesoriera della Congrega della Sacra Reliquia, compito che assolveva con scrupolo e devozione e che nel periodo che precedeva la Sacra Esposizione divenivano più gravosi. Indolente ai limiti dell'ascetismo, allorché si trattava della Congrega si trasformava in essere operoso e calvinista: non delegava niente, convinta che nessuno meglio di lei potesse assolvere gli impegni e districare le difficoltà, riflesso incondizionato del suo sentire l'umanità paesana inetta e indegna. Di questa indegnitudine, naturalmente, faceva parte Liberata.

"Vuoi che scaldi il mangiare?"

"Lascia stare, che poi chi la sente che non l'abbiamo aspettata."

In quel momento la porta si aprì e un odore di santità repressa giunse in cucina.

"Spero abbiate cominciato ad accendere il fornello," disse appendendo lo scialle.

Padre e figlia si scambiarono un cenno d'intesa.

"Ma possibile che se non ci sono io non fate niente?" continuò indossando il grembiule.

Si avvicinò ai fornelli e accese il fuoco sotto la pentola.

"Com'è andata in chiesa?" domandò Oreste.

"Quest'anno faremo le cose in grande!"

"Come ogni anno," aggiunse Liberata.

Agata la fulminò con lo sguardo, e mentre pesava la pasta calcolando la porzione in più che avrebbe portato al sacrestano, si guardò intorno alla ricerca di un pretesto per il contrattacco: "Non potevi almeno apparecchiare?".

Dopo pranzo Liberata andò in camera, impaziente di sfogliare il nuovo numero di "Marina", *Lui non sa che lo amo*, che conteneva il paginone centrale con le foto-ritratto di Michela Roc e Franco Gasparri. Si mise a fissarlo: non c'era millimetro di quel volto che portasse i segni della mortalità, dell'imperfezione del mondo, delle manchevolezze degli uomini, e si chiedeva nella sua testa perché c'era e non era suo, perché esisteva in un mondo così lontano, che poi perché proprio a Senigallia sei andato a nascere, perché in quel posto e non qui, magari in questa via, al posto di Carmelo che ha la tua stessa età, nato nel tuo stesso mese... Che bello sarebbe stato, crescere insieme, giocare insieme, forse scambiarsi il primo bacio.

Staccò la foto-ritratto e l'appoggiò sul letto.

Arrivò alle pagine finali con la tristezza di chi deve lasciare l'uomo che ama.

"Claudia, che cosa mi risponderesti se ti dicessi..."
"Sì... Ti direi di sì."
"Lasciami finire! Guarda che la mia è una proposta seria."
"Non tirarla per le lunghe. Dimmi che mi ami. Dimmelo, per favore."
"Ti amo, ti amo, ti amo!"
SONO BASTATE QUELLE SEMPLICI PAROLE PER AVVIARLI VERSO IL LORO DESTINO. SONO GIOVANI E PER LORO LA VITA COMINCIA ADESSO.

"Tu puoi," le aveva detto Glauco, seduto sullo scranno del tempo irrimediabilmente perduto. *Tu puoi*. Perché per ogni cosa che si dice ne ammettiamo silenziosamente un'altra. *Tu puoi ma io non più*.

Dalla borsa tirò fuori la fotografia dell'edicola. Poteva essere il riquadro iniziale di un fotoromanzo, la storia di un uomo che ha perso un amore per un'incomprensione, una parola di troppo, un sogno frainteso, un risveglio disperato.

Nel cassetto c'erano le ultime tre polaroid che aveva scattato nei giorni precedenti: Arcangela, la vicina di casa, che si specchiava sul vetro della finestra; un banco di nuvole sopra il giardino; la locandina della cartomante. Le affiancò, le guardò con attenzione e alla fine scelse quella della cartomante, che mise da parte. Da un secondo cassetto tirò fuori un registro grigio, di quelli che usavano i commercialisti per tenere conto di entrate e uscite. Lo aprì e stese della coccoina sul retro delle altre due foto, quindi le attaccò al centro, in alto. Una per ogni facciata. Poi lo richiuse.

Prese la foto che aveva messo da parte e, dopo averla osservata, sulla banda bianca, in basso, scrisse con una penna blu: *Come sopra così sotto*. La mise dentro una busta, la richiuse e annotò il destinatario: *Franco Gasparri, presso Lancio fotoromanzi, via Tevere 16, Roma*.

Tu puoi, le aveva detto, e forse era vero, forse, e Liberata pensò alla cartomante.

Il ragazzo dalla tuta sporca

"Letizia", Quattordicinale
Anno XIV, nr. 236, Sped. abb. post. Gr. III – 70, 84 pagine, 250 lire

Credeva ai fili invisibili che legano le cose del mondo, dai fiori alle stelle: credeva alla sopravvivenza dell'anima, alla memoria degli oggetti, al patto segreto che congiunge i vivi e i morti, ai nomi che sono destini, alla natura sovrumana degli insetti.

Il soggiorno di casa Macrì era la riproduzione in scala minima delle specie che si spartivano la Terra. Uomini e insetti. Perché di fronte al mobile dove Liberata conservava gli ultimi numeri dei fotoromanzi, suo padre esponeva la sua preziosa collezione.

Meccanico di professione, entomologo per passione. Che poi vallo a spiegare al mondo come potevano stare insieme quelle cose, come potevano sulle stesse mani sovrapporsi l'olio del motore e le gocce d'acetato d'etile per imbalsamare i coleotteri, come le braccia che stringevano bulloni e sollevavano pezzi di motore tremavano invece quando dovevano infilzare con uno spillo le ali di una *Vanessa cardui*. Se lo chiedeva anche Liberata, che da bambina pensava ci fossero due padri diversi, a seconda del vestito che indossava, quello dell'officina, con la tuta blu sempre macchiata, e quell'altro, che arrivava a casa, faceva una doccia e usciva dal bagno con addosso un camice grigio per sistemare le sue creature.

L'ultima era stata l'*Argiope bruennichi*, uscita il giorno precedente col fascicolo n. 16 de "Gli insetti del mondo".

Quella mattina doveva passare di nuovo in officina.

Mentre facevano colazione, Oreste le disse che avrebbe provato un operaio nuovo.

"Lo conosco?"

"È uno di fuori, me ne ha parlato Bruno, dice che è bravissimo soprattutto con le moto. Gli ho detto di venire in giornata."

"E lo prendi senza nemmeno conoscerlo?"

"Facciamo una settimana di prova e poi vediamo."

Liberata fece un'espressione poco convinta.

"Cosa c'è?"

"Un forestiero, con i tempi che corrono..."

"A cosa ti riferisci?"

"A niente, ma un paesano è meglio, almeno sappiamo chi ci mettiamo in casa."

"Evito di creare malcontenti. Sai come sono qui, se prendo uno l'altro si offende."

Liberata controllò la buca delle lettere. Vuota.

Sentiva nell'aria un'agitazione insolita, le sembrava che Angelina sbattesse i panni con più veemenza del solito, che Cosimo allungasse il passo come se fosse seguito, e che perfino il cane di Mattaruanzu scodinzolasse più vertiginosamente. Pensò al periodo benedetto e all'eccitazione che l'Esposizione della Sacra Reliquia portava nel paese, ma arrivata al semaforo ebbe conferma dell'armonia delle cose umane quando vide la camionetta dei carabinieri ferma di fronte alla casa del farmacista, sul cui muro qualcuno aveva disegnato una stella a cinque punte.

Rossa.

L'aveva vista tante volte in televisione e sui giornali e le sembrava impossibile trovarsela di fronte, su una strada che percorreva ogni giorno, perché con la gente assiepata intorno, a guardare e commentare, sembrava proprio una foto di giornale. Così si fermò, sul marciapiede opposto, tirò fuori dalla borsa la Polaroid e scattò una fotografia.

Fu allora, mentre agitava l'immagine per farla asciugare, che si accorse del carabiniere che la osservava e che, quando i loro sguardi s'incrociarono, attraversò la strada e le andò incontro.

"Ho visto che avete fatto una fotografia."

Ce l'aveva in mano, le sembrava una domanda inutile.

"Posso sapere per quale motivo?"

Si spaventò. Cosa gli diceva, allo sconosciuto in divisa, che faceva fotografie al mondo perché era un'appassionata di fotoromanzi?

Lo sguardo dell'uomo era serio, lei cercò una risposta adeguata.

"Non capita tutti i giorni."

"Appunto."

"Non pensavo fosse un problema."

"Magari stavate facendo una foto ricordo da mostrare a qualcuno."

Non capiva a cosa si riferisse, ma quelle domande la inquietavano.

"Io sono figlia di..."

"Lo so di chi siete figlia."

"E allora..."

Il carabiniere la fissò con uno sguardo inquisitorio, come se volesse scavarle nella testa e cercare un cedimento, forse una confessione.

"Voi non ne sapete niente, immagino."

Liberata non sapeva cosa rispondere, avrebbe voluto mettere la macchina fotografica in borsa ma le sembrò un gesto equivoco, come nascondere la verità, un'ammissione di colpa.

"Niente."

In quel momento arrivò un'altra auto dei carabinieri e la folla divenne più rumorosa.

"Maresciallo!"

Un collega lo chiamò e gli fece segno di avvicinarsi.

Lui ritornò a fissarla, poi senza dire niente attraversò la strada per parlare col gendarme che l'aveva chiamato.

Sui gradini della farmacia un altro carabiniere più giovane, che aveva assistito alla scena, non smetteva di guardarla, ma con un'espressione partecipe, di compassione quasi, che stonava con la severità della divisa scura.

Liberata riprese a camminare non riuscendo a lasciar andare via lo spavento, sentendosi osservata, che la gente si sarà accorta e avranno pensato perché, e lei voleva arrivare in fretta, chiudersi nell'ufficio di suo padre e dimenticarsi di tutto.

Ma lui non c'era. Rimase ferma sulla porta, dando le spalle all'officina.

"Cerca qualcuno?"

Era una voce mai sentita. Si voltò.

Un ragazzo con la tuta da meccanico. Doveva essere l'operaio in prova. Le sorrise. Un sorriso così naturale che in un attimo sciolse i rimasugli di malumore e lo spavento che ancora le stavano addosso.

"Posso aiutarla? Sono nuovo qui, ma lei mi sembra più spaesata di me."

Stava per dirgli chi era ma si fermò.

"Cercavo il proprietario."

"È andato a provare un'auto, non dovrebbe tardare molto. Se posso fare qualcosa io..."

Parlava con sfrontatezza, quasi spavalderia, intervallando parole e silenzi con un sorriso ambiguo.

"Aspetterò qui, se non è un problema."

Lui si guardò intorno. Andò verso il banco, liberò una sedia e gliela portò.

"Almeno starà comoda."

Si passò la mano nei riccioli neri, afferrò un cacciavite che teneva in tasca e scomparve sotto la carcassa metallica.

Liberata non si sedette. Si guardò intorno, poi prese dalla borsa l'ultimo numero di "Letizia", *Il ragazzo dalla tuta sporca*:

Era una bella mattina di primavera a Villa Riccoboni. Quando aprì la finestra della sua camera, Matilde guardò verso il lago. Il riflesso del sole sull'acqua era accecante. Con gli occhi misurò il grande giardino. Era una ricca ereditiera, aveva tutto quello che avrebbe potuto desiderare, il buonumore doveva essere parte della sua vita. E invece, invece, c'era in lei come una nuvola nera che nessun vento riusciva a spazzare via.

Il nuovo operaio armeggiava ancora sotto l'auto. Spuntavano solo le gambe. Tutte le volte che vedeva qualcuno a quel modo, soprattutto suo padre, non poteva fare a meno di immaginare l'ammasso ferroso che si schiantava al suolo sfracellando chi c'era sotto. Glielo chiedeva: "Ma è sicuro stare così?". "Questa è l'unica fossa in cui mi sento sicuro," rispondeva Oreste. A volte lo faceva sul marciapiede, sollevando l'auto solo con il martinetto, e allora la paura di lei aumentava, e immaginava il suo corpo schiacciato come quello d'un insetto sotto una scarpa distratta, la testa fracassata e sanguinante, l'ultimo spasimo delle gambe prima della quiete definitiva. Pensava che sarebbe bastato un difetto di quel marchingegno perché una vita finisse, che non ci sono cose e strumenti fatti dagli uomini che siano immuni dalla corruzione dell'uso e del tempo: poteva succedere che in una catena di montaggio un operaio distratto, o forse soltanto stanco per il turno di notte, non stringesse il bullone abbastanza, poco meno di un giro, e che poi con gli spostamenti, gli impacchettamenti, il carico e scarico, quel bullone cedesse ogni volta un micrometro, ancora inavvertibile, e dopo giorni di utilizzo, e mesi, e anni, arrivasse alla fine il cedimento, proprio allora, nell'attimo in cui l'uomo scavava nelle viscere metalliche di un altro fallibile marchingegno, a schiacciarlo per sempre.

Non voleva più stare lì. Aveva anche dimenticato perché era venuta. Si sentì mancare l'aria come se ci fosse lei sotto la macchina.

Andò via senza salutare.

Passò dalla cartoleria a comprare una risma di fogli.

Fu a quel punto, quando uscì e si fermò indecisa se tornare a casa o passare da Glauco, che lo vide: seduto sul gradino di una casa di fronte, a guardare in alto come uno che fa finta di niente e che proprio per questo ammette la propria colpevolezza.

Tutto mutò: un particolare del mondo, uno dei tanti frammenti che il caso butta sulla testa delle genti come una manciata di coriandoli, si staccò dagli altri e divenne un pezzo significante di vita.

Le parve strano, ma davvero non poteva sbagliarsi.

Aveva avuto qualche sentore nei giorni precedenti: dopo che il giorno prima lo aveva visto nella cabina telefonica e si erano scambiati uno sguardo, lo aveva visto arrivare da Glauco e comprare una copia del "Corriere della Sera"; lo aveva visto camminare vicino all'officina del padre, e forse, poco prima, nella folla che si accalcava intorno alla stella rossa; ma adesso trovarselo di fronte, seduto su un gradino, a far finta di niente quando lei lo aveva notato attraverso la vetrina guardare fisso in quella direzione, adesso era chiaro. Decise di metterlo alla prova.

Si avviò verso casa, voltò l'angolo ma dopo una decina di metri tornò indietro, come se avesse dimenticato qualcosa. E così lo vide, non infilarsi nel suo vicolo ma tirare dritto, guardare dentro e appena la scorse impacciarsi, salutare timidamente e abbassare gli occhi, e quella fu la prova.

Doveva avere una cinquantina d'anni, aria distinta, un vestito grigio come a mimetizzarsi tra strade e muri.

Liberata entrò in casa e andò in camera a spogliarsi.

Squillò il telefono.

"Pronto?"

Si sentivano rumori di fondo ma nessuna voce.

"Pronto? Pronto?"

Dall'altra parte chiusero. Qualcuno che aveva sbagliato numero.

Ritornò in camera e si appoggiò sul letto.

Il motivo per cui quello sconosciuto la stava seguendo non lo immaginava, ma non doveva essere niente di buono.

Pensò a lui e al carabiniere, e al fatto che in poche ore il mondo sembrava essersi accorto di lei, come se fosse proprio lei, Liberata Macrì, questa volta, l'insignificante particolare sullo sfondo della fotografia che uno sguardo incantato poneva all'improvviso al centro della visione, e la illuminava relegando tutto il resto all'anonimità.

Finalmente illuminata.

Che poteva essere un bel nome per chiamarsi.

Illuminata.

Illuminata Macrì.

Metti una tigre nel motore

"Darling", Mensile di fotoromanzo
Anno X, n. 110, 300 lire

Dovrebbe rassicurare l'idea di qualcuno che si prende cura di noi, che ci è sempre vicino, che ci vede, ci ascolta, addirittura legge i nostri pensieri, le nostre intenzioni.

Dovrebbe rassicurare, e probabilmente per molti è così, ma a Liberata ciò che infastidiva del Dio della chiesa era proprio questo suo essere sempre lì, con lei, a osservarla anche quando si chiudeva in camera per isolarsi dal mondo.

Agata glielo ripeteva come un ritornello da quand'era piccola, "Non dimenticare che Dio ti vede in ogni momento", come una minaccia, come se la solitudine fosse l'accampamento preferito della perdizione. Immaginare che perfino i suoi pensieri potessero essere conosciuti la infastidiva.

Liberata credeva che l'idea di un Essere onnisciente ridimensionasse il concetto di solitudine umana, che non ci sarebbe stato più un luogo al mondo in cui sentirsi davvero soli, che in ogni posto avremmo avvertito su di noi occhi anonimi che ci guardavano e giudicavano.

E invece lei voleva essere invisibile, esclusa dall'invadenza dell'onnipresenza, dell'onniveggenza, dell'onniebasta.

Buongiorno da Radio Alternativa 71, la radio dalla parte dell'umanità. Agitazione in paese per quella che sembrerebbe essere la firma di un gruppo terroristico di estrema sinistra, lasciata sul muro della farmacia. Sebbene molti pensino che si tratti di una messa in scena o di uno scherzo di cattivo gusto, le forze dell'ordine e il sindaco hanno preso molto sul serio la questione. Il tempo ci dirà come stanno le cose, per il momento ci auguriamo che la violenza resti lontana dalle nostre strade.

La stella rossa sul muro, che aveva sconvolto l'ordinaria quotidianità di quel microcosmo, a Liberata parve un punto di non ritorno.

Era come se quel piccolo paese di periferia staccato dalla Storia, quel sistema chiuso alle sollecitazioni del cosmo, all'improvviso si aprisse. Ciò che fino ad allora aveva visto solo in televisione adesso era lì, nelle sue strade d'ogni giorno, e se da una parte questo la spaventava, dall'altra le piaceva essere trascinata nelle vicende dell'umanità. Era la stessa piacevole sensazione di quando le accadeva qualcosa che la faceva sentire come le eroine dei suoi fotoromanzi.

Liberata e suo padre s'incrociarono quando arrivò a casa per pranzo.

"Cosa voleva il maresciallo da te?"

Mentirgli sarebbe stato inutile e così gli raccontò tutto.

Oreste, contrariato, andò a lavarsi le mani.

La madre aveva acceso il televisore per vedere il telegiornale. Un'altra manifestazione studentesca finita male. Gli slogan contro il mondo, i fumi dei lacrimogeni, gli scontri, i volti imbrattati di sangue.

"Questi cercano solo guai."

Il servizio terminò con un'intervista a una manifestante con la fronte insanguinata: "Guardate cosa fa il vostro Stato fascista!".

"Basta," disse Agata alzandosi e spegnendo il televisore. "E poi, andare in giro con quei capelli!"

Liberata non dava importanza alle stranezze della madre: voleva vedere il telegiornale e subito dopo spegneva la tv, faceva una cosa e il suo contrario, ed era curioso che di fronte a quel volto ferito che aveva impressionato lei, si fosse soffermata su un particolare così insignificante.

"E anche tu," disse rivolgendosi alla figlia dopo essersi seduta al tavolo, "pettinati quei capelli, non vedi come sono ribelli?"

Finito di mangiare, Liberata andò a guardarsi allo specchio.

Alle parole di sua madre non avrebbe dato peso, ma anche Giuditta glielo aveva detto qualche giorno prima. Si toccò la testa, quella mattina s'era pure alzata una ciocca che non riusciva a sistemare. Con la parrucchiera aveva appuntamento la settimana successiva, ma poteva provare ad anticipare. Andò in soggiorno e scelse tre fotoromanzi da portare con sé.

In verità il tavolino di Marisa Coiffeur era ricoperto da giornali e fotoromanzi, ma erano numeri vecchi, che Liberata aveva già letto, e poi a pensare a tutte le mani unte di crema che li avevano toccati! Così preferiva portare i suoi, che tanto non si potevano confondere con gli altri perché lei li firmava tutti, col suo nome e cognome, sulla copertina in alto a destra.

La casa del farmacista era presidiata da una camionetta dei carabinieri, e nel timore che ci fosse il maresciallo che l'aveva fermata, abbassò la testa e accelerò il passo.

Senza appuntamento c'era sempre da aspettare, ma si trattava di un'attesa piacevole, sulle poltroncine in pelle rossa, al caldo, a leggere fotoromanzi con il sottofondo dei pettegolezzi di paese.

Entrò che il salone era pieno.

"Riesci a farmeli oggi?" chiese alla parrucchiera.

"Se non hai fretta," rispose l'altra guardandosi intorno.

Non ne aveva. C'era una sedia libera, si mise comoda.

Le donne sotto i caschi, tutte rigorosamente con i bigodini, sfogliavano riviste distrattamente, uno sguardo allo specchio e uno alla pagina, due allo specchio e uno alla pagina, vociando di tanto in tanto giusto per partecipare della consolante armonia umana.

Liberata ebbe per un attimo la sensazione di trovarsi dentro una bolla di vetro, la condizione ideale per tuffarsi nelle sue storie. E così lesse, allungando il più possibile il tempo della lettura per farlo coincidere con il tempo dell'attesa.

Aveva appena chiuso il secondo fotoromanzo e preso in

mano l'ultimo, quando: "Avete sentito della stella rossa sul muro della farmacia?".

Le parole di Cesira Bascazziano frantumarono le pareti. Ci fu un attimo di silenzio.

"Dicono che ne hanno trovata un'altra più piccola dietro la canonica della Matrice."

"Dici davvero? Non ho sentito niente," cercò di troncare Marisa, che non sono discorsi da fare in un salone di bellezza, che allora tanto valeva, invece di comprare "Grand Hotel" o "Sorrisi e Canzoni", mettere "Cronaca Vera" in bella vista.

Neanche Liberata aveva voglia di sentirli, così aprì l'ultimo fotoromanzo.

UN LUNGO BACIO ALLA LUCE DELLA LUNA IN UNA LIMPIDA SERA INVERNALE. UN'IMMAGINE ROMANTICA... CHE QUALCUNO, DALLA CASA DI FRONTE, STA OSSERVANDO CON SDEGNO.
"È una vergogna."
"Che cosa stai borbottando, Valeria?"
"Adesso sta anche baciando la padrona di casa. Non gli bastano tutte le altre donne, a quel tipo."

"È meglio che ci abituiamo, si sa che quando le cose cominciano..." rincarò Cesira, visto che nessuno aveva abboccato alle sue parole.

Liberata alzò gli occhi e vide la faccia stizzita di Marisa:

"Secondo me è stata una ragazzata. Tutto qui".

La sua sforbiciata era divenuta più rapida e nervosa.

"O forse un dispetto al farmacista," aggiunse Geranzia Culifetola, la testa piena di bigodini mentre guardava la foto di Alain Delon in costume sulla spiaggia di Montecarlo.

LEI AMMUTOLISCE. MAX LA FISSA SERIO. SI AVVICINA.
"Come diavolo ho fatto a non accorgermene subito? Hai un gran bel visetto. Begli occhi, bella bocca... Non si nota subito magari, ma sei una ragazza che..."
MAX NON CONTINUA LA FRASE E VALERIA SI TROVA FRA LE SUE BRACCIA QUASI SENZA RENDERSENE CONTO. SI ACCORGE SOLO DI ESSERE FELICE. QUEL BACIO SEMBRA NON DOVER PIÙ FINIRE. VALERIA D'UN TRATTO PROVA UNA RIBELLIONE IMPROVVISA...

"Basta così. Non sono come le altre. Quelle che baci per ore davanti al cancello di Villa Foster."

"E se invece fosse tutto vero? Se invece quelle cose fossero arrivate anche da noi? Che ci vuole? Ne abbiamo tanti di ragazzi che studiano nelle grandi città, che ci vuole a portarsele dietro?"

Finalmente Cesira trovò un'alleata in Dorina Pendacchia, che si stava guardando i boccoli appena sfornati e forse non era soddisfatta fino in fondo:

"C'è da aver paura. Non li sentite i telegiornali?".

Marisa, apertamente risentita, sbottò: "Tu proprio puoi farc a meno di averne, sei moglie d'un operaio. Come lo chiamano? Un proletario," concluse con tono sprezzante.

Dorina, come se nulla fosse, si toccò il terzo boccolo sinistro a cominciare dalla fronte, soppesandolo come una venditrice d'oro:

"Che c'entra? E se mettono una bomba? Mica sanno chi passa di là in quel momento!".

"Secondo me state esagerando," intervenne Filippa Marafoti, immobilizzata nell'ultimo casco dello schieramento, "in fondo si tratta solo di un disegno!"

Marisa le mandò per mezzo dello specchio un cenno di gratitudine.

"Sottovalutate, sottovalutate. Si parte sempre da un disegno e poi arrivano i morti!" concluse Cesira, con gli occhi chiusi per l'ultimo spruzzo di lacca.

LEI NON SA DA CHE PARTE COMINCIARE. POI... SI METTE QUASI A GRIDARE, PERCHÉ LO SGUARDO FREDDO E INDIFFERENTE DI LUI LA ESASPERA.

"Se non mi ami più dimmelo subito. Io... io non posso più stare senza di te. Non avrei voluto dubitare del tuo amore, ma... Insomma, ti amo."

"Calma, ragazzina. Quando si dicono cose come queste non si deve urlare."

"Prima di tutto, non sono una ragazzina. E poi... anche tu mi hai detto che mi ami, urlando come un pazzo."

"E allora vuol dire che il nostro matrimonio sarà piuttosto burrascoso."

Liberata finì di leggere.

Era sempre bella, Katiuscia. Da qualunque parte la fotografassero. Sempre. Che poi non era solo questione di bellezza: l'armonia delle forme suggeriva un compendio di umana compiutezza: bontà, generosità, comprensione, altruismo.

Sempre bella, Katiuscia, ignara come il resto del mondo, di profili meno riusciti, come il suo: si faceva fotografare solo la parte sinistra del volto, che le pareva snellirla di più.

La parrucchiera si voltò dal suo lato:

"Preparatevi, che le prossime siete voi".

Si rivolse a Liberata e a Colomba Marra, seduta al suo fianco, che non era intervenuta nella discussione ed era rimasta tutto il tempo con gli occhi incollati su una rivista.

Liberata tenne il fotoromanzo in mano e quando Marisa le fece cenno di andare a sedersi di fronte allo specchio se lo portò dietro.

L'altra, la sua vicina, si alzò insieme a lei richiamata dall'aiutante che doveva lavarle i capelli. La osservò ma non fu un bene. La vide alzarsi, abbandonare sul tavolino il giornale che teneva in mano e cercare tra i vecchi fotoromanzi ammucchiati. Qualcosa. O qualcuno. Con intenzione. Finché, trovatolo, lo afferrò soddisfatta e andò verso il lavatesta.

Liberata sentì una vampata di calore salirle al viso e annichilire il senso di beatitudine lasciato dalla lettura.

Marisa le indicò la poltrona vuota. "Che fai, non ti siedi?"

Ubbidì.

"Che taglio vuoi?" le chiese mentre le faceva lo shampoo.

"Così," disse mostrandole il primo piano di Katiuscia sulla copertina di "Letizia".

La parrucchiera guardò la foto e poi i suoi capelli, la foto e i suoi capelli, squadrò Katiuscia e Liberata.

"Vedrai che ti farò più bella!"

Lei! Più bella! Voleva proprio prenderla in giro.

"Pure qua ci metteranno le bombe, vedrete!" concluse Cesira uscendo.

"Gatta nera!" mormorò Marisa quando la vide allontanarsi

attraverso la vetrina, dopodiché, alzando la voce e rivolgendosi a tutte: “Guai a chi parla ancora di stelle e bombe”.

Fu come se avesse spalancato le finestre: tutte ritornarono a sfogliare giornali e a commentare matrimoni e creme dimagranti.

Liberata no. Fissava Colomba, che non aveva ancora aperto il fotoromanzo ma osservava la copertina. Franco Gasparri e Claudia Rivelli, guancia a guancia. *Metti una tigre nel motore* lo conosceva a memoria, fotogramma per fotogramma: era uno dei suoi preferiti, perché c’erano moltissimi primi piani di Franco e perché lui faceva il meccanico, come suo padre.

Colomba lo guardava con un’intensità che la faceva stare male. I suoi occhi adoranti su di lui, lui che era solo suo. Cominciò a sfogliarlo.

Claudia rimane per strada con l’auto in panne. È una strada poco trafficata. Finalmente passa qualcuno. Si ferma. Scende lui e subito, a pagina due, il suo primissimo piano che occupa da solo un quarto della facciata. Ecco perché si è fermata e non va più avanti. Lo sta fissando, ecco, si è morsa pure il labbro, non riesce a contenersi, se lo sta mangiando con gli occhi, dio mio, se lo sta mangiando con gli occhi. L’ho sempre saputo di non essere sola, certo, lo so che migliaia e migliaia di donne impazziscono per lui, che un giorno avevo anche letto di una ragazzina fuggita dalla Sicilia e andata a Roma che dormiva di fronte alla sede del giornale per poterlo incontrare, e chissà quante altre come lei andavano nella Capitale o a Senigallia sperando di poterlo conoscere. L’ho sempre saputo, ma vederlo così, di fronte a me, una donna in carne e ossa amarlo e desiderarlo!

Colomba voltò pagina.

Franco fa lo sbruffone, come al solito, e allora Claudia lo allontana e lui va via. Si fa aiutare da un altro automobilista che l’accompagna dal meccanico più vicino. Qui Claudia è stupita perché il meccanico è proprio il bel ragazzo di poco prima. “Il destino la porta da me,” le dice lui sorridendo. A quella battuta Colomba sospira, lo vedo dal movimento del petto sotto la camicetta, sospira, come avevo fatto io, un sospiro che è una frase, ogni gesto, ogni movimento del nostro corpo è sempre una frase taciuta o pensata, e in quel caso era *Vorrei che anche il mio destino mi portasse da te*. Colomba volta di nuovo la pagina, e ogni sguardo è rabbia, ogni ammiccamento, ogni sospiro. Non arrivare a pagina trentasei, non arrivare...

Liberata sperava succedesse qualcosa, che la rivista le cadesse a terra, che la parrucchiera le bruciasse i capelli, che la vetrina venisse frantumata da una bomba, qualunque cosa, e invece le sue mani andavano avanti e tra poco sarebbe arrivata lì, al centro della storia, quando Claudia dice a Franco che sta per trasferirsi in Spagna: c'è un primo piano di lui, così bello che Liberata dopo averlo visto quel giorno era andata da Glauco a comprare una seconda copia per ritagliare la foto e attaccarla all'armadio, con un ricciolo che gli cadeva sulla fronte che ti verrebbe voglia di tagliarlo e mettertelo intorno al dito come un anello. Non guardarlo, non guardarlo... E invece la rivale era arrivata lì, perché gli occhi di Colomba, sempre avidi, all'improvviso si illuminarono, la mano si bloccò, i polmoni si fermarono, tanto che per un attimo anche la parrucchiera si preoccupò e le chiese se stava bene, e lei annuì senza staccare gli occhi, annuì e lentamente ritornò in quella stanza.

Lascialo stare!, avrebbe voluto gridarle, si trattenne ma il corpo no, si mosse, e Marisa dovette richiamarla all'ordine se non voleva rovinarsi il taglio, che anche lei, Colomba, si stava facendo i capelli come Katiuscia, anche lei. Era come riflettersi in uno specchio deformante. Quando finalmente la rivale chiuse il giornale, Liberata tirò un sospiro di sollievo. Ritornò a guardarsi cercando piccoli segni di supremazia, ma era il momento sbagliato, che quando ci tagliano i capelli ci sono momenti che non sembriamo più noi, irriconoscibili. E Liberata si vide brutta, malgrado si specchiasse dal lato sinistro, malgrado Marisa facesse di tutto per farla assomigliare all'eroina fotoromanzesca, brutta: se Franco le avesse incontrate per strada, lei e la rivale, forse avrebbe scelto l'altra, che adesso, a guardarla, aveva un profilo pulito, ben definito, con quella sicurezza che Liberata invidiava alla gente.

Ci pensò tuttavia una mosca a portare giustizia nel mondo.

Una sua alleata. E non una *Musca domestica* ma una *Calliphora vomitoria* che Liberata riconobbe per il riflesso bluaceo dell'addome, di quelle attratte dalla carne putrida, che chissà come s'era infilata nel negozio, forse con la complicità di Cesira quando aveva aperto la porta: s'era messa a tormentare il volto della rivale, senza sosta, malgrado la parrucchiera cercasse di allontanarla con le mani, senza sosta, finché, innervosita, Colomba per colpirla si diede uno schiaffo forte e rumoroso sulla fronte che fece ridere tutte. E anche Liberata, che immaginò Franco essere lì, alle sue spalle, nel dubbio della scelta, e che di fronte a quel gesto ridevole, rifiutava Colomba per scegliere lei, e si avvicinava alle sue spalle abbracciandola da dietro, guardandola nello specchio e sussurrandole nell'orecchio "Ti stanno benissimo, sei più bella di Katiuscia".

"Abbiamo finito, che te ne pare?" disse Marisa avvicinando la copertina di "Letizia" al volto di Liberata.

"Sì, sei stata brava." E le sorrise.

Marisa ne fu orgogliosa.

Liberata andò a pagare, osservò un'ultima volta il segno rosso sulla fronte di Colomba, salutò e uscì, pensando che era un peccato che non esistessero mosche nei fotoromanzi.

Occhi di fuoco, cuore di ghiaccio

"Marina", Mensile di fotoromanzi – attualità – varietà
Anno XIII, nr. 138, Sped. abb. post. Gr. III – 70, 250 lire

Liberata credeva che gli oggetti avessero il loro giusto posto nel mondo. Che ci fosse una ragione nella loro disposizione, una mano invisibile che li collocava sapientemente.

Come l'Olivetti lettera 32 in casa del padre. Verde militare. Chissà da quale sperduto angolo dell'universo e per quale infinita concatenazione di eventi finita lì, quel giorno, sul comò. Vide sui tasti gli stessi segni che stava imparando a scuola. Schiacciò piano, un martelletto si sollevava e poi ritornava indietro. Schiacciò più forte e lo vide toccare il rullo mentre due alette di metallo sollevavano un nastro rosso e nero. Il padre, trovandola in quel modo, le mostrò il potere creatore di quel marchingegno infilandovi dentro un foglio bianco, e fu per la piccola la scoperta della sua vocazione.

Liberata aveva cominciato a lavorare come dattilografa e stenografa subito dopo aver finito gli studi di ragioneria. Aveva un vero talento per la battitura, al punto che l'anno del diploma aveva vinto il campionato regionale di dattilografia con 550 battute al minuto. Avrebbe dovuto fare i campionati nazionali a Torino ma era troppo lontano per lei. La fama della sua abilità s'era diffusa in tutta la provincia, eppure Liberata era restia a muoversi, e così s'accontentava di lavorare in paese, per i professionisti che la chiamavano, notai, avvocati, professori, oppure per scrivere tesi di laurea o presentazioni varie che le portavano perfino dal capoluogo, che Liberata non commetteva errori.

Dal notaio Capistrano ci andava almeno tre volte a settimana.

“Si è tagliata i capelli. Ha ancora addosso il profumo della lacca.”

Liberata arrossì ma fece finta di niente. Prese i fogli dalla borsa. A destra i fogli bianchi, a sinistra quelli già battuti.

“Si è fatta bella per me?”

“Per mia madre,” rispose Liberata senza scomporsi.

L’uomo non si lasciò intimorire.

“Le stanno benissimo. Sembra un’attrice di fotoromanzi.”

Lei lo guardò.

“Troppo facile conoscendo i miei gusti! Tanto lo sa, vero?”

“Che non ho alcuna speranza con lei? Certo, lo so, purtroppo. Se però avessi vent’anni di meno!”

Liberata si voltò per prendere la macchina da scrivere, sapendo dove gli occhi del notaio Capistrano si sarebbero ancorati. Portava la sua perché quella elettrica dello studio era rotta.

Fece in fretta, che si sentiva a disagio.

“Io sono pronta. Cosa dobbiamo fare oggi?”

La segretaria aveva più di sessant’anni e mancava spesso. Da due giorni era a casa bloccata dal mal di schiena.

“Trascrivere una costituzione di società e preparare una procura generale.”

Anche quando dettava noiose pratiche di lavoro, il vedovo Capistrano, che era stato compagno del padre alla scuola elementare, non smetteva i panni dell’amatore e pronunciava *affirmanti incumbit probatio* e *offendicula* con voce sospirata e melensa come fossero dichiarazioni di matrimonio, senza mai togliere gli occhi dalla camicetta bianca di Liberata sperando il tessuto fosse più trasparente del solito.

Quando finirono, Capistrano andò verso la sua scrivania ad aprire il cassetto dove teneva i soldi, che aveva l’abitudine di pagarla volta per volta.

“Ma se le chiedessi di lavorare per me?”

La domanda la spiazzò e il notaio se ne accorse.

“Intendo come lavoro, tutto il giorno. La paga è buona. E

se mi dice di sì le prometto che non la infastidirò più. Tanto lo sa che scherzo, lei potrebbe essere mia figlia."

"Veramente..."

"Potrebbe cominciare con un periodo di prova, sono certo che le piacerà."

"Non è quello. È che... non fa per me. So scrivere a macchina ma per il resto sono disordinata, distratta, dimentico tutto."

"Facciamo così," le disse porgendole i soldi, "ci pensa in questi giorni e la prossima volta mi dà una risposta."

Scese in fretta i due piani di scale e quando arrivò al portone aveva il fiato corto.

"Buongiorno."

Si voltò. Vide il forestiero che l'aveva seguita nei giorni precedenti uscire dalla penombra e andarle incontro. Si spaventò. Appoggiò la macchina a terra e d'istinto arretrò d'un passo.

"Non volevo spaventarvi."

Liberata avrebbe voluto gridare, ma era come bloccata dalla paura. Guardò verso le scale, non avrebbe avuto la forza di rifarle. E nemmeno si sentiva nelle braccia la forza di aprire il portone.

"Non dovete avere paura di me. Volevo solo parlarvi, se non vi disturbo," e allungò la mano verso la serratura del portone, per schiuderlo.

La fessura di luce che tagliava l'oscurità dell'atrio non tranquillizzò Liberata, ma le offrì come una tregua della quale il forestiero cercò di approfittare:

"C'è una cosa che mi piacerebbe chiedervi".

Vide che con la mano destra l'uomo aveva aperto ancora leggermente il portone: più la luce aumentava e più lo spavento s'assottigliava.

"Sono giorni che mi seguite."

"Ve ne siete accorta?"

"Perché?"

L'uomo fece un passo verso di lei, che arretrò. Allungò il braccio e raccolse la macchina da scrivere, appoggiandola verticalmente:

"Spero non si sia danneggiata".

"Cosa volete da me?"

Il quel momento qualcuno suonò e fece per entrare. Lo sconosciuto ritornò nell'ombra e Liberata ne approfittò per prendere la macchina da scrivere e uscire.

Tremava dallo spavento, ma la luce del sole e i volti conosciuti la tranquillizzarono. Non osò guardarsi indietro nel timore che il forestiero fosse uscito dopo di lei e la stesse ancora seguendo.

Il posto più vicino dove trovare rifugio era l'edicola, ma si fermò non appena voltato l'angolo. Due carabinieri parlavano con Glauco davanti al chiosco. Per un attimo ebbe la tentazione di andare da loro e riferire quello che era appena successo, poi si trattenne. Riconobbe il maresciallo: l'edicolante sembrava preoccupato, il carabiniere lo guardava col suo modo arcigno, duro, gli stava facendo alcune domande, sicuramente aveva a che fare con la stella rossa sul muro della farmacia, e lei le immaginava così come le aveva lette nel numero 73 di "Jacques Douglas", *Requiem per un agente segreto*: dove si trovava la notte incriminata, se condivideva quelle posizioni, se aveva idea di chi potesse essere stato, per forza doveva saperlo visti i giri che frequentava, se aveva visto qualche forestiero dall'atteggiamento sospetto.

Liberata si avvicinò solo quando gli uomini in divisa salirono sull'auto e andarono via. Dal finestrino l'altro carabiniere, il più giovane, la fissò anche questa volta.

"Cosa volevano?"

"Ormai si parla solo della stella sul muro."

Liberata aspettò che Glauco continuasse.

"Credono che sia stato qualche compagno. Non posso mettere la mano sul fuoco perché ci sono un paio di teste calde, ma ne dubito. Era facile immaginare che prima o poi sarebbe successo. Il mondo sta cambiando, non possiamo sbagliare. E tu cos'hai? Mi sembri spaventata."

Liberata esitò, poi scelse, come sempre, il silenzio.

"Niente, tutta la situazione, i carabinieri mi agitano."

"Dovrai farci l'abitudine, sarà sempre peggio."

Lui andò a riordinare alcuni giornali sul portariviste.
"E dal notaio com'è andata?"
Liberata appoggiò la valigetta su un angolo libero del chiosco.
"Le solite cose."
Glauco si avvicinò abbassando la voce.
"Ti svelo un segreto. Sai qual è la sua rivista preferita?"
Lei guardò d'istinto verso le riviste di moda femminili che attiravano gli sguardi dissimulati dei passanti, ma Glauco allungò il braccio verso lo spazio in cui teneva i giornali e le riviste per bambini e ne tirò fuori "Tutto soldatini".
"Lo prende ogni settimana."
Liberata lo immaginò a casa, in pantofole e vestaglia, quell'apparente seduttore, sedersi a un tavolo e giocare con i soldatini, e questa scena le fece tenerezza, come sempre quando le persone mostravano la loro fragilità, quella a stento celata e dissimulata, che tutti possono vedere la copertina esposta in vetrina, ma quasi nessuno si accorge della frase veritiera a fondo pagina, a caratteri più piccoli, una didascalia appena leggibile.
"Posso farti una domanda?"
"Dimmi."
Liberata gli si avvicinò e abbassò la voce, sebbene non ci fosse nessuno nelle vicinanze.
"Colomba Marra."
"Sì, Colomba. E cosa vuoi sapere?"
Il fatto che Glauco la chiamasse per nome la fece dubitare, temette che la sua domanda gli sembrasse inopportuna. Si bloccò.
"Cosa ti ha fatto quella civetta?"
Liberata si tranquillizzò.
"Anche lei compra fotoromanzi?"
"Sì, come quasi tutte."
"Ma li compra come le altre o come me?"
"Come te nessuna, Liberata."
"E li compra tutti tutti o li sceglie?"
"Non capisco cosa vuoi sapere."
"Prende sempre un titolo oppure a caso?"

"No, non uno in particolare. Viene qui, dà un'occhiata alle copertine e poi ne compra qualcuno."

"Ti sei accorto se sceglie con qualche criterio?"

Glauco sorrise.

"Fai prima a dirmi cosa vuoi sapere."

"Prende sempre quelli con Franco Gasparri?" chiese lei tutto d'un fiato.

La domanda lo sorprese.

"Questo non lo so, non ci ho mai fatto caso."

La sera prima, Liberata era andata nel magazzino a cercare un vecchio numero di "Charme" dove, nella rubrica *La posta di Paul*, ricordava questa lettera.

Amore e morte
Colomba – Sud Italia. Sono una ragazza di 24 anni, né bella né brutta. Ti scrivo per dirti che mi sono innamorata di Franco Gasparri. Non so neanch'io come sia potuto succedere, ma ora so che non potrei vivere senza di lui e grazie a lui ho scoperto che cos'è il vero amore. Dovrei venire alla Lancio per farmi conoscere, ma quest'anno non posso e dovrei venire l'anno prossimo nel mese di agosto. Ma ho paura che in questo tempo lui si possa sposare. Anche se non si sposa non è sicuro che si innamori di me, e allora non saprei come vivere. Anzi, ora che ci penso, non vivrò affatto e cercherò al più presto la morte...

Per Liberata non c'erano dubbi che si trattasse della rivale. E però quel trafiletto le aveva fatto un effetto opposto, come i soldatini per l'avvocato: avrebbe dovuto odiarla di più per l'amore eccessivo, e invece quello squarcio d'intimità su una sofferenza che comprendeva fino in fondo, la sincerità così disarmante fino all'evocazione finale della morte, l'avevano calmata, facendole provare per Colomba un attimo di compassione. La gelosia del giorno prima le apparve improvvisamente come il capriccio di una ragazzina.

I suoi pensieri furono interrotti dal rombo di un motore.

"E quello chi è?" domandò Glauco indicando l'uomo sulla moto.

Il motociclista aveva fatto un'inversione di marcia e risaliva dalla loro parte. Un'altra accelerata e poi si fermò di fronte all'edicola. Si tolse il casco nero e fece un cenno di saluto nella loro direzione.

"Sta salutando te?" le chiese Glauco.

Liberata assentì.

"Lo conosci?"

Il ragazzo scese dalla moto, si passò una mano tra i capelli e andò verso di loro. Glauco lo fissava incuriosito, ancora di più perché la sua domanda non aveva avuto risposta.

"Buongiorno," disse il ragazzo rivolgendosi a Liberata.

Solo adesso, vestito con i jeans, la camicia verde e un giubbino di pelle, lei si accorse di quanto fosse bello.

"Non l'ho più vista in officina," le disse sorridendo, ma non aspettò risposta e andò dritto verso il chiosco.

Liberata lo seguì con gli occhi, un ragazzo bello ma spavaldo, troppo.

Glauco gli andò dietro e s'infilò nel gabbiotto.

"Dove tenete le riviste di motori?"

"Quelle che ho sono lì, in fondo."

"Qui?" chiese il giovane, frugando dove gli era stato indicato.

"Dietro, dietro quelle di giardinaggio."

Il ragazzo trovò le tre riviste, le sfogliò sotto gli occhi offesi di Liberata e quelli incuriositi di Glauco, e alla fine scelse "Motociclismo".

Mentre lo vedeva pagare, lei si chiedeva se lo avesse saputo, nel frattempo, che era figlia del suo principale, e la consapevolezza di quella posizione privilegiata le offrì una sensazione di superiorità, ma solo un attimo, solo il tempo che lui prendesse il resto e se lo infilasse nella tasca e tornasse a sorriderle, questa volta fermandosi di fronte a lei e fissandola, come ad aspettare la risposta a una domanda vecchia di secoli.

"Le piacciono i fotoromanzi," disse facendo cenno al giornale che Liberata teneva tra le mani.

La prima reazione fu di nasconderlo, come se avesse percepito una sfumatura di rimprovero, ma poi si ricordò che lei era la figlia di Oreste Macrì, pensò che tra poco quel ragazzo si sarebbe vestito con una tuta sporca di grasso e avrebbe fatto tutto ciò che gli avrebbe chiesto il padre, e si aggrappò a questa fugace sensazione di supremazia per lasciare la rivista là dove si trovava, sul suo petto, come una corazza contro le stilettate del mondo.

"Sì, mi piacciono, molto," e sottolineò l'ultima parola con una protervia che non le apparteneva e che sorprese perfino Glauco.

L'uomo fece una piccola smorfia.

"È un problema?" chiese risentita Liberata, che avrebbe voluto andare via ma nello stesso tempo non riusciva a staccarsi dalla porzione di marciapiede su cui la costringeva la forza di gravità terrestre.

"Nessun problema, se non lo è per lei! È solo che non capisco."

"Cosa c'è da capire?"

"Cosa ci troviate in quelle fantasie: frasi sdolcinate, pianti fasulli, storie impossibili... La vita è un'altra cosa."

La sfrontatezza di quello sconosciuto, che la giudicava con le stesse parole di sua madre, la urtò.

"Che cosa? I suoi motori?" disse indicando la rivista che aveva piegato e infilato nella tasca del giubbino.

"Certo, sentire il vento sulla pelle..."

Liberata non ebbe la prontezza di rispondergli, lo guardava come ipnotizzata da tanta insolenza.

All'improvviso, come se fosse un altro, il ragazzo ammorbidì il tono delle sue parole:

"Le andrebbe di farlo?".

"Cosa?" rispose Liberata confusa.

"Provare la vita. Fare un giro in moto."

Era la prima volta che qualcuno glielo chiedeva, ma se fosse successo avrebbe in ogni caso sempre detto di no, che le moto le facevano paura, forse perché aveva ragione lui, forse era la vita a farle paura, e anche adesso gli avrebbe detto di no ma con una riserva, quasi un dispiacere che nemmeno lei sapeva da dove arrivasse.

“Non salirei mai sulla sua moto.”

Il giovane rispose in tono conciliante.

“Lo so, per questo gliel’ho chiesto. Ma la sua risposta mi conferma che avevo ragione.” E guardò la copertina di “Marina” che Liberata continuava a tenere di fronte a sé.

Non disse altro. Glauco e Liberata lo guardarono andare verso la moto, nascondere i riccioli neri sotto il casco, sedersi, togliere il cavalletto, girare la chiave, dare un paio di accelerate, inserire la marcia, infine accelerare ancora e sgommare via.

Rimasero in silenzio.

“Ma chi è?”

“È il ragazzo nuovo che lavora da mio padre.”

Glauco rise.

“Meno male che lavora per lui, se no chissà cos’altro ti avrebbe detto!”

“Non credo sappia che sono sua figlia.”

“Allora mi piacerebbe vedere la sua faccia quando lo scoprirà. In ogni caso, è proprio sfrontato. Bello, certo, ma per un attimo ho pensato che gli avresti dato uno schiaffo. Lo so che non lo avresti mai fatto, ma sembrava facesse di tutto per provocarti.”

“Se lo sarebbe meritato.”

“Ma diglielo a tuo padre, no? Persone così meglio perderle.”

Liberata pensò che Glauco in fondo aveva ragione. Sarebbe bastata una sua parola e quello sarebbe stato rispedito lì da dove era arrivato, silurato, ricacciato nell’anonimità da cui aveva alzato la testa, e non volle completamente precludersi questa possibilità; l’idea di essere lei a decidere del futuro, di poter azzittire quelle parole ardite con un solo gesto, spegnere quel fuoco di convinzione con un soffio impercettibile, la faceva stare meglio: *Parla, parla, tanto se voglio io...* Ma lei non sapeva ancora cosa voleva, non aveva mai saputo cosa voleva davvero.

Passò vicino al punto in cui era stata parcheggiata la moto e notò il segno della sgommata sull’asfalto, un segno dapprima indistinto poi, a vederlo bene, sempre più definito e netto.

Prese la Polaroid dalla borsa, si inginocchiò e, dopo aver avvicinato la macchina fotografica, scattò.

Giuditta lavorava come commessa alla boutique Cannarò, la cui insegna campeggiava al centro della piazza, all'inizio del corso, una posizione privilegiata che aveva fatto la fortuna di quel negozio dove venivano a vestirsi anche da fuori paese.

In realtà, Giuditta era qualcosa in più che una semplice commessa: la proprietaria si era trasferita nel capoluogo e, poiché la ragazza ci sapeva fare, le aveva lasciato la responsabilità della boutique, dove si faceva vedere ogni fine mese solo per incassare il dovuto.

Liberata passava spesso dall'amica. Quel giorno sperava che i racconti di lei avrebbero spazzato la rabbia rimastale in corpo dopo l'incontro con il ragazzo della moto.

La porta, ogni volta che veniva aperta, faceva suonare un campanello.

"Amica mia, vieni, vieni," la accolse Giuditta, intenta a ripiegare alcune camicie da notte sul bancone.

Erano state compagne di scuola dall'asilo alla ragioneria. Avevano caratteri differenti, addirittura opposti, eppure c'era qualcosa che le legava: si volevano bene, un bene dimostrato e sperimentato.

"Finalmente sei andata dalla parrucchiera, fatti vedere!"

Le si avvicinò e la squadrò da ogni lato.

"Proprio belli. Assomigli a Katiuscia!"

Liberata sorrise.

"Immagino gli sguardi, per strada."

"Ma che sguardi e sguardi, figurati se si mettono a guardare me."

"Ti guardano, ti guardano, fidati... Sei tu che non te ne accorgi."

Non le piaceva parlare di sé.

"E Fortunato? Stai facendo quello che ti ha detto la maga?"

Giuditta sorrise:

"Sì, e funziona! Stasera mi porta in pizzeria".

Giuditta voleva che Liberata si trovasse un fidanzato. Per

l'amica, certo, ma anche per sé stessa, così avrebbe potuto organizzare le uscite a quattro. E poiché sapeva che non se lo sarebbe mai trovato da sola, ci pensava lei a cercarle l'uomo giusto: conoscendo il suo punto debole, cercava in ognuno il particolare che lo assomigliasse a Franco Gasparri. Adesso era il turno di Demetrio, che lavorava al bar Centrale, che da ragazzo aveva avuto una predilezione per Liberata e un giorno, addirittura, facendo violenza alla propria riservatezza, le aveva lasciato un biglietto nella tasca della giacca. Lei non aveva detto né fatto niente, che era il suo modo di rispondere alle provocazioni della vita. E Demetrio, a detta di Giuditta, aveva un ricciolo che gli cadeva sulla fronte proprio come l'attore: "Guarda bene quel ricciolo," le diceva, "guarda bene come gli assomiglia", che da alcune angolazioni poteva anche essere così, peccato però per tutto il resto.

"Perché non andiamo al bar? Cinque minuti, metto il cartello e andiamo a bere qualcosa," propose Giuditta.

Liberata non ne aveva voglia, ma per fortuna il campanello della porta suonò ed entrò Cesira Bascazziano in cerca di una gonna nera.

Giuditta la portò dov'erano esposte le gonne, Liberata si appoggiò coi gomiti sul bancone. L'amica aveva lasciato lì lo stesso numero di "Marina" che lei aveva in mano quando quel tizio si era preso gioco di lei, *Occhi di fuoco, cuore di ghiaccio*. Il fotoromanzo era aperto circa a metà. Liberata, che ancora non lo aveva letto, non volle guardarvi dentro per non guastarsi la storia, ma di sfuggita, mentre si voltava dall'altra parte, non riuscì a non scorgere una frase:

IL GIORNO PER ARRENDERSI ERA ANCORA TROPPO LONTANO.

Quando la cliente entrò nel camerino, Liberata salutò l'amica e andò a casa per finire un lavoro.

Da qualche anno lavorava con la Olivetti ET 10, la macchina elettrica le permetteva di essere più veloce e fare meno fatica. La Lettera 32 l'aveva messa come un trofeo sopra il comò, ma ogni tanto la riprendeva in mano quando, come quel pomeriggio, doveva rifare alcune pagine strappate di una vecchia relazione scritta con quella macchina.

Un giorno aveva chiesto al padre come era arrivata, la Lettera 32, in casa loro. E così era venuta a sapere che doveva la propria vocazione al vecchio Cateno Casamiru: Oreste gli aveva messo a nuovo una motoretta che Cateno non poteva pagare e l'indomani lui si era presentato all'officina con quella macchina da scrivere; al padre era sembrato troppo, ma Cateno non ne aveva voluto sapere, gliel'aveva lasciata, e lui ancora ricordava la frase sibillina con cui l'aveva abbandonata sulla sedia: "Più che guai non m'ha procurato".

Da quando lo aveva saputo, Liberata guardava il vecchio Cateno come si guarda un angelo custode, che lei aveva avuto la ventura di scoprire chi fosse. Lo osservava, a volte lo seguiva fino a casa, ogni volta impreparata a oltrepassare la linea della parola confidente. Il gesto più eclatante lo aveva compiuto un pomeriggio, dopo averlo visto uscire e allontanarsi, che si era avvicinata a una finestra per guardarci dentro, e di una stanza spoglia l'aveva colpita un quaderno aperto sul tavolo. Avrebbe voluto leggervi dentro, e se lo avesse fatto forse sarebbe riuscita a salvarlo, che Cateno lo trovarono impiccato qualche settimana dopo a una quercia, e subito Liberata pensò al quaderno sul quale aveva scritto la sua ultima verità, che quando la vita sta per esaurirsi, le parole possono essere l'unico modo per scavare, ordinare, capire, salvarsi. Al povero Cateno né la macchina da scrivere né i fogli avevano offerto più illusioni. Avevano smesso di parlargli. E quando anche le parole finiscono, si muore.

Buongiorno tristezza

"Sabrina", Mensile di fotoromanzi e attualità
Anno XI, nr. 122, Sped. abb. post. Gr. III – 70, 300 lire

"Quest'anno sarà speciale," aveva detto Agata riferendosi all'Esposizione della Sacra Reliquia.

Ogni anno la stessa agitazione. La mattina si svegliava prestissimo, metteva subito il mangiare sul fuoco e poi rovistava nell'armadio per tirarne fuori i suoi vestiti più eleganti, che allineava sul letto fin quando non si decideva a sceglierne uno. Quindi si sedeva in cucina e andava avanti con l'uncinetto a chiudere uno dei suoi quadretti quindici per quindici. Creava sempre quelli, solo quelli. Ammucchiava riviste su riviste, cartamodelli su cartamodelli, eppure non andava mai al di là di quelle forme regolari. Sempre le stesse, qualunque punto usasse, dal punto costa al punto tulipano, ne faceva a centinaia e poi li cuciva insieme per farne coperte e copriletti.

Quando Liberata andò a scaldarsi il latte, vide dei fogli sul tavolo. Ne prese uno:

La Congrega della Sacra Reliquia
per celebrare i cento anni dell'arrivo del
SACRO DITO DI SANT'ANTONIO DI PADOVA
presso la nostra Comunità,
insieme all'Esposizione della Sacra Reliquia
metterà in mostra per la prima volta il
CORREDO VOTIVO

“Lo avevamo detto che sarebbe stato un anno speciale. La famiglia Caracciolo ha fatto un lascito importante, a condizione che gli ori vengano esposti assieme alla Sacra Reliquia per essere benedetti pubblicamente,” disse Agata senza alzare gli occhi dal suo quadrato.

Cosa ne facessero, la Chiesa e sant’Antonio, di tutto quell’oro restava per Liberata un mistero. Qualche volta aveva provato a chiederlo alla madre, ma lei le aveva risposto scocciata dicendo che quelle domande erano sacrileghe e stavano bene in bocca ai comunisti.

Poco dopo, Agata si alzò per andare a vestirsi.

“Dimenticavo,” disse prima di uscire, “tuo padre vuole che tu passi da lui alle undici.”

“Per cosa?”

Il rumore della porta sbattuta fu la risposta.

Liberata finì di fare colazione, continuando a guardare il volantino. Lo voltò. C’era la foto della Reliquia, l’indice destro di sant’Antonio appoggiato su un cuscino di velluto rosso, dentro una teca di cristallo. Come uno degli insetti conservati nel soggiorno. Che sarebbe stata anche quella una gran bella raccolta, e immaginò un collezionista di reliquie così ambizioso da voler ricostruire un corpo intero mettendo assieme le varie parti: gli occhi di santa Lucia, il dente di sant’Apollonia, la costola di santa Caterina, il ginocchio di santa Colomba, il cuore di sant’Alfio, e infine il pezzo più pregiato, il prepuzio di Nostro Signore Gesù.

L’elenco era infinito, come registrato nel vecchio e spiegazzato *Dizionario delle Reliquie e dei Santi della Chiesa di Roma* che la madre custodiva su una mensola in cucina, nel quale venivano riportati i nomi dei santi in ordine alfabetico, e lei ricordava il primo, Abbondanzio, per quel nome strano, perché non aveva e non avrebbe mai conosciuto qualcuno che si chiamasse così, perché le sembrava giusto che un santo avesse un nome irreplicabile.

Sarebbe stata una storia interessante, non da fotoromanzo. O forse sì, che una volta a Franco Gasparri avevano fatto fare la parte di un prete che si spogliava per amore. Il fotoromanzo s'intitolava *Buongiorno tristezza*.

Quando mancava mezz'ora alle undici, si vestì per andare dal padre. Per un attimo pensò che quella chiamata avesse a che fare col ragazzo della moto che il giorno prima si era preso gioco di lei. In qualche modo il padre era venuto a saperlo e adesso voleva che le chiedesse scusa davanti a lui. Era stato Glauco, sicuramente.

Uscì da casa e passò dall'edicola.

Glauco scriveva qualcosa. Liberata riconobbe sul foglio la bandiera del Pci. C'era anche un volantino. Un paio d'anni prima era riuscito a convincerla a farsi la tessera del Partito, ma sapeva che aveva ceduto solo per amicizia e per seguire l'orma paterna, che di politica, a Liberata, non interessava nulla, probabilmente perché le interessava poco dei fatti terreni. Sapeva che l'amico stava organizzando una grande manifestazione in paese per prendere le distanze dagli estremisti di sinistra: la stella rossa aveva seminato paura tra la gente e Glauco, seguendo anche le posizioni del partito nazionale, che aveva bandito le frange estremiste, voleva dimostrare che i comunisti erano contro la violenza.

Quando la vide arrivare Glauco sorrise, e Liberata pensò di aver avuto ragione, che sicuramente era stato lui a parlare con Oreste e a metterlo in guardia dal nuovo operaio.

"Ti stavo aspettando."

Gli occhi di Glauco seguirono l'auto dei carabinieri che passava lenta di fronte all'edicola. Aspettò che si allontanasse.

"Indovina chi è venuto ieri pomeriggio?"

"Colomba Marra."

"Il ragazzo della moto."

E così Liberata venne a sapere che l'operaio del padre aveva acquistato non solo le sue riviste ma anche il fotoromanzo "Marina" che aveva con sé quando l'aveva presa in giro, *proprio quello* aveva specificato a Glauco. Vorrà prendersi ancora gioco di me, pensò, ma questa volta non glielo permetterò, e se dovesse esagerare lo faccio davvero mandare via.

Ritirò l'ultimo numero di "Le avventure di Jacques Douglas" e andò verso l'officina.

Il pensiero d'incontrarlo la infastidiva. D'altronde, ripensava, non potrò certo mancare per sempre, prima o poi succederà, tanto vale farlo subito.

Le bastò vedere la grande entrata del garage per ritornare a essere sé stessa, audace nella fantasia ma timorosa ed esitante nella realtà.

Oreste stava parlando con un cliente. Aspettò sulla soglia: non voleva guardare dentro per controllare se c'era il ragazzo, ma nello stesso tempo c'era come una forza indipendente dalla sua volontà che attirava i suoi occhi, e alla fine cedette e si voltò verso l'officina, e non lo vide, e un po' si sentì sollevata.

Il padre si accorse di lei e le fece segno di entrare.

"Eccoti qua," le disse dopo che il cliente se ne fu andato.

"Cosa è successo?"

"Adesso vedrai."

Liberata si guardò intorno. La moto non c'era.

"Il nuovo arrivato come va?"

"E tu l'hai visto? Doveva essere qui tre ore fa. Se inizia così..."

"Ma hai detto che è bravo."

"Cosa me ne faccio di uno bravo ma inaffidabile?"

"Avrà avuto un contrattempo."

"Come mai lo giustifichi? Non avevi detto che era meglio un paesano?"

Il rombo di una moto si fece sempre più vicino.

"Il signorino è arrivato," concluse Oreste sarcastico.

Andò a parcheggiare sul retro. Liberata lo vide entrare dalla porta posteriore, col giubbino in pelle, il casco nella mano sinistra.

"Alla buon'ora," lo accolse Oreste.

Lui si fece incontro e Liberata sentì come avvamparsi dentro.

Oreste gli indicò l'orologio col dito.

Il ragazzo allungò la mano destra e mostrò la benda che gli fasciava il polso.

"Mi scusi, pensavo di sbrigarmi prima dal medico."
"Che ti sei fatto?"
"Ieri sera sono scivolato."
Liberata guardò la mano e poi i suoi occhi, la fasciatura e i suoi occhi. Oreste addolcì il tono.
"Se ti fa male potevi avvertirmi e stare a casa."
"Non è niente di grave, e il lavoro lo recupero nel pomeriggio."
Solo allora il nuovo arrivato parve accorgersi di lei, e le disse "buongiorno" con l'insolente sorriso che Liberata non sopportava.
"Mia figlia, Liberata."
Il ragazzo allungò la mano verso di lei, che la toccò, piano, per paura di fargli male.
"Sì, lo so, ci siamo già conosciuti."
Liberata lo fissò per vedere la sua reazione e cercargli in volto sprazzi di stupore, imbarazzo, un ravvedimento, ma niente sembrava intaccarlo. Questo la maldispose ancora di più.
"Vado a cambiarmi," disse il giovane, e sparì nello spogliatoio.
"Avevo pensato male, e invece..." Scosse la testa.
"Cosa vuoi dire?"
"Il ritardo. Pensavo fosse per fannullaggine e invece è venuto a lavorare con una mano fasciata."
L'ammirazione che trapelava da quelle parole le dispiacque.
Poco dopo il ragazzo uscì con addosso la tuta blu.
"Andiamo davanti," le disse Oreste accarezzandole il braccio.
Lei si riprese.
"Cosa dovevi dirmi?"
Lui non rispose, ma guardava verso la strada.
"Ecco," disse alla fine.
L'auto dei carabinieri mise la freccia e si fermò nella piazzola dell'officina.
Liberata non capiva.

“Vieni con me.”

Mentre si avvicinavano, dall’auto scese il maresciallo.

Liberata s’irrigidì.

“Puntualissimo,” disse Oreste.

Il maresciallo gli andò incontro e gli porse la mano.

“Mi avevate detto alle undici. L’auto è pronta?” domandò indicando una Giulietta bianca parcheggiata vicino alla recinzione.

“Prontissima. Le chiavi sono al quadro.”

Il maresciallo fece un cenno con la testa in direzione dell’auto di servizio, dalla quale scese il carabiniere giovane.

“Mi permettete? Vi presento mia figlia,” disse il meccanico.

Il maresciallo la salutò portandosi la mano al berretto d’ordinanza:

“Ho già avuto modo di parlare con la signorina”.

“Lo so,” continuò Oreste, “per questo ci tenevo a presentarvela personalmente.”

Il maresciallo lo squadrò.

“Non ce n’era bisogno.”

Oreste non abbassò lo sguardo: “Forse sì”.

L’altro indurì il tono.

“Cosa volete dire, Macrì?”

“Sono anni che vi servite da me, dovreste ormai conoscermi. Secondo voi, mia figlia...”

“Io non vi dico come si aggiustano i motori. Sono tempi difficili, Macrì, e non ci si può fidare di nessuno.”

“Ma mia figlia fa sempre fotografie, le piace.”

“E io faccio sempre domande, è il mio lavoro.”

In quel momento, dall’officina uscì il nuovo ragazzo.

Il maresciallo lo seguì con lo sguardo mentre andava verso la fontana a riempire un secchio d’acqua. Chiese a Oreste chi fosse, quindi lo fece avvicinare e gli chiese il nome.

“Luvio Chianese.”

Liberata fu colpita dalla fierezza della voce, che non dimostrava alcun timore. Gli chiese di dov’era, da quanti giorni lavorava lì, e nel sapere che erano tre divenne più insistente, soprattutto quando si accorse della mano fasciata.

"Cosa avete fatto lì?"

"Una caduta."

"Tre giorni fa?"

"Ieri sera."

La voce del ragazzo non aveva ceduto nemmeno un grado di sfrontatezza e questo rese fiera Liberata: le sembrò per un attimo che lui le avesse reso giustizia.

Il maresciallo si voltò verso Oreste.

"Ve lo siete trovato orgoglioso, l'aiutante. Forse un po' troppo."

Fece un gesto quasi impercettibile in direzione del carabiniere che era sceso dall'auto, quindi salirono sulla Giulietta e andarono.

Oreste e Liberata fissarono Luvio. Lui fece finta di niente, prese il secchio dell'acqua e tornò dentro.

La figlia si strinse al braccio del padre, che le accarezzò la mano.

"Non ti preoccupare di niente. Ci sono io."

Lei lo abbracciò forte.

"E fammi un favore," disse mentre s'infilava in un'auto per provarla, "vai in chiesa con tua madre un giorno di questi!"

Liberata lo vide allontanarsi e fece per andarsene.

"Va via così?" chiese il ragazzo, che era uscito di nuovo a prendere l'acqua.

Si guardò intorno, se qualcuno li stesse osservando, ma non vide nessuno.

"E cosa le dovrei dire? Ci siamo detti tutto l'ultima volta."

"È ancora offesa?"

"Lei sapeva già chi ero."

Luvio sorrise in segno di conferma. Liberata si sentì disarmata, che nemmeno essere la figlia del suo principale poteva difenderla.

"Non mi ha risposto. È ancora offesa?"

La voce di lui sembrava un'altra da quella di poco prima col maresciallo.

"Non le è bastato prendermi in giro all'edicola? Non ha finito?"

"Sì, è ancora offesa," proseguì facendo qualche passo verso di lei.

"Mi ha fermato per continuare? Tanto lo so."

"Che cosa sa?"

Liberata esitò, incerta se dirlo o no.

"Perché è tornato a comprare il mio fotoromanzo?"

"Vedo che le notizie si diffondono presto."

"Pensava che non venissi a saperlo? O lo ha fatto proprio perché sapeva che me lo avrebbero detto?"

La guardò incuriosito.

"E perché lo avrei fatto?"

"Per potermi prendere meglio in giro."

"In che senso?"

"Non faccia l'ingenuo. Per ridere di quelle cose, e di me."

"È la sua unica ipotesi?"

"Non ne vedo altre."

"Ci sono, invece. Per esempio, potrei essere stato spinto dalla curiosità di sapere cosa legge."

"Ormai ho capito il suo gioco."

Il tono del ragazzo cambiò:

"Non l'ho fatto per prenderla in giro".

Si toccò la mano fasciata, e per la prima volta sembrò a Liberata di scorgere una debolezza, una crepa.

"Solo per conoscerla meglio."

Lei ebbe la forza di reggerne lo sguardo. Non capiva il senso di quelle parole, pensò a un trucco, a un'intenzione altra.

Bruno uscì sulla porta per chiamarlo:

"Luvio, ho bisogno dell'acqua".

"Arrivo," rispose lui.

Afferrò il secchio che aveva appoggiato a terra e prima di rientrare la guardò a lungo:

"Per sapere cosa c'è dietro quegli occhi malinconici".

Disse proprio così, malinconici, e poi scomparve nell'officina, e come se quelle parole avessero avuto il dono o la maledizione di toccare il mondo e trasformarlo, Liberata dimenticò ogni cosa e avvertì una mestizia come di vite che si perdono. Fu "malinconica" la parola che le risuonò in testa per tutto il giorno. Malinconica.

Che poteva essere un bel nome per chiamarsi.

Malinconica.

Malinconica Macrì.

Lettera d'amore a uno sconosciuto

"Charme", Quattordicinale di fotoromanzi
Anno XII, nr. 285, Sped. abb. post. Gr. III – 70, 84 pagine, 250 lire

Credeva alle cose che non si vedono per innata e congenita tendenza, ma anche per indotta educazione paterna.

Cresciuta all'ombra della passione entomologica del padre, unico spazio in cui sentirsi figlia, l'universo straordinario di quegli esseri minuscoli dotati di poteri sovrumani la confermò nella certezza che la parte più interessante del mondo si trovasse nei suoi anfratti infinitesimali, invisibile alla maggior parte degli uomini. Sapeva, per esempio, il compare Pepè, quando si vantava del suo fiuto mostrando al vicinato la cesta piena di porcini, che una falena imperatore maschio era in grado di sentire l'odore di una femmina fino a undici chilometri di distanza? Lo sapeva Cuncettina, madre mancata, che gli afidi non hanno bisogno di maschi per riprodursi? E don Pantaleone sapeva che non solo il Signoriddio era capace di camminare sull'acqua, ma anche l'idrometra? E le zanzare? E le gerridi?

Le piaceva ricordare le passeggiate che facevano nei boschi, col padre, e poi il gesto che preferiva, quando lui rovesciava le foglie o le pietre e le mostrava, sotto, gli insetti impauriti. Liberata aveva imparato così che l'invisibile non è solo ciò che non esiste, ma anche ciò che si nasconde o non si vede, categoria della quale lei era un esempio vivente da esporre in un museo: l'invisibile che esiste, c'è ma non viene visto, lei, che si chiedeva quale foglia misteriosa l'avesse celata agli occhi della madre.

Guardò dentro la cassetta della posta. Vuota.

L'auto del padre era parcheggiata di fronte a casa: a quell'ora di solito era in officina. Pensò che avesse dimenticato qualcosa, ma quando aprì la porta sentì una voce estranea.

"Sono io," disse entrando.

"Vieni Liberata, siamo in soggiorno."

Si tolse il soprabito e avanzò incuriosita.

"Entra," le disse Oreste, in tuta da lavoro; l'ospite era al suo fianco.

Liberata rimase immobile.

Il forestiero.

L'uomo che la stava inseguendo da qualche giorno, che l'aveva fermata sulle scale del notaio; era proprio lì, in casa sua, nel suo soggiorno. Ebbe paura.

Quello le tese la mano accompagnando il gesto con un sorriso, ma lei rimase ferma, come quando ci svegliano da un sonno profondo e non sappiamo dove siamo, chi siamo.

Oreste se ne accorse.

"Il signor Zangari, è anche lui un appassionato di insetti."

Liberata gli strinse meccanicamente la mano.

"Gli sto mostrando la mia collezione."

"Una splendida collezione," aggiunse l'altro, posando con delicatezza la teca con il *Pheropsophus jessoensis* che teneva in mano.

"Ci siamo conosciuti stamattina in officina."

"Ho chiesto in paese se ci fosse qualche entomologo e tutti mi hanno indicato vostro padre. Così mi sono permesso di presentarmi da lui," aggiunse il forestiero.

"Liberata perché non porti qualcosa da bere al nostro ospite?"

"Grazie, ma non vorrei disturbare," disse l'altro.

"Un bicchierino di vermouth non è un disturbo."

Liberata ne approfittò per andare in cucina, cominciava a mancarle l'aria.

Dovette sedersi e respirare. Vedere il forestiero a casa sua la fece sentire vulnerabile. Era lì per lei, stava macchinando qualcosa. E soprattutto doveva parlare con suo padre, fargli capire che quell'uomo non doveva più venire lì. Arrivò una risata di Oreste. Liberata aprì la vetrinetta, prese due bicchierini del servizio buono e vi versò il liquore. Ritornò in soggiorno col vassoio. Il signor Zangari non era affatto imbarazzato, parlava gesticolando con suo padre come se si conoscessero da anni.

"Grazie," disse prendendo il vermouth.

Liberata uscì dalla stanza ma rimase in corridoio ad ascoltarli.

"Se non ho capito male, lei non è un collezionista."

"No, signor Macrì, sono uno studioso, anche se – aggiungerei – uno studioso anomalo."

"In che senso?"

"Mi occupo soprattutto del comportamento degli insetti. Mi piace osservarli nel loro habitat naturale, capire le loro strategie di sopravvivenza. Perché gli insetti non vivono. Gli insetti sopravvivono."

Per la prima volta, il tono dell'ospite tradì un cedimento.

"E muoiono molto presto, purtroppo," disse Oreste pensieroso. E poi, cambiando tono: "Per questo è bene conservarne il corpo, per ricordarci di quello che sono stati. Si trattiene molto in paese?".

"Qualche mese, il tempo necessario a sistemare delle cose a cui sto lavorando."

Aveva svuotato il bicchierino ma continuava a tenerlo in mano, facendolo roteare tra pollice e indice.

"Si è fatto tardi, ho approfittato sin troppo della sua gentilezza."

"Mi ha fatto piacere, e di certo avremo modo di parlare ancora. Se ha bisogno della mia collezione, a sua disposizione. Non mi capita tutti i giorni di poter condividere queste cose con qualcuno."

Quando capì ch'erano arrivati ai saluti, Liberata andò in cucina.

"Noi andiamo," disse Oreste dal corridoio.

"Arrivederci," salutò il forestiero, e a lei quell'auspicio non piacque.

Il dubbio, mentre lavava il bicchierino dove aveva bevuto il forestiero strofinando con forza come a voler cancellare ogni sua traccia non solo dal vetro ma anche dalla faccia della terra, era se parlare con il padre di quello che stava succedendo.

Passò al negozio dell'amica.

"Solo un attimo. Volevo chiederti una cosa," le disse entrando.

"Cinque minuti prima e avresti fatto un incontro folgorante."

"Con chi?"

"Sono appena usciti i carabinieri."

"E cosa volevano?"

Soltanto l'idea di ritrovarsi faccia a faccia con il maresciallo la agitava.

"Portarmi dentro," disse ridendo.

"Dai, sii seria."

"E cosa potevano volere? Mi hanno chiesto della stella rossa."

"E tu?"

"Niente, che dovevo dire? Tutto come sempre, e comunque qui in negozio qualcuno di nuovo arriva di continuo. Però c'era un carabiniere, giovane, con i capelli neri e corti... aveva degli occhi! E comunque, chiunque sia stato a fare quella stella non è di qua."

"Cosa te lo fa pensare?"

"Si sarebbe notato subito."

"Magari lo hanno visto e non lo dicono."

Giuditta andò a mettere una delle camicette sul manichino in vetrina, guardando verso la strada.

"Ma sono solo io a pensarla così. In paese invece è cominciata la caccia. Si guardano, si fiutano, si osservano per cercare un indizio o una prova. Le malelingue hanno già cominciato a fare nomi e soprannomi."

Le campane della Matrice suonarono undici rintocchi e poi, alla fine, un rintocco speciale, diverso dagli altri, più lungo, che avrebbe seguito il numero delle ore per tutto il mese, per ricordare la Sacra Reliquia.

"Chi è stato ha scelto il momento giusto," disse Liberata, e pensò alla madre

"Forse lo ha fatto apposta?"

"Chissà, una provocazione."

"Speriamo solo questo. Vedremo cosa succederà. Senti," disse cambiando discorso, "mi è arrivata una camicetta bellissima, che fai, la provi?"

"Quando avrò più tempo. Adesso devo chiederti una cosa."

La musica trasmessa dalla radio era finita e la voce del conduttore aveva cominciato a parlare:

Buon pomeriggio da Radio Alternativa 71, la radio dalla parte dell'umanità. Sono arrivate a quattro le statue delle Madonne a cui è stata tagliata la testa. L'ultima, stamattina, a Gimigliano.
Anche questa volta, l'autore si è portato dietro la parte amputata.
Il vescovo del capoluogo ha diramato un comunicato ufficiale nel quale invita i parroci a prestare particolare attenzione: la casualità apparente dei luoghi colpiti non permette di fare previsioni sui prossimi obiettivi.
Il vescovo ha inoltre rivolto un appello invitando il colpevole a pentirsi e a restituire la refurtiva.
Del "collezionista di teste sacre" non risultano precedenti nelle cronache nazionali.

"Cosa dovevi chiedermi?"

"Fermati un attimo e guardami."

Giuditta mise da parte le camicette.

"Ti sto guardando."

"Guardami bene, guardami negli occhi," le disse sporgendosi attraverso il bancone.

"Li sto guardando."

"Come sono?"

Giuditta fece una faccia stranita.

"Come sempre Liberà, neri."

"Ma non quello! Voglio dire, cosa esprimono?"

"In che senso?"

"I miei occhi ti sembrano malinconici?"

L'amica, abituata a quelle stranezze, si avvicinò a sua volta e la fissò.

"In verità, non è che tu faccia una vita proprio felice!"

"E questo si vede nei miei occhi?"

"Ma che ti prende? Su cosa ti stai fissando? E poi i nostri occhi non sono sempre gli stessi! Quando siamo tristi sono tristi, quando siamo felici sono felici."

Si sbagliava, Giuditta. Non è vero che gli occhi cambiano, pensava Liberata mentre tornava a casa dopo aver imbucato la lettera.

Gli sguardi si modificano perché sono le parti che gli stanno intorno a variare espressione: la fronte, le palpebre, le guance; sono esse che modificano la natura dello sguardo, ma gli occhi no, gli occhi sono immutabili, al pari del cuore o della ghiandola pineale. E la prova erano i suoi fotoromanzi, che se c'era una cosa che quei giornali insegnavano era saggiare gli occhi delle persone, con tutti quei primi piani che erano un trattato completo sullo sguardo umano dalle origini al Novecento. Gli occhi di Kirk Morris, per esempio, erano duri, anche quando sorrideva; quelli di Franco Gasparri erano rassicuranti, qualunque espressione facesse erano sempre lì a suggerire una vicinanza perenne, definitiva. E se doveva pensare a degli occhi malinconici, erano quelli di Katiuscia, che in ogni momento sembravano dire è tutto inutile, nulla potrà mai alleviare il dolore che mi porto dentro.

Cercò negli ultimi numeri sul tavolo del soggiorno un suo primo piano, e quando lo trovò andò in bagno, davanti allo specchio, e lo affiancò al proprio volto, concludendo amaramente che quello sconosciuto aveva ragione.

E non solo lui.

Guardò l'ora. Forse era ancora in tempo. Il giorno era quello giusto. Con uno slancio che non le apparteneva, prese borsa e giacca e uscì.

La porta era chiusa. Suonò. Non rispondeva nessuno. Aveva fatto tardi. Suonò di nuovo. Mentre si voltava per andare via sentì lo scatto d'apertura. Un'esitazione, il momento del dubbio di quando abbiamo agito troppo impulsivamente e un riverbero di pentimenti ci colpisce di striscio.

Sei sicura che non c'è nessun uomo? Aveva detto di no.

Se glielo avesse domandato adesso avrebbe dato la stessa risposta, ma con qualche esitazione.

Anche la porta sul pianerottolo era aperta. Entrò e la richiuse dietro di sé.

La penombra e la luce erano come le ricordava. E anche la cartomante, come se non si fosse mai mossa da lì:

"Sapevo che ci saremmo riviste".

Liberata si sedette senza dire niente.

"Se sei qui, è perché le carte avevano ragione. Sei dunque ancora sicura che non c'è nessuno?"

Come faceva quella donna che leggeva decine e centinaia di carte, che incontrava nei suoi continui spostamenti decine e centinaia di donne, a ricordarsi e a riproporle le stesse esatte parole di due settimane prima?

Mischiò il mazzo per sette volte:

"Come sopra così sotto".

Le stese sotto lo sguardo impaziente della ragazza. Sperava solo che non uscisse quello scheletro che l'aveva spaventata. Fece un sospiro di sollievo quando Adele tirò indietro la mano. Osservò le cinque carte. Con l'indice inanellato indicò, in centro, il Cavaliere della Fortuna.

"Ancora lui. Tra il Sole e la Luna. Direi che a questo punto non ci sono più dubbi."

Adele non era Giuditta: con lei, che dava testimonianza della sua capacità di leggere gli eventi dell'universo, poteva parlare, anzi, era forse l'unica al mondo con cui si sentiva di farlo:

"Qualcuno c'è," ammise.

Il buio che le stava intorno e quella dimensione sospesa, di sogno, d'intimità, la metteva a suo agio.

La maga sorrise:

"Le carte lo avevano previsto. Si tratta di qualcosa di molto recente".

Il giorno dopo la lettura delle carte. Liberata glielo disse.

"L'incontro era già nell'aria e i tarocchi lo hanno subito avvertito."

"Non so cosa fare."

"Perché? Guarda qui, il Sole e la Luna, gli opposti che si bilanciano. Valuta i benefici dell'uno e dell'altra. Quali motivi ti fermano e quali invece ti spingono verso di lui?"

Liberata per abitudine pensò prima alle cose negative, pensò, e pensò, e gliene venivano pochissime.

"È troppo sicuro di sé."

Adele la guardò come a dire *Tutto qui?*

"Lavora per mio padre, forse il suo è solo interesse."

Poteva essere un motivo più fondato.

"Facciamo che siano ancora le carte a risponderti."

Raccolse le cinque figure e le mescolò con le altre.

"Come sopra così sotto."

Nell'ordine: la Papessa, la Ruota della Fortuna, la Luna, la Forza, il Sole.

Adele le studiò con attenzione:

"È sincero. La Papessa e la Ruota si annullano, ma quello che resta dimostra la sua sincerità. Il Sole che chiude è un elemento positivo. C'è qualcosa in lui che rimanda alla luce".

Liberata si sentì sollevata. Adele la misteriosa cominciò a raccogliere le carte.

"Abbiamo già finito?"

"È tardi, devo andare. E poi, poche volte escono carte così chiare. Qualunque altra lettura sarebbe inutile. È l'uomo che stavi aspettando."

Quella che leggeva il destino

"Noidue", Mensile di fotoromanzi
Anno I, nr. 3, Sped. abb. post. Gr. III – 70, 84 pagine, 250 lire

Le piaceva pensare che tutte le cose del mondo in qualche modo interagissero tra loro, profondamente, e che ai contatti seguisse sempre un baratto, uno scambio di molecole, particelle, atomi impercettibili, come i respiri delle persone che si mescolano a loro insaputa, nella folla delle strade o anche in traversate solitarie, quando uno starnuto sospeso nell'aria lascia corpuscoli invisibili che contamineranno altri passanti. Nel vuoto che le stava intorno sentiva qualcosa di tutte le vite passate che erano rimaste lì, impigliate. Come quando sui rami spogli degli alberi vedeva intrappolata qualche piuma di un uccello trascorso che altri volatili avrebbero fatto mattone di nido.

Liberata credeva che le persone lasciassero sempre un segno del loro passaggio, che i sogni cambiassero le vite, che i pensieri modificassero le azioni, che causa ed effetto non riguardassero solo i fenomeni sensibili, che certe malattie del corpo era la mente a procurarle.

E fu curioso, per lei, sentirlo dire anche alla madre.

Assecondando le insistenze di Oreste e malgrado l'indifferenza materna, Liberata stava andando in chiesa con lei.

La sera prima, mentre cenavano, Agata aveva chiesto al marito se l'indomani mattina poteva accompagnarla.

"Non mi fido a stare sola," disse abbassando la voce, come se qualcuno la stesse ascoltando da dietro la finestra, "quando devo aprire gli ori."

"Beccaria?" rispose Oreste.
"Ha la febbre."
"Può venire Liberata," azzardò il padre.
La moglie gli rivolse uno sguardo stupefatto. Liberata non fiatò.
"Cosa cambia?" attaccò Oreste.
Agata azzardò una risposta: "Un uomo è più sicuro".
"Io non posso, domattina devo andare a ritirare un'auto fuori paese."
La madre posò gli occhi su Liberata, il cui solito silenzio era accettazione. Non ne aveva voglia, e certo nemmeno la madre era soddisfatta, ma voleva accontentare il padre.
Lungo la strada scambiarono pochissime parole; solo quando videro la chiesa Agata pronunciò l'unica frase compiuta di quella traversata parallela: "Vedrai che gioielli", con una sfumatura d'orgoglio.
Liberata credeva a tutto ciò che non si vede ma non all'Invisibile per eccellenza, al Dio Onnipotente, e tuttavia ogni volta che varcava il portale della chiesa si sentiva improvvisamente peccatrice. Apriva la porta laterale, cercando di fare meno rumore possibile, e già in quella premura c'era come un involontario riconoscimento di umana piccolezza. Credeva che quella sensazione non fosse solo sua, che ci fosse qualcosa d'indefinibile per la quale anche gli esseri più malvagi lasciano sulla soglia della chiesa i loro pensieri cattivi. Da bambina, nell'alzare il piede per oltrepassare la base di legno del portale, compiva quel movimento con una certa apprensione: credeva ai confini che non si vedono, linee invisibili che delimitavano gli spazi umani, che forse così poteva spiegarsi l'improvviso cambiamento d'umore di molta gente, dall'averne attraversata una, come quando da piccoli tracciamo a terra intorno a noi un cerchio che diventa il confine col resto del mondo, la frontiera tra la quiete e l'agitazione, tra la salvezza e lo smarrimento.
La madre si segnò con l'acqua benedetta. La figlia si limitò a bagnarsi i polpastrelli, asciugandoseli sulla gonna appena l'altra si voltò.

Agata aveva un passo nervoso:

"Meno male che non c'è nessuno".

Andò verso la statua di sant'Antonio.

Si segnò di nuovo e si inginocchiò. Recitò a voce bassa qualche versetto. Liberata osservò la statua da vicino, come non faceva da anni: il Santo, ritratto come un fanciullo, teneva sul braccio destro Gesù Bambino, con le braccia aperte, mentre con la mano sinistra impugnava un libro; un giglio bianco era legato al cordiglio.

Alla sua destra, custodito in un reliquiario di cristallo murato dentro una celletta, il dito di sant'Antonio, che aveva il potere di ritrovare le cose perdute indicando il luogo dello smarrimento.

La madre lo sfiorò con la mano e si baciò le dita.

"Andiamo," disse sottovoce.

Oltrepassarono prima la statua della Madonna delle Nevi, col suo manto stellato, poi il grande fonte battesimale in pietra esagonale; quindi, s'infilarono nella porticina di legno che dal presbiterio portava alla canonica, subito dopo la cripta, il cui accesso era chiuso. Agata tirò fuori dalla borsa un grosso mazzo di chiavi, neanche fosse stata il clavigero del Vaticano.

Per primo aprì l'ufficio della Sacra Congrega, e quando Liberata fu entrata con lei richiuse la porta a chiave, con tripla mandata. Tutte quelle precauzioni a Liberata sembravano eccessive: erano solo loro due nella stanza, eppure la madre continuava ad avere quell'atteggiamento guardingo, come se anche il ritratto di papa Paolo VI dietro la scrivania la spiasse. Agata andò verso il quadro, lo staccò dal muro e lo appoggiò a terra.

Liberata pensava che solo nei fotoromanzi e nei film le casseforti si nascondessero dietro ai dipinti, invece accadeva anche lì, in quella stanza dimenticata d'un paese dimenticato, e all'improvviso la madre le parve un'attrice, che per un istante pensò a chi potesse assomigliare.

Con un'altra chiave Agata aprì un cassetto della scrivania. Spostò le penne e le matite che c'erano dentro e tirò fuori l'ennesima chiave, più grande:

"Le precauzioni non sono mai troppe".

La infilò nella serratura della cassaforte.

"E adesso capirai perché."

Dopo quattro giri, Agata la aprì.

"Vieni a vedere."

Lei si avvicinò e rimase abbarbagliata dallo sfolgorio di ori e gioielli ordinati sui vari ripiani.

La madre sorrise.

"Anch'io feci la tua stessa faccia, la prima volta. E ancora non hai visto il meglio!"

Tirò fuori una cassettina di metallo nero che da sola occupava un'intera mensola. Era pesante. Liberata si affrettò ad aiutarla e l'appoggiarono sulla scrivania. La aprirono con un'altra chiave.

Agata sollevò lentamente il coperchio.

Collane, bracciali, orecchini, pietre preziose. La figlia non resistette alla tentazione di toccare quel tesoro.

"Questi sono i gioielli donati dalla famiglia Caracciolo."

Il tono della madre s'attristò:

"Sant'Antonio ne avrebbe fatto volentieri a meno".

Liberata sfiorò un anello con una pietra nera, stretto, da infilare al dito di una giovane donna, magari una sposa. Quell'immagine le provocò come una repulsione e tirò indietro la mano.

"Ci sono certe malattie del corpo che è la testa a procurarle," aggiunse Agata.

Liberata sentì addosso come una ventata di freddo, e guardò verso la finestra nel caso fosse socchiusa, che ci sono finestre che certe volte si aprono senza intercessione umana, spostate dal vento o dalla scia di una stella cadente o da un'onda elettromagnetica più intensa delle altre.

Agata richiuse la cassetta con gli ori e la rimise nella cassaforte.

"Ma cosa siamo venute a fare?"

La madre tirò fuori dalla borsa un sacchettino con un anello d'oro.

"A conservare l'ultimo dono di un'anima pia," disse mentre lo sistemava insieme agli altri.

Feliciuzza Combarise era morta tre giorni prima. Vecchia e sola, malata da tempo, Liberata la ricordava seduta sul balcone, che quando passava sollevava la mano lenta e piena di vene per salutarla, e adesso rivedeva la fede luccicante al sole, l'unico segno di vita, non più all'anulare assottigliato ma al pollice, custodita e lustrata per anni e alla fine barattata, in punto di morte, con la speranza di un'eternità meno avvilente.

La madre lasciò cadere il monile nel gruppo delle fedi, secondo una divisione che lei stessa aveva deciso, e a Liberata fece amarezza vederle tutte ammucchiate, che non facevano lo stesso effetto delle collane o degli orecchini, le fedi tutte assieme erano tristi, come se, più che in altri gioielli, in esse sopravvivessero le promesse e le speranze disattese.

Quando la madre richiuse la porta della stanza della Congrega, l'anta della piccola finestra rotonda che illuminava quello spazio angusto sbatté.

"Glielo dico sempre a Beccaria, di chiuderla bene."

Si avvicinò, prese un bastone di legno appoggiato al muro che nella parte finale si biforcava come una fionda. Provò a raggiungere la maniglia del vetro ma non ci arrivò.

"Vuoi che provi io?"

"No" fu la risposta secca di Agata.

Si guardò intorno. Spostò i salteri consunti dei fedeli, prese una sedia e la mise sotto la finestra. Vi salì sopra, mascherando la fatica che faceva, e finalmente riuscì a chiudere il vetro. Non fece in tempo a scendere dalla sedia che tornò ad aprirsi. Lei non si perse d'animo e rifece gli stessi gesti.

Scesa dalla sedia, si fermò a guardare in alto.

"Questa volta sembra che tenga."

Sistemò tutto e quando furono nella navata, dopo aver baciato il Santo, finalmente solo allora Agata sembrò rilassarsi, come dopo un pericolo scampato.

Si avviarono verso il Piano.

"Tu cosa fai adesso?" chiese Agata a Liberata.

Non le diede il tempo di rispondere.

"Se non devi fare niente, passa da Vitaliano e prendi le patate per pranzo. Sbucciale, che quando arrivo le cucino io."

Lo schema dei pasti prevedeva, il sabato a pranzo, patate e pomodori.

"Posso pensarci io."

"No, faccio io, non arrivo tardi."

Liberata ricordava l'ultima volta che aveva provato a cucinarle e la madre l'aveva rimproverata perché le aveva fatte cuocere troppo.

"Non vieni a casa?"

"Devo passare dai Caracciolo."

Si divisero quando furono al Piano, di fronte al palazzo comunale, Liberata verso casa e Agata per la salita delle Croci.

Aveva appena finito di sbucciare le patate quando squillò il telefono. Si asciugò le mani e andò a rispondere. Al primo "pronto" non rispose nessuno, e le venne in mente la telefonata muta di qualche giorno prima.

"Pronto?" ripeté.

"Buongiorno," rispose una voce maschile.

Liberata la riconobbe subito.

"Mio padre non c'è."

"Lo so. Infatti stavo cercando lei. È sola?"

Aveva di certo visto il numero di casa scritto in grande a fianco al telefono dell'officina.

"No, c'è mia madre. Mio padre immagino sia lì con lei."

"Non chiamo dall'officina. Sono uscito per andare all'autoricambi e quando ho visto questa cabina mi è venuta voglia di sentirla."

"Perché?"

Liberata capì da dove stava chiamando e ricostruì la scena, immaginandolo in piedi, appoggiato alla parete, chissà perché mentre con il dito picchiettava sul vetro.

"Oggi non lavora?" chiese lui ignorando la domanda.

"Sa pure che lavoro faccio?"

"Me lo ha detto suo padre. Parla sempre di lei. Allora scommetto che stava leggendo uno dei suoi fotoromanzi."

"No. Ma se anche fosse?"

"L'ho disturbata?"

"Sì, ho da fare."

"Mi spiace. Adesso anch'io devo ritornare al lavoro. E comunque al telefono ha una voce ancora più bella."

Riattaccò, e Liberata rimase con la cornetta in mano. Confusa. La persona che le aveva appena parlato al telefono sembrava un'altra da quella che l'aveva derisa di fronte all'edicola. E si chiedeva il motivo dell'improvvisa e inattesa chiamata.

Andò in camera sua. Visto che mancava almeno mezz'ora al pranzo, decise di trascrivere la parte finale di una tesi di laurea che avrebbe dovuto consegnare alla fine del mese. Non ricordava dove l'aveva messa. E cercando nei cassetti, consapevole della sua disattenzione, aprì anche quello delle fotografie, caso mai l'avesse messa lì. In cima c'era la foto che aveva scattato quattro giorni prima, la traccia che la sgommata del ragazzo dell'officina aveva lasciato sull'asfalto. Un segno chiaro, per lei inequivocabile, riconducibile al cifrario segreto attraverso il quale Natura e Destino le inviavano di volta in volta i loro messaggi.

Per Liberata il mondo comunicava attraverso dei segni, solo che ognuno si sceglieva a propria immagine e somiglianza l'alfabeto di riferimento: per i matematici e i fisici erano i numeri, per i cristiani i miracoli, per i sognatori le nuvole.

Il suo lo aveva scoperto a scuola, quando aprendo un libro era venuta a sapere che *la stenografia è l'arte di scrivere il discorso altrui ovvero i propri pensieri nel minor tempo e nel più ristretto spazio possibile.* In quell'idea di essenzialità, Liberata aveva trovato come un'impressione di appartenenza, che poi, sfogliando il libro, erano state rivelazione e vertigine le pagine e pagine di segni: non parole, ma scarabocchi, svolazzi, frastagliamenti, fregi che raccoglievano tutti i significanti possibili del mondo.

Prese il registro delle fotografie e lo aprì alla prima pagina bianca. Attaccò l'immagine al centro del foglio, in alto. Con una penna, sotto, ricopiò il segno della ruota sul selciato.

Sapeva a memoria il suo significato, e tuttavia, essendo persona titubante, indecisa e insicura, controllò sul manuale che teneva in bella vista sulla scrivania.

Pagina quarantasei, *Sezione a) omissione della vocale u nel dittongo uo*. Primo esempio in alto a sinistra: *Cuore*.

Dal giorno in cui aveva aperto il *Corso pratico di stenografia italiana corsiva sistema Cima*, il suo modo di vedere la vita era cambiato profondamente, e si era convinta che quell'alfabeto di segni e forme poteva applicarsi alla sua realtà, che anche Natura comunicava attraverso un personale codice stenografico che lei doveva interpretare, perché spesso siamo confusi e non sappiamo parlare e non comprendiamo e ci sentiamo stranieri alla vita semplicemente perché utilizziamo un linguaggio sbagliato, che non ci appartiene, e allora, in mancanza di codici a noi congeniali, a volte l'unica soluzione è sapersi inventare un proprio alfabeto.

Il passato finisce domani

"Le avventure di Jacques Douglas"
Mensile di fotoromanzi –attualità – varia
Anno XI, nr. 114, Sped. abb. post. Gr. III – 70, 84 pagine, 300 lire

Liberata aveva letto che ognuno si crea Dio a propria immagine e somiglianza.

Anche gli insetti, allora. Un Dio Mantide o un Dio Lombrico.

Funzionava al contrario di quanto andava predicando don Pantaleone, secondo cui era invece il Signore ad aver fatto gli uomini a propria immagine e somiglianza.

Liberata andava oltre le fattezze umane, convinta che ogni essere vivente Dio se lo raffigurava proprio come sé stesso, spiccicato dentro e fuori. E così Zangari supponeva un Dio Scrittore; la madre credeva in un Dio Ricamatore; il padre, il più fortunato di tutti, s'inventava un Dio Meccanico, uno che aggiusta i motori rotti degli uomini, il dio davvero giusto che non evita e prevede le rotture, come avrebbe voluto la madre, ma che quelle sana e risolve.

Un Dio Notaio proprio non poteva immaginarlo.

"Allora, ha pensato alla mia offerta?"

Non lo aveva fatto. Fin da subito non le aveva dato alcun peso.

"Gliel'ho detto, non è un lavoro che fa per me. E poi, sono troppo impegnata con l'officina."

Capistrano ne fu dispiaciuto.

"Come faccio? Almeno oggi può restare un po' di più?"

Liberata trascrisse delle pratiche, mise in ordine alcune cartellette nell'archivio, rispose a qualche telefonata. L'idea di doverlo fare ogni mattina per il resto della sua vita la spaventava. Aveva deciso di non impiegarsi per una naturale ritrosia ai rapporti umani e per non avere responsabilità di sorta; per questo aveva rinunciato, con una decisione che aveva fatto scalpore in paese, anche a insegnare a scuola dattilografia e stenografia.

Quando ridiscese le scale, le tornò alla memoria l'incontro della volta precedente, e allora avanzò lentamente, come a non farsi sentire, quasi che il forestiero fosse un'ombra che avrebbe potuto risvegliare col rumore dei suoi passi. E forse aveva ragione, perché quando arrivò al piano terra era lì.

Liberata si spaventò, ma non come la prima volta.

"Cosa volete da me? Mio padre..."

"Non spaventatevi, voglio solo parlarvi."

"Potevate farlo a casa mia."

"Non me ne avete dato modo, siete sparita. E non posso certo fermarvi per strada, davanti a tutti."

"Ditemi solo cosa volete!"

"Il vostro aiuto."

Quella parola e il tono in cui fu pronunciata la quietarono in parte.

L'uomo abbassò la testa, e quel segno che appartiene alla gente indecisa, dubbiosa, titubante, a lei stessa, incrinò la pericolosità della circostanza.

"Ho bisogno di voi per scrivere il mio libro."

Tutto avrebbe immaginato Liberata, fuorché quella richiesta. Non nascose il suo stupore.

"In che senso, scrivere un libro?"

"Mi sono espresso male, il libro è già scritto, o quasi. Ho bisogno di voi per ricopiarlo."

"Mi state proponendo un lavoro?"

"Sì."

Il rumore di una porta che si apriva e si richiudeva interruppe l'uomo. Silenzio. Poi, passi che scendevano per le scale. Zangari la guardò:

"Per favore, non andate".

Ritornò a nascondersi nella penombra.

Il primo istinto di Liberata fu di uscire, ma non lo fece. Non aveva più paura. Aprì la borsa e finse di cercare qualcosa.

La donna che stava scendendo la salutò e uscì. Il portone rimase socchiuso.

Zangari fuoriuscì dall'invisibilità del mondo.

"Grazie."

Liberata, sebbene in parte convinta della sincerità di quella richiesta, non sapeva cosa rispondere.

"Sono molto impegnata."

"Immagino."

"Potete chiedere a qualcun'altra, non sono l'unica dattilografa qui in paese."

"Lo so, ma vedete, è una questione per me delicata, molto delicata, non posso affidarmi a chiunque."

"Ma non mi conoscete."

"Vero, per questo vi osservo da quando sono in paese, vi guardo, e... non so... di voi mi fido. Parlate poco, siete spesso da sola, non vi vedo in luoghi molto frequentati, non avete proprio l'aspetto di chi andrebbe a raccontare in giro gli affari degli altri. O riderebbe delle altrui storie, per quanto strampalate. E poi, vedete, si tratta di insetti, e voi ve ne intendete."

Liberata non si pronunciava.

"Se è un problema di soldi non dovete preoccuparvi, posso pagarvi anche in anticipo."

Non c'entravano, i soldi. Era il modo in cui s'era presentato che la spaventava, il timore che non dicesse la verità, che ci fosse altro.

L'ennesimo rumore di porta giunse dall'alto. Qualcun altro stava scendendo.

"Devo andare."

"Ditemi se accettate."

"Ci penso," rispose, più per togliersi dall'impaccio di farsi vedere lì che per reale convinzione.

L'uomo tirò fuori un quaderno dalla tasca posteriore dei pantaloni.

"Prendetelo. È l'inizio del mio libro. Se dovesse piacervi, chissà, magari..."

Liberata lo mise nella borsa.

Una volta fuori, ritornò a respirare a pieni polmoni. Prima di andare in edicola passò da Giuditta.

"Hai visto? Hai visto?"

L'amica era felicissima.

"Hai preso l'ultimo numero di 'Letizia'?"

"Stavo andando adesso."

"Guarda, guarda!"

Il giornale era già aperto a pagina settanta. In fondo, un riquadro:

GRANDE EVENTO LANCIO
TEATRO CILEA DI REGGIO CALABRIA
Per la prima volta in Calabria
gli attori più famosi dei fotoromanzi Lancio
per incontrare dal vivo tutti i loro lettori

Guardò l'amica, attonita.

"Non posso crederci."

"Nemmeno io. Te lo immagini? Saranno tutti lì."

Giuditta non riusciva a contenere l'emozione.

"Chissà se ci sarà anche lui..." mormorò Liberata.

"E senza Gasparri che evento sarebbe? E anche Dani, vedrai."

Liberata non poteva crederci; l'idea di vedere Franco Gasparri dal vivo, anche solo da lontano, le sembrava impossibile. Per anni lo aveva ammirato nelle foto, per anni aveva sognato l'attimo in cui i loro sguardi si sarebbero incrociati, e adesso quel momento poteva arrivare, adesso finalmente lo avrebbe visto muoversi, magari voltarsi verso di lei, socchiudere le palpebre, infilarsi le dita tra i capelli, sorriderle.

"Dobbiamo organizzarci."

"Abbiamo tempo."

"Sì, ma meglio non aspettare. Oggi, quando vedo Fortunato, glielo chiedo. Ci accompagnerà lui."

"Reggio Calabria non è vicinissima."

"Ma è sempre più vicina di Roma. Sbaglio o avevamo detto che saremmo andate lì, prima o poi?"

Liberata non riusciva a dimostrare tutta la sua gioia. C'era nel suo modo di vivere le belle notizie come una piccola ombra, una macchia che non sapeva da dove arrivava ma che la tratteneva, la macchia dell'imprevisto sempre pronto a sconvolgere i piani. Ma era contenta, davvero, la settimana non poteva cominciare meglio.

Passò da Glauco e comprò le ultime storie di "Jacques Douglas", *Poche fredde pietre lucenti*, e di "Letizia", *Amore nella fossa dei serpenti*, con Franco Gasparri e Michela Roc.

Gli attori e le attrici cambiavano sempre ruoli, personaggi, tempi e spazi. Da "Letizia" a "Grand Hotel", da "Sabrina" a "Charme", ogni volta era come trovarsi di fronte a una straniante rimestatura dove la madre diventava figlia, l'amico un estraneo, il buono cattivo.

"Le avventure di Jacques Douglas" era invece un'eccezione, un fotoromanzo seriale nel quale i personaggi erano sempre gli stessi: cambiavano le vicende, i comprimari, le comparse, ma gli attori principali erano sempre loro: Luciano Francioli nella parte di Jacques Douglas; Adriana Rame era Ella; Kirk Morris, Dan; Mimo Billi, Zeta. E poi lui, il vero protagonista, Ken: Franco Gasparri.

Quel mensile era per Liberata ristoro e molestia, perché se da una parte sapeva di trovare lui, ogni volta più bello, dall'altra rimaneva delusa perché Ken veniva sempre raccontato come un dongiovanni qualunque, insensibile, quasi ridicolo. Anche stavolta era così, anzi, Stelio Rizzo, lo sceneggiatore, aveva esagerato più del solito nel ridicolizzare il protagonista, al punto che Liberata non vedeva l'ora di finirlo.

Per fortuna, a ritemprarla, ecco la lettura di "Letizia", con una storia nella quale ritornava lui, il vero lui, quello che aveva imparato ad amare per tutto ciò che non si vedeva. Lo riconosceva in ogni immagine, in ogni parola, in ogni sguardo. Vestito come piaceva a lei, con la giacca e il maglione a collo alto, nero.

Alcune storie le restavano più impresse perché riportavano particolari riconducibili alla sua vita, al suo paese, al suo mondo, piccoli dettagli sufficienti a far scattare il demone della possibilità. Come quella, perché c'era un albero, nel primo fotogramma, che le ricordò il platano della scuola. La storia era ambientata in un ospedale e Franco, che lì si chiamava Marco, era sofferente per una mano fasciata. Nel vedere quel particolare, Liberata pensò che qualche giorno prima, quando il nuovo ragazzo le aveva mostrato la mano bendata, lei era così offesa del suo comportamento che non si era preoccupata un attimo della sua ferita, di come poteva stare. E allora immaginò di fare quello che nel fotogramma la dottoressa faceva con l'attore, gli prendeva delicatamente la mano ferita, toglieva la benda e gliela medicava. Alla fine, i due protagonisti salivano su un treno diretto in un luogo sconosciuto, giurandosi amore eterno.

Chiuse il fotoromanzo con addosso una strana insofferenza, e ripensando alla storia, al momento preciso in cui aveva cominciato a provarla, rivide la mano ferita e ricordò la propria freddezza.

Dal giardino, dov'era seduta, sentì arrivare una moto. Sembrava essersi fermata di fronte a casa. Andò a vedere.

Il ragazzo nuovo dell'officina aveva accompagnato Oreste, che stava scendendo. Si sorprese di vederlo lì.

"Cosa è successo?" chiese.

Era la sua domanda tipica. *Cosa è successo*, perché per lei se le azioni del mondo accadevano, se le persone si spostavano era perché qualcosa interveniva: ci doveva essere sempre una causa a tutto, e quasi sempre immaginava niente di bello, che il sotteso a quella domanda era *Quale piccola tragedia sta accadendo a mia insaputa?*

"Mi sono fatto accompagnare per prendere una cosa," rispose il padre, e scomparve in casa.

"E così abita qui," le disse Luvio sorridendo.

Lei non rispose, ma gli osservò la mano che non era più fasciata. Era rimasto un cerotto, e la sua prima tentazione fu, come nel fotoromanzo, di accarezzarla, che per un attimo stava per chiamarlo Marco.

"L'invito è ancora valido."

La voce del ragazzo la riportò alla realtà.

"Anche il mio no."

Gli vide gli occhi posarsi sul giornale che teneva con sé. E di nuovo, come la volta precedente all'edicola, Liberata lo mise in evidenza, quasi a mostrargli la copertina.

"Ecco, guardate pure, così correrete in edicola a comprare anche questo."

"Non ne ho bisogno."

Era come se non venisse mai preso alla sprovvista, le parole gli uscivano sicure, il tono deciso.

"E per quale motivo?"

"Vi conosco già!"

Liberata pensò all'ultima cosa che le aveva detto, dei suoi occhi malinconici. Aveva indovinato, e pensò che la conoscesse davvero, che ci devono essere anche tra le persone altri modi per comunicare, oltre alla voce, che forse anche noi abbiamo, come gli insetti, ghiandole esocrine che producono parole chimiche come i feromoni, anche noi striduliamo sfregandoci le gambe, produciamo vibrazioni da antenne segrete, emettiamo ultrasuoni, danziamo senza accorgercene alla maniera di api e ragni pavone, spandiamo dagli occhi bioluminescenze come lampiridi notturni.

La conosceva, e forse lui aveva provato la stessa sensazione che lei aveva provato con Franco la prima volta, quando nei suoi occhi aveva intravisto, come gli aveva scritto in una lettera, *quello che non si vedeva*.

"Mi avete conosciuta?"

Lui sorrise.

"Parlate allora, ditemi," continuò.

Agata uscì sulla porta.

"Hai preso tu per caso una cartelletta verde?" chiese a Liberata.

Poi, accortasi dello sconosciuto: "E tu chi sei?".

Agata dava del tu a chiunque avesse circa l'età della figlia.

Il ragazzo scese dalla moto, mise il cavalletto e si avvicinò porgendole la mano.

"Luvio, sono il nuovo aiutante di suo marito in officina."

La donna lo squadrò da capo a piedi come faceva con ogni novità della sua vita. Poi vide il crocifisso d'oro che gli pendeva dal collo.

"Di dove sei?"

"Di Torre Ruggero."

Quando si nominava quel paese, il pensiero andava subito alla Madonna della Torre e al suo celebre santuario. Agata si segnò.

Il ragazzo corrispose al gesto sacro baciando la medaglietta d'oro col volto della Madonna che gli pendeva dal bracciale.

Agata s'irrigidì per lo stupore:

"Mio marito ha scelto proprio bene questa volta, ragazzi della tua età così devoti non se ne incontrano più!".

Liberata accusò il colpo.

"Ce ne vorrebbero come te nella mia Congrega," concluse ritornando dentro.

Luvio si girò di nuovo verso Liberata.

"Posso farle un esempio."

"Di cosa?"

"Di quanto la conosco."

Liberata confidava in cuor suo che avrebbe ripreso il discorso e guardò verso la porta sperando che non uscisse più nessuno.

"Vediamo."

"Il fotoromanzo dell'altro giorno."

"Cosa."

Luvio fece un altro passo verso di lei.

"Le dico quale pagina le è piaciuta di più."

"E sarebbe un modo per dimostrarmi di conoscermi?"

"Allora farò di più. Le dirò fra tutti il suo fotogramma preferito."

"Questo è già più difficile. Vediamo che esperto conoscitore dell'animo umano ho di fronte."

Luvio la scrutò negli occhi e lei ricambiò lo sguardo, come

quando fissava i primi piani dei fotoromanzi. Solo che lì era più facile perché scrivevano anche i pensieri, con linea tratteggiata, mentre qui le didascalie doveva immaginarsele lei, e cosa avrebbe scritto sopra alla testa del ragazzo? NON MI ERO ACCORTO DI QUANTO FOSSE BELLA, oppure, se fosse stato Ken, SIETE TUTTE UGUALI VOI RAGAZZE, BASTA GUARDARVI UN ATTIMO PER FARVI CADERE SUBITO AI NOSTRI PIEDI.

Di certo sapeva cosa ci sarebbe stato scritto nella sua nuvoletta, VORREI CHE IL MONDO FINISSE DI GIRARE IN QUESTO ISTANTE.

"Finalmente l'ho trovata," disse Oreste uscendo da casa con in mano la cartelletta.

Luvio fece un passo indietro.

"Non l'aveva vista, diceva tua madre, e sai dove l'aveva messa? Andiamo che ho già perso troppo tempo," disse salendo sulla moto.

"Si fidi, la conosco bene," le sussurrò Luvio prima di accendere il motore.

Liberata rimase come la moglie di Lot, una statua di sale, con addosso la stessa sensazione di pienezza e soddisfazione che le dava la lettura dei fotoromanzi. Andò in camera. Aveva voglia di buttarsi sul letto e sognare, ma prima doveva fare una cosa.

Ritagliò dal fotoromanzo il trafiletto con l'annuncio dell'evento a Reggio Calabria e lo attaccò sul fianco della libreria. Quindi prese la Polaroid e scattò una foto. Quando l'immagine si asciugò, scrisse sulla banda inferiore bianca: *Io ci sarò*.

Finalmente poteva stendersi sul letto e chiudere gli occhi, gli occhi pieni di stupore, che nella mente si stava creando la storia per immagini di quello che aveva appena vissuto, stava fotografando primi piani, particolari, stava scrivendo i dialoghi, i pensieri, perfino i silenzi. Le era sembrato di essere dentro una di quelle avventure e non voleva perdere nessun dettaglio, nessun particolare, sentire addosso il brivido di essere Katiuscia nell'attimo esatto in cui il cinismo di Ken lasciava il posto alla sua sensibilità nascosta. Tutto come in un fotoromanzo: l'incontro casuale, la schermaglia, la dichiarazione interrotta sul più bello dall'arrivo di un personaggio secondario che rimanda la conclusione alle pagine successive. E poi lui, l'attore protagonista, che amava le moto come Franco Gasparri, che lei non c'era mai stata sopra ma se glielo avesse chiesto adesso, in quell'istante, forse avrebbe detto di sì. Perché non tutte le storie cominciano nel modo giusto, che forse, fino ad allora, gli sceneggiatori erano incorsi in piccole sbavature, perché a volte capita che i registi sbaglino a distribuire ruoli offrendoci una parte che non ci appartiene, una vita per la quale non eravamo tagliati, e però noi dobbiamo starci dentro lo stesso, essere più credibili che possiamo. Siamo così bravi ad abituarci – una delle poche caratteristiche che ci accomunano agli insetti, la capacità d'adattamento – che alla fine dimentichiamo che stiamo recitando, e crediamo di essere noi davvero, fino a quando le luci illuminano le tavole del palcoscenico. E a quel punto abbiamo due possibilità: continuare nella recita con la consapevolezza di essere solo attori, o scendere dal palcoscenico e sparire per sempre.

La strategia del falco

"Lucky Martin", Mensile di fotoromanzi
Anno VI, nr. 11, Sped. abb. post. Gr. III – 70, 84 pagine, 350 lire

Di tanto in tanto, Beccaria vedeva Dio.

Non era l'unico, in quel paese dove la Sacra Reliquia sembrava spargere per le strade briciole di santità: solo che gli altri lo vedevano esclusivamente quando uscivano ubriachi dalle botteghe di vino.

Beccaria il sacrestano, invece, era astemio.

Gli era apparso sopra l'altare, mentre apriva il ciborio e afferrava il calice delle ostie, che lo fissava sussurrando qualcosa.

Come ogni volta dopo la visione, gli veniva una febbre alta, altissima, che lo costringeva a letto per un giorno intero e poi spariva, improvvisamente, lasciando come segno del suo passaggio un grammo di certezza in più sulla sopravvivenza dell'anima dopo la morte. In realtà, Beccaria cercava altri segni, sulle mani o sui piedi, sperando che un giorno anche a lui potessero restare, a testimonianza dell'apparizione, indizi carnali di stigmate sante.

Beccaria aveva cominciato ad abitare alla canonica da bambino. Non era del paese, e un giorno don Pantaleone lo aveva portato con sé dicendo che era un piccolo orfano a cui aveva deciso di dare la possibilità di una vita dignitosa. All'inizio qualcuno aveva malignato su una certa comunanza di tratti somatici, la fossetta sul mento in particolare, ma il ragazzo era così buono che tutti avevano cominciato a volergli bene. Dotato di una fede che avrebbe fatto impallidire martiri e santi, di una corporatura tanto robusta da riuscire da solo a sollevare la statua di sant'Antonio, Beccaria – che forse don Pantaleone gli aveva dato quel nome per ricordarsi che ai delitti necessariamente seguono le pene – era devoto alla Reliquia a tal punto che ogni sua stranezza o temporaneo smarrimento la comunità li imputava al traboccamento della fede: quando lo trovavano inginocchiato nelle strade, o sdraiato la notte sul sagrato, o lasciava candele accese di fronte alle case di recenti defunti o spariva per qualche giorno con la sua giardinetta blu, impegnato in chissà quale pellegrinaggio. Il suo petto muscoloso era ricoperto dalle cicatrici che ogni anno rigenerava con penitenza pentecostale, e che se non erano delle stigmate, assomigliavano però alle ferite longinate sul costato di Nostro Signore.

Nella canonica, Beccaria occupava uno stanzino in cui c'erano un letto, un tavolo e una sedia. Ai pasti ci pensavano sempre i fedeli, e specialmente Agata, che spesso cucinava una porzione in più per quell'anima devota a cui voleva bene, ricambiata, come a un figlio. Con lui al suo fianco, Agata non aveva paura di nessuno, ecco perché voleva che fosse sempre presente ogni qual volta le toccava armeggiare col corredo sacro e prezioso della Reliquia. Nessun malintenzionato si sarebbe azzardato ad avvicinarsi; solo una volta Samuele Ferragina, che aveva osato mettere la mano vuota dentro il cestino delle offerte e ritirarla piena, fu battezzato da uno schiaffo sulla nuca così forte da non riuscire mai più a stendere il collo completamente: "Accussì non guardi a Dio, che non si degno," aveva sentenziato Beccaria.

Quel martedì Agata aveva deciso di invitarlo a pranzo, certo a ringraziarlo per l'aiuto che le stava dando e le avrebbe dato per il mese santo, ma fors'anche, un poco, per sapere qualcosa in più della miracolosa apparizione.

"Passa tu dalla pasticceria, quando finisci dal notaio. Non dimenticartene," aveva detto quella mattina alla figlia.

Ma Liberata dimenticava tutto, e così anche quella volta, in parte giustificata dalla difficile trascrizione di un testamento.

Quando la vide entrare a mani vuote, Agata la fulminò con gli occhi:

"E i pasticcini?".

Liberata si mise la mano sulla tempia, avrebbe voluto evaporare.

"Lo sapevo io, lo sapevo io! Solo una cosa dovevi fare, una!"

Oreste guardò la figlia e allargò le braccia.

"Non c'è modo di fidarsi di te!" continuò la madre. "Solo una cosa! Adesso mi raccomando, tutti e due, guai a parlare di cose strane. E questo," disse andando verso il televisore che Oreste aveva appena acceso, "deve rimanere spento."

Suonarono alla porta.

"Vai ad aprire," ordinò alla figlia.

Beccaria aveva scelto il suo vestito migliore e si era brillantinato i capelli. Ma la cosa che commosse Liberata fu il mazzo di margherite che teneva in mano con gli steli avvolti in un foglio di giornale. Sorrise di fronte all'imbarazzo del sacrestano.

"Che belli questi fiori, li hai raccolti tu?"

"Sono ppè Agata," disse, con quella sua parlata che mischiava italiano e dialetto.

"E allora daglieli tu... Entra."

Agata gli andò incontro, lo ringraziò, prese i fiori e lo fece accomodare in cucina. Oreste scostò la sedia per farlo sedere.

"Ti piace il baccalà con le patate?"

Neanche se c'erano ospiti si cambiavano le abitudini culinarie. Baccalà con le patate. Come ogni martedì a pranzo. Da ormai sei mesi, da quando Agata aveva deciso di preparare uno schema dei pasti settimanali. Lo aveva attaccato su una lavagnetta di sughero, con lo stesso spillo che per anni aveva fermato un disegno della figlia. Un giorno, a pranzo, mentre stavano per imboccare la prima cucchiaiata di minestra, aveva chiesto: "Cosa cucino stasera?". Oreste le aveva risposto, tranquillo come sempre, se era il caso di chiederlo in quel momento, che ancora dovevano cominciare a pranzare. Lei si era arrabbiata. Aveva cominciato a lamentarsi, che non la capivano, che lei si faceva sempre quella domanda, da anni, che per loro era facile sedersi e trovare tutto pronto, ma i pensieri erano i suoi. "Due volte al giorno mi faccio questa domanda, fate i conti voi, fate i conti," aggiunse aprendo il frigo e richiudendolo subito dopo, “che non è il cucinare in sé, sono i pensieri, cercare di non fare sempre le stesse cose, e io ho bisogno di liberarmene, fatevi i conti, due volte al giorno per tutti questi anni, e adesso ho bisogno di alleggerirmi, e il minimo che potete fare è almeno rispondermi quando vi faccio una domanda... E allora sapete cosa faccio? D’ora in poi decido io e basta, per tutti.”

Nel giro di qualche giorno aveva staccato dalla lavagnetta il disegno di Liberata, che conservava dall’asilo, lo aveva piegato e riposto a pagina quarantasette del numero sedici di “Tutto uncinetto”, precisamente dove si spiegava come ricamare una coccinella a punto croce, e al suo posto aveva attaccato un foglio a quadretti dove, dopo giornate di riflessioni e combinazioni e ripensamenti, aveva ingabbiato per sempre le loro abitudini culinarie e cancellato il fascino necessario delle sorprese, che a volte basta un piatto inatteso a sciogliere la monotonia dei giorni. Non più per Liberata e suo padre: loro avrebbero saputo cosa e quando avrebbero mangiato in quella casa per il resto della vita. Che talvolta almeno un posto lo si lascia alla sorpresa, per esempio una casella bianca domenica a pranzo da riempire secondo volontà e desideri, ma a loro nemmeno quello: Liberata entrava in cucina ogni volta sapendo cosa avrebbe mangiato, allo stesso modo in cui ogni mattina si svegliava ed entrava nel mondo sapendo già cosa avrebbe vissuto.

“Beccaria, vuoi dire tu la preghiera di ringraziamento?”

Beccaria non se lo fece ripetere; unì le mani e abbassò la testa:

“*Io sono Lazzaru misero e scuntentu*
Si ndaiu oia no mangio domani
Tu Madonna mia si lu mio portentu
Ca la bucca mi apri cu li tui mani.
Juda Juda tradituri
Chi tradisti nostro Signuri
Puoi ciangira fino a domana
Tantu de mangiara per tte non dava”.

Liberata guardò la madre, che distolse lo sguardo. Cominciarono a mangiare. Il sacrestano soffiava a lungo sul boccone prima di metterlo in bocca.

"Beccaria sta aiutando molto la Congrega per il mese santo. Se non fosse per lui non ce la faremmo, vero?"

L'uomo annuì sorridendo.

"Un figlio prediletto dal Signore," continuò Agata. "Direi prescelto. Ti è apparso ancora?"

Sembrava un'altra, la madre, la quantità di parole e il tono della voce, che lei l'avrebbe voluta sempre così, e invece da quando ricordava erano solo musi e silenzi e sillabe pronunciate con insofferenza, freddezza, risentimento.

Beccaria lasciò la forchetta nel piatto.

"Sì," disse, deciso.

Agata gli fissò la bocca sperando che continuasse a parlare.

"S'appresenta a un peccatore indegno come a mia."

Liberata lo fissò e pensò che ciò che accade nella mente, per quanto inverosimile, accade davvero.

"E cosa ti ha detto?"

"Il Signore mai parra, l'occhi soi no abbisognano di parole."

Si fece il segno della croce, quindi riprese la forchetta. Agata fece scivolare la mano sopra il tavolo e la mise per un attimo su quella di Beccaria, accarezzandola. Liberata si accorse del gesto di tenerezza, ma lo ricondusse alla fede comune che incendiava le loro anime.

Fu un pranzo piacevole. Beccaria accoglieva tutte le premure materne di Agata, e a sua volta le restituiva a Liberata, a cui forse pensava come a una sorella. Finito il pranzo, la madre cominciò a sparecchiare:

"Il caffè lo beviamo in soggiorno, sul divano saremo più comodi. Dovevano esserci anche i pasticcini," e guardò di nuovo la figlia con occhi pieni di rimprovero, quelli a cui lei era abituata. "Dopo, prendi almeno qualche boero."

Liberata allungò la mano verso Beccaria e gli fece segno di seguirla, ma Oreste la precedette:

"Mentre aspettiamo il caffè, ti faccio vedere una cosa bellissima".

Beccaria gli andò dietro.

Oreste, soddisfatto, afferrò la maniglia e aprì la porta lentamente come a svelare poco per volta il suo tesoro.

"Guarda!"

Beccaria entrò e vide la distesa di piccole teche mortifere allineate come lapidi, vide quegli esserini esanimi fissati per l'eternità, uno sopra l'altro, uno a fianco all'altro, decine, centinaia di carcasse mummificate, cristallizzate.

Oreste guardò verso il sacrestano per cercare la meraviglia sul suo volto, ma vi trovò spavento e terrore. Lo vide coprirsi gli occhi con le mani, mormorare qualcosa d'incomprensibile e correre verso la porta e precipitarsi fuori.

Oreste e Liberata rimasero immobili.

Agata corse dalla cucina e gli andò dietro.

Beccaria era con le spalle appoggiate al muro, guardava verso il cielo e respirava a fatica, lunghi respiri per riempire i polmoni d'aria, tutto sudato. Forse è la prima fase di una delle sue apparizioni, pensò lei.

Gli passò la mano sulla fronte.

"Calmati, Beccaria, calmati, non è successo nulla. Liberata!" E quando la figlia arrivò: "Liberata, porta un bicchiere d'acqua".

Lo prese per le braccia e lo condusse verso i gradini d'ingresso:

"Siediti, che adesso ti passa tutto".

Oreste uscì fuori.

"Cosa gli avete fatto?"

Agata era furiosa.

"Ma niente, gli ho solo mostrato i miei insetti."

"Sono quelli che ti hanno spaventato, Beccaria, sono stati quelli?"

Il sacrestano fece di sì con la testa.

"Hai paura degli insetti?"

Liberata arrivò col bicchiere d'acqua: era preoccupata per il sacrestano, ma non poteva fare a meno di fissare la mano della madre che gli accarezzava i capelli come lei faceva da bambina con le bambole, dolcemente.

"Allora, ti sbrighi con quell'acqua?"

Agata allungò il braccio.

"Sono stati quegli insetti, vero?" disse poi rivolta a Beccaria.

Lui le rispose stringendola più forte.

"E allora stai tranquillo, adesso chiudiamo la porta a chiave e non entriamo più lì. Vero, Oreste, che vai a chiudere la porta a chiave?"

Il marito entrò. Beccaria bevve un sorso e poco per volta ricominciò a respirare normalmente.

"C'è bisogno, comare?" disse Arcangela, la vicina pettegola, affacciandosi al balcone.

"No, no, tutto a posto," rispose Agata risentita. E poi, rivolta a Beccaria: "Entriamo, vieni, ci sono io e la porta è chiusa".

Liberata e Agata lo tennero per le braccia e pian piano andarono verso la cucina, e quando passarono davanti al soggiorno Beccaria si scansò come da un fuoco. Lo fecero sedere di nuovo a tavola.

"Il caffè lo prendiamo qui, va bene?"

Liberata avvicinò il centrotavola di vetro con dentro i boeri e i Monscerì:

"Ne vuoi uno?".

Beccaria mostrò le mani aperte in segno di diniego, e allora Liberata si ricordò che durante il pranzo non aveva bevuto vino perché era astemio, e che quei cioccolatini erano pieni di liquore. Si sentì ancora di più in colpa per aver dimenticato i pasticcini.

Agata versò il caffè nelle tazzine.

"Scusàtimi," disse Beccaria con voce ancora tremante.

"Bevi il caffè. È caldo, ti farà stare meglio."

Agata, conoscendo la fede dell'uomo, pensò che quella paura forse aveva a che fare con qualche passo biblico, ma non conosceva così bene il libro sacro da avere risposte soddisfacenti, e da una parte fu meglio, che se mai avesse letto nel *Levitico* del precetto di poter mangiare solo gli insetti che hanno due zampe sopra i piedi per saltare sulla terra, sarebbe rimasta disgustata.

Beccaria bevve il caffè.

"M'appaurano!" disse.

Più che paura: ripugnanza, raccapriccio, terrore, tramandatogli nel sangue chissà quando assieme al verde degli occhi: quell'uomo così grosso da impaurire chiunque, tremava come un bambino di fronte a formiche e farfalle e zecche, e addirittura scappava via se si trattava di scarafaggi, i più temuti.

Quando ebbero finito, Agata si offrì di riaccompagnarlo in canonica.

"Lo accompagno io," intervenne Liberata, "devo uscire e passo da lì."

Per strada, Beccaria si era ormai completamente calmato e ritornò gioviale.

Una volta arrivati al Piano, lo sguardo dell'uomo si posò sulla statua in pietra della Madonna che stava sulla fiancata della chiesa.

"Non è vero che non dissa nente."

Liberata lo guardò stranita: "Chi?".

"Il Signorenostro, quando m'apparì."

Liberata non sapeva cosa dire, perché lei credeva a tutto ciò che non si vede ma non a Dio.

"Era preoccupato, e prima che scomparì..."

Beccaria abbassò gli occhi a terra.

"Cosa ha detto?"

Ma il sacrestano non parlò più. Il silenzio fu rotto dal rombo di una moto che accelerava. Liberata si voltò ma non vide nessuno. Fecero in silenzio la poca strada che rimaneva, poi lui la salutò e scomparve in chiesa, forse a espiare corporalmente il peccato della menzogna.

Era stato un pomeriggio sfiancante per Liberata.

La macchina da scrivere le pesava più del solito. Era così stanca che quando rientrò a casa, mentre la sera cominciava a nascondere il mondo, non ebbe nemmeno la forza di aprire la cassetta delle lettere. O almeno fu questo che pensò voltando l'angolo della via. Sono troppo stanca perfino per alzare il braccio e aprirla. Ma, giunta di fronte alla porta, non resistette. Appoggiò la valigetta sul gradino e guardò dentro. Non poteva crederci. Una busta.

Una busta bianca.

Si sedette sul gradino, la luce sopra il portone illuminava il necessario per leggere. Voltò la busta e subito le sue speranze svanirono poiché non c'era scritto nulla.

Qualcuno gliela aveva portata lì. A mano. Qualche appuntamento di lavoro. Sicuramente. Ormai era seduta, tanto valeva aprirla.

La sua sorpresa aumentò quando vide che non c'era nessun foglio scritto dentro, nessun appuntamento, nessun messaggio di lavoro. Solo il fotogramma di un fotoromanzo, ritagliato da una pagina e messo lì. Liberata lo guardò, e fu incredula, non era possibile, proprio no. Una pagina del fotoromanzo *Occhi di fuoco, cuore di ghiaccio*. Pagina sessantatré. Michela Roc è in piedi, appoggiata a un albero: è di spalle, i capelli sciolti, un vestito lungo ed elegante. È una serata calda perché in mano, ben visibile in primo piano, ha un bellissimo ventaglio. Di fronte a lei, Franco Gasparri ripreso quasi di profilo, pantaloni scuri e camicia bianca a righe sottili. Ha la mano sinistra in tasca, il polsino slacciato. Guarda verso di lei. La saluta. Ciao. Nemmeno tu dormi... Sopra la didascalia: UNA FORZA IRRESISTIBILE LO SPINGE DA LEI.

La conosceva davvero. E non aveva barato. Se fosse stato un altro, di certo avrebbe scelto il riquadro finale, in cui si baciano, in cui i destini si ricompongono, o in ogni caso un altro bacio, che ce n'erano molti in quella storia; ma lui aveva scelto proprio il riquadro su cui lei si era soffermata di più, e davvero non sapeva cosa credere, che forse ci sono delle persone che riescono a leggere nella mente. Guardò la foto, cercando di capire adesso i motivi che ne avevano fatto la sua preferita: Franco era bello, certo, con la camicia aperta sul petto e la mano in tasca, ma c'erano altre foto in cui era più bello ancora, in quella stessa pagina, per esempio, in alto a destra, c'era un suo primo piano con quegli sguardi obliqui, dall'alto in basso, che per lei era una perdizione. Sarebbe stata una foto come le altre se non fosse stato per come Michela teneva il ventaglio, il particolare che l'aveva impressionata per la leggiadria della posa, la sua elegante naturalezza. Perché chi fa quei gesti, chi piega le mani in quel modo, è come se conoscesse i segreti della vita e le sue insidie.

"Che fai seduta qui?" le disse la madre che tornava dalla chiesa.

Lei rimise il ritaglio nella busta, non rispose.

"Beccaria come sta?"

"Si è ripreso."

Liberata si alzò, ma fece fatica, che si sentiva le gambe dure, pesanti, come forse il sacrestano quella mattina, il corpo impietrito.

Che poteva essere un bel nome per chiamarsi.

Impietrita.

Impietrita Macrì.

Non siamo personaggi di un sogno

"Sogno", Settimanale di fotoromanzi, varietà, attualità
Anno XII, nr. 285, Sped. abb. post. Gr. III – 70, 84 pagine, 250 lire

Chissà da dove arriva, la polvere. Dove nasce, gli universi che attraversa, i piani sui quali sceglie di lasciarsi cadere. Di cosa è fatta la polvere, forse solo la somma di minuscoli frammenti di carne e materia, di particelle del mondo create in eccedenza, il non necessario, la dismisura, ciò di cui si può fare a meno. O magari è altro, pensava Liberata tirando fuori dal mobile lo spolverino in piume di tacchino, forse esiste per sé stessa, è una parte dell'universo, come le pietre e gli alberi, o forse è Dio, ecco, sì, arrivò a pensare mentre nettava le punte delle piume con la manica della camicetta e osservava le minuscole particole oscillare leggere nell'aria, Dio che si manifesta e scende sulla Terra per mezzo della polvere, che s'infila dappertutto, in ogni angolo del mondo, onnipresente, anche in noi peccatori quando apriamo la bocca e una folata di vento ci impolvera il palato, in noi peccatori quando impercettibili granelli s'infilano nelle orecchie, nel varco tra la cornice dell'unghia e l'iponichio, negli occhi che strofiniamo fino al sollievo come eretici che combattono la tentazione della fede, il credo che passa dall'importunio delle lacrime, Dio che è polvere e luce, noi che siamo polvere e ombra.

Sarebbe stato un atto di fede, pensò Liberata entrando nel soggiorno, non spolverare, lasciare Dio sulla superficie del mondo come avrebbe dovuto essere sulle panche in chiesa, sulle statue dei santi, sull'altare, sull'ostia, ma lei non credeva al Padrenostrincielo, e allora toglieva d'intorno anche la minima tentazione spolverando con smania ogni cosa: le copertine dei fotoromanzi, le teche degli insetti, la macchina da scrivere, i ritagli degli annunci, la cartellina con le copie delle lettere che aveva scritto ai giornali, la prima più in alto di tutte:

Gentile Redazione,
vi scrivo per la prima volta, e immaginando quante lettere riceviate, è per me un tentare la sorte. Vi allego a questa la lettera che ho scritto a Franco Gasparri e che vi prego di fargli avere in ogni modo. Grazie fin d'ora. Compro sempre tutti i vostri giornali, ma proprio tutti tutti.

Era stata la prima e ultima lettera che aveva scritto a Franco Gasparri. Se n'era pentita già dopo qualche settimana, quando nelle rubriche delle lettere indirizzate agli attori ne aveva letta una di tale Annamaria Pianese da Pomigliano d'Arco quasi identica alla sua. In quel momento aveva capito che era tutto inutile, che per quanto avesse potuto scrivere cose straordinarie o belle, lei era soltanto una delle migliaia e migliaia di donne che scrivevano all'uomo più bello del mondo. Aveva letto in un'intervista che addirittura Franco aveva riservato un'intera stanza della casa alla corrispondenza che riceveva. Quella lettera Liberata l'aveva battuta a macchina. Nel tentativo di attirare l'attenzione, aveva pensato che una lettera dattiloscritta, come una sorta di comunicazione ufficiale, avrebbe potuto incuriosirlo. Immaginava i sotterfugi a cui altre lettrici potevano aver fatto ricorso: fotografie allegate, disegni sulla busta, profumo spruzzato sulla carta, capelli d'accompagnamento se andava bene, e chissà cos'altro ancora. Forse a una lettera scritta a macchina non ci aveva pensato nessuna. Forse. Che quella lettera alla sua identica l'aveva fatta dubitare di tutto.

Sul nome con cui l'aveva firmata, invece, non aveva mai avuto dubbi. Era bella, Katiuscia, di una bellezza esotica, lontana: i lineamenti delicati da zarina; i capelli soffici come immaginava fossero le nuvole, e quell'aria di donna che ha conosciuto chissà quali dolori e che vive ogni attimo con la consapevolezza che quel dolore potrebbe ritornare, e quel nome, Katiuscia, che racchiude tutto questo, un nome che parla di terre lontane, lingue incomprensibili, steppe innevate, notti infinite, e abbandoni, vite ricostruite, identità smarrite. Un nome che era una vita, un romanzo. Poi, un giorno, Liberata aveva scoperto che Katiuscia in realtà si chiamava Caterina Piretti ed era nata a Trapani. Ci era rimasta male, soprattutto perché una volta aveva sentito parlare un siciliano, e immaginandola parlare con quell'accento la neve della steppa si era squagliata all'istante. Certo, continuava a invidiarla per quel suo essere così bella e sempre tra le braccia di Franco, ma non la vedeva più con lo stesso incanto di prima. Non era l'unica.

Anche Kirk Morris, che aveva sempre immaginato come un ricco ereditiere americano con la passione del culturismo, scoprì che in realtà si chiamava Adriano Bellini, da Venezia; per non dire della sua altra eroina, Michela Roc, che non era affatto la principessa inglese delle sue fantasticherie, diseredata dalla famiglia per un amore proibito, ma era in realtà Bianca Maria Roccatani, da Latina. E Franco Dani? Glielo aveva detto a Giuditta, durante una delle loro dispute, che il suo vero cognome era Budani, Francesco Budani, che chissà perché a lei quel cognome faceva ridere, avevano fatto bene a nasconderlo. Mentre lui, lui no, perché si chiamava davvero a quel modo, lui non aveva bisogno di fingere, Franco Gasparri aveva anche un nome bello, che era proprio il suo. Giuditta aveva protestato, lui in realtà si chiamava Gianfranco, ma Liberata aveva sorriso e aveva spiegato che non era una finzione, che Franco lo chiamavano in famiglia.

E immaginò che se mai un giorno avesse partecipato a un fotoromanzo, non avrebbe certo potuto presentarsi come Liberata Macrì, e non solo perché il cognome avrebbe svelato la sua origine calabrese, che chissà per quale motivo le sembrava che Trapani o Latina o Venezia valessero di più, ma anche perché il nome suonava d'antico e provinciale. Avrebbe dovuto trovarne uno che sapesse d'americano o europeo, adatto a una donna che veniva da lontano, dal passato misterioso, imprendibile.

Suggestionata forse dalla fotografia della Statua della Libertà che sua madre teneva appesa in camera e che testimoniava l'arrivo del nonno a Nova York, pensò che Liberty fosse il nome giusto, perché non tradiva completamente l'originale, perché sapeva d'americano quanto bastava per incuriosire il mondo, e infine perché rimandava a un desiderio che faceva bene. Sul cognome aveva anche ragionato, provando tutta una serie di varianti a Macrì, ma i risultati non erano stati molto soddisfacenti, per cui aveva deciso che un giorno, se per gli accidenti fortuiti della vita sarebbe diventata anche lei un'attrice di fotoromanzi, avrebbe usato solo quel nome, Liberty. Anche perché, nel vederlo per la prima volta su un giornale, le aveva fatto un effetto benefico. Era successo circa un anno prima, quando aveva scritto una lettera ad Adriana Rame, che su "Sabrina" teneva la rubrica *I consigli di Adriana*:

Liberty – Calabria
Sono una ragazza di 24 anni e ti scrivo perché mi è successa una cosa imprevedibile. La mia migliore amica, G., ha un ragazzo di cui è molto innamorata. Anche lui mi sembrava innamorato di lei, almeno fino a qualche giorno fa. Siamo usciti tutti e tre insieme per andare al mare. La mia amica si è allontanata per prendere i gelati al lido, e allora il suo ragazzo ha cominciato a fare complimenti su come portavo il costume, che avrei fatto la felicità di uomini come lui, arrivando ad allungare la mano e sfiorarmi la gamba.
Mi sono alzata subito e sono stata in acqua aspettando l'arrivo della mia amica, incredula di quello che era successo. Lui ha continuato poi come se nulla fosse accaduto, abbracciandola e baciandola.
È la prima volta che succede, anche se a volte mi ero accorta che mi guardava in modo strano.
Adesso ti chiedo: come devo comportarmi con la mia amica? Io vorrei raccontarle la verità, glielo devo, ma nello stesso tempo la vedo così innamorata che sapere queste cose la ucciderebbe, e io non voglio. Si può mentire per il bene di una persona? Dimmi tu cosa fare, che mi sento ogni volta in colpa quando sono con lei.

La risposta dell'attrice era stata chiara:

Sono i tuoi sensi di colpa a suggerirti cosa fare. Non esitare un attimo a dirle quello che è successo e a farle capire che razza di uomo si trova al suo fianco. Starà male, è vero, ma nessuno è mai morto per la fine d'un amore. E poi non sarebbe peggio se scoprisse la verità troppo tardi, quando magari si saranno sposati o, peggio ancora, avranno dei figli? Le amiche servono a questo, e se tu davvero ti consideri la sua migliore amica non puoi continuare a tenerle nascosto cosa è successo.
E anche se al momento dovesse restarci male, non preoccuparti: capirà la bontà della tua azione e vedrai che alla fine la vostra amicizia ne risulterà più forte.

Liberty aveva fatto il contrario di quanto le era stato suggerito. Anche perché si era trattato di un episodio unico, che altre volte accadde che lei e Fortunato restassero da soli e lui non fece nulla di nulla. Un attimo di smarrimento non può condizionare la vita di nessuno, pensava Liberata, e così fu felice della propria scelta.

Non scrisse più lettere a Franco, ma non per questo smise la corrispondenza con lui. Nella ricerca di infiniti stratagemmi per farsi notare, ne trovò uno che le era congeniale. Circa un anno dopo la prima e ultima lettera, mentre riordinava il cassetto delle medicine, le era caduto il termometro. Il vetro si era rotto e il mercurio scomposto in tante palline argentate. Liberata si era inginocchiata per guardarle da vicino, e le erano parse bellissime. Sembravano i pianeti d'un sistema solare in miniatura, e aveva pensato che forse si fosse formata così anche la Via Lattea, all'improvviso, dalla rottura d'un guscio trasparente. Aveva preso la Polaroid, e aveva scattato una foto ravvicinata: sembrava davvero una galassia, così bella ch'era un peccato che la vedesse solo lei, ch'era un peccato non potesse vederla Franco suo. Era stato un attimo: e perché no? Chi glielo impediva? Era nata così, subitanea come la creazione d'un sistema solare, l'idea di sostituire le lettere con le polaroid. Nessun'altra indicazione se non, in basso, una breve didascalia, *Il mio piccolo universo.* La firma sarebbe rimasta la stessa, e così sul retro della fotografia scriveva *Liberty.* Nient'altro. Una foto. Una didascalia. Lo stesso nome. Che forse davvero Franco, incuriosito, si sarebbe ricordato di lei, di più, avrebbe cominciato a conservare le foto e ad allinearle man mano che arrivavano, che così i ruoli si sarebbero invertiti e l'attore sarebbe diventato il lettore del fotoromanzo della vita silenziosa e invisibile di Liberata Macrì.

Adesso stava aggiungendo un altro fotogramma alla storia, così mise la foto dell'annuncio dell'evento di Reggio Calabria con la firma dietro in una busta indirizzata a *Franco Gasparri, presso Lancio fotoromanzi, via Tevere 16, Roma.*

La sera precedente, prima di addormentarsi, aveva pensato alla coincidenza del ritaglio di giornale, l'ultimo anello di una catena cominciata con le parole della cartomante, continuata con l'arrivo di Luvio e le sue provocazioni. I fotogrammi di quel fotoromanzo erano 453: Luvio aveva una possibilità su 453 di indovinare il suo preferito. Non poteva essere una casualità.

"Devo passare da Glauco. Gli ho chiesto di portarmi una cosa."

La voce imperiosa della madre la distolse dalle sue fantasticherie.

"Anch'io devo andare. Se vuoi te la prendo io," rispose Liberata.

"No, mi serve subito."

"Possiamo andarci insieme."

Agata non rispose. Presero la giacca e uscirono.

Finché non giunsero sul corso, rimasero zitte.

"Ma è vero quello che dicono?"

Quando la madre sussurrava a quel modo, stava parlando di Dio o di qualche malefatta.

"Cosa?"

"Che la stella rossa sul muro, che c'entra..." E fece un segno come a indicare l'edicola.

A conferma che tra i pensieri e le azioni ci sono fili invisibili, proprio in quel momento passò l'auto dei carabinieri. Alla guida c'era il maresciallo. Liberata guardò dall'altra parte.

"Lo vedi?" insistette Agata. "Me ne sono accorta che passano sempre di qua!"

"Ma cosa dici! Glauco non farebbe male a nessuno."

"Forse lui no, ma qualcuno di quei tipi che frequentano la sezione di sicuro. Disordinati, con quelle barbe lunghe, senza fare niente dalla mattina alla sera..."

L'edicolante stava parlando con Fortunato, che faceva parte anche lui del comitato locale del Pci. A vederlo in quel modo, come se stesse impartendo ordini, Glauco le apparve come un rivoluzionario: forse era stato proprio lui a disegnare la stella rossa. Il fidanzato di Giuditta gli porse un sacchetto prima di allontanarsi. Chissà perché, il primo pensiero di Liberata fu una bomboletta rossa, ma quando si avvicinò e riconobbe il simbolo della farmacia, sorrise: erano le medicine per la sorella, le riconosceva perché anche lei qualche volta era andata a ritirargliele. Doveva prenderle tutti i giorni, la povera Callista, se no, diceva il fratello, le si spegneva la luce.

Glauco era indifferente ad Agata, e questo era già un segno di clemenza, considerato l'odio che nutriva per i comunisti da quel terribile giorno in cui era stata approvata la legge sul divorzio.

La prima tromba dell'angelo dell'Apocalisse è suonata.

Era stato così che aveva accolto la notizia, il primodicembremillenovecentosettanta. Una giornata maledetta. "Tutto da lì è cominciato," diceva, "un segno della caduta dell'uomo, uno dei torti più grandi compiuti nei confronti del Salvatore. Nessun uomo osi separare ciò che Dio ha unito." E invece era accaduto, e lei per tutto il mese, fino a Natale, era andata a messa più volte, come se le preghiere e l'imminente rinascita di Gesù potessero operare qualche umano rinsavimento. "Tutto da lì è cominciato," ripeteva quando si trovava a commentare gli eventi catastrofici dell'umanità, terremoti, nubifragi, morti, e adesso le bombe e le macchine incendiate e i volti coperti. Tutta colpa di quel maledetto giorno, che le persone si dividono in due generi, ripeteva, quelle che guardano il Creato e lo ammirano così com'è stato modellato da Dio, e quelle che, come piccole mosche ambiziose, si danno invece da fare per guastare la perfetta armonia della Natura.

Anche la stella rossa era per lei la più recente e funesta conseguenza di quell'evento sciagurato.

E adesso che c'era la possibilità di riavvolgere il nastro del tempo e cancellare quel peccato capitale con il referendum, era ritornata a sperare.

Glauco non le diede il tempo di fare domande, si abbassò e da una scatola tirò fuori un fascicolo: "È arrivato," le disse con la consueta gentilezza, pur sapendo già da Liberata cosa la madre pensasse del mondo.

Agata lo guardò sospettosa, poi prese in mano il giornale: era un numero speciale di "Cristianesimo Oggi" dedicato a sant'Antonio, la cui statua campeggiava in copertina.

Avere quell'amuleto in mano non le bastò a farle tornare il buonumore, compromesso anche dalla prima pagina di "Autonomia Operaia" con una grande foto sugli scontri tra rivoluzionari e forze dell'ordine, e soprattutto dallo strillo della "Gazzetta del Sud":

DECAPITATA LA STATUA DELLA MADONNA NERA

Agata si fece il segno della croce.

"Dammi anche la 'Gazzetta del Sud'," disse a Glauco con una voce sottilissima, schiacciata.

Prese il giornale e andò via. La figlia la seguì con lo sguardo, e provò dispiacere per l'immersione nel peccato umano che la lettura di quell'articolo avrebbe significato per lei.

Glauco teneva ancora in mano il foglio piegato che gli aveva dato Fortunato e si accorse che Liberata lo guardava con curiosità.

"Leggi," le disse con una voce preoccupata che non gli apparteneva.

Era un volantino del Movimento sociale; il titolo sotto il simbolo della fiamma non lasciava dubbi sul riferimento: I

TERRORISTI SONO TRA NOI. Liberata venne così a sapere che la sezione locale era preoccupata per i rigurgiti di terrorismo che stavano infestando una terra fino ad allora pacifica, che loro non lo avrebbero permesso e si sarebbero in ogni modo opposti alla deriva brigatista, invitando tutti i cittadini a prendere le distanze da comunisti e terroristi se non volevano anche loro conoscere una stagione di morti e attentati.

Glauco era visibilmente contrariato.

"Lo sapevo che ne avrebbero approfittato per diffamarci. La violenza e il sangue non aiutano la causa comunista. Dobbiamo correre ai ripari, e in fretta."

"Cosa pensi di fare?"

"La manifestazione. Riempiremo questo paese di gente onesta, operai, braccianti, mamme, capiranno tutti da che parte stiamo."

"Sei sparita."

Giuditta aveva ragione, Liberata non passava a trovarla da un po' di giorni.

Di solito le rispondeva che aveva avuto tanto lavoro, ma quella volta restò in silenzio.

"Che cos'hai? Tua madre?"

Non sapeva cosa dire. Consapevole che quel silenzio prolungato era come ammettere un segreto, non riusciva tuttavia a formulare una risposta che considerasse bastevole al camuffamento.

Giuditta lasciò le calze che aveva in mano e si mise di fronte all'amica, fissandola negli occhi.

"Si può sapere cos'hai?"

Avrebbe voluto confidarsi con lei, ma conosceva anche i suoi modi eccessivi. Se solo l'amica avesse saputo che le piaceva un uomo, si sarebbe messa all'opera per affrettare le cose, l'avrebbe tempestata di domande e, sfrontata com'era, avrebbe avuto il coraggio di andare a prenderlo in officina. Liberata non voleva questo, ma aveva esitato troppo e adesso qualcosa doveva sussurrare.

"Sono confusa," furono le uniche due parole che le uscirono dalla bocca.
"Adesso ti siedi e mi racconti tutto!"
La portò dietro il bancone.
Liberata usò quel tempo per inanellare parole sensate.
"Allora? Cos'è questa confusione?"
"Ho visto un ragazzo, qualche giorno fa..."
Come immaginava, a Giuditta si illuminarono gli occhi. Giunse le mani e se le portò alla bocca:
"Lo sapevo, lo sapevo!".
"Calmati, se no non ti racconto più niente."
"Sì, sì, scusa. Lo conosco?"
"No."
"È uno del paese? È bello?"
Liberata la guardò con rimprovero. Giuditta fece un gesto come a dire "mi calmo":
"Non t'interrompo più. Ti ascolto e basta".
Liberata esitò ancora prima di riprendere, si era già pentita di averne parlato.
"Sì, è bello, diverso da tutti gli altri."
L'amica aspettò che continuasse, ma lei non andò oltre.
"Tutto qui?"
"L'ho visto passare su una moto."
"E sei confusa per questo?"
Liberata alzò le spalle.
"Aveva qualcosa..."
Giuditta si spostò dal muro su cui si era appoggiata.
"Mi stai dicendo che ti senti confusa perché hai visto uno che nemmeno conosci passare su una moto?"
"Non so come spiegartelo, ma non riesco a togliermelo dalla mente."
"Scommetto che assomiglia a Franco Gasparri."
Liberata non ci aveva pensato, ed era strano, che lei sempre paragonava i ragazzi alla sua icona, cercava indizi di somiglianza – per approssimazione, naturalmente –, si soffermava sull'analogia dei particolari, ogni volta sperimentando il baratro tra idea e forma.

"Non è del paese?"
"No."
"E dove l'hai visto?"
"All'officina di mio padre."
"Certo che ne hai di fortuna! Il primo ragazzo che ti piace, lo vedi un attimo e poi sparisce chissà dove."
Non cambiava mai Liberata, sempre in bilico con le sue verità velate, sempre pronta a dosare fatti e fantasie alla ricerca del compromesso indolore che accontentasse la curiosità del mondo e la sua vocazione al silenzio.
Attraversare la vita senza urti era la sua missione.
Per quel giorno poteva bastare: non era riuscita a mascherare la sua irrequietezza, ma aveva detto il necessario perché l'amica s'acquietasse senza svelarle troppo.
"Conosco io un modo per distrarti," le disse Giuditta.
Andò nel retrobottega e ne uscì con due scatole.
"Camicetta e reggiseno appena arrivati, della Playtex, come la pubblicità di questa settimana su 'Kolossal'. Provali."
Liberata non ne aveva proprio voglia, ma Giuditta insisteva e poi le parve un buon modo per sviare il discorso. Così andò in camerino e se li provò. Giuditta se ne intendeva, che la camicetta era bellissima e le stava proprio bene.
"Fatti guardare?"
La squadrò.
"Se ti vedesse così, l'uomo della moto, stai sicura che si fermerebbe all'istante."
Si spogliò e l'amica li rimise a posto.
Uscendo dal negozio, Liberata sentì di essere diversa dalle altre, dalla sua amica, da tutte le persone che quando erano piene di pensieri, segreti, timori, tristi presagi, avevano bisogno di parlare, di confidarsi, di sfogarsi – come diceva Giuditta –, quasi che le parole fossero oggetti che occupavano spazio, vestiti da spostare per liberare gli armadi, che lei prima di entrare in negozio era piena di pensieri, ma anche adesso, dopo aver parlato, continuava a sentirsi colma, che per lei le parole non erano oggetti che liberavano spazio una volta uscite,

restavano lì, sospese in qualche parte del corpo, ad ammucchiarsi e accatastarsi.

Per strada, ancora la speranza di incontrarlo. Sul marciapiede, attardava il passo come se i miracoli fossero solo una coincidenza di tempi.

Poi passò davanti allo studio del notaio e vide una moto parcheggiata fuori. Poteva essere quella di lui, ma non ne era sicura. Dimostrazione della sua inadeguatezza alla vita attiva: non aveva memorizzato la targa della moto, nemmeno un numero o una lettera, né individuato qualche segno distintivo. S'infilò nel portone e salì le scale. Quando fu di fronte all'ufficio, accostò l'orecchio alla porta per sentire se ci fossero voci. Silenzio. Suonò. Non c'era nessuno.

Ritornò in strada. Vide l'insegna con la croce verde, pensò che potesse essere andato in farmacia, magari a comprare una pomata per la mano che ancora gli dava fastidio. Attraversò la strada ed entrò. Lui non c'era.

Al bancone c'era Enzo Defilippo, suo vecchio compagno di scuola: si salutarono e poi si fece dare una confezione di digestivo Antonetto per il padre.

Uscì. Si guardò intorno, e fu allora che gli occhi si posarono sulla stella rossa dipinta sul muro. Era la prima volta che la guardava così da vicino. Era più grande di quanto immaginasse. La gente che usciva dalla farmacia guardava la stella e poi lei, la stella e poi lei. Non era un bene fermarsi a lungo in quel posto. Decise di tornare a casa, ma prima volle osservare il disegno per un'ultima volta. Le linee che da lontano sembravano dritte erano invece irregolari, indecise, e nell'ultimo tratto scivolavano in una curva. Avrebbe detto di mano agitata, non avvezza al disegno. Disabituata.

Che poteva essere anche quello un bel nome per chiamarsi.

Disabituata.

Disabituata Macrì.

Come un fiore che dev'essere colto

"Charme", Quattordicinale di fotoromanzi
Anno VIII, nr. 132, Sped. abb. post. Gr. III – 70, 84 pagine, 250 lire

Liberata credeva a tutto quello che non si vede. Ma gli uomini sono fatti di carne e materia, respirano, occupano spazi, si muovono: gli uomini si vedono.

Per questo non aveva mai creduto in loro, mantenendo nei legami un confine di non reciprocità, un perimetro di proprietà privata. Era così con la madre, con l'amica del cuore, con Glauco: forse solo col padre aveva ridotto le distanze. E poi pensava che quello che si vede, e al riguardo il mondo degli insetti era stato d'insegnamento, si trasforma, cambia, si modifica, e questo la mandava in confusione.

Era uno dei vantaggi delle cose invisibili: l'armamentario astratto e fantastico gode di un alone di incorruttibilità, il suo non essere oggetto del mondo sensibile lo protegge; mai nessun agente chimico o atmosferico potrà corroderlo, mai nessun sabotatore manometterlo. Temeva i cambiamenti degli esseri umani, e tuttavia c'erano persone per le quali aveva provato e provava una forte attrazione, un fascino inspiegabile. La maga era una di queste.

Era stata la prima persona che le era venuta in mente pensando a chi avrebbe potuto confidare gli sconvolgimenti della sua vita: non a Giuditta, non a Glauco, ma alla maga Adele, cartomante, a lei affine nella fede dell'invisibile, che aveva anche il merito di averli previsti quegli sconvolgimenti e forse, avendoli previsti, in qualche modo provocati.

Ma era un trucco umano o davvero a qualche privilegiato era stato concesso il dono di decifrare l'ignoto? Forse la cartomante era stata solo furba, quella prima volta con Giuditta, a lanciare l'amo e a trattenerla con un filo sottilissimo. Fu così, pensando e ripensando a queste cose, che Liberata decise di metterla alla prova per capire se poteva fidarsi.

Aveva resistito. Era abituata a trattenersi. Sapeva dominare mente e corpo, un esercizio che aveva cominciato da bambina. C'erano degli insetti capaci di controllare il proprio organismo al punto da arrivare a fingersi morti. Il padre gliene aveva mostrato qualcuno della sua collezione come lo *Zopherus chilensis* o la farfalla monarca. Quando ascoltava quei racconti, giocava a essere un insetto che doveva bloccarsi, immobilizzarsi, chiudeva gli occhi, pensava a qualcosa che le facesse paura e si fermava come per nascondersi, contando quanto tempo riusciva a permanere nella sua immobilità, che l'unica cosa che sentiva e non poteva fermare era il cuore. Che poi glielo aveva chiesto al padre, se c'era al mondo un insetto o qualche altro essere vivente capace di arrestarlo, di ritardarlo anche solo di un battito. Il padre lì per lì non aveva saputo risponderle. Qualche giorno dopo le aveva detto di no, non aveva trovato notizie di insetti che potevano comandare il cuore, ma alla tartaruga, concluse, alla tartaruga il cuore batte sei volte in un minuto, un battito ogni dieci secondi, e che forse per questo viveva più di cento anni.

Aveva resistito. E invece quella mattina il primo pensiero, incontenibile, era stato di andare in officina. Voleva vederlo. Forse anche chiedergli. Ma la infastidiva l'idea che Luvio pensasse che era lì per lui. Perché lei voleva vederlo, e già questo era uno sconvolgimento. E riconoscerlo le costava. Sarebbe stato perfetto se si fossero incontrati per strada, magari com'era successo all'edicola di Glauco, e allora elencò nella sua mente i luoghi più probabili: il negozio di Giuditta, il bar, la farmacia, pensò anche alla chiesa di Sant'Antonio, a testimonianza che se si aspettano miracoli, sconvolgimenti d'universi, ogni tempo è adatto e ogni luogo è possibile.

Si sentì come Beccaria quando cominciava ad avere la preveggenza della visione. Voltava ogni angolo di strada pensando chissà, chissà. E se da un lato questa sensazione sconosciuta la faceva stare bene, dall'altro le procurava una malinconia che non riusciva a decifrare, come quando sull'altalena, spinta dal padre, raggiungeva il punto più alto che la gravità permettesse, la massima estensione delle catene, quello nel quale si gioisce del volo estremo ma pure si teme l'imminenza della caduta.

La madre le aveva chiesto di comprare il pane. Il negozio di Catarnuzza era il luogo più ordinario che si potesse immaginare: era da vent'anni che la vecchia lo aveva aperto e portava tutti i segni del tempo, eppure quella mattina, quando Liberata scostò la tendina di plastica, si trasformò d'incanto nella scenografia d'un fotoromanzo.

Fu per l'illuminazione, certo, il fascio di luce che da sinistra rischiarava a metà i corpi delle persone, ma soprattutto per l'inattesa comparsa del personaggio principale. Sarebbe stato un fotogramma inedito, che non ricordava di aver mai visto nelle migliaia e migliaia di pagine, una sola posa ambientata in un negozio d'alimentari. C'erano luoghi nei quali sembrava non potesse accadere nulla d'inatteso e straordinario, e così aveva varcato la soglia disperata di vita e di alchimie, che mai avrebbe potuto trovare epifanie tra chili di zucchero e sacchi di farine. E invece. Era un giorno come gli altri per Liberata. Era passata dal negozio a comprare il pane. E quale fu la sua sorpresa quando vide, di spalle, di fronte al bancone, il ragazzo dell'officina. Non aveva mai visto nessuno indossare una tuta da lavoro con quella fierezza. Catarnuzza gli stava incartando qualcosa e glielo mise dentro un sacchetto bianco. Nemmeno la vecchia, dietro il bancone, poteva restare indifferente al suo fascino. Il suo volto era come una calamita che attirava ogni sguardo. Quando si girò per andare e se la trovò di fronte, forse per la prima volta ebbe un'espressione stupita. Sembrava incredulo. Liberata era emozionata di trovarselo lì, così, semplicemente, dopo aver cercato di provocare quell'incontro in ogni modo. O forse anche quello era un incontro determinato dalla sua volontà e dai suoi desideri.

"Buongiorno."

Lei si guardò intorno: Catarnuzza stava servendo Rosaria Rubino, che faceva la spesa come se stesse arrivando la guerra.

"Buongiorno," rispose.

Rimase fermo di fronte a lei. Liberata era imbarazzata. Lui capì, e allora guardò verso gli scaffali a destra, si avvicinò, prese una lattina di birra e si voltò verso il bancone, al suo fianco, come uno che era in fila.

Catarnuzza, sulla carta con cui avvolgeva il pane, si stava scervellando a fare i conti con la sua Bic blu senza tappo.

"La aspettavo in officina," disse il giovane a voce bassa guardando dritto verso il bancone.

"Avevamo un appuntamento?"

Lui si girò a guardarla e sorrise, poi ritornò a fissare davanti a sé.

"In un certo senso, sì."

Conosceva bene quelle schermaglie giocose, Liberata, formatasi sugli irritanti ammiccamenti del Ken di "Jacques Douglas". La sensazione le piacque, e decise per una volta di collaborare alla sceneggiatura.

"E quando sarebbe successo?"

"Una busta lasciata in una cassetta della posta non è un appuntamento?"

Parlava piano per non attirare l'attenzione: si era pure scostata leggermente da lui. Ma quello riconquistò lo spazio perduto come se nulla fosse.

"Non deve dirmi niente?"

Avrebbe voluto fargli mille domande, ma non le sembrava il posto giusto.

"No. Perché?"

"Mi guarda come qualcuno che deve parlare. Allora ho indovinato?"

Non voleva dargli soddisfazione, certo, ma anche – e di questo ebbe coscienza dopo – desiderava che il loro incontro durasse il più a lungo possibile.

“Le sembra questo il momento?”
“Mi basta un sì o un no.”
Rosaria Rubino, con le borse piene, aveva finito.
Toccava a Liberata.
“Un filone da mezzo chilo, per favore.”
Catarnuzza prese il pane e lo incartò come d’abitudine nel foglio sul quale aveva fatto i conti, avendo l’accortezza di evitare che l’inchiostro toccasse la crosta.
Quando pagò e si diresse verso l’uscita, Luvio bisbigliò a bassa voce: “Mi aspetti”.
“Cosa vuole questo bel ragazzo?” fu la frase di Catarnuzza che accompagnò la sua uscita dal negozio.
Certo che voleva aspettarlo, ma come faceva lì, in mezzo alla strada, davanti a tutti? Luvio non le diede tempo di pensare che fu subito al suo fianco, col sacchetto in mano:
“Allora, mi risponde?” chiese con tono sicuro.
“No.”
“‘No’ non vuole rispondermi?”
“La risposta è ‘no, non ha indovinato’.”
Luvio non accusò il colpo.
“Peccato, ero convinto del contrario. Vuol dire che devo conoscerla ancora meglio.”
“Non capisco perché ci tenga tanto.”
Qualcuno passava per strada, e ogni volta Liberata si voltava di spalle per evitare di essere vista.
“Vedo che non è a suo agio. Ci incontriamo sempre di fretta, nei luoghi sbagliati. Mi piacerebbe avere più tempo.”
Non sapeva cosa dire.
“Se non l’ha capito, le sto chiedendo un appuntamento.”
“Non so,” rispose d’istinto.
“È già abbastanza. Devo andare. Facciamo che ci pensa, va bene? Tanto sa dove trovarmi.”
Andò via. Liberata s’incamminò nella direzione opposta.
Era contenta d’averlo incontrato, e anche della sua menzogna: le sembrava in qualche modo di aver pareggiato i conti. Però adesso era tutto più chiaro, e questa chiarezza che le illuminava la strada la faceva stare bene. Le aveva chiesto un

appuntamento. Voleva incontrarla, parlarle, conoscerla. Tutta l'antipatia iniziale, la sfrontatezza, il sarcasmo erano strategie per ammaliarla. E c'era riuscito. Solo non capiva perché tutto quell'interesse per lei. Perché Luvio era proprio un bel ragazzo, e poi aveva un modo di fare che ti abbracciava e ti avvolgeva come un vento caldo. Perché altri ragazzi l'avevano corteggiata nella sua vita, ma avevano sempre qualcosa che non andava, portavano sempre una traccia di quotidianità, che fosse un gesto o un'assenza, sempre qualcosa che comprometteva l'idea che lei aveva dell'amore, e invece su questo ragazzo spuntato dal nulla, ogni particolare era come illuminato: persino la tuta da meccanico sporca di grasso sembrava su di lui un abito da cerimonia. Che poi, a pensarci, il fatto che fosse un forestiero, e cioè altro dalla sua vita quotidiana, pesava su questa considerazione.

Si vide riflessa nella vetrina del bar e si fermò a guardarsi. Poteva esserci qualcosa in lei che lo incuriosiva, non solo la bellezza; qualcosa d'insieme, che forse anche il suo corpo, a sua insaputa, spargeva tracce di attrazioni chimiche.

L'ipotesi più verosimile, ma anche la più fastidiosa, la lasciò per ultima.

Era la figlia del principale.

Prima di andare a casa, fece una piccola deviazione verso il Campo, alla sua cabina telefonica preferita. Andava sempre lì perché era la più nascosta e permetteva una certa tranquillità.

Controllò di avere dei gettoni nel borsellino, quindi entrò e compose il numero.

"Pronto?"

Aveva risposto un uomo, e malgrado parlasse a voce alta, faceva fatica a sentirlo per i molti rumori di fondo, come se si trovasse in un luogo affollato.

"Buongiorno, vorrei un appuntamento con la maga Adele."

Quando il padre si sedette a tavola, con la tuta del lavoro, e cominciò a mangiare, a Liberata venne in mente Luvio. In realtà non lo aveva mai scordato. Ripensò alla busta bianca che aveva in mano e alla lattina di birra. Dove si era seduto a mangiare? Cos'altro faceva in quell'ora di pausa?

"Non mangi?"

Prese il cucchiaio in mano. Il piatto le sembrava più pieno del solito. Si sentì in colpa. Lei lì, comodamente a tavola, a mangiare un piatto caldo, mentre lui seduto chissà dove, da solo, certamente da solo, a scartare il panino preso da Catarnuzza, che altre volte se lo portava da casa, se lo preparava la mattina, prima di uscire, col pane del giorno prima, solo, adesso, su una panchina dei giardinetti o sui gradini d'una scala o in qualche angolo appartato, per non farsi vedere. La visione dell'altrui solitudine provocava in Liberata come un taglio sulla pelle. Sempre. Adesso però ancora più profondo. Abbisognava di medicamenti.

"Ma il ragazzo nuovo dove va durante la pausa?"

Il padre la guardò sorpreso.

"Perché me lo chiedi?"

"L'ho visto stamattina, si stava facendo fare un panino."

"Non lo so. Sono un paio di giorni, come oggi, che mi chiede se può restare lì. Quando torno il pomeriggio lo trovo che ha già ricominciato a lavorare."

Se lo immaginò nell'officina, seduto su qualche vecchio pneumatico, togliere il panino dalla busta e mangiarlo. Fu tristezza. Eppure, così come lo aveva conosciuto, non le sembrava un uomo triste. Lo aveva fissato, nei pochi momenti in cui si erano incontrati, per capire se la spavalderia fosse reale o solo una maniera di camuffarsi, e in certi momenti si era convinta che ci fosse altro.

"A me è piaciuto," s'intromise Agata.

"Ma se l'hai visto neanche cinque minuti."

"Mi è bastato."

Liberata sorrise.

"Cosa c'è?" le chiese in tono brusco la madre.

"Sappiamo perché."

"Certo. Vallo a trovare un giovane, oggi, che ha il coraggio di girare con un crocifisso al collo! Anzi, sai cosa ti dico? Un giorno di questi lo invito a pranzo!"

"Aspettiamo almeno di capire."

"Capire cosa?"

"Se resterà."

Liberata aveva cancellato dalla mente che Luvio era in prova. L'ipotesi di non rivederlo più le oscurò l'orizzonte.

"Non lo tieni? Hai detto che ci sa fare."

"Ci sa fare, ma bisogna vedere anche se lui è d'accordo."

"E perché non dovrebbe?"

"Mi ha detto che aspettava una risposta non ho capito da dove, che forse sarebbe partito al Nord."

A Liberata la fame passò del tutto.

Mentre sparecchiava, osservò sulla carta del pane i numeri appuntiti e disordinati dei conti di Catarnuzza – immaginò la testa stanca della vecchia come posseduta dagli spiriti matematici che orchestrano il mondo –, e non solo, che sotto la somma finale che equivaleva a un respiro di riacquistata sanità, un fregio le era scappato dalla Bic blu mangiucchiata, un tratto dettato dai demoni del destino che attraverso le sue mani di sibilla cumana avevano vergato profezie e vaticini sotto forma di un segno stenografico, che quando lo vide, Liberata, per un attimo si bloccò, che lo riconobbe.

Una parola.

Lui.

Al di là della notte la speranza

"Mina", Mensile di fotoromanzi, attualità, varietà
Anno XIII, nr. 131, Sped. abb. post. Gr. III – 70, 250 lire

Agata odiava i fotoromanzi.

Li aveva sempre odiati. All'inizio era stato un odio umano che rientrava nella sua pratica quotidiana: sminuire le persone disprezzandone le abitudini, gli oggetti, le parole.

Liberata non poteva dimenticare la prima volta in cui era entrata in casa con una copia di "Grand Hotel", acquistata dopo aver visto il poster di Franco Gasparri appeso al chiosco. Il suo sguardo sdegnoso, il suo tono di voce acidulo.

"Anche tu!"

Ogni occasione per Agata era buona per rovesciare la malcontenza che le mangiava il corpo.

Mangiare, letteralmente.

Pensava proprio a questo Liberata, ogni volta che la sentiva proferire lamentazioni sui mali del mondo o sulla corruzione dei costumi; a qualcosa di simile a un insetto che le vagava nel corpo e che di tanto in tanto le staccava un frantume: un grammo di splenio, un millimetro di tendine, un brandello di cuore. E Liberata pensò, per naturale associazione, alle femmine di siricidi quando con le terebre conficcano le uova nel legno, che poi le larve scavano lunghe gallerie all'interno dei tronchi e dopo due anni diventano adulti e continuano ancora a scavare e a far morire l'albero, dentro, solo dentro, che visto da fuori sembra imperituro.

Il mistero era da quale invisibile universo giungesse quell'animaletto divoratore di corpi sensibili.

All'inizio era stato solo un odio umano, come quello che riversava sui panni stesi di Arcangela che le nascondevano il sole, sul cane di compare Nunzio che le pisciava il muro, sulle mosche d'estate, sulla saracinesca che veniva tirata su alle sei, sul clacson dei venditori ambulanti, sulla voce di Filomena quando chiamava il figlio per cena, sull'olio che macchiava i fornelli, sulla polvere di caffè che s'infilava nelle fughe delle piastrelle, sulle gocce d'acqua che Oreste lasciava sul pavimento dopo la doccia.

Poi divenne un odio divino. Battezzato dal Signoriddio per bocca di un suo figlio prediletto. Una domenica tornata da messa, che la luce delle candele le aveva acceso uno spirito crociato. Ebbe la pazienza di aspettare l'ora di pranzo, perché Oreste fosse presente alla privata omelia.

"Anche don Pantaleone oggi lo ha detto, dal pulpito, dopo la Prima lettera di san Paolo ai Corinzi."

Erano abituati ad ascoltare le prediche domenicali, ma quella mattina avvertirono un'eccitazione insolita.

"I fotoromanzi fanno male," cominciò, e continuò a elencare le motivazioni addotte dal parroco.

Fu tale la veemenza di quelle parole che, messo in bocca il primo raviolo, a Liberata sembrò avesse il sapore inconsistente di un'ostia.

Ma anche Agata dovette in parte ricredersi, quando le capitò in mano un numero di "Famiglia Cristiana" con il fotoromanzo *La miniera del miracolo* il cui protagonista era un prete.

Un giorno Liberata l'aveva vista in soggiorno aprire furtivamente uno dei fotoromanzi che aveva lasciato sul tavolo. E non si era limitata a sfogliare le pagine. Lo aveva letto tutto, a calcolare il tempo che era rimasta chiusa lì dentro. E poi Liberata aveva controllato di che storia si trattasse. *Come un fiore che dev'essere colto.* Il fiore era la donna amata segretamente da Franco Gasparri. Dopo mille peripezie, il loro amore trionfava. Liberata si era chiesta cosa quella storia aveva suscitato nella madre, se c'era stato un tempo in cui aveva amato, in cui era lei il fiore da cogliere, se aveva vissuto bagliori di antichi tremori.

Ci ripensò, quella mattina, quando la vide sul divano a lavorare i suoi quadretti all'uncinetto, e le parve come la donna di un quadro in attesa di qualcosa. Ripensò al titolo del vecchio fotoromanzo e le venne la curiosità, a distanza di anni, di sfogliarlo di nuovo per capire cosa ci avesse trovato. Andò nel magazzino a prenderlo. Aprì la cassa, e guardò nella fila a destra di "Charme". Poteva essere grosso modo a metà. Lo trovò. In copertina, Franco Gasparri e Adriana Rame. Lo lesse immaginando la madre da giovane e proiettando su di lei ogni parola, ogni sospiro, ogni bacio. Forse per questo odiava i fotoromanzi, Agata, perché le ricordavano quella che era stata e che non sarebbe ritornata mai più. Lo rimise a posto. Quando stava per uscire vide *Il destino all'improvviso*, che aveva lasciato lì, come un guanto da raccogliere, il giorno in cui era andata dalla cartomante. Questa volta lo prese e lo portò a casa.

Che la madre fosse di cattivo umore era normale, ma quel venerdì era peggio delle altre volte.

Liberata conosceva bene i segni del malcontento: il volume della radio più alto, la finestra del soggiorno spalancata, il grembiule legato con triplo nodo, quasi a costringersi. Il buongiorno con voce sconfortata era invece consuetudine.

Sul tavolo della cucina, mentre si preparava la colazione, vide aperta la "Gazzetta del Sud" che aveva comprato due giorni prima e pensò che l'atmosfera uggiosa avesse a che fare con quella.

"L'umanità è destinata a estinguersi presto" fu la sentenza mattiniera di Agata quando vide la figlia cercare sul quotidiano qualche notizia curiosa. "Hai sentito cosa hanno fatto?"

"Sì," rispose Liberata con la tazza del latte in mano.

"Leggi, leggi!"

Sfogliò di un paio di pagine, quindi picchiettò col dito sull'articolo. Liberata lesse il titolo: DECAPITATA LA MADONNA NERA. Al centro della pagina, una fotografia della statua senza testa. Si avvicinò per leggere e la madre cominciò a inveire: "Ma quale diavolo può fare questa cosa! Con quale coraggio! Siamo destinati a scomparire. Più in basso di così non si può cadere".

Liberata lesse che nella chiesa di Schiavonea era stata decapitata la statua della Madonna Nera, la quinta a cui avevano tagliato la testa. Tutte nel raggio di una settantina di chilometri. C'era un elenco dettagliato. Il giornale ipotizzava la presenza di un vandalo seriale. Per Agata era un segno dell'Apocalisse, che per lei i segni non erano sette ma settantasette. Prese il giornale, lo piegò e lo mise in borsa, forse per farlo vedere più tardi a don Pantaleone.

"Non porta bene, questa cosa," disse uscendo per andare in chiesa. "Speriamo non sia di malaugurio per il mese benedetto!"

Liberata ritornò in camera sua. Il quaderno di Zangari era sulla scrivania. La copertina era azzurra. C'era una macchia in basso a destra, sembrava caffè. Questa cosa la infastidì. Esitò prima di aprirlo.

La prima pagina riportava il numero 1 e una scritta in stampatello:

DEL GIORNO IN CUI HO COMINCIATO A VIVERE.

L'inchiostro era marrone. La scrittura spigolosa ricordava la grafia dei vecchi, di quelli che non avevano finito la quinta elementare e impugnavano la penna come fosse un coltello per incidere nel cuoio, e tuttavia era leggera, scorrevole, come chi è avvezzo al gesto.

Dicono che non è mai troppo tardi.
Fin quando non si muore.
Dicono che siamo sempre in tempo per cambiare vita e che questo dipende solo da noi.
Dicono sia un privilegio, come una consolazione che Dio ci ha dato per risarcirci dell'immortalità sottratta. Come se si fosse messo a predicare: morirete, ma vi offro in cambio la possibilità di vivere tutte le vite che desiderate.
È questo il vero patto tra me e voi, tra Dio e l'uomo.

Non si aspettava un inizio così riflessivo. Per qualche motivo, aveva immaginato qualcosa di più semplice, come un diario, una confessione delle sue malefatte, tipo "Mi chiamo Zangari e ho ucciso un uomo". Aveva pensato a un linguaggio lineare, parole quotidiane, da bar, e invece niente di tutto questo. E poi aveva un atteggiamento verso Dio che le piaceva. Continuò interessata:

A me, più che un dono consolatorio, pare una maledizione. Che almeno, a sapere di avere una e una sola vita, solo quella, sempre quella, ci rassegneremmo, faremmo i conti con essa cercando di renderla meno noiosa e dolorosa e conflittuale, e invece, consapevoli di poterla cambiare, modificare, capovolgere e stravolgere, non ci applichiamo ad essa come dovremmo, di più, la maltrattiamo come passeggera e menzognera continuando a vagheggiare divagazioni e variazioni.
E il triste destino di chi ha doppia cittadinanza è quello di sentirsi estraneo a entrambe le patrie.

Liberata, che chissà perché non riusciva a togliersi dalla testa un'immagine negativa di quell'uomo, pensò che quel quaderno non fosse il suo, che lo aveva sottratto a qualcuno, che forse Zangari neanche capiva fino in fondo cosa c'era scritto ma s'era messo in testa di pubblicare una storia per darsi una tinteggiatura di vita pulita, che alcuni animali fanno la muta, alcuni uomini scrivono libri.

Dicono che sia possibile cambiare vita ogni mattina, appena apriamo gli occhi, appena poggiamo il piede a terra, che non siamo condannati come i corpi celesti a muoverci sempre allo stesso modo: dipende solo da noi, dalla forza della nostra convinzione, dalla tenacia della nostra volontà.
L'ho letto anche su un foglio di giornale, sulla pubblicità di un profumo: SE VUOI PUOI, SE PUOI DEVI. *Non ho comprato quel profumo, ma ci ho provato lo stesso a farlo, a cambiare vita.*

Anche Liberata ricordava quella pubblicità che sembrava offrire la soluzione a ogni tentennamento: se veramente vogliamo qualcosa, possiamo ottenerla col nostro impegno, ma, ed era questa la parte rivoluzionaria del messaggio, se una cosa possiamo ottenerla, abbiamo il dovere di riuscirci. *Dobbiamo.* Era quel *dovere* che nella mente di Liberata, quando si ripeteva lo slogan, la impressionava di più. *Devi.*

Lei non si era mai imposta niente, e in questo apparteneva al genere umano di cui faceva parte anche Agata, quello che ammira il mondo e lo attraversa senza l'insana ambizione di cambiarlo.

Giuditta era triste e Liberata le chiese il perché.

"Ieri Fortunato doveva portarmi fuori, ma poi non è venuto. Mi ha detto che aveva da fare con i compagni, che stanno lavorando a una cosa grande, ma non me ne ha voluto parlare."

"E allora?"

"Me lo diceva l'istinto che dovevo passare ancora dalla maga."

"Per dirle cosa?"

"Che ne so. Qualcosa. Fortunato dice che è molto impegnato con la sezione, dopo il fatto della stella sul muro. Ma secondo me è una scusa."

"Potrebbe essere vero."

"Sì, ma in ogni caso non è un buon motivo per lasciarmi da sola. E tu?"

"Io?"

"Il tuo uomo della moto, lo hai rivisto?"

Liberata aveva dimenticato di avergliene parlato, si stupiva di averlo fatto e cercò di correggere la traiettoria.

"Mi sa che ho esagerato," disse sorridendo.

"Non mi sembravi tu! Dev'essere proprio bello per averti colpito in questo modo."

"Bello sì, ma non so cosa mi è preso. Forse era un momento così. Capita."

"Capiterebbe anche a me, se non avessi un uomo al mio fianco. Sai, non riesco a capire come tu possa resistere a stare da sola."

Giuditta andò dietro il bancone.

"Ma lo sai che sabato ci ho pensato?" disse piegando un reggiseno e rimettendolo nella sua confezione.

"A cosa?"

"Al ragazzo della moto."

"In che senso?"

Giuditta si appoggiò con i gomiti sul bancone per avvicinarsi all'amica, come quando doveva dirle cose che riguardavano gli uomini.

"Sabato pomeriggio, si parcheggia una moto qui di fronte. Scende un tizio, si sistema i capelli con la mano, si toglie gli occhiali a specchio e apre la porta. E solo allora, mentre mi veniva incontro sorridendo, mi sono accorta di quanto fosse bello. Dovevi vederlo, un attore. Ho subito pensato al forestiero di cui mi avevi parlato, e in quel momento avrei voluto fossi qui per darti ragione. Ero imbarazzata... e secondo me se n'è accorto."

Liberata ebbe come un moto di gelosia, che non sapeva se davvero fosse Luvio, che non lo aveva mai visto con gli occhiali a specchio, ma c'era una parte di lei che lo temeva. Il modo in cui Giuditta ne parlava, l'idea che lo avesse guardato con interesse, la fecero sentire come quel giorno dalla parrucchiera quando Colomba Marra guardava le foto di Franco Gasparri.

"Perché dici che se n'è accorto?"

"Lo sai come fanno gli uomini, se sanno di piacere. Si atteggiano, sorridono, ti guardano in maniera languida, parlano con voce impostata."

"E ha fatto così?"

"Aveva uno sguardo compiacente, e poi..."

Liberata faceva fatica a trattenere il fastidio.

"Cosa?"

"Mi ha detto che doveva fare un regalo alla sua fidanzata."

Liberata tirò un sospiro di sollievo. Luvio non aveva una fidanzata. Subito dopo, un attimo di smarrimento: come faceva a esserne sicura? Ritornò a immaginare che fosse lui.

"Mi ha chiesto una minigonna. Gliene ho fatta vedere qualcuna, non sapeva decidersi, allora mi ha guardata e, sempre con quel sorriso, mi ha chiesto quale avrei preferito io se fossi stata la sua ragazza."

Giuditta raccontava come se si fosse trattato di un vero e proprio corteggiamento.

"Allora io ho scelto. 'Che taglia?' gli chiedo. E allora lui, dovevi sentirlo, lui continua chiedendomi io che taglia porto, perché la sua fidanzata, senti senti, 'ha il corpo perfetto come il suo'. Ha detto proprio così, perfetto. Poi ha voluto una confezione regalo. E quando gli ho dato il sacchetto, è rimasto lì a fissarmi, per un attimo ho davvero creduto che mi dicesse: 'Questo è per te'. Ma alla fine ha preso il pacchetto e se n'è andato."

"Era la prima volta che lo vedevi?" chiese Liberata, ormai certa che fosse Luvio.

"La prima e spero non l'unica," continuò Giuditta. "Aspetta, ti faccio vedere."

Scomparve nel magazzino e ritornò poco dopo con una scatola.

"Eccola."

Giuditta appoggiò sul bancone la minigonna. Liberata toccò il tessuto, era morbido, e le piaceva quella fantasia di geometrie bianche e rosse che aveva visto in una pubblicità.

"Lo hai consigliato bene."

"Purtroppo non era per me," disse ripiegandola.

"Fortunato non ti regala di queste cose?"

"Lui? Lasciamo stare," rispose, e le ritornò il cattivo umore.

Scambiarono ancora qualche battuta, quindi Liberata andò via, e anche il suo umore non ero lo stesso di quando era entrata.

Era stata allevata dalla madre secondo i princìpi dell'inadeguatezza e dell'indifferenza. Estranea al terreno in cui era stata depositata da venti dispettosi, era come un accenno di vegetale. Di più. Un insetto antropomorfo. Una delle qualità di quegli esserini che popolavano il mondo, numericamente padroni della terra, era la capacità d'adattamento. Il padre lo sottolineava spesso: forse era un monito a sé stesso, forse un insegnamento che sperava passasse alla figlia. E lei aveva imparato a adattarsi fuggendo, mimetizzandosi, defilandosi, che i fotoromanzi erano stati solo l'ultima fuga dal mondo dopo le pettinature delle bambole, la cura degli animali feriti, i dialoghi con le amiche immaginarie, la scrittura dei diari segreti.

Liberata era cresciuta, sebbene fuori terreno.

Perché alla fine diventiamo sempre quello che siamo, a prescindere dalla terra in cui siamo stati abbandonati.

Alla fine, compiamo il destino che era in noi.

Destinata.

Che anche quello poteva essere un nome che le stava bene.

Destinata.

Destinata Macrì.

La zingara dagli occhi di smeraldo

"Idillio", Mensile di fotoromanzi e attualità
Anno XII, nr. 287, Sped. abb. post. Gr. III – 70, 84 pagine, 250 lire

L'autotomia è la capacità di alcuni animali di perdere una parte del proprio corpo o di automutilarsi.
Viene usata come strategia di difesa, lasciando un pezzo non vitale (un arto o la coda) al predatore: il frammento abbandonato continua a contrarsi distraendolo, e la preda è libera di fuggire.
La parte monca è destinata a ricrescere.
Ho visto una cavalletta distratta restare impigliata nella tela di un ragno. L'ho vista avvertire l'avvicinarsi del predatore, la disperazione della zampa invischiata inutilmente strattonata. Ha atteso fino all'ultimo, poi, con la forza sconosciuta che solo l'angoscia compone, un colpo forte e la zampa è rimasta lì, staccata, mentre lei saltava lontano.
Amputarsi è meglio che morire.
*Alla cavalletta claudicante non è concessa la divina virtù della creazione, come ai fasmidi che rigenerano antenne, ai lombrichi che ricreano decine di anelli smarriti, ai ragni che ricostruiscono zampe. E non importa se alla fine qualcosa non torna più come prima, se la zampa ricresciuta del ragno europeo, l'*Araneus diadematus*, costruisce tele con disegni differenti rispetto alle originali.*
Non importa. L'importante è sopravvivere, e per farlo, a volte, bisogna sapersi privare di una parte di sé.

Per distrarsi, dopo pranzo, decise di continuare a trascrivere il quaderno di Zangari. Un insieme di appunti, questo le sembrava, non una storia ordinata e lineare, ma una preparazione a qualcos'altro.

Per il momento sarebbe andata avanti, che c'era in quel lavoro qualcosa che la faceva stare meglio, e poi Zangari aveva un modo di avvicinarsi a quei piccoli esseri diverso da quello del padre.

Dagli insetti, che sembravano offrire a Zangari modelli di comportamento, passò all'ultimo numero di "Letizia". Dopo essersi tuffata nella storia principale e avervi respirato aria pulita, del fotoromanzo leggeva tutto il resto: le interviste, la posta del cuore, i servizi di moda, i racconti, gli annunci pubblicitari.

Ce n'erano d'ogni tipo: *Gli incantevoli* BIJOUX, *raffinate gioie per il tuo fascino*; BICISLIM, *le tue gambe sottili e flessuose in pochi giorni a casa tua*; LEVITY, *crema snellente anticiccia*; BENDIX, *benda per snellire le cosce*; LINEAR *antipancia*; TURBOBUST, *un apparecchio portatile di idroterapia mammaria di stupefacente efficacia, basato sul principio dello stimolo della circolazione sanguigna con massaggio idrico, capace in 15-20 giorni di modellare seni pari a quelli che si osservano nei concorsi di bellezza*. Lei sorrideva, che non ci credeva molto a quelle cose, che una volta Giuditta s'era fatta arrivare una tuta dimagrante ma dopo due settimane a Liberata le era parsa addirittura ingrassata.

Un giorno, su un numero di "Kolossal" – *La zingara dagli occhi di smeraldo* – trovò un annuncio che non aveva mai visto prima: *STRUMENTO DELLE 7 FORTUNE*. Il disegno riproduceva una specie di moneta con al centro il simbolo del Sagittario. "Un magnifico gioiello-pendant, il portafortuna più efficace in tutti i casi, solo quaranta millimetri di diametro, una chiave di dominio zodiacale *captatore di segreto d'amore*." Le piacque quella parola. Captatore. Perché per Liberata le cose invisibili esistevano, ci circondavano, si sfioravano, entravano in collisione con i nostri corpi senza che noi ce ne accorgessimo, e allora un oggetto capace di rivelare e captare questi flussi energetici le sembrava l'oggetto più adatto da portare con sé. Lo acquistò subito, come aveva fatto con altri amuleti, tra cui la croce biomagnetica AGADES: non rimaneva delusa perché, a differenza delle creme rassodanti e degli shampoo miracolosi, gli effetti non si vedevano nell'immediatezza. Le arrivò dopo un paio di settimane, e quando lo aprì, dapprima ci restò male per la sua leggerezza e per i segni zodiacali che non erano così netti come nel disegno, ma poi pensò che per la sua funzione di captatore erano particolari insignificanti. Lo mise dentro una tasca interna della borsa e lo lasciò sempre lì, malgrado le settimane passassero, malgrado i mesi sfiorissero, sempre lì, al suo posto, perché anche l'ultimo giorno, l'estremo, può essere quello giusto perché il destino si realizzi. Se lo avesse messo via anche solo una volta, era certa che sarebbe stata l'occasione in cui le sarebbe servito. E lei non voleva mancare l'appuntamento. Così se cambiava borsa, come quella mattina, la prima cosa che faceva era spostare l'amuleto da una tasca all'altra. Quella volta, però, lo tenne in mano un po' più a lungo.

Da Glauco c'era più gente del solito, e tra un cliente e l'altro Liberata ne approfittava per sfogliare qualche rivista.

"Poi com'è finita con quel ragazzo?"

Liberata non capì subito la domanda.

"Ha saputo che Oreste è tuo padre?"

L'aggiunta le chiarì il contesto.

"Dovevi vederlo. Come se niente fosse. Secondo me già lo sapeva."

"È venuto ieri mattina a prendere una delle sue riviste di moto."

"Niente fotoromanzi, questa volta?"

"No, solo quello e basta. Ma si ferma a scambiare sempre due parole con me."

"Si vede che gli sei simpatico."

Glauco la guardò con occhi obliqui.

"Guarda che se mi parla è solo per te. Se si vuole conquistare qualcuno, bisogna cominciare dai suoi amici."

"Pensi che voglia conquistarmi?"

"Liberà, a volte sembra davvero che vivi dentro un fotoromanzo. E cos'altro ancora deve inventarsi per fartelo capire?"

Lei abbassò lo sguardo, che lo aveva inteso ma aveva bisogno di sentirlo dagli altri.

"Un po' l'ho capito," rispose, per non sembrare così sprovveduta.

"E cosa intendi fare?"

Quella domanda, come tutte le situazioni che la mettevano di fronte a una scelta immediata, a un'azione inevitabile, la infastidì.

"Cosa intendo fare? Niente."

Un cliente acquistò una copia di "Famiglia Cristiana". Glauco aspettò che si allontanasse.

"Prima o poi si farà avanti, te lo dirà chiaramente, e tu dovrai dargli una risposta. È antipatico, ma sai, potrebbe benissimo essere una tattica amorosa perché, diciamolo, bello è bello."

Glauco aveva ragione, e già si era fatto avanti, ma Liberata aveva un carattere leggero come il vento, che non si poggiava mai a terra, pensava, immaginava, soppesava scelte e decisioni, fantasticava conseguenze, costruiva tragedie e rappacificazioni, ma tutto nella sua mente, e lì, nell'habitat naturale alla sua specie, non c'erano scadenze, orari, ritardi: il tempo non esisteva. Quell'appuntamento era per lei come un pensiero, una cosa detta e rimasta parola, che non presupponeva incontri reali. Invece Glauco la afferrava e la riportava nella realtà.

"Ricordati, Liberata," aggiunse mentre sistemava delle riviste di giardinaggio, "tu sei giovane e bella, tu ancora puoi."

Anche tu potresti, avrebbe voluto rispondergli, anche tu, Glauco, non è questione di età, che a volte sono concesse illuminazioni tardive non solo a chi ha saputo attendere, ma anche a chi si è arreso troppo presto.

L'edicolante passò a riordinare le copie de "l'Unità".

"Ti hanno lasciato stare, alla fine?" gli chiese.

"Ti riferisci ai carabinieri? Passano ancora ogni tanto, ma adesso il pensiero non sono loro."

Liberata respirò profondamente.

"La manifestazione?"

"Ci stiamo lavorando, vogliamo fare le cose in grande. Abbiamo preso contatto con i compagni di tutte le province, stiamo coinvolgendo studenti, braccianti, disoccupati... chiunque abbia un qualche diritto da rivendicare."

"Saranno in tanti, allora. C'è qualcosa che devo portare a mio padre?"

Glauco entrò nel chiosco e ne uscì con un sacchetto di plastica.

"Questo è l'ultimo numero. Me lo ha già pagato lui," aggiunse quando la vide prendere il borsellino.

"Ho bisogno di te."

"Stai tranquillo, verrò anch'io alla manifestazione."

"Non mi riferivo a quello. Devi aiutarci a scrivere un volantino."

"Nel senso che il testo devo inventarmelo io?"

"No, lo scriviamo noi della sezione e tu ce lo batti a macchina. Si è rotto il ciclostile."

"Va bene."

"Veramente lo abbiamo già scritto."

Glauco le tese un foglio piegato.

"Ho cercato di scrivere più chiaro possibile, ma se non capisci qualcosa dimmelo."

Le diede anche della carta intestata: "Usa questa".

Mercoledì arrivò all'appuntamento mattutino cinque minuti prima. Il portone era aperto ed entrò. C'era qualcuno. Si sedette ad aspettare sulla rampa che portava di sopra per non farsi vedere. Sentì poco dopo il rumore della porta e guardò senza mostrarsi... E chi s'immaginava che anche Arcangela la vicina si faceva leggere le carte, non certo per lei, che non aveva nulla da chiedere, ma probabilmente per il figlio che, si mormorava in paese, si stava lasciando con la moglie.

Entrò, Adele fu gentile come al solito.

"Come sta andando?"

"Non bene," rispose Liberata.

La cartomante fece una faccia incredula.

"Questo mi sorprende. Cosa è successo?"

"Non ci vediamo più come prima. Forse ha un'altra. Non credo più possa essere l'uomo giusto per me."

Era la bugia che si era preparata per metterla alla prova.

La cartomante continuava a essere scettica.

"Allora vediamo cosa dicono le carte. Sei venuta per questo, vero?"

Mischiò il mazzo per sette volte.

"Come sopra così sotto."

Mostrò le figure.

"Non capisco. Ancora una volta, le carte mi dicono una cosa diversa: il Cavaliere, la Luna. Meglio di così non potevano uscire."

Per un attimo pensò che avesse sbagliato a dubitare di lei, e fu quasi sul punto di confessare l'inganno. Ma si trattenne.

"Non ti vedo convinta," aggiunse Adele.

"È strano, non è quello che sto vivendo. Non so, forse esagero."

"Mia cara..."

"Liberata."

"Li-be-ra-ta! Che nome splendido!"

Era la prima volta che un essere umano lo apprezzava.

"Non saprei cos'altro aggiungere," continuò Adele mischiando il mazzo. "Credo alle cose che dici, altrimenti non saresti qui, ma non c'è mai stata una carta, una sola carta, che abbia indicato il contrario. E poi c'è la Luna, guardala, la Luna che illumina i lati nascosti del mondo, la Luna che vi illumina e vi protegge, la Luna sotto la quale di certo nascerà il vostro amore."

Liberata abbassò lo sguardo.

"Ho capito come sei," continuò la maga, accorgendosi della sua ritrosia. "Hai bisogno di un aiuto, forse da sola non ce la fai."

Da un cassetto del tavolo prese una boccetta di vetro scuro.

“Hai con te un oggetto da cui non ti separi mai?”

Liberata aprì la borsa, tirò fuori lo strumento delle sette fortune e glielo porse.

Adele lo rigirò su sé stesso, lo osservò da vicino, sorrise.

“Ha mai funzionato?”

“Io non ho fretta.”

Svitò il tappo della boccetta e col contagocce versò un po’ di liquido trasparente al centro della medaglia; poi, con un angolo del suo foulard, sparse le gocce sull’intero amuleto. Vi soffiò sopra e lo restituì a Liberata.

“Adesso funzionerà.”

Liberata lo rimise nella borsa e aprì il borsellino.

“Mi raccomando,” le disse Adele mentre infilava i soldi in un piccolo astuccio di cuoio a tracolla, “non esitare. Quando avrai bisogno di me, sai dove trovarmi.”

Si salutarono e Liberata andò via, ma avvertì nella voce della cartomante come una piccola delusione, quasi una punta d’amarezza, come se per qualche motivo avesse intuito l’inganno; era così sicura delle sue carte da dubitare delle parole di lei.

Questa sicurezza la consolò e decise, scendendo le scale, che non avrebbe più dubitato, e avrebbe assecondato quell’impulso che la spingeva dalla maga e la indicava come sua confidente.

Aprì il portone con cautela, controllò che non ci fosse nessuno e uscì.

Tornata a casa, fotografò l’annuncio dello strumento delle sette fortune e sotto scrisse: *Tu sei la prima*. Firmò dietro col suo nome di fantasia, Liberty, quindi mise la foto nella busta per inviare a Franco un altro frammento di un’esistenza che sembrava finalmente cominciare a compiersi.

Spinta anche dalle parole di Adele, andò in officina. L’arrivo di Luvio aveva incrinato la spensieratezza con la quale vi era sempre andata. Piccole agitazioni, pensieri, e quel continuo specchiarsi su ogni superficie riflettente sulla strada, a trovare e correggere imperfezioni.

In officina non c'era nessuno. Sentì delle voci arrivare dal retro. Il padre stava mostrando qualcosa a Bruno, Vincenzo e Luvio vicino a una catasta di legna. Scarafaggi: Oreste stava spiegando che non era facile trovarne tanti assieme. I ragazzi assentivano, ma Liberata sapeva benissimo che lo facevano solo per assecondare il principale. Per un attimo pensò che, se fosse stato da solo, Luvio li avrebbe schiacciati tutti.

Quando lui la vide, non mostrò particolari reazioni. Lei aspettò che i loro occhi s'incrociassero, ma lui non le offrì l'occasione, come se facesse apposta a guardare dalla parte opposta.

"Liberata mia," la chiamò il padre, e lei gli andò incontro.

"'Gli insetti del mondo' non c'era, ma in edicola è arrivato questo."

La delusione iniziale di Oreste fu addolcita dal trovarsi in mano il raccoglitore in similpelle, fuori collana, dei primi trenta fascicoli.

"Sulla scrivania ci sono delle buste arrivate in questi giorni. Se dai un'occhiata..."

Divise le carte, le sistemò nelle cartellette, ordinò altri fogli che si erano accumulati in quei giorni di assenza, e di tanto in tanto guardava attraverso i vetri dell'ufficio se passasse Luvio. Il fatto che non si facesse vedere, che non trovasse un pretesto anche solo per scambiarsi uno sguardo la infastidiva, e il suo primo pensiero fu, ricordando l'episodio di Giuditta, che avesse fatto pace con la fidanzata. S'innervosì. I pensieri hanno conseguenze sul nostro corpo: irrigidiscono i muscoli, accelerano i battiti del cuore, tolgono il respiro. I pensieri esistono, pensava Liberata, sono concreti, reali.

Finì di riordinare la scrivania, quindi si preparò per andare a casa.

Sul piazzale dell'officina, Luvio era sempre nella stessa auto a sistemare qualcosa. La vide ma fece finta di niente. Nemmeno un sorriso. Solo qualche giorno prima le aveva chiesto un appuntamento e adesso quella freddezza. Ci rimase male.

La madre non era ancora arrivata e Liberata si mise a preparare la pasta con i piselli con la massima attenzione. La cucina, come ogni attività in cui doveva misurarsi e confrontarsi con le abilità materne, era come un esame in cui dar prova non solo delle sue capacità ma addirittura della propria appartenenza al mondo, come se dai grammi di sale o dai minuti di cottura della pasta dipendesse la sua esistenza agli occhi di Agata. Ricordava perfettamente la ricetta, i passaggi che memorizzava in silenzio guardandola da lontano, rifaceva perfino i suoi gesti nell'aprire la latta o nel mescolare col cucchiaio, lo stesso grado di piegatura del gomito, quasi che anche la postura o la consistenza del respiro fossero parte integrante del piatto. Non deluderla. Era questo il suo q.b. delle ricette. Il profumo della pasta con i piselli era invitante, e il sapore era buono. Chiuse gli occhi per non farsi distrarre dal mondo nel momento in cui la paragonava a quella materna, e il sapore le parve lo stesso identico, che questa volta Agata non avrebbe avuto nulla da ridire.

Il padre arrivò poco dopo.

"Assaggi e mi dici com'è?" gli disse avvicinandogli un cucchiaio pieno.

"Buonissima."

"Assomiglia a quella che fa lei?"

Era una domanda inutile perché sapeva già cosa le avrebbe risposto: "Più buona".

Quando la madre rincasò, Liberata aveva apparecchiato e Oreste era seduto a guardare il telegiornale. Agata prese posto, la figlia riempì i piatti.

"A me poca, non ho molta fame."

Liberata si sedette e cominciò a osservarla. Sembrava Oreste quando con la lente d'ingrandimento cercava le striature sulle corazze dei lepidotteri. Agata guardò il piatto, quindi con la punta del cucchiaio prese qualche pezzo di pasta e qualche pisello, vi soffiò sopra e se lo portò alla bocca. Masticò. Liberata continuava a fissarla in cerca di un segno confirmatorio. Quello che ottenne, fu un'impercettibile smorfia.

"È buonissima," disse Oreste ingoiando il primo boccone.

Agata restò in silenzio. Continuò a mangiare senza mai riempire il cucchiaio, lasciando alla fine in fondo al piatto appena un avanzo. La figlia pensò che fosse un modo per farle capire che non le era piaciuta. Quattro ditali e cinque piselli lasciati lì, sul fondo, che la disapprovazione conosce strani modi, a volte, per mostrarsi. E Liberata, mentre rovesciava nella spazzatura quei nove frammenti d'inconcludenza, ripassava nella testa dall'inizio alla fine i passaggi della ricetta, per capire dove e quando aveva commesso l'errore fatale. Forse aveva esagerato con la cipolla nei piselli, forse avrebbe dovuto scolare la pasta dodici secondi prima. Di una cosa era però sicura: se la madre aveva disapprovato un motivo c'era, perché nessuno al mondo cucinava meglio di lei.

Prima di andare a dormire, prese la borsa che aveva lasciato sul letto per appoggiarla sulla sedia. Era aperta e così si accorse che c'era dentro un foglietto piegato in quattro. Non ricordava di aver portato via niente dall'ufficio di suo padre, ma era la prima a non fidarsi della propria memoria. Prese il foglietto e lo aprì:

Ti aspetto qui dopo la chiusura dell'officina.
Sarò sul retro.

Luvio le aveva dato un appuntamento e lei lo aveva mancato.

Pensò a quando poteva averle messo il biglietto nella borsa. Si era mostrato indifferente perché era certo che più tardi le avrebbe parlato in solitudine. Pensò agli scarafaggi che stavano guardando in officina, insetti solitari che hanno bisogno di vedere altri simili per capire davvero chi sono, pensò a Zangari che le aveva detto che gli scarafaggi possono vivere senza testa per più d'una settimana, pensò ai mondi possibili che da un momento all'altro ci risucchiano e ai mondi paralleli e invisibili che invece si nascondono ai piedi di cataste di legna ammucchiata, pensò che lo strumento delle sette fortune aveva portato bene perché era lì, a sfiorare il foglietto, pensò che dodici secondi di cottura in più o in meno possono distruggere universi al pari di un meteorite in caduta libera, pensò che tutto ciò che non si vede è reale, e che alla fine tutto esiste, anche l'amore.

Tela di ragno

"Albo Bolero",
Periodico che va in edicola ogni quattordici giorni al lunedì,
n. 6, 250 lire

La maga le aveva detto che aveva un bel nome.

Di solito passava inosservato. Come tutto il resto. Questa almeno era la sua convinzione. Giuditta le diceva che si sbagliava, che i ragazzi si accorgevano di lei, eccome, ma era cresciuta invisibile per la madre, e aveva tanto subìto questa condizione di clandestinità che nulla ormai sarebbe riuscito a convincerla del contrario.

Le sembrava di aver vissuto nel segno della discordia, come uno di quei semi sballottati dal vento che poi finiscono, per un transitorio cessare di rotazioni, rivoluzioni e precessioni, nel terreno sbagliato: sentirsi sempre fuori posto, avvertire in ogni momento l'inadeguatezza, l'estraneità. A partire dal nome.

Non se l'era scelto – come il resto del mondo, d'altronde. E invece sarebbe bello se ci potessimo chiamare noi, a un certo punto della vita, nel momento in cui scopriamo chi siamo. Forse dovrebbero permetterci anche di cambiarlo: sarebbe arrivato il giorno in cui il suo nome le sarebbe stato bene, ma in quel momento avrebbe voluto chiamarsi Catena, o Addolorata, o Malinconica, che non esiste, ma i nomi dovremmo anche poterceli inventare. Che bel nome sarebbe stato, Malinconica, Malinconica Macrì, con la sillaba iniziale che si ripeteva come una filastrocca, così la gente non avrebbe più dovuto chiederle perché aveva sempre quello sguardo perso chissà dove.

Era stata la madre a decidere il suo nome.

Dopo averne scoperto il significato, Liberata aveva provato un senso di gratitudine. Ogni volta che si apriva uno spiraglio nel cuore di sua madre, lei cercava di infilarcisi dentro e di allargarlo in ogni modo, come quando a Natale Agata le porgeva i pistacchi chiusi mentre a tutti gli altri quelli aperti. Li sceglieva uno per uno, li metteva in un tovagliolo e glieli porgeva, come se la considerasse l'unica capace di sgusciarli: Liberata li fissava da vicino fin quando non trovava una fessura e lì inseriva la punta del coltello e faceva leva e li apriva, e portandosi il frutto alla bocca guardava sua madre negli occhi come a dire *Sono stata brava, vero?* Agata la osservava con un sorriso indecifrabile. I pochi pistacchi che Liberata non riusciva in nessun modo ad aprire, aspettava che la madre si distraesse per farli scivolare sulle gambe, poi di nascosto se li infilava in tasca e li buttava dalla finestra del bagno.

Le piaceva pensare che le avesse dato quel nome come buon augurio per una vita all'insegna dell'indipendenza; le stava bene, sapendo la sua devozione, anche che l'avesse chiamata così in onore di santa Liberata, che aveva il potere di allontanare i pensieri tristi e liberare da ogni infermità o afflizione.

Invece un giorno aveva scoperto che tutto questo non c'entrava nulla, o meglio, che era Agata a doversi liberare da un'afflizione. E quell'afflizione era lei.

Lo aveva sentito dire dalla madre a un'amica. Agata, nemmeno a bassa voce, confessava le immani sofferenze della gravidanza, erano stati i mesi peggiori della sua vita, nei quali ogni dolore era stato suo, che alla fine era così stremata che aveva deciso di cambiare il nome alla bambina, uno sfogo per sé stessa e non l'augurio di un destino. E non era bastato, che dopo la nascita, per almeno un anno, aveva sofferto di terribili mal di testa.

Quel giorno, nell'ombra di un corridoio solitario, Liberata aveva capito una volta per sempre perché la madre non la baciava sulla guancia prima di lasciarla a scuola, non le raccontava le storie prima di dormire, non sorrideva, non parlava con dolcezza. La cosa strana era stata che anche in quel momento, tuttavia, non aveva provato odio per lei, nemmeno un'ombra di risentimento, anzi, si era sentita in colpa per essere stata la causa di tanta sofferenza. Da allora, ogni volta che la madre la rimproverava senza che lei avesse colpe, non protestava ma pensava che era ciò che si meritava per averla fatta soffrire, era giusto così. Anche se a volte avrebbe voluto provare cosa vuol dire avere una madre che si prende cura di te.

Non aveva mai saputo il nome che era stato scelto per lei in principio. Un giorno glielo aveva chiesto, senza fare riferimenti espliciti, se non l'avesse chiamata Liberata che altro nome le avrebbe dato? Forse quello di una delle due nonne? Ma Agata le aveva risposto che il suo nome era l'unico con cui avrebbe potuto chiamarla. "Perché, non ti piace? Consolati, anche il mio non lo sopporto."

Fila tutto nei fotoromanzi. Gli incastri funzionano, le storie che cominciano finiscono, nulla rimane sospeso.

Non bisogna mai disperare, perché alla fine tutto si ricompone, e quella che nella realtà può sembrare una brusca e inattesa interruzione diventa, all'improvviso, l'attesa d'un compimento.

I conti si fanno sempre alla fine, e Liberata aveva una fiducia cieca nel futuro. Era così convinta che un giorno gli indizi e i segni che raccoglieva nel mondo avrebbero mostrato il loro significato che a volte arrivava perfino a rimpiangerlo. Certe fantasticherie sono così intense e definite da essere vissute alla stregua di eventi concreti.

A pagina ventidue del numero di "Mina" che aveva sulla sedia, Gabriella Fioravanti guarda allontanarsi Luciano Francioli, l'uomo che ama segretamente. La sorella, Daniela Calvino, le chiede PERCHÉ LO LASCI ANDARE VIA e lei risponde SE DOVRÀ ESSERE MIO, LO SARÀ.

Anche Liberata aveva questa convinzione. Non era abituata ad accelerare i moti della vita, eppure adesso era diverso, sentiva un'urgenza sconosciuta. Aveva sognato Luvio, la notte prima, e s'era svegliata di buon umore. Ora però doveva capire se farglielo sapere o no. Perché per quello che ne sapeva Luvio, Liberata aveva scelto di non presentarsi. Forse c'era rimasto male, o forse no, che anche quello faceva parte di un piano, che lei si sarebbe presentata solo per la curiosità di fargli qualche domanda, tendergli una trappola di parole, smascherarlo.

Poteva scrivergli un altro biglietto: *Ho letto tardi, ma in ogni caso non sarei venuta*. Ma non serviva scrivere per affermare qualcosa che non sarebbe accaduto. Meglio tenersi sul vago: *Ho letto tardi il tuo biglietto*. Così la sua decisione se andare o meno restava più sfumata. Ma già mettersi a scrivere un biglietto di risposta le sembrava un'ammissione.

La madre stava lavorando all'uncinetto, al solito posto, su una vecchia e immobile sedia a dondolo sotto la finestra della cucina, a rubare anche l'ultimo raggio di luce del giorno. Da bambina si incantava a mirare i gesti veloci e sicuri, il movimento sapiente di quel ferretto uncinato che creava a modo suo piccoli mondi. Si fermava a osservarla di nascosto per molto tempo. E anche adesso il fascino della creazione rimaneva intatto. Le sarebbe piaciuto imparare, e la madre una volta ci aveva provato, ma non era donna condiscendente, e dopo i primi errori aveva perso la pazienza e aveva lasciato stare. Liberata pensava che fosse un pretesto per tenere quell'arte solo per sé. Del perché Agata creasse e racchiudesse ogni forma e figura all'interno di uno spazio quindici per quindici restava un mistero. Il mondo esistente – animali, giocattoli, paesaggi – veniva riprodotto a condizione che entrasse all'interno di quelle centinaia e centinaia di quadretti magici che raccoglieva dentro scatole di scarpe rivestite di carta velina ordinandoli per temi: fiori, animali domestici, animali esotici, case, figure, giocattoli, cibo. Poi, quando le scatole erano piene, iniziava la sua opera di assemblaggio, e quei lavori cuciti tra loro diventavano coperte e copriletti da regalare. Adesso stava componendo una copertina destinata alla signora Caracciolo per ringraziarla della preziosa donazione, e per l'occasione aveva ripescato un vecchio numero di "Mani di fata" con modelli religiosi: reliquiari, ostensori, turiboli, patene, ampolle, candelieri, crocifissi, tabernacoli, pissidi, ceri, calici, raggi, mani giunte. Voleva che quella copertina fosse come una preghiera da indossare, che ogni volta che la povera donna se la metteva sulle gambe sentisse l'abbraccio di Nostro Signore, il calore della fede entrarle nel corpo e scaldarla nella notte fredda e perenne ch'era divenuta la sua esistenza.

La guardò ancora un attimo, quindi aprì la porta facendo rumore come per annunciarsi.

"Ti ricordi la fotografia che ti chiesi di scattare l'anno scorso all'uscita della processione?" le chiese Agata quando la vide.

Ricordava bene. La madre voleva una foto in cui si vedesse l'intero sagrato nel momento in cui la statua usciva, e allora la figlia aveva chiesto a Savìari Riccio il permesso di salire sul suo balcone più alto, di fronte alla chiesa, che da lì avrebbe inquadrato tutto. E così era venuta davvero una bella foto, che si vedeva non solo tutta la folla festante ma anche gli addobbi intorno alla fontana della piazza, una delle poche volte in cui Agata era stata contenta di qualcosa fatto da lei.

"Me la puoi trovare? Volevo rivedere le decorazioni."

"Te la vado a prendere."

Le foto che non inviava a Franco Gasparri e che non finivano nel registro della vita, che costruiva alla stregua di un fotoromanzo, Liberata le conservava in piccoli album divisi per anni. E così andò subito a quello dell'anno precedente. Ne aveva fatte nove, scelse la foto che le sembrava la migliore e la portò alla madre prima di andare all'officina.

Agata la osservò, poi la mise sul tavolo.

Salutò tutti. Gli altri risposero, Luvio fece finta di non sentirla e continuò a cambiare l'olio di una moto.

"Vostro padre non c'è, è andato a fare un giro di prova," le disse Bruno, l'operaio più anziano che faceva le veci di Oreste in sua assenza.

"Grazie, ho delle cose da fare in ufficio," rispose, costringendosi a non guardare verso Luvio.

Andò invece sul retro. C'era uno spiazzo al quale si poteva accedere anche quando l'officina era chiusa. Lo immaginò con la tuta addosso, il giorno prima, fermo ad aspettarla, guardare l'orologio e aspettare, forse anche un'ora, forse infreddolito, e alla fine andarsene arrabbiato con sé stesso e di certo anche con lei. Liberata si sentì in colpa per averlo suo malgrado ferito. Voleva alleggerirsi. La moto era parcheggiata al solito posto. Guardò la targa e la memorizzò. Andò nell'ufficio e scrisse su un foglietto:

Non ho letto il biglietto in tempo. Ma stasera ci sarò.

Ritornò fuori e cercò il posto giusto dove lasciarlo. Le chiavi erano inserite nel cilindro. Piegò il biglietto e lo infilò dentro l'anello metallico del portachiavi.

Da Giuditta c'era una cliente e, come faceva in quei momenti, Liberata si sedette ad aspettarla su uno sgabello dalla parte dei camerini. Ma questa volta con più impazienza del solito. Per far passare il tempo si concentrò sulle parole della canzone trasmessa dalla radio, che però venne presto interrotta:

Buongiorno da Radio Alternativa 71, la radio dalla parte dell'umanità. Mentre si avvicina la data per il referendum abrogativo della legge sul divorzio, si alzano i toni della polemica sul fronte del Sì. È di ieri la notizia che il cardinale di Genova ha addirittura ipotizzato la scomunica e l'inferno per i fedeli che non seguiranno le indicazioni del movimento cattolico. Queste e altre minacce non basteranno a ricacciarci indietro nel tempo e ad azzerare le più alte conquiste di libertà e democrazia di questi anni.

Liberata sperò che la madre non avesse ascoltato quell'annuncio.

"Come stai?" le chiese l'amica quando furono sole.

"Mi fai vedere una bella maglia?"

L'amica la guardò incuriosita.

"Cosa mi nascondi?"

"Ma niente, mio padre vuole farmi un regalo."

"Ho qualcosa di speciale per te."
Liberata fece in fretta, che non voleva lasciar trapelare nulla con l'amica.

Cercò negli ultimi fotoromanzi della sua collezione l'immagine nella quale Katiuscia era più bella. La appoggiò sulla mensola di vetro dello specchio in bagno e cominciò a sistemarsi.

Era agitata. Non sapeva cosa avrebbe detto, ma sentiva che stava facendo la cosa giusta. Anche se era certa che non sarebbe venuto. Il biglietto che gli aveva lasciato sulla moto era stato come un cedimento, e lui ne avrebbe approfittato, rendendole l'attesa sconfortata del giorno prima. Fu con questa idea che uscì di casa.

E invece era già lì, sul retro dell'officina, seduto sulla moto. Rimase in quella posizione anche quando lei gli si avvicinò.

Lei abbassò lo sguardo sulla maglia:

"Ieri...".

"Non importa, adesso sei qui."

Scese dalla moto e, prima di prenderle la mano, le accarezzò le dita una per una, lentamente, seguendo con lo sguardo il dito scivolarle lungo la pelle.

Liberata alzò gli occhi e lo fissò.

"Perché tutto questo?"

"Cosa vuoi dire?"

"Le tue attenzioni, dal primo giorno che mi hai vista. Voglio sapere perché."

Luvio prese le dita tremanti di lei, le accostò alla sua bocca e vi appoggiò le labbra, così leggere che lei pensò vi avesse solo soffiato sopra.

"Sei il tipo di persona che vuole spiegarsi tutto."

"Sono il tipo di persona che vuole sapere perché le cose succedono."

Liberata per un attimo si guardò riflessa nello specchietto della moto, e fu come un fotogramma che amplificò la sensazione di trovarsi dentro una delle sue storie, nelle pagine centrali, lì dove accadono i fatti più importanti.

Luvio voltò pagina.
"A volte le cose accadono, semplicemente."
"È un modo per non rispondermi?"
Lui le prese anche l'altra mano e se le appoggiò entrambe sugli occhi chiusi. Le tenne così un attimo, poi le fece scendere lungo le guance, come ad accarezzarsi, mentre lei lo guardava stupita.
"Ti sto rispondendo."
"Perché sono la figlia del padrone?"
"Te l'ho detto, fai troppe domande," le disse mettendole un dito sulle labbra.
Non le lasciò il tempo di ribattere. La strinse tra le braccia e la baciò. Liberata chiuse gli occhi e finalmente capì come doveva sentirsi Katiuscia ogni volta che sentiva sulle sue le labbra di Franco, come bastasse un attimo per dimenticarsi del mondo e della terra e dei suoi odori inesistenti, come non si arrivi mai impreparati alle epifanie della vita. Era tutto così naturale, così visto e letto tante volte, ma con in più una frastornante pienezza.
Fu Luvio a staccarsi per primo, e lei guardandolo immaginò le parole che tante volte aveva letto, e non le sembrò vero che bocca umana potesse pronunciarle proprio a lei nella medesima sequenza.
"È dalla prima volta che ti ho vista che..."
E non lo sentì più perché non ne aveva bisogno, sapeva come continuava la frase, che allora aveva ragione a pensare che i suoi fotoromanzi dicevano la verità, offrendo parole a chi non le aveva, parole veridiche sancite dal corpo e dal sangue.
Luvio se l'abbracciò forte sul petto e le baciò i capelli. La ragazza rispose alla stretta e lasciò che il suo profumo le si attaccasse addosso.

RESTARONO IN QUEL MODO PER UN TEMPO CHE A LEI SEMBRÒ UN'ETERNITÀ. ERA UN SOGNO, DAL QUALE LA SVEGLIÒ LA VOCE SMORZATA DI LUVIO:
"ADESSO DEVO ANDARE".
LIBERATA LO GUARDÒ COME SI GUARDANO QUEI CIELI DUBBI CHE NON SAI SE ANNUNCIANO PIOGGE O SOLE.

"ANCH'IO," RISPOSE, MA NON ERA VERO.
LUVIO SALÌ SULLA MOTO:
"DOMANI CHE FAI?".
"NON LO SO."
LUI DIEDE UN COLPO ALL'ACCELERATORE E IL MOTORE SI ACCESE.
"QUALUNQUE COSA FARAI, D'ORA IN POI CI SARÒ IO."
LEI NON RISPOSE PERCHÉ LE SEMBRÒ DI NON AVER CAPITO. LUVIO SCHIACCIÒ LA FRIZIONE:
"ORMAI SEI MIA".
PARTÌ VELOCEMENTE, COME SE LE PAROLE APPENA PRONUNCIATE LO TROVASSERO IMPREPARATO E VOLESSE NASCONDERSI. LIBERATA INVECE RIMASE LÌ, IMMOBILE, CONFUSA, COME CHI HA BISOGNO DI TEMPO PER MISURARE LA PROPRIA IMPREPARAZIONE ALLA FELICITÀ.

C'è un posto vuoto accanto a me

"Sabrina", Mensile di fotoromanzi e attualità
Anno XIV, nr. 160, Sped. abb. post. Gr. III – 70, 300 lire

C'erano giorni che, fissando il cielo, a Liberata sembrava di vedere tutte insieme le rotte degli uccelli passati di lì.

Tutte insieme, a ricamare il cielo di nero. E le piaceva questo sovrapporsi di linee scure capaci di registrare in una sola immagine tutte le traiettorie che si erano succedute nel tempo. Talvolta si chiedeva se esistesse ancora un angolo di cielo inviolato, un punto della Terra mai attraversato, che le sarebbe piaciuto essere la prima a poggiarci sopra il piede.

Riempire gli spazi vuoti.

C'erano giorni in cui la vita le sembrava questo, essere il candelabro di vetro ricevuto in dono da un parente che la madre teneva su una mensola in cucina non perché fosse bello, ma semplicemente perché bisognava riempire un vuoto: per senso della simmetria, per decoro, per nascondere una crepa del marmo o una macchia irregolare. Un giorno sarebbero arrivati altri regali inutili e il candelabro sarebbe stato buttato, che allora a cosa era servito tenerlo tutti quegli anni, spolverarlo, incartonarlo durante le imbiancature, dedicargli del tempo? Non c'è cosa più triste di quando gli oggetti che abbiamo custodito per anni, arriva il giorno in cui li buttiamo come scarti, come le confezioni appiccicose dei ghiaccioli, appena afferrandole con due dita, come a sottrarci da una viscosa contaminazione. Buttiamo loro e con essi il tempo dedicatogli, una porzione rilevante di vita. Anche con le persone accade così, solo che le persone non possiamo prenderle e buttarle, semplicemente non le cerchiamo o non ci facciamo più trovare.

Prese la Polaroid e fotografò il candelabro: sotto scrisse *C'è un posto vuoto per tutti*. La portò in camera e la lasciò sulla scrivania in attesa di spedirla.

C'erano giorni che le sembrava di muoversi solo perché esistevano spazi lasciati liberi, e che lei o qualcun'altra sarebbe stato lo stesso.

Adesso il posto si era liberato a fianco a Luvio, un posto che sembrava essere stato ritagliato su misura per lei, e non le interessava sapere chi c'era prima. *Ora sei mia* erano state le sue ultime parole: anche accanto a lei c'era uno spazio vicino, da occupare, solo che a differenza di quello degli altri, era stato sempre vuoto.

Devo la mia vita alla puntura di un ragno.
Non un ragno qualunque, ma il Latrodectus mactans tredecimguttatus, *la vedova nera mediterranea.*
Non so se sia stato un bene per tutti, di certo lo è stato per me: sebbene non abbia vissuto la vita che avrei voluto, è stato un modo per fare esperienza dello spirito umano che di certo mi gioverà in qualche altra esistenza.
Erano gli ultimi giorni di scuola e convinsi il mio più caro amico a non andarci per fare il bagno al fiume. Lui si portò dietro il fratellino. A metà strada, per riposarmi, mi sedetti su un grosso masso, e guardandomi intorno scorsi l'incantevole spettacolo di una ragnatela illuminata dai raggi del sole: mi sembrò magnifica, e continuai a mirarla mentre riprendevo fiato e i miei compagni mi chiamavano, ma quando mi alzai per andare, dalla ragnatela mi cadde addosso qualcosa: immediatamente misi la mano e sentii sul collo una puntura dolorosissima, un bruciore che mi fece urlare, e poi vidi questo ragno nero e rosso sulla mano che con un gesto violento scaraventai lontano.
Ricordo come fosse oggi la sensazione della puntura, del corpo estraneo che rompe la pelle e trafigge la carne, e il dolore, lo spa-

vento. Mi strinsi forte il morso – così fermi il veleno, mi disse il mio amico –, lo strinsi forte e tornai a casa, da solo; lui avrebbe voluto accompagnarmi, ma il fratellino piangeva che voleva andare al fiume e così proseguirono. Nessuno doveva sapere che non eravamo andati a scuola, soprattutto mio padre, che dopo avermi sgridato mi avrebbe preso in giro, che solo a me poteva pungermi un ragno, solo a me potevano succedere quelle cose, e così mi avviai verso casa pensando che quella stessa sera sarei morto, ma che la morte era comunque meglio del suo sguardo deluso e dello schiaffo che sarebbe arrivato. E così rientrai a casa e mi stesi a letto senza farmi vedere da nessuno. Il collo era gonfio. Sarei finito per esplosione: tutto il corpo si sarebbe gonfiato e poi sarebbe esploso. E fu questo che sognai quando sentii salire la febbre e venirmi sonno. Scoppierò. Non mi sveglierò mai più. E invece fu l'abbraccio di mia madre a svegliarmi, un abbraccio amoroso, una stretta forte, "figlio mio, figlio mio, che ti piangevo morto, figlio mio". Io non capivo: ero vivo, e di questo mi resi subito conto, ma come faceva mia madre a sapere del morso? Mi trascinò con sé in cucina, continuandomi a toccare come fossi un fantasma, "sei vivo figlio mio, sei vivo, per un attimo ho creduto che fossi tu quello annegato al fiume". Pensai subito al fratellino del mio amico, e invece no; invece venni a sapere che proprio lui aveva sbattuto la testa ed era morto: all'inizio in paese avevano parlato solo di "un ragazzo", senza fare nomi, e lei aveva pensato a me. Piansi. Mi sembrava impossibile che non ci fosse più, eravamo sempre insieme e senza di lui la vita non avrebbe avuto lo stesso sapore.

Quella sera, tra i dolori e i crampi, cominciai a pensare che sarebbe potuto succedere a me, a me che ero il più impacciato sui massi scivolosi, e che se non mi era successo era stato per colpa o merito del ragno che mi aveva punto, o forse, forse, non aveva davvero voluto pungermi, lui voleva solo abbracciarmi, trattenermi, proteggerm. I ragni infatti sentono le vibrazioni e leggono nel futuro, tessono con le loro ragnatele i nostri destini, decidono quali fili tagliare, quali vite risparmiare, e quel ragno aveva deciso quel giorno che il mio filo non andava spezzato, aveva voluto

salvarmi e lo aveva fatto a modo suo. "Non andare," mi aveva sussurrato in una lingua incomprensibile, perché è facile confondere abbracci e violenze se natura ti ha fornito solo di cheliceri appuntiti e velenosi..
E così qualche giorno dopo, quando cominciai a stare meglio, volli andare a ringraziarlo: ritornai allo stesso posto, sedendomi sullo stesso masso, guardando nella stessa direzione, scorgendo la ragnatela in controluce, e ai bordi, lui, proprio lui. Mi avvicinai al mio benefattore e lo guardai da vicino, e questa volta non mi saltò addosso, segno che avevo ragione. Chiusi gli occhi e stringendo i denti e le mani cercai di trasmettergli la mia eterna gratitudine. Non so se funziona così tra i ragni, ma immagino che lui abbia capito. Dicono che questi insetti vivano in media un paio d'anni. Io penso che lui invece sia ancora lì, a tessere la mia tela.
In seguito, ho scoperto che le vedove nere mediterranee hanno sempre sul corpo nero tredici macchie rosso sangue. Sempre e solo tredici.
Io sono nato un tredici di novembre.

Zangari non si era fatto ancora vedere. Liberata era andata avanti a trascrivere le pagine del suo quaderno nella certezza che si sarebbe presentato, invece i giorni passavano e lui sembrava scomparso. Allora le venne una strana idea, inconsueta per lei ma coerente col periodo che stava vivendo: andare a cercarlo.

"Brava, non mi avevi detto niente! Volevi tenertelo tutto per te!"

Giuditta era sulla porta del negozio, fumava una sigaretta.

"Che vuoi dire?"

"Il nuovo operaio di tuo padre!".

Liberata non riuscì a mascherare la sorpresa.

"Quando l'hai conosciuto?"

"Ti ricordi del bel ragazzo di cui ti avevo parlato, quello che aveva comprato la minigonna?"

Liberata non aveva dimenticato.
"Era lui!"
"Quando lo hai rivisto?"
Giuditta buttò la cicca a terra ed entrarono.
"Ieri. È tornato qui. Ci siamo messi a parlare, gli ho chiesto se il regalo era piaciuto."
Liberata pensò che era passato dopo il bacio, spinto dal desiderio di prenderle qualcosa.
"E lui?"
"Molto, ha detto che è piaciuto molto."
Liberata subì in silenzio.
"E poi mi ha detto che è qui perché lavora da tuo padre. Da tuo padre," ripeté, ammiccando. "E quando l'ho visto sulla moto, ho fatto due più due!"
"Che vuoi dire?"
Giuditta sorrise.
"Che si tratta del ragazzo di cui mi dicevi la volta scorsa, quello che ti ha colpita."
Liberata fece un'espressione che non lasciava dubbi.
"Ma perché non me lo hai detto? Avevi paura che cercassi di rubartelo?"
Giuditta andò verso di lei e se la abbracciò.
"Io ti conosco Liberà, ti conosco, è per questo che dopo tutti questi anni siamo amiche come sempre, io ti conosco... Allora? È lui quello della moto che ti piace?"
Non aveva più senso nascondersi: "Sì," disse Liberata con un sospiro.
"Dai, parlami di lui. Di dov'è?"
Si rese conto di sapere soltanto che era di Torre Ruggero, e nemmeno aveva avuto la curiosità di guardare tra le copie dei documenti lasciati in officina per sapere, per esempio, quanti anni avesse, e dove abitasse. Ma poi, pensò, erano davvero importanti tutte queste cose? Perché nei fotoromanzi era così che accadeva, attori e attrici comparivano, vivevano giusto il tempo di ottanta pagine e poi ritornavano nell'ombra da cui erano sopravvenuti, che non sappiamo quanti anni hanno o

dove sono nati, cose che chiediamo sempre alle persone che incontriamo, come se fossero particolari indispensabili e invece non lo sono, che le storie accadono ugualmente, le persone si amano e si odiano lo stesso. Con Luvio era stato così, la pagina che si apre all'improvviso e la storia che subito comincia.

"Ti invidio, sai?"

"Per quale motivo?"

"Dovevi vederlo, mentre sceglieva la camicetta."

"Ha comprato ancora?"

"Sì, mi ha detto che è per una donna speciale."

Liberata accusò il colpo: "A me non ha regalato niente," confessò, imbarazzata e triste.

"Starà aspettando il momento giusto. Ha preso quella," le disse indicando una camicetta arancione con cerchi neri appesa a una gruccia.

Liberata si avvicinò e la toccò. Forse Giuditta aveva ragione, doveva essere così.

"Bella, vero? È quella che costa di più, ma lui non ha chiesto nemmeno il prezzo. Ha fatto scegliere a me. Ha detto che si fidava dei miei gusti."

Liberata se la immaginò addosso e le piacque l'idea che Luvio potesse vederla in quel modo. Sì, Giuditta aveva ragione, era solo questione di tempo. Il dubbio che così non fosse e che un'altra donna stesse indossando quella camicetta era talmente fastidioso che cercava di allontanarlo in ogni modo. A volte ci riusciva, altre no, e il tempo passava tra speranza e disillusione.

Avrebbe voluto chiedere al padre, durante il pranzo, se sapesse dove abitava Zangari, ma non aveva scuse da accompagnare alla domanda. E così decise di chiedere a Glauco, anche perché c'era un favore da ricambiare, così prese il volantino dattiloscritto e uscì.

Quando glielo mostrò, l'amico volle subito leggerlo.

Il comitato locale del Pci

RIBADISCE la propria estraneità rispetto ai recenti fatti di cronaca;
CONDANNA con forza qualsiasi iniziativa politica e sociale che faccia ricorso alla violenza;
INVITA tutte le forze democratiche, le masse operaie, gli antifascisti, i compagni proletari a difendere i valori di unità democratica e popolare alla base delle istituzioni repubblicane e a opporsi alle provocazioni e ai tentativi eversivi di matrice nera;
RESPINGE le accuse avanzate da chi ha ancora le mani sporche del sangue dei compagni giustiziati in nome della libertà e della giustizia.

"Benissimo. Adesso lo faccio portare da Fortunato ai compagni di Lamezia per stampare le copie. È un ottimo inizio per la manifestazione. Tu hai una bella grafia?"

"Sì, perché?"

"Ci aiuterai a scrivere gli slogan per la manifestazione."

Liberata non disse niente, e Glauco cambiò discorso: "Ti ha chiesto o no questo appuntamento?".

"Perché me lo chiedi?"

"Ma se continua a comprare fotoromanzi!"

Luvio le apparve come lo scolaro che s'impegna per prendere un buon voto, e la fece sorridere che fosse lei il premio finale.

"Sì," rispose Liberata, perché adesso non aveva più senso mentire, che magari fra qualche giorno li avrebbe visti insieme e Glauco se la sarebbe presa per averglielo tenuto nascosto.

"Lo sapevo, Liberà, lo sapevo, e credimi che sono contento. Speriamo sia un bravo ragazzo."

Speriamo, pensò lei, speriamo.

"Perché tu gli hai detto di sì, vero?"

"Ancora no."

"Bene, fallo stare un po' sulle spine."

Ricordò la frase di qualche settimana prima, che lei viveva adesso come un battesimo: *Tu puoi*.

"Glauco, devo chiederti una cosa. Ti sei accorto di un forestiero che da qualche giorno è in paese? Un tipo che veste sempre in grigio, distinto..."

"Il signor Zangari, certo."

Quella confidenza sorprese Liberata.

"Lo conosci così bene?"

"Ogni mattina compra il 'Corriere della Sera', viene prestissimo, all'apertura. Si vede che è uno di quelli che fatica a dormire. Mi ha anche fatto una richiesta particolare, se gli faccio arrivare una rivista di letteratura... 'Nuovi Argomenti', mi sembra. Ma anche tuo padre lo conosce. Sono stato io a mandarlo da lui."

"Tu? In che senso?"

"Una delle prime volte che è venuto da me, quando ha visto esposto il fascicolo di 'Gli insetti del mondo', mi ha chiesto se conoscessi qualcuno in paese che fosse appassionato di quell'argomento, che anche lui se ne interessava. Io naturalmente ho pensato a tuo padre e l'ho indirizzato all'officina. Ma perché? Ho fatto male? Non dovevo?"

"No, no, infatti è venuto a casa nostra."

"Mi sembra un signore a modo."

"E ti ha detto anche dove abita? Dovrei restituirgli una cosa che ha lasciato da noi."

"Ha preso in affitto la casa di Petromulara, subito dopo il vecchio ponte di San Marco."

La conferma da parte di Glauco che si trattava d'una brava persona, nonché la richiesta di una rivista letteraria, alleggerirono Liberata di tutti i cattivi pensieri e la disposero meglio nell'intenzione di andare fino a casa sua. Nella borsa aveva messo sia il quaderno sia i fogli dattiloscritti.

Sebbene continuasse a rimanere nel vocabolario topografico del paese, il ponte di San Marco non c'era più da un paio d'anni. In realtà non era nient'altro che una rudimentale passerella di legno e lamiera installata dal Consorzio Irriguo del fiume Pìaspu.

Liberata ci arrivò con un certo affanno. Non poteva sbagliare, tutti in paese conoscevano la vecchia casa di Petromulara, che l'aveva lasciata proprio in concomitanza con l'abbattimento del ponte.

Era piccola, di un bianco dimenticato, circondata sui quattro lati da una piccola striscia di giardino a isolarla dalla schiera di case che costeggiavano il resto della via. C'era intorno una confusione generale, ma era strana da definire, come rispondente a una norma ordinatrice riconducibile a regole diversamente umane.

Il cancello di ferro era socchiuso. Liberata salì i quattro gradini, quindi suonò il campanello.

Nessuno veniva ad aprire. Suonò di nuovo, inutilmente. Fece per andarsene, ma quando si voltò si trovò di fronte Zangari con un sacchetto in mano. Si bloccò.

"Sembra che non riesca a fare altro che spaventarvi," disse lui dopo averla salutata con gentilezza.

"Scusatemi, non vi avevo sentito arrivare."

"Non c'è niente di cui scusarsi. Anzi, trovarvi qui è una piacevole sorpresa."

Appoggiò il sacchetto a terra per cercare la chiave in tasca.

"Davvero non avrei sperato. Prego, accomodatevi," le disse aprendo la porta e fermandosi sulla soglia per darle la precedenza.

Liberata per un attimo fu titubante, poi si fece coraggio ed entrò.

"Aspettatemi in soggiorno. Sistemo queste cose in frigo."

L'arredamento di quella stanza era essenziale, ma era tutto ordinato e pulito. Fu proprio il profumo di fresco che sorprese Liberata, che di solito gli uomini che vivono da soli non hanno cura per la casa: aveva già deciso che lì non ci abitava nessun altro.

Zangari le chiese se volesse qualcosa da bere, lei declinò l'invito.

"Ho chiesto all'edicolante dove abitate. Sono venuta per restituirvi il quaderno," disse aprendo la borsa.

"Quindi avete deciso?"

Liberata tirò fuori i fogli dattiloscritti.

"Direi di sì," rispose porgendoglieli.

Zangari li guardò sorpreso:

"Fa un certo effetto vederlo così," disse con evidente contentezza, "sono felice che abbiate accettato".

Continuava a girarseli e rigirarseli tra le mani, soddisfatto.

"Ho altri tre quaderni come questo, più appunti sparsi."

"Posso chiedervi di cosa vi occupate?"

"Insegno, o forse insegnavo, italiano. Ho preso un anno sabbatico e confesso che non so se ritornerò più a scuola."

"E comunque mi piace quello che scrivete."

"Meglio, perché avrò proprio bisogno della vostra sensibilità. Come vi sarete accorta, è tutto un po' confuso: pensieri, ricordi, frammenti... Non c'è ancora un ordine generale. Magari potrete aiutarmi a trovarlo."

Liberata fu sorpresa: "Io? Non ho nemmeno idea da dove si cominci a scrivere un libro!".

"Non è necessario. Nei libri portiamo il nostro modo di vedere il mondo. Basterà che mi facciate conoscere il vostro."

Ci fu silenzio.

"Adesso devo andare," disse lei.

"Il quaderno prendetelo pure, se volete andare avanti. Anzi, a proposito... avrei una richiesta particolare."

Liberata rimase in attesa.

"Alla luce della vostra partecipazione, che spero attiva, vorrei chiedervi, se non è un problema, se poteste venire qui da me a lavorare. Dettandovi il testo avrei modo di modificarlo all'istante se qualcosa stonasse. Ovviamente ci sarebbe anche del lavoro che potreste fare a casa, ma vorrei poter contare su entrambe le possibilità."

Liberata, chissà perché, si aspettava quella richiesta. Lo faceva già con altri, e adesso che non aveva più timore di Zangari poteva accettare.

"Per me va bene."

Si misero d'accordo sul compenso, Zangari avrebbe pagato ogni settimana. Per organizzarsi, le avrebbe telefonato a casa nei giorni seguenti, Oreste gli aveva già dato il numero. Così si salutarono, Liberata prese il quaderno azzurro e andò via.

Era pomeriggio e non aveva visto ancora Luvio. Non era quello che sperava, soprattutto dopo il saluto del giorno prima. Immaginava che la mattina stessa sarebbe corso da lei, che l'avrebbe cercata, che sarebbe sfacciatamente andato perfino a casa sua pur di baciarla di nuovo, pur di rivivere il miracolo appena vissuto, ma così non era stato. S'impose di non andare in officina, anche se sarebbe stato inutile: la sera, infatti, il padre le disse che per la prima volta Luvio non era venuto a lavorare.

Ritornarono i cattivi pensieri, quelli relativi ai regali acquistati da Giuditta e che immaginava addosso a un'altra donna.

Il bacio del giorno prima era stato solo un inganno. Ingannata.

Che poteva essere un modo giusto per chiamarsi.

Ingannata.

Ingannata Macrì.

La realtà è più bella qualche volta

"Kolossal", Mensile di fotoromanzi
Anno X, nr. 193, Sped. abb. post. Gr. III – 70, 82 pagine, 300 lire

Credeva ancora di più alle cose che non si vedono da quando una sera di qualche anno prima suo padre si era addormentato sul divano davanti al televisore e lei si era alzata per spegnerlo.

Era inverno, perché ricordava ancora il freddo del pavimento sotto i piedi scalzi. Sullo schermo c'era un signore con pochi capelli, la barba nera e degli occhiali scuri vistosi. Era in giacca e cravatta. Il nome non lo ricordava, ma doveva essere un professore importante. Parlava, con un accento del Nord, di un filosofo che si chiamava Parmenide e quel particolare lo rammentava perché la settimana prima, nel numero 112 di "Grand Hotel", Kirk Morris, nelle vesti di un ricco industriale, aveva chiamato a quel modo il suo maggiordomo. L'uomo con la barba aveva una parlata affascinante e lei rimase ad ascoltarlo, come calamitata da quel linguaggio difficile che ammirava e che il suo lavoro non le faceva mancare, quelle parole sconosciute, come i nomi degli insetti paterni, che la mettevano in contatto col misterioso. Il professore prima lesse da un libro alcuni concetti del filosofo, tipo *Non potresti conoscere ciò che non è, perché non è cosa fattibile, né potresti esprimerlo*, che a lei sembrava uno scioglilingua. Poi lo spiegò con parole più semplici, che lei capì in parte, per esempio quando disse che non è possibile riferirsi a qualcosa che non esiste, perché qualsiasi cosa a cui ci si possa riferire deve esistere, traendone una conclusione che le rimase scolpita nel cervello: di conseguenza, *tutto esiste*. A quel punto accarezzò il braccio del padre che si alzò insonnolito, le diede la buonanotte e andò a letto. Liberata rimase davanti alla tv. Ricordava l'esempio portato dal professore: se io penso a un fantasma, di quelli col lenzuolo bianco che infestano i castelli abbandonati, so che nella realtà un tale essere non esiste, ma il fatto di pensarlo, di dargli delle caratteristiche, lo rende di fatto esistente. Tutto quello che pensiamo e immaginiamo esiste. E fu con questa sentenza illuminante che Liberata andò a scaldarsi sotto le lenzuola, ricca di una verità consolante. Nobilitante. Perché allora tutto quello che c'era nella sua testa esisteva davvero, perché allora non c'era solo il mondo dove incontrava suo padre, sua madre, Giuditta, ma anche altri universi, e in uno di questi si chiamava Liberty ed era un'attrice di fotoromanzi.

In verità, da quando era comparso Luvio, anche l'universo in cui stava vivendo cominciava ad assomigliare a una storia immaginata, che fino a poche settimane prima poteva accadere solo nella sua fantasia e che invece adesso era lì, concreta, reale: esistevano gli sguardi rubati, i sorrisi ambigui, i corteggiamenti, le sospensioni del cuore, le schermaglie, i dispetti che divenivano attenzioni, gli appuntamenti silenziosi, gli incontri casuali voluti dal destino.

Chissà in quale mondo parallelo era finito Luvio.

Era scomparso da tre giorni. Non si era presentato al lavoro. Aveva avvertito Oreste, ma senza giustificare la sua assenza. Liberata aveva pensato che fosse colpa sua e del bacio. Che si era pentito. Che non gli era piaciuto. Che aveva ottenuto quello che voleva. Che aveva un'altra fidanzata a cui regalava vestiti. Che le sue labbra erano troppo piccole. Che lei non sapeva baciare, malgrado si fosse esercitata tante volte allo specchio.

In quei tre giorni aveva saltato perfino l'uscita di "Grand Hotel", non era passata da Giuditta e aveva fatto solo un'ora di lavoro col notaio, rinviando tutti gli altri appuntamenti.

In officina, nel fascicolo con i dati personali di Luvio c'era solo un numero di telefono, 0961221203. Pensò se farlo o meno. Alla fine, si decise e chiamò. Era agitata. A ogni squillo che sentiva nella cornetta pensava adesso risponde, adesso risponde, e lo pensò fin quando la linea non cadde. Ricompose il numero e attese. Nessuna risposta.

Segnò il numero su un pezzo di carta che piegò e conservò nel borsellino.

Si sentiva come uno di quegli insetti che il padre custodiva nelle teche. Immobile. Inerme. Di un tempo passato.

I suoi genitori se n'erano accorti, ma se Oreste se ne incupiva, Agata non si lasciava toccare dalla tristezza della figlia. Quando Liberata si alzò, quella mattina, la madre non era nemmeno a casa. Al suo posto, sul tavolo della cucina, la "Gazzetta del Sud" aperta a pagina sei:

CHI C'È DIETRO LA DECAPITAZIONE DELLE MADONNE?

Catanzaro – Con la decapitazione della Madonna del Consiglio di San Benedetto Ullano, sono saliti a sei gli atti sacrileghi contro le statue sante. Una serialità che ormai preoccupa tutti, fedeli e no. Ecco perché, assecondando le molte richieste arrivate in redazione, abbiamo deciso di approfondire questo tema, per cercare di capire cosa c'è dietro questa tremenda serie di sacrilegi. La preoccupazione nasce anche dal fatto che, di questi sei delitti, ben tre sono stati consumati nell'ultimo mese, a prova di un crescendo a dir poco sconcertante. Dopo l'intervento del vescovo, monsignor Cantisano, anche le forze dell'ordine hanno deciso di coordinarsi per risolvere il caso. In ordine cronologico, ecco le statue decapitate:
Madonna dei Fratelli di Caccuri;
Madonna del Castello di Castrovillari;
Madonna della Neve di Tiriolo;
Madonna di Porto di Gimigliano;
Madonna Nera di Schiavonea.
In tutti e sei i casi, la testa non è mai stata ritrovata. Il taglio, stando alle testimonianze dei carabinieri che di volta in volta hanno effettuato i primi sopralluoghi, presenta frastagliamenti

molto irregolari, compatibili con l'uso di una sega da legna, probabilmente un rudimentale serracchio. Sui luoghi dei misfatti non sono state trovate tracce che possano far risalire al colpevole e non ci sono testimoni oculari. Il sacrilegio è stato compiuto sempre durante le ore notturne. Eccetto il Santuario di Castrovillari, dove è stato forzato il portone della canonica, si tratta di chiese non custodite nelle quali non è difficile entrare. Per quanto riguarda le motivazioni che stanno dietro a questi reati, si tratta di qualcuno che distruggendo le immagini esprime il suo risentimento e odio per la chiesa e la religione cristiana. Ricordiamo, infine, che il nostro Codice Penale, art. 404, prevede espressamente il reato di OFFESE A UNA CONFESSIONE RELIGIOSA MEDIANTE VILIPENDIO O DANNEGGIAMENTO DI COSE.
Promettendo ai nostri lettori che il giornale continuerà a occuparsi di questi fatti, facciamo nostro l'invito delle forze dell'ordine: chiunque abbia visto qualcosa, lo riferisca subito. Chi voglia farlo in anonimato, può scrivere alla nostra redazione.

Liberata si vestì per andare dal notaio, controvoglia. Mentre chiudeva la porta, lo sguardo le cadde sulla cassetta delle lettere. C'era qualcosa dentro, in quei tre giorni non aveva controllato.

Si avvicinò e l'aprì. Un foglietto piegato.

Pranziamo insieme oggi? Ti aspetto in officina.
Non portare niente.

Riconobbe la scrittura e la giornata all'improvviso s'illuminò. In un attimo le ritornò la voglia di fare tutto: tre giorni di dubbi e pensieri furono spazzati via.

La mattinata sembrava non finire mai, e per farla finire, dopo aver lavorato dal notaio, tornò a casa e andò avanti a ricopiare il quaderno di Zangari.

L'idea di partecipare anche solo indirettamente alla nascita di un libro la metteva di buon umore. Perché a lei sarebbe piaciuto scrivere storie, come quelle dei fotoromanzi, che in un certo modo già lo faceva con le sue fotografie, sotto le quali appuntava non solo il luogo e la data ma anche le suggestioni evocate da quell'immagine. Già lo faceva, con tutte le storie che s'inventava e immaginava nella sua testa. Ma adesso era diverso, e pensava che sarebbe stato per lei anche un modo per imparare a scriverle con le parole.

Intorno alle undici giunse la madre. Liberata le andò incontro quasi a consolarla.

"Ho letto l'articolo."

"Sono andata dalla dottoressa Loiarro e le ho chiesto di riunire oggi stesso la Congrega della Madonna delle Croci. Qui la situazione sta diventando drammatica. Don Pantaleone teneva le porte aperte della nostra chiesa anche di notte, prima che lo convincessi a chiuderle. Mentre la chiesa delle Croci è sempre aperta, sempre! E lo hai letto il giornale, vero? Tagliano la testa alle Madonne in chiese senza sacrestano. Proprio come alle Croci. Oggi glielo farò leggere, glielo dirò alla Congrega, fate pure come volete, che io non posso decidere per voi, ma se ci tenete alla statua quanto ci tengo io, dovete iniziare a chiudere a chiave la porta, a blindare ogni finestra, e, perché no?, anche a dormire a turno sotto la statua, che io l'avrei di certo fatto per sant'Antonio mio."

Aveva detto tutto quello che doveva dire, e Liberata sapeva che non avrebbe risposto ad altre domande. Si limitò a dirle di non aspettarla, che pranzava da Giuditta. Agata non chiese né perché né come.

Prima di presentarsi in officina doveva essere certa che non ci fosse più nessuno. Bruno e Vincenzo, gli altri due meccanici, andavano via sempre a mezzogiorno preciso. Solo il padre poteva tardare qualche volta, ma mai oltre la mezz'ora.

Liberata arrivò alle dodici e mezzo. La saracinesca era alzata e lei entrò alla ricerca di Luvio. Non vedeva nessuno. Avanzava titubante, aspettandosi una sorpresa. E Luvio gliela fece, abbracciandola da dietro, come si fa di solito per trattenere qualcuno che vuole andare via. Lei sentì il suo profumo e lo inspirò, come prima di scendere sott'acqua.

"Perché sei sparito?" gli disse senza voltarsi.

"Adesso sono qui, e non me ne andrò più."

Le appoggiò le labbra sul collo e Liberata avvertì sulla pelle un'ebbrezza nuova.

"Hai un'altra fidanzata?"

Luvio fu sorpreso da quella domanda.

"No."

"Non mi menti?"

"Perché dovrei?"

"Perché non dovresti?"

Luvio le si affiancò e la prese per mano.

"Vieni."

La portò nella zona dell'officina che chiamavano *camposanto*, perché lì venivano parcheggiate le auto quasi da rottamare, quelle che servivano per pezzi di ricambio o che venivano sistemate poco per volta, nei ritagli di tempo, e che un velo di polvere rivestiva come arredamenti disusi. Lì, tra una Fiat 128 Rally gialla senza cofano e lo scheletro di una Citroën SM, Liberata vide un tavolino apparecchiato: tovaglia bianca, bicchieri e piatti, due bottigliette in vetro di Coca-Cola, un pacchetto rettangolare, piatto. Luvio inanellò le sequenze che un abile sceneggiatore avrebbe indicato: si avvicinò al tavolino e spostò una sedia facendo segno a Liberata di sedersi. Lei ubbidì. Lui le si sedette di fronte. Starnutì:

"Scusa, sono allergico alla polvere".

La ragazza non riusciva a trattenere la gioia che sentiva dentro e che di volta in volta esplodeva in piccoli gesti incontenibili del corpo.

"Spero ti piaccia," disse Luvio scartando il pacchetto.

Liberata aveva già riconosciuto la confezione del forno al Piano. Dentro c'erano due braciole di patate e quattro tranci di pizza bianca con le acciughe. Liberata li guardò e poi guardò Luvio negli occhi, ritornò a guardare il contenuto del vassoio e poi di nuovo Luvio, con aria dubbiosa.

"Come fai a sapere che è il mio gusto preferito?"

Quella variante della pizza al taglio non era nel listino del forno, ogni volta doveva farsela preparare su ordinazione. E adesso se la trovava lì, di fronte.

"Veramente non lo so, l'ho presa a gusto mio."

"Mi vuoi dire che anche a te piace così?"

Liberata pensò di trovarsi di fronte a una coincidenza straordinaria. Lei credeva alle coincidenze, che si vedevano, è vero, e questo non testimoniava a loro vantaggio, ma erano solo il risultato sensibile di tutto un processo, quello sì, invisibile, di un intreccio nascosto di destini, trame, fili, punti.

"È ancora calda," disse Luvio stappando le bottiglie di Coca.

Liberata prese un trancio e se lo mise nel piatto, non riusciva a riaversi dalla meraviglia che la coincidenza le aveva sparso addosso. Anche Luvio cominciò a mangiare, ma dalle braciole di patate.

"Ho pensato che non ti era piaciuto."

"Cosa?"

"Il bacio, che eri sparito per questo."

Luvio sorrise.

"Dimenticavo che tu devi sempre spiegarti tutto."

"Cosa c'è di male nel voler capire?"

"Ho avuto da fare, un amico aveva bisogno di me e non potevo negarmi."

Tre giorni di ipotesi e supposizioni si scioglievano in un istante.

"Ho pensato al peggio."

"Che mi fosse successo qualcosa?"

"No, che... io... che non mi volessi più."

Luvio le prese la mano.

"Non devi pensarlo, non accadrà mai. Hai capito? Mai."

Liberata abbassò lo sguardo.

"Promettimelo," continuò Luvio cercando il suo sguardo.

Liberata credeva a tutto quello che non si vedeva, ma non alle promesse: "Cercherò di non farlo".

Lui si alzò e le andò vicino, prendendole il volto con le mani unite come se bevesse a una fonte.

"E sai perché non accadrà mai? Perché tu ormai mi appartieni."

La baciò, di un bacio lieve, sussurrato, poi ritornò a sedersi mentre lei cercava di allontanare spettri e oscurità.

"È successo tutto così in fretta. Non ero preparata. Non sono abituata."

"Avrai tutto il tempo del mondo per farlo."

Liberata non si capacitava di quelle parole così estreme, incompatibili con i tempi brevi del loro incontro. I modi spavaldi, invece, li comprendeva. E forse anche quella sparizione, a ben pensarci, poteva rientrare nella stessa strategia, farsi desiderare dopo averla intrappolata con un bacio, provocare pensieri, dubbi, ritrosie, farsi sognare, aspettare, che non capiva perché non lo aveva pensato prima, che però chi mette in atto strategie lo fa con un obiettivo preciso, che forse Luvio davvero la voleva, che forse studiava ogni mossa proprio perché desiderava che fosse sua in tutto e per tutto, che anche la pizza, anche quella, era la ricerca della perfezione, che non erano coincidenze, forse aveva chiesto a Mimmo il fornaio se la conosceva e se sapeva quale era il suo gusto preferito. Forse era stato altre volte in quel forno. Glielo chiese.

"Eri mai stato qui in paese?"

"Un paio di volte in moto, ma solo di passaggio."

Continuarono a mangiare, guardandosi e senza dire niente, sorridendosi a volte, a volte fermandosi quando certi sguardi erano troppo intensi, che Liberata non si sarebbe mai stancata.

La infastidivano tuttavia piccoli pesi nell'anima, sassolini che stavano lì e le impedivano di camminare scalza, e tra questi la bugia che gli aveva detto. Doveva rimediare, che i pesi assecondano la forza di gravità e ci trattengono sul suolo terrestre, e questo a Liberata non piaceva, la faceva sentire prigioniera.

Dopo che ebbero finito di mangiare, si fece forza e afferrò il sassolino.

"Avevi ragione."

Luvio finì di bere.

"Su cosa?"

"La pagina del fotoromanzo che mi hai lasciato nella buca delle lettere."

Luvio ebbe un attimo di esitazione, solo un attimo, poi ricordò.

"Era quella?"

"Sì."

"Vedi? Ti conoscevo già da allora."

"Come hai fatto?"

"Tu perché mi hai detto di no?"

Liberata ripensò allo stupore di quel giorno, che era qualcosa di più.

"Mi ero spaventata."

Luvio le chiese il perché col corpo, girando la testa e inclinandola di qualche grado, appoggiando la mano sulla tempia, guardandola.

"Era impossibile indovinare. Su più di quattrocento fotogrammi, hai scelto proprio il mio preferito. E non era il più bello né il più significativo. Proprio quello. Adesso devi spiegarmi come hai fatto. Un'altra coincidenza, come questa pizza?"

C'era, nel tono della voce, una giustificata titubanza, una ritrosia all'abbandono credulo, perché siamo fatti in questo modo, così abituati all'imperfezione che quando tutto si accorda deve per forza esserci dietro un inganno.

"Una sensazione. Ero in dubbio fino all'ultimo, avevo ritagliato altre due foto, tra cui quella del bacio finale, che ero convinto fosse la tua preferita, ma dopo averle messe tutte e tre sul tavolo, in fila, se la testa mi diceva la foto del bacio, l'istinto mi portava sempre lì, alla foto col ventaglio. Non lo so perché, ma alla fine ho deciso di assecondarlo sperando che, chissà, potesse assomigliare al tuo."

Non era la risposta che si aspettava, ma era quella giusta.

Fu Liberata, questa volta, ad alzarsi e andare verso di lui, e fare un gesto che mai avrebbe pensato, sedersi sulle sue gambe. Luvio la abbracciò e appoggiò la testa sul suo petto, che in quei momenti di raccoglimento sembrava perdere ogni alterigia e sfrontatezza.

"Ho provato a chiamarti, ma non mi ha risposto nessuno."

“Quando?”
Liberata percepì nella sua voce come un’incrinatura.
“Ieri pomeriggio. Ho telefonato al numero che hai lasciato a mio padre.”
“È quasi inutile che chiami. C’è solo mia madre a casa, ma sente poco e non risponde mai. Io sono sempre fuori.”
Rimasero in quel modo un po’ di tempo, che Liberata pensò sarebbe stato bello addormentarsi lì, ma non poteva.
“Adesso è meglio che vada, non vorrei che qualcuno arrivasse prima.”
“Sì, io rimetto a posto.”
Si baciarono. Liberata non avrebbe mai voluto staccarsi.
“Dobbiamo rifarlo ancora.”
“Tu non hai capito, tu non hai capito,” disse Luvio attirandola di nuovo a sé, “lo faremo tutte le volte che vorremo. Tu sei la mia donna, e lo sarai per sempre.”

Felicità fu la parola che le venne in mente, per strada. Felicità e Katiuscia, perché solo lei, pensò mentre tornava a casa, solo lei che ha baciato Franco Gasparri può capire come mi sento.

Quella sensazione di beatitudine, tuttavia, durò solo centoventisette metri, fino al momento in cui Liberata incrociò e salutò Rosita Catracalà. E non per lei, per la sua persona, che anzi le era simpatica, ma per la camicetta che indossava, arancione con cerchi neri. Si sentì come schiacciata, ripensò ai pesi dell’anima, ai sassolini che ammalano i piedi scalzi, e uno di questi aveva quella forma e quei colori, che c’era stato un attimo, durante il pranzo, nel quale Luvio si era alzato e lei aveva pensato sta andando a prendermi un regalo, mi ha fatto venire qui apposta; non era stato così, ma la gioia di quei momenti era tale da allontanare sul nascere avvisaglie di cupezza che adesso risalivano. E subito un pensiero assurdo: e se fosse stata proprio quella, la camicetta? Se Luvio l’avesse comprata per Rosita? E perché, a quell’ora strana, quella bella ragazza scendeva in direzione dell’officina? Ebbe la tentazione di fermarsi, tornare indietro e seguirla. E forse lo avrebbe fatto se non avesse visto Bruno e Vincenzo ritornare al lavoro. Pensò che Luvio non poteva essere così ingenuo da trovarsi due fidanzate nello stesso paese. E se questo escludeva la bella Catracalà dai suoi pensieri, non sortì lo stesso effetto con la camicetta arancione: per qualunque donna Luvio l'avesse comprata, di certo quella donna non era lei. Il dubbio la tormentava, e il timore che da un momento all'altro lui potesse sparire la faceva stare male, perché la possibilità della perdita consuma più della perdita stessa.

L'amore è un frutto delicato

"Letizia", Quattordicinale
Anno XIX, nr. 301, Sped. abb. post. Gr. III – 70, 84 pagine, 250 lire

La maga Adele era diventata un paragrafo del suo *Corso pratico di stenografia italiana corsiva.*

Liberata pensava che alcuni uomini fossero come lettere di un alfabeto, come forme, linee, numeri, note, riflessi, come i segni che andava cercando per il mondo e che stavano lì, di fronte ai suoi occhi, con un significato da interpretare.

C'erano persone che aveva l'impressione le fossero state messe vicino solo per indicare una direzione: comparivano e sparivano in breve tempo, come suggerimenti dati a mezza voce quando bisogna non farsi sentire o scavalcare il controllo dell'onnipotenza. Aveva avuto questa sensazione col vecchio Cateno Casamiru, e adesso con Adele.

Alle dieci doveva essere da Zangari. Si erano sentiti per telefono il giorno prima. Liberata non era andata avanti con la lettura del quaderno.

Sua madre la fermò sulla porta: "Avevo invitato Beccaria a pranzo, ma mi ha detto di no. Però gli ho promesso che nel pomeriggio gli avrei portato i pasticcini. Per cui non te ne dimenticare, rientrando. Fatti un nodo da qualche parte, mettiti una pietra in tasca, ma non tornare senza!".

Liberata fece quello che faceva da bambina per non dimenticarsi le cose, quando segnava sull'incavo tra pollice e indice della mano sinistra la lettera iniziale di ciò che doveva ricordare. Quella mattina fu una P.

Sul corso fu fermata da Fortunato, che insieme a Olimpio, Gioacchino ed Ettore stava facendo volantinaggio:

"Tanto lo conosci," le disse mentre glielo porgeva. Era una copia del volantino che lei aveva scritto, e si vede che Glauco lo aveva detto agli altri che lei aveva partecipato.

Lo piegò in quattro e lo mise in borsa.

Il cancelletto era aperto, lei suonò e Zangari andò ad aprirle. Le fece strada in soggiorno.

"Scegliete dove volete stare e ditemi di cosa avete bisogno."

Liberata si guardò intorno e si avvicinò al grande tavolo al centro della stanza.

"Qui andrà benissimo. Mi siedo da questa parte, mi piace avere la luce davanti," aggiunse riferendosi alla porta finestra che dava sul giardino. "È la prima volta che trascrivo un libro," disse mentre toglieva la macchina da scrivere dalla custodia e l'appoggiava sul tavolo.

"Un libro! Vediamo cosa ne verrà fuori," rispose Zangari.

Liberata mise un foglio nella macchina.

"Ho letto della puntura del ragno, immagino tutto inizi da lì."

"Da lì e dalla morte del mio compagno di scuola. Fu una punizione troppo grande per un centimetro di pietra mancato. Da allora cominciai a cercare."

Liberata non capì e glielo mostrò.

"Cercare di capire perché si vive e perché si muore. E poiché gli uomini non mi hanno dato risposte, le ho cercate altrove."

"Gli insetti..."

Gli porse il quaderno azzurro che aveva in borsa.

"Sapete qual è il grande insegnamento di tutto il regno degli insetti, ciò che li accomuna tutti dal primo all'ultimo, dal più piccolo al più grande? La sopravvivenza. Ogni cosa ch'essi fanno è finalizzata a sopravvivere, e questo anche se le loro vite sono brevi, brevissime. Di fronte a questo sforzo per la vita, ecco, le collezioni al contrario celebrano la morte: abbellita, edulcorata, filtrata, ma pur sempre una morte. A me gli insetti hanno insegnato a vivere, per questo non riuscirei mai a fare quello che fa vostro padre."

Liberata si mosse appena per trovare la posizione giusta sulla sedia. Era troppo bassa per il tavolo e Zangari, che se n'era accorto, prese un cuscino dal divano e glielo porse.

"Provate con questo."

Andava molto meglio.

"Possiamo cominciare."

Zangari aprì il quaderno.

"Dov'eravate arrivata?"

"Il morso del ragno."

Sfogliò fino alla pagina giusta.

"Siete pronta?"

Liberata annuì: era emozionata, come a un esame.

Zangari si schiarì la voce:

"*Il porcellino di terra (*Armadillidium vulgare*), chiamato altresì onisco, vive, come molti altri, accovacciato al piano inferiore della vita. Sempre nell'ombra che gli uomini fuggono, è costretto da esigenze biologiche a rintanarsi lontano dal sole e dalla luce. Esigenze biologiche è il modo che gli insetti hanno d'intendere il Destino*".

Zangari guardò Liberata come a darle il tempo, ma si accorse subito che non ce n'era bisogno, che era velocissima e spesso finiva di scrivere prima che lui terminasse di dettare. Sorrise nel notare la concentrazione di lei, lo sguardo fisso sul foglio. Continuò:

"*Agli albori del tempo viveva nell'acqua. Poi, per motivi a noi sconosciuti, si spostò sulla terra, ma senza cancellare del tutto la sua natura: l'antica vita acquatica gli ha lasciato un marchio, un'infermità che influisce su tutta la sua vita e fa di lui quell'essere oscuro, votato alle tenebre e alla tristezza: respira solo a mezzo di branchie, e l'aridità gli è fatale.*

Ha bisogno di un'atmosfera ricca di vapore acqueo.

È il suo modo di essere legato alle origini.

L'atmosfera dev'essere umida ma non troppo: l'eccessiva umidità gli è funesta, nell'acqua muore.

La sua vita è dunque la ricerca incessante del punto di equilibrio: la sua esistenza dipende da un preciso punto igrometrico (il valore dell'umidità relativa in un dato istante e in una data località) al di qua e al di là del quale esso emigra o soccombe. Un solo punto. Non prima né dopo. Un solo punto".

Per la prima volta Liberata alzò gli occhi dal foglio e guardò verso di lui. Zangari riprese fiato e ricominciò a dettare:

"*Quando l'ambiente diventa irrespirabile e l'asfissia si avvicina, il porcellino si arrotola su sé stesso per crearsi artificialmente le condizioni perdute e lottare contro la morte. Diviene pallina, sfera, globo. Un pianeta. L'universo intero*".

Liberata fu come se si prendesse una pausa, e Zangari fu contento che ci fosse tra loro una corrispondenza di sensazioni, che le pause della dettatura coincidessero con quelle del pensiero.

"Potete rileggermi tutto, per favore?"

Stabilirono la regola per cui alla fine di ogni pagina Liberata avrebbe riletto a voce alta quanto aveva scritto, in modo che Zangari potesse correggere o aggiungere, ed era un momento che le piaceva particolarmente.

Andarono avanti per oltre due ore.

"Per le prossime otto pagine potete continuare da sola," disse Zangari dopo aver sfogliato il quaderno.

Liberata cominciò a sistemare la macchina e i fogli.

"Avete mai chiesto a vostro padre il perché della sua passione?"

La domanda giunse inattesa. Non lo aveva mai fatto, e in quel momento le sembrò strano.

"No."

"E voi?"

"Io cosa?"

"Voi perché collezionate fotoromanzi?"

Liberata guardò d'istinto verso la borsa, se spuntasse fuori un giornale che potesse aver suggerito quel pensiero a Zangari, ma poi si ricordò che l'aveva seguita per qualche giorno e quindi conosceva le sue abitudini. E poiché lei non rispondeva, Zangari ricominciò:

"Cerchiamo sempre suggerimenti, io tra gli insetti, voi nei vostri giornali".

Liberata pensò che se avesse saputo dei segni stenografici avrebbe elencato anche quelli, soprattutto quelli.

Mettendo la macchina nella custodia, i suoi occhi caddero sulla piccola P che si era scritta sulla mano. E fortuna che lo aveva fatto, che aveva già dimenticato la richiesta della madre.

Uscendo dalla pasticceria col vassoio in mano, si fermò. Si guardò intorno, attraversò la strada e indugiò di fronte al portone. Un'improvvisa tentazione di salire le scale e parlare con quella donna che sentiva affine e a cui proprio quella mattina aveva pensato come a un segno umano.

La porta era socchiusa, come un suggerimento. E poi la locandina penzolante, mossa da venti altalenanti, come una mano che invitava l'entrata. Assecondò i segni del mondo e s'infilò dentro guardinga. Non voleva essere vista. Salì le scale. La porta era chiusa. Accostò l'orecchio al battente, sentì la voce di lei e poi un'altra. Rimase lì, attenta a captare le parole e i suoni del saluto. Passarono una decina di minuti, quindi udì uno spostarsi di sedie, un "alla prossima volta", e salì di corsa al piano di sopra. Si fermò in un punto da cui poteva vedere, non vista, chi l'aveva preceduta. E fu davvero una sorpresa quando riconobbe, dentro il cappottino rosa sbottonato, Colomba Marra. Non poteva crederci, Liberata, che uno sceneggiatore si stava divertendo a incrociare i fili dei destini del suo paese, e pensò alla foto di una storia che avrebbe fermato quell'attimo, una foto dall'alto che riprendeva lei, di spalle, mentre osservava la figura sfocata della rivale. Sentì chiudersi il portone, di sotto.

Scese i sette gradini. Si fermò di fronte alla porta. Adele riceveva per appuntamento, forse aspettava qualcuno. Bussò. Sentì dei passi. La porta si aprì. La cartomante era come se la stesse aspettando: le offrì un sorriso benevolo, luminoso. Si mise di lato e col braccio la invitò a entrare. Liberata si fermò subito dopo la porta. La maga la chiuse e andò verso il suo tavolo.

"Non vorrei disturbare, magari aspettate qualcuno."

Sembrava più bella della volta prima, la coroncina di monete l'assomigliava alla regina di qualche regno lontano.

"Aspetto sempre qualcuno. Vuol dire che stavolta saranno gli altri ad attendere. Siediti."

Liberata si guardò intorno per capire dove poter appoggiare il vassoio di pasticcini.

La cartomante le indicò una sedia vicino al muro.

"Ti sei lasciata guidare dall'istinto."

Liberata, che si stava sedendo, non aveva capito a cosa si riferisse.

"Non eri uscita di casa con l'idea di venire da me, altrimenti non avresti con te quel pacchetto."

La ragazza non rispose, ma la fissò negli occhi a darle ragione.

"Qualcosa, mentre uscivi dalla pasticceria, si è acceso. Come una luce, come una voce che ti chiamava e alla quale non hai resistito. E vuoi saperlo? Non aspetto nessuno. Proprio stamattina la ragazza che doveva venire ha disdetto all'ultimo momento. Un vuoto che tu hai riempito. Le voci del destino sanno quando devono farsi sentire."

"Mi stanno confondendo, queste voci."

"Non fraintendermi, io sono contenta che tu venga qui, ma ci siamo viste pochi giorni fa. Non penso che le cose siano cambiate in così poco tempo."

Liberata abbassò lo sguardo.

"Lo so, ma non ero mai stata così confusa."

Adele fece un gesto inconsueto: allungò il braccio e le prese la mano.

"Allora proviamo con un metodo diverso, va bene?"

Prese un altro mazzo di tarocchi più voluminoso del solito, mischiò, ripeté la solita formula, "Come sopra così sotto", e li sparpagliò sul tavolo.

"Scegli otto carte."

Liberata le scelse, e la maga le rovesciò. Con disegni diversi, riconobbe alcune delle carte napoletane.

"Adesso di queste otto, dopo che le hai viste, scegli le tre carte che ti attraggono di più."

Scelse il Fante di Coppe, il sette di bastoni e la Ruota della Fortuna.

"Delle cinque rimanenti, sceglìne solamente una."

Liberata prese il Fante di Spade.

"Sono rimaste quattro carte. Mettile adesso in ordine di preferenza."

Nove di spade, nove di coppe, l'Appeso, quattro di coppe.

La maga cominciò a decifrare.

"Come mostrano la Ruota e il Fante di Coppe, sei sul punto di vivere un importante periodo di transizione, di cambiamento positivo, luminoso. Ma fondamentale è la carta del Fante di Spade, la carta solitaria, che rimanda a un amore presente, vicino, forte, capace di operare quel cambiamento che tutte le altre carte suggeriscono."

Liberata guardava le carte cercando di capire.

"Mia cara Liberata, da quando sei entrata in questa stanza, le carte hanno sempre parlato in una sola direzione," disse Adele mentre raccoglieva i tarocchi e li rimetteva nel mazzo.

Il tavolo rimase vuoto. La cartomante vi appoggiò i gomiti incrociando le braccia.

"Il problema non sono le carte."

Liberata la guardava sperando che continuasse a parlare.

"Mi chiedi sempre di lui, ma dovremmo invece parlare di te. Sei tu che devi cambiare. Si vede che sei inesperta d'affari di cuore, e forse non solo di quello. Mi sa che tu sei inesperta di vita."

Capire le persone e comprendere i loro bisogni al primo sguardo: era questa la vera magia di Adele; la lettura delle carte non era altro che una conseguenza, un esercizio, la dimostrazione di un problema già risolto.

"È la prima volta che succede, e non so come comportarmi. Speravo che prima o poi mi accadesse qualcosa del genere, ma adesso tutto mi sembra difficile."

"Ma è quello che ognuno di noi prova quando avviene qualcosa di bello. Per natura non siamo portati alla felicità, non ci appartiene, e allora avvertendone la presenza ci spaventiamo, come per tutte le cose che non conosciamo."

Ritirò le braccia e per la prima volta Liberata notò nei suoi occhi come un'ombra di malinconia, di nostalgia, come se quelle parole fossero un monito a sé stessa, che a tutti capita almeno una volta di perdere la rotta. E fu curiosa di sapere a cosa fosse dovuta quell'ombra, cos'era la vita di Adele una volta che smetteva i panni della maga e ritornava donna nel mondo a fare i conti con la spesa, i soldi, che magari era sposata e aveva figli, e litigava col marito, e fumava, e malediceva il giorno in cui aveva smesso di sognare. Che poi non è vero che quando non siamo più bambini smettiamo di sognare. Semplicemente, cambiamo sogni.

"Guardami, e dimmi la verità: torneresti indietro?" le domandò Adele.

"Indietro a quando?"

"Alla prima volta che sei entrata qui insieme alla tua amica. A quando non c'era ancora nessuno, solo una combinazione che si annunciava. Torneresti a quella condizione?"

Liberata si fermò a pensare, che adesso davvero non poteva immaginarsi senza Luvio, e che no, non avrebbe mai barattato uno scambio di tempi, non avrebbe voluto tornare a quel giorno, che era meglio così, vivere nel dubbio, nella paura, piuttosto. Lo disse a Adele, che posò una mano sulla sua.

"E allora hai già trovato la tua risposta. Il destino determina gli eventi, noi determiniamo il modo in cui viverli."

Liberata avvertì come una commozione in quella voce. Suonarono alla porta. La maga le lasciò andare la mano.

"Porti sempre con te l'amuleto?"

"Sempre, non lo tolgo mai dalla borsa."

Liberata se ne andò sentendosi leggera come quando da bambina finiva il mese di Quaresima, che aveva visto bene, che Adele era davvero un segno che Natura le aveva mandato per aiutarla a correggere le sue traiettorie.

Dopo pranzo, portò il caffè al padre che si era seduto sulla poltrona del soggiorno a leggere il fascicolo della *Scolopendra Asiatica*.

Gli si sedette a fianco, sul bracciolo.

"Non ti ho mai chiesto da dove è nata la tua passione per gli insetti."

C'era stato un periodo in cui aveva pensato che forse il padre li collezionava perché ne aveva paura, che bisognerebbe fare così con le cose che ci spaventano, conoscerle, perché la conoscenza ridimensiona, sdrammatizza; è la punta dello spillo contro la camera d'aria: disperde il vuoto, dissipa le inconsistenze, svapora le costruzioni fantastiche, smonta le impalcature.

Oreste sorseggiava il caffè.

"È stato per le lucciole. Quand'ero bambino, nelle sere d'estate riempivano la siepe dell'orto e m'incantavo a guardarle per ore. Erano magiche, per me. E anche adesso che so che quella luce è nient'altro che il risultato di una reazione chimica, di molecole che si trasformano con l'ossigeno, anche adesso lo stupore di allora rimane intatto."

Liberata gli prese la tazzina vuota e si alzò per portarla in cucina.

"Ti piace tanto, vero?"

Quella domanda l'aveva immaginata così spesso che quando infine la sentì non la sorprese.

"Sì."

"Si vede. E poi lui è uno che piace a tutti. È riuscito a conquistare perfino tua madre."

"E sappiamo che non è facile."

"Cosa intendi fare? Lui lo sa?"

"Sì."

"Quindi vi vedete?"

"Ci siamo trovati a parlare. Anch'io gli piaccio."

"Tua madre è al corrente?"

"Immagino di no."

"Ne sarebbe contenta. Perché non glielo dici?"

"E tu? Tu saresti contento?"

"Mi sembra un bravo ragazzo, lavora, sa il fatto suo. A volte è esuberante, ma ognuno ha il suo carattere. Io sono contento solo se lo sei tu."

Oreste non disse altro perché aveva già detto tutto, e Liberata comprese il significato di quelle parole che erano una licenza d'amore, e lei ne fu felice, che non le piaceva nascondersi e trovare scuse, che non vedeva l'ora di girare per strada abbracciata a Luvio e poterlo baciare tutte le volte che voleva, e stringerselo e baciarselo ancora e salire sulla sua moto e sentirsi l'aria in faccia che fa venire le lacrime, l'aria in faccia che forse aveva ragione lui, è vita, vita vera. E lei era impaziente di vivere.

Sparecchiò, pulì i fornelli, mise in ordine. Mentre stava asciugando i piatti, arrivò la madre.

"Ti ho riportato la foto. È proprio un bravo ragazzo quel Luvio."

Si sorprese: pensò che il padre le avesse detto qualcosa e che quella frase era come un permesso di frequentarlo.

"Perché me lo dici?" le chiese circospetta.

"L'anno scorso era perfino venuto alla Processione del Santo. Proprio devoto, come non ce ne sono più!"

Liberata si voltò.

"Come lo sai?"

"Qui, nella foto."

Lei si avvicinò al tavolo e Agata le indicò un volto nella folla.

"A me sembra lui."

Liberata gliela strappò dalle mani e si mise a osservare. La polaroid era un poco sfocata, e certo le persone ritratte dall'alto erano piccole, ma sembrava proprio lui, i capelli un poco più lunghi ma per il resto identico. Era sul sagrato, appoggiato alla colonna, e guardava verso la statua, le mani in tasca.

"È Luvio..."

"Cosa c'è di strano? Quanti forestieri vengono per la Processione? Vedrai quest'anno..." Ma Liberata non stava più ad ascoltarla.

In camera sua, appoggiò la foto sul davanzale per avere più luce. L'immagine era sgranata ma sembrava proprio il suo fidanzato. O qualcuno che gli assomigliava. Andò in soggiorno per chiedere al padre una lente d'ingrandimento.

Sotto la lente l'immagine era più grande, ma anche la sgranatura aumentava. Lui o un suo sosia. Lo aveva riconosciuto anche la madre. Perché non glielo aveva detto? Perché solo qualche giorno prima, in officina, aveva negato di essere mai stato in paese? Sentì come un peso caderle sull'anima, un sassolino ferente ficcarsi sotto il piede scalzo.

La foto era nella borsa, ma non cessava la sua forza disturbante. Liberata si rigirava nel letto senza trovare pace. Avrebbe voluto parlare con Adele, dirle che gli eventi la provocavano, che lei si sforzava di non pensare male, di mettere da parte dubbi ed esitazioni, ma il mondo continuava a sfidarla. Accese la lampada sul comodino. Prese il numero 301 di "Letizia", *L'amore è un frutto delicato*, che aveva preso quel pomeriggio da Glauco e cominciò a leggere.

Dopo qualche pagina si sentì più placata, rilassata, e allora le venne in mente la domanda di Zangari, del perché nasce una passione, e lei pensò alla sua, cercò di capire i motivi per i quali i fotoromanzi le piacevano tanto, e certo per Franco Gasparri che era un sogno, e certo perché sperava prima o poi che anche a lei succedessero quelle cose belle, e certo perché si dimenticava del mondo, ma soprattutto, e a questo ci arrivò dopo, soprattutto perché qualunque cosa succedesse, qualunque stravolgimento, qualunque disgrazia, alla fine il mondo si ricomponeva. Ecco. Grazie a Zangari aveva capito il vero motivo per cui lei aveva bisogno dei fotoromanzi: sapere che alla fine tutto si sarebbe ricommesso, e ogni cosa sarebbe ritornata al suo posto.

Sperava che sarebbe successo così anche con quella foto.

Anche Zangari si stava trasformando in un segno umano.

Quell'immagine ha il tuo viso

"Noidue", Mensile di fotoromanzi
Anno III, nr. 9, Sped. abb. post. Gr. III – 70, 84 pagine, 250 lire

Pensare sempre che ogni evento non ha una sola interpretazione. Pensare che ogni fenomeno ha almeno due spiegazioni che possono anche essere l'una il contrario dell'altra.

Acquisito questo principio, è plausibile pensare che ogni sfumatura all'interno di questi estremi sia ammissibile.

Questa sfumatura è linguisticamente introdotta da una congiunzione con valore avversativo-limitativo.

La conclusione è che ogni fenomeno umano può avere infinite interpretazioni.

A questo pensiero consolatorio Liberata faceva ricorso nei momenti in cui i dubbi si facevano più forti. E così anche adesso era curiosa di sapere l'altra versione dei fatti. In officina era improponibile. Poteva approfittare dell'ora di pranzo, dopo che tutti erano andati via. Non avrebbe resistito fino a sera.

Quando arrivò all'officina, Bruno stava fumando una sigaretta.

"Tuo padre è uscito."

"Lo so, sono venuta a prendere delle carte," rispose Liberata andando verso l'ufficio.

Luvio era al banco che stringeva qualcosa nella morsa. Nel vederla sorrise.

Lei fece finta di prendere e spostare qualcosa, finché, una decina di minuti dopo, Bruno prese il giubbotto e la salutò.

Un attimo, e Luvio era da lei.

"Speravo proprio che saresti venuta," disse abbracciandola e baciandola.

Liberata dimenticò perché fosse lì. In quei momenti Luvio era come una mano che passava sui vetri appannati a cancellare dubbi, timori, pensieri. E poi i suoi occhi, che Liberata fissava tutte le volte che poteva, quegli occhi scuri, profondi, stretti, che lei davvero in certi attimi pensava fossero più belli di quelli di Franco Gasparri, la ammaliavano.

"Mangi con me?"

"No, mia madre mi aspetta."

"Sei venuta allora solo per darmi un bacio?" Se la strinse forte al petto. "Sei sempre triste, non riesci mai a lasciarti andare."

Liberata non sapeva cosa fare, se accontentarsi di lui e delle sue parole o chiedere.

"Io non ti conosco, non so niente di te."

"Mi conoscerai, abbiamo tanto tempo."

"Sei entrato nella mia vita all'improvviso, in maniera così forte da spaventarmi."

"Non possiamo controllare tutto."

"Io non mi fido delle persone, non mi sono mai fidata."

"Nemmeno di me?"

Liberata non rispose, ma mise la mano nella borsa: "Guarda".

Gli porse la fotografia. Luvio la guardò senza particolari reazioni, e poi alzò gli occhi verso di lei come a dire *Cosa devo guardare?*

"È la festa di Sant'Antonio dell'anno scorso," disse lei.

Lui ritornò a guardare la foto alla ricerca dell'elemento chiarificatore. Inutilmente.

"Non vedi niente di strano?"

"No," rispose Luvio socchiudendo le palpebre per guardare meglio.

"Non ti vedi?"

Alzò gli occhi.

"Io?"

"Cosa ci facevi alla processione?"

Lui fece un'espressione stupita, tornò a guardare la foto più per riflesso che per altro.
"Ma che stai dicendo?"
Gli si affiancò e gli indicò il suo volto.
"Questo. Questo sei tu."
Luvio si avvicinò la foto.
"Ma io non sono mai venuto alla festa."
"A me sembri tu, e anche a mia madre."
"E lei cosa c'entra?"
"È stata lei a farmelo notare."
Luvio smise di guardarla.
"Ti sto dicendo che non sono io."
"Sembri proprio tu. Guarda meglio."
"Non ce n'è bisogno. Non posso essere io per il semplice fatto che non c'ero."
Liberata abbassò la testa, sconsolata.
"Che bisogno avrei avuto di mentirti? Cosa ci sarebbe stato di male se fossi venuto alla festa del Santo?"
"Niente."
"Appunto. Sono forse con qualche donna?"
Era da solo, sul sagrato, in disparte, addossato a una colonna.
"No."
La abbracciò.
"Non sono io, fidati di me. Sarà qualcuno che mi somiglia. Quante volte succede?"
Appoggiata sul suo petto, dal quale sentiva giungere il rumore sommesso dei battiti, Liberata pensò che a lei non era mai successo ma a Katiuscia sì, qualche mese prima, nel fotoromanzo *Quell'immagine ha il tuo viso*.
"Devi smetterla di pensare male di me."
Aveva ragione, solo che a lei non pareva vero tutto quello che le stava accadendo, che quando non siamo abituati alle cose belle ci sembra che quella bellezza dovremo in qualche modo scontarla.
Si staccò appena da Luvio e alzò il viso per guardarlo: la sua espressione non era cambiata, nessun colpo subìto, nor-

male come chi non ha nulla da nascondere. E lei ancora lì, a rimestare incertezze.

"Sediti e aspettami," disse lui indicandole la sedia dell'ufficio.

Luvio si allontanò e poi le si sedette di fronte.

"Dammi la mano, girala."

Dalla tasca tirò fuori un astuccio rosa che le appoggiò sul palmo.

"Aprilo, è per te."

Lei lo guardò negli occhi e pensò contrita "perché?", perché aveva un carattere fatto a quel modo, diffidente e sospettoso.

Aprì l'astuccio. Una catenina d'argento con un ciondolo. E non un ciondolo qualunque. Una luna.

"Ti piace?"

Liberata era sorpresa, ma per motivi che Luvio non poteva sapere.

"Posso?"

Gliela mise al collo. Lei la sfiorò con la punta delle dita.

"Dovevo scegliere tra un sole e una luna."

Avrebbe voluto avere uno specchio vicino per vedersi. Luvio se l'avvicinò un'altra volta.

"Devi imparare a fidarti di me."

La baciò ancora, e lei si lasciò andare.

Per strada tenne sempre la mano sul ciondolo. Appena lo aveva visto, aveva ricordato le parole della maga: la luna che li benediceva s'era mostrata, e le scese dentro come una luce.

Era la seconda luna che riceveva in dono. La prima gliel'aveva regalata il padre, molti anni addietro. La fece dormire tutto il pomeriggio perché voleva che rimanesse sveglia. Quando fu buio, prese la sua borsa e andarono in campagna. Era notte di novilunio: le spiegò che era una notte speciale, che la luna era come se scomparisse, perché risultava completamente in ombra.

"Ecco perché non la vedi. E sai cosa? Gli insetti sono abituati a usarla per orientarsi nel buio."

"E come fanno allora?"

"Gliela diamo noi."

Si fermarono su uno spiazzo e lui tolse dalla borsa una lampada rotonda, enorme e potente. Era una tecnica che gli entomologi usavano spesso: costruivano una finta luna e in questo modo si potevano osservare molti esemplari che perdevano temporaneamente l'orientamento. E da quella volta, per molte notti, la bambina guardò il disco bianco e splendente pensando fosse anch'esso una lampada che qualcuno aveva acceso per distrarre gli uomini dai pensieri che di notte diventano più opprimenti.

"Che ci voleva ad arrivare? Tuo padre deve tornare al lavoro."

Anche il rimprovero della madre le sembrò luminescente. Si misero a tavola.

"E quella luna? Un altro dei tuoi annunci sui giornali?"

Liberata la toccò, come per accertarsi che ci fosse ancora. Guardò verso il padre, che aveva capito, e fu nella sua espressione pacifica, ricordando anche le parole del giorno prima, che trovò la forza di parlare.

"È un regalo."

Agata cominciò a mangiare. Ci fu un attimo di silenzio.

"Un regalo di chi?" domandò Oreste.

Padre e figlia si scambiarono un cenno d'intesa, mentre Agata continuava a guardare il piatto.

"Luvio."

Come immaginava, la madre lasciò il cucchiaio nel piatto e alzò gli occhi.

"Quel Luvio?" disse sillabando le lettere, incredula.

"Sì, lui."

"E perché ti ha fatto un regalo?"

Liberata non capiva se lo faceva apposta.

Intervenne allora Oreste: "Che domande. Secondo te perché si fa un regalo?".

Eppure, non avrebbe dovuto essere stupita, pensò Liberata, in fondo era stata proprio lei a favorirlo, le aveva detto di andare in chiesa non fosse mai che il Santo le facesse un miracolo, che lei a quello si riferiva, trovarsi un fidanzato, magari sposarsi e avere dei figli, e adesso il fidanzato se l'era trovato, che nelle ultime settimane era andata in chiesa più che negli ultimi dieci anni, e sant'Antonio aveva apprezzato.

Liberata aspettava di capire che forma avrebbe preso il volto della madre, se avrebbe virato verso il triste o il nostalgico, l'indifferente o il moderatamente allegro, che certo non avrebbe visto sorrisi né sentito complimenti.

"Non hai niente da dire?" chiese Oreste.

Agata non sorrise, ma si avvertiva, nella tensione del corpo, che si stava sforzando di non farlo, che si controllava, chissà per quale motivo.

"È un bravo ragazzo."

A Oreste bastava.

"Quindi, vi siete fidanzati?" chiese Agata.

Liberata non sapeva cosa rispondere.

"Non ancora, ma mi ha fatto capire che lo vorrebbe."

"E tu?"

"Anch'io," rispose abbassando gli occhi.

Pensava che non sarebbe mai riuscita a dire quelle cose a nessuno, immaginarsi alla madre.

"Puoi farlo venire in casa, allora... Non sei d'accordo?" aggiunse Agata in direzione di Oreste.

"Per me va bene."

Lentamente, l'autocontrollo di Agata cedeva.

"Un bravo ragazzo. Sono contenta di averlo in casa. Era ora che ti sistemassi!"

Finirono di mangiare senza altre parole, che avevano già detto troppo.

"Lavi tu i piatti? Io devo fare una telefonata."

Oreste e Liberata rimasero soli.

"Ti avevo detto che sarebbe stata contenta."

"Posso farlo venire a casa, allora."

"Puoi."

Non vedeva l'ora che Luvio lo sapesse.

Dalla radio arrivò un annuncio.

Cari amici di Radio Alternativa 71, la radio dalla parte dell'umanità. Siamo entrati nel pieno dei preparativi per il mese benedetto. La Congrega della Sacra Reliquia in questi giorni è alle prese con le ghirlande che saranno appese sulle facciate di tutte le case intorno alla chiesa. Dal momento che quest'anno saranno coinvolte più strade e il lavoro sarà più lungo, rivolgiamo un appello alle amiche e agli amici che volessero rendersi utili, di recarsi presso l'Asilo di Sant'Antonio per dare una mano agli organizzatori.

La madre rientrò in cucina piena di meraviglia:

"Ho sentito bene? Come fanno a saperlo? Chi può essere?".

"E chi lo sa? Qualcuno del paese di sicuro. È da qualche mese che questa Radio Alternativa ha cominciato a trasmettere, ma nessuno sa né da dove né chi c'è dietro."

"Chiunque sia, ha la mia gratitudine," concluse Agata.

Liberata andò in soggiorno a prendere un fotoromanzo da leggere prima di addormentarsi. Come altre volte, l'occhio le cadde sulla sua unica fotografia che la madre teneva incorniciata sul comò. Come gli insetti di mio padre, pensava. Odiava quella foto, in quel momento però il suo pensiero fu un altro. Consolatorio.

Era vestita a festa, i capelli pettinati, le scarpe lucide, la collanina d'oro bene in vista, ma con un sorriso forzato che portava ancora i segni dello schiaffo recente di mano materna per non volersi mettere in posa. Una foto menzognera, di apparente serenità, di rabbia celata.

Di quelle da lasciare ammuffire nelle scatole delle scarpe.

Ogni foto poteva esserlo.

Anche quella di Luvio.

Ripensò alla domanda di Adele, se avrebbe voluto tornare indietro.

Aveva bisogno di lui, ma questo non andava bene, che avere bisogno degli altri non è cosa buona e giusta.

Fino ad allora aveva cercato di evitarlo, di costruirsi un recinto di solitudine. Non doveva costringersi, bastava solo assecondare la sua naturale inclinazione. Era come se vivesse lì ma non fosse davvero lì, come se abitasse un tempo e uno spazio diversi da tutti gli altri. A volte le cadeva addosso come un senso di colpa per questo: si sentiva fatta male e non sapeva perché.

Forse una disillusione del sangue connaturata alla sua natura mortale.

Troppe stelle nel cielo questa notte

"Darling", Mensile di fotoromanzo
Anno XII, n. 120, 300 lire

Liberata passò dall'officina. Il padre non c'era e lei si mise a chiacchierare con Bruno. Luvio stava smontando delle gomme. Andò nell'ufficio facendo finta di dover controllare una fattura, in realtà non faceva che aspettarlo. Aveva voglia di vederlo, abbracciarlo, baciarlo. Luvio passò poco dopo facendo rotolare una gomma. La guardò e le mandò un bacio. Lei sorrise. Poi Bruno si allontanò per andare a comprare i cuscinetti dei freni e Luvio ne approfittò per infilarsi nell'ufficio e baciarla.

"Ti vorrei sempre con me."

Si accorse della macchina da scrivere, era la prima volta che Liberata la portava in officina da quando c'era lui.

"Il tuo strumento di lavoro? Quando devi andare?"

"Tra mezz'ora."

"Dove?"

"Si chiama Zangari, è un amico di mio padre che sta scrivendo un libro."

"Di cosa parla?"

"Fa riflessioni sugli insetti."

"Ce ne sono di persone strane!"

"E invece no, sono interessanti."

"Immagino. E ci vai spesso?"

"Non abbiamo appuntamenti fissi. Decidiamo di volta in volta."

"Ma quante volte vi vedete? Tutti i giorni? Una volta a settimana?"

"Due, tre volte a settimana. Dipende."

"A casa sua?"

"La maggior parte delle volte. Un paio di volte è venuto anche da me. Te l'ho detto, è un amico di mio padre."

A Liberata piaceva che Luvio facesse le domande di un uomo geloso.

"Non è che mi piace tanto questa cosa, che tu vada in casa di altri uomini. È sposato?"

"Abita da solo."

Luvio accusò il colpo ma non disse niente.

"Stasera ci sei?"

Fu lei a chiederglielo. Quando lo aveva vicino, Liberata si trasformava al pari dei fillidi che sulla foglia diventano foglia, sul ramo ramo, sulla corteccia corteccia: diveniva temeraria, altra da sé, o forse davvero sé stessa.

"Non posso, finito il lavoro ho da fare."

Liberata ci rimase male. Pensò che forse era un modo per pareggiare i conti, ma in un attimo tornarono a galla tutti i suoi dubbi. Lei avrebbe messo da parte ogni impegno pur di vederlo, lui invece no. Le venne in mente Rosita Catracalà. Aveva un'altra fidanzata al suo paese, non poteva dirle sempre di no. Per un attimo le passò in mente di fargli la domanda, di sapere per chi erano quei vestiti, la fermò solo il dubbio che lui stesse aspettando il momento giusto, che quella domanda avrebbe rovinato la sorpresa. E poi chissà se Luvio sapeva che Giuditta era la sua migliore amica, che certo glielo aveva detto e allora era evidente che quei regali erano per lei. Questo pensiero la faceva pazientare, anche se l'attesa la mangiava dentro. Anche un'altra domanda avrebbe voluto fargli, spontanea, naturale: *Cos'hai da fare? È più importante di me?* Ma le sembrava di essere patetica, insomma preferì rimanere in silenzio.

"Non restarci male, anch'io vorrei vederti, ma è un impegno che non posso rinviare. Vedi? Lo hai già fatto."

"Cosa?"

"Pensare che non ti voglio più."

Liberata si ricordò della mancata promessa, il giorno della pizza.

"Tu mi appartieni," disse lui, prima di mandarle un altro bacio e tornare al lavoro.

Liberata un po' si rincuorò. Lasciò le fatture come le aveva trovate e andò via. E quando vide pendere dal balcone di Marrosuzza uno di quei pezzi di stoffa rossa che lei teneva lì perché, diceva, teneva lontano il malocchio, ritornò sé stessa, scomparvero foglie, rami, cortecce, che non doveva fare quella domanda a Luvio, che per fortuna lui aveva risposto di no perché nemmeno lei avrebbe potuto: la mattina aveva promesso alla madre che alle sei sarebbe andata all'Asilo di Sant'Antonio a fare le ghirlande. Questa cosa riportò equilibrio nel suo animo, e la quietò.

"Liberata!"

Mentre andava in chiesa dalla madre, si sentì chiamare.

Fece fatica a riconoscere subito il ragazzo che aveva lavorato da suo padre prima dell'incidente.

"Ippolito!"

Dimagrito all'osso, con i capelli corti e un taglio sulla guancia che ancora doveva rimarginarsi, si appoggiava a due stampelle, nascondendo a stento il dolore che quella posizione precaria gli procurava. Il padre, al suo fianco, cercava di sorreggerlo con un braccio. Ippolito sorrideva e allora lei si sforzò di essere più normale possibile.

"Come stai? Sono contenta di vederti."

"Anch'io..."

"Mi ha detto mio padre che sei stato in ospedale."

"Sì, finalmente sono tornato a casa... da qualche giorno."

"Mi dispiace..."

"Il peggio è passato, anche se..."

Per la prima volta, Ippolito non riuscì a camuffare la tristezza delle parole che pronunciò guardando la gamba sinistra ingessata:

"...anche se non potrò più ritornare in officina".

Lo scoramento contagiò Liberata, che si impose di reagire.
"Vuol dire che ci vedremo in altri posti."

Il padre del ragazzo entrò in farmacia.

"Non me lo chiedi?" disse Ippolito quando furono soli.

"Cosa?"

"Me lo chiedono tutti, come ho fatto a ridurmi così."

Era come se parlasse da solo e lei fosse uno specchio nel quale fare i conti con la propria coscienza.

"Me lo sentivo, sai? C'era come una voce che mi diceva 'stai attento, stai attento', ma io non l'ho voluta ascoltare."

Liberata stava in silenzio.

"Lo scorpione, non avrei dovuto seguirlo."

Pensò che forse anche la testa di Ippolito doveva ancora aggiustarsi. In quel momento suo padre uscì dalla farmacia con un sacchetto bianco in mano.

"Un giorno di questi passo in officina," le disse lui prima di lasciarsi accompagnare in auto.

"Passa a trovarci," gli rispose lei salutandolo.

Lo vide entrare in auto a fatica, col padre che lo aiutava sollevandogli con cura le gambe. Provò in quell'attimo per lui la stessa tenerezza che riservava ai deboli del mondo, ai timidi, ai dimenticati, agli impreparati, ai distratti, a tutti quelli che erano come lei.

Camminò di fretta perché era in ritardo e non aveva voglia di vedere la faccia biasimante della madre.

Il vecchio Asilo di Sant'Antonio, dietro la chiesa, era la sede dell'oratorio. Dopo l'entrata, si attraversava un cortile in pietra con al centro una fontana, l'acqua produceva un mormorio continuo che pareva di essere in montagna, vicino a un ruscello. Don Pantaleone dava il permesso di festeggiare lì i matrimoni, motivo per il quale l'Asilo era come la casa di tutti. Il portone era aperto. Liberata attraversò il cortile ed entrò nel caseggiato in fondo, dirigendosi verso la sala dove la Congrega si ritrovava se c'erano da fare lavori manuali. Già nel corridoio sentì un vociare inatteso. Era convinta di trovare pochissima gente, la madre aveva detto e ripetuto che il lavoro era troppo e gli aiutanti pochi e invece, quando fu sulla porta, a occhio contò almeno una ventina di persone.

Pensò che avrebbe potuto fare a meno di venire, anche lì la sua presenza non era indispensabile. Ma poi, all'improvviso, vide Luvio. Lui si voltò, i loro sguardi s'incrociarono e lui le sorrise. Fu sorpresa. La madre le fece segno di avvicinarsi e lei ubbidì in maniera automatica, perché la sua volontà era come anestetizzata dalla presenza di lui.

"Pensavo non ci fosse nessuno!"

"Anch'io," rispose la madre alzando la voce per farsi sentire, "ma oggi la radio ha mandato di nuovo l'annuncio, che io non lo sapevo, nemmeno so chi gliel'ha detto o chi sono questi, ma si vede che hanno preso a cuore la nostra missione. Questa è la Provvidenza."

Liberata si guardò intorno prima di ritornare a osservare Luvio. Aveva preso uno scatolone dal fondo della sala e lo stava portando a un gruppo di tre, quattro signore con le forbici in mano. Tutte gli sorrisero e lo ringraziarono, e quando lui si voltò per allontanarsi, le vide guardarsi tra loro, dirsi qualcosa e sorridere. Una fiamma di gelosia le bruciò l'anima. E allora si accorse che quasi tutte lì dentro erano donne, eccetto tre uomini: Luvio, Beccaria e il caro Filippo Catalano, che dava una mano alla chiesa ogni volta che poteva. Quella disparità numerica fu come se aumentasse la fiamma, che a Liberata sembrò che tutte quelle femmine guardassero Luvio suo, che se lo mangiassero con gli occhi, che lo stringessero in pensieri peccaminosi. Lui, intanto, si era avvicinato.

"Hai visto chi c'è?" disse Agata a Liberata mettendo la mano sul braccio di Luvio. Si salutarono come due sconosciuti. "Con lui, però, la Provvidenza non c'entra. L'ho fatto venire io. Stamattina presto ho accompagnato tuo padre in officina, ci siamo messi a parlare del più e del meno, e quando gli ho detto che due braccia forti come le sue ci sarebbero servite per preparare gli addobbi, non s'è fatto pregare. Ed eccolo qui. L'ho detto dal primo momento: ragazzi così non se ne trovano più."

Qualcuno chiamò Agata e lei si allontanò.

"Era questo il tuo da fare!" gli disse Liberata, ma non c'era rimprovero nel suo tono, anzi, che dopo tutte le tristi ipotesi che aveva fatto, vederlo lì la consolava.

"Volevo farti una sorpresa."

"Ci sei riuscito. Ma potevi dirmelo... E se non fossi venuta?"

"Tua madre, una delle prima cose che mi ha detto stamattina, è stata che ti aveva fatto promettere di venire, perché c'è troppo da fare. Per questo mi sono offerto, perché sapevo che c'eri tu. Volevo farti una sorpresa, anche se non te la meriti."

"Perché?"

"Perché allora non è vero che non fai mai promesse."

"È vero, invece. Per mia madre un sì è una promessa. E comunque, sono contenta che sei qui."

"Anch'io."

Come tradizione, una settimana prima della festa corso Roma, il viale che partiva dalla chiesa e giungeva ai Vecchi Pioppi, veniva rivestito dalle Catene di Sant'Antonio: due lunghissime ghirlande, una per ogni lato della via, sospese tra balconi e finestre, composte da migliaia di anelli di nastro bianco incatenati tra di loro. Bianchi come il giglio del Santo. Solo che quell'anno la Congrega, nella persona della sua segretaria Agata Calabretta sposata Macrì, aveva deciso che l'Esposizione del Corredo Votivo meritava ben altra celebrazione, e così si era deciso che sarebbero stati addobbati tutti e tre i viali che s'incrociavano davanti alla chiesa: quindi, oltre a corso Roma, anche la discesa della Fontana e la salita dell'Ospedale. Ecco perché Agata aveva fatto arrivare scatoloni e scatoloni di nastro bianco, e organizzato il lavoro come un caporeparto: i tre uomini portavano le scatole alle addette al taglio, ognuna col proprio tavolo, poi le scatole con i pezzi tagliati venivano portate alle confezionatrici, che lavoravano in gruppi di tre formando gli anelli e pinzando, unendo e pinzando. Quando la catena era lunga quanto un lato della stanza, veniva messa da parte. Tutte le catene, lunghe una decina di metri, sarebbero state unite tra loro solo alla fine, direttamente sui viali.

Liberata andò tra le tagliatrici e si sedette a un tavolino. Avrebbe preferito che Luvio non ci fosse, che meglio non averlo lì piuttosto che vederlo conteso da tutti quegli occhi. Le osservava una per una, e in ognuna vedeva un cenno, una smorfia, un sorriso che non le piaceva: Belinda, a un tavolino da lei, sembrava perfino essere passata all'azione, facendo cadere un anello giusto per farselo raccogliere da quel bell'uomo.

"Siete proprio gentile, ma non siete del paese?" gli disse socchiudendo gli occhi.

"No."

"E come mai vi trovate da noi?"

"Lavoro all'officina Macrì."

Agata sentì il cognome e si avvicinò per ascoltare.

"Eppure avete un viso conosciuto," insisteva Belinda.

Agata pensò che aveva proprio una bella faccia tosta, e allora intervenne chiamando Luvio, se poteva portarle un altro scatolone di nastro, e Liberata gliene fu riconoscente.

Luvio era indifferente a quelle attenzioni: tutte le volte che poteva, appena era libero o con qualche scusa, tornava sempre da Liberata, come un satellite non si allontanava mai dalla sua orbita, un satellite tutto speciale però, perché anche quando si muoveva il suo volto era sempre girato in direzione di Liberata.

Finché, all'improvviso, scomparve. Lei non lo vide più. Aspettò qualche minuto, quindi con la scusa di andare in bagno uscì a cercarlo. Lo trovò nel cortile che parlava con Beccaria, anche se più che un parlare era un gesticolare, come se gli stesse chiedendo qualcosa e quello non sapesse rispondere. Quando Beccaria la vide, fece una faccia che anche Luvio si voltò. Lei gli andò incontro. Il sacrestano si strofinò le mani come al solito e andò via senza dire niente.

"Sei scomparso."

"Ero andato in bagno, ma poi mi è sembrato che Beccaria non stesse bene."

"In che senso?"

"Sarà stata una mia impressione, allora mi sono avvicinato per chiederglielo, ma non ho capito cosa stava cercando di dirmi."

"Con Beccaria è normale."

"E tu che stai facendo?"
"Ero venuta a cercarti."
"E mi hai trovato."
La trascinò in un angolo del cortile protetto dall'ombra e si abbracciarono e si diedero un bacio lungo, lungo che Liberata pensò l'infinito potesse misurarsi.

Lavorarono tutti per un paio ore, in un clima festoso e disteso. Quando il campanile della chiesa suonò le otto, Agata ringraziò e disse che potevano andare. Lentamente il salone si svuotò, e alla fine restarono solo Liberata, Beccaria e Luvio. Riordinarono il poco che era rimasto in disordine e allinearono le scatole lungo la parete.

Liberata vide, sotto una panca, due anelli di nastro bianco legati tra loro. Solo due. Qualcuno li aveva dimenticati o non erano stati fissati bene alle catene. Andò a prendere la Polaroid e fece una foto, sotto lo sguardo interrogativo di Luvio.

"Adesso possiamo andare anche noi," disse Agata soddisfatta.

Il sacrestano spense le luci, prese il recipiente con l'insalata di pomodori che Agata gli aveva portato e chiuse la porta. Si ritrovarono tutti e quattro sul portone dell'Asilo. Beccaria andò lento col suo fagotto verso la canonica.

Luvio starnutì: "È tutta la povere che ho respirato".

"Se non fosse stato per te non ce l'avremmo fatta. Perché non vieni a cena a casa nostra?"

Luvio guardò verso Liberata e rispose: "Non vorrei disturbare, e poi il signor Oreste...".

"Stai tranquillo che più che gratitudine non ti porterà, se non venivi tu toccava a lui spostare tutte quelle scatole."

Agata prese dalla borsa il mazzo delle chiavi della chiesa, ma mentre cercava quella giusta le cadde a terra.

Luvio si abbassò per raccoglierlo.

"Il portachiavi è questo," commentò guardando l'immagine di sant'Antonio impressa su una medaglia.

Glielo porse e subito dopo si segnò.

S'incamminarono verso casa, Agata avanzava di qualche

passo e Luvio e Liberata rimanevano indietro, allungavano la mano, si sfioravano, sorridevano.

Trovarono Oreste in soggiorno. Aveva tra le mani l'ultima uscita de "Gli insetti del mondo", lo Scarabeo Ercole (*Dynastes hercules*), un coleottero potentissimo, capace di sollevare e trasportare 850 volte il proprio peso – Oreste immaginò un uomo sollevare un tale numero di suoi simili –, e famoso anche per la sua corazza, che cambiava colore a seconda dell'umidità dell'aria: di giorno era verde brillante, di notte diventava nera.

"Siamo noi," disse Agata entrando. "Ho chiesto a Luvio di farci compagnia a cena."

A Liberata, quella sera, il letto parve più morbido e accogliente. Spense presto la luce, e chiudendo gli occhi le apparvero gli anelli bianchi che avevano preparato, che, una volta finite, le catene una sull'altra le erano parse addobbi nuziali, e per un attimo s'impressionò pensando che quel matrimonio avrebbe potuto essere il suo, s'impressionò della piacevolezza che quel pensiero le dava quando soltanto poche settimane prima anche solo l'idea l'avrebbe spaventata.

Poco prima di addormentarsi, si vide col vestito da sposa a fianco di Luvio davanti all'altare di una chiesa colma di catene bianche. Catene.

Che poteva essere un bel nome per chiamarsi, pensò.

Catena.

Catena Macrì.

I giorni brevi della speranza

"Marina", Mensile di fotoromanzi – attualità – varietà
Anno XV, nr. 169, Sped. abb. post. Gr. III – 70, 250 lire

Uno dei motivi per cui gli insetti sono così numerosi, e non si sono mai estinti, e si trovano a ogni latitudine della terra, è la loro capacità di metamorfosi.

Non un semplice cambiamento, una crescita, uno sviluppo, ma una vera e propria successione di vita e morte.

Exuvia si chiama la parte che si abbandona, non come per gli uomini un capello, un frammento di pelle, il vigore dei muscoli che si offre in cambio della permanenza terrena, ma un corpo quasi intatto, un intero esoscheletro, la forma esterna dell'animale: un altro sé stesso. Oreste le aveva detto che era una parola latina e aveva a che fare con lo spogliarsi di qualcosa, e gliel'aveva detto un giorno di tanti anni prima che aveva raccolto l'esuvia di una cicala e gliel'aveva messa in mano, e Liberata l'aveva guardata con lo stupore delle cose nuove e meravigliose, un guscio trasparente, come se la pelle fosse stata un vestito che ci si poteva togliere e rimettere, un guscio che era la riproduzione perfetta di una cicala ma senza nulla dentro, una corazza, una fortezza, la forma visibile del trascorso.

Ogni volta che succedeva qualcosa d'importante e misurava il procedere del tempo, Liberata ripensava all'esuvia. Naturalmente, quello che lei considerava importante era accaduto solo nel mondo invisibile della sua testa.

Liberata credeva che non le sarebbe mai accaduto un evento così importante da far pensare a una vera e propria metamorfosi: ci sperava, lo immaginava, ma la sua era un'immaginazione che bastava a sé stessa, pensare intensamente una cosa era come averla vissuta.

Ebbe voglia di vederla, l'esuvia di quella volta. Il padre l'aveva spillata e conservata dentro una delle sue scatole entomologiche con sopra la data del ritrovamento. Andò in soggiorno.

Uomini e insetti. O meglio, i loro surrogati. Gli insetti a sinistra e i fotoromanzi a destra, e lei al centro, da dove poteva osservare entrambi i mondi con un colpo d'occhio. Si avvicinò alla teca con l'esuvia della cicala, e per un attimo sentì come una puntura d'invidia per la condizione di quegli insetti, per quella teca che li proteggeva dal mondo, per quello scudo trasparente che li faceva vedere ma senza che nulla potesse scalfirli, questo essere sempre e comunque sé stessi, fermati forse nel momento di massimo splendore, a non conoscere il tempo che invecchia, le rughe intorno agli occhi e l'affanno del respiro, questo loro essere fuori dal tempo solo per essere semplicemente visti. Che forse a Liberata le storie dei fotoromanzi, racchiuse in parallelepipedi bianchi, piacevano anche perché erano la sua teca, l'ambra che la isolava dai contrasti del mondo e dai suoi turbamenti e dalle sue inquietudini. Forse stava cambiando, forse stava abbandonando la sua esuvia, e questo la spaventava. Forse per questo si trovava lì.

Guardò dall'altra parte del soggiorno. Franco Gasparri la fissava dalla copertina. Gli si avvicinò. Le parve che avesse uno sguardo diverso dal solito, non rimprovero, ma rammarico. Si sentì in colpa, come se lo avesse tradito. Era stato con lei in tutti quegli anni, una spiegazione gliela doveva. Sedette alla macchina da scrivere elettrica e, come la cosa più naturale del mondo, le sue dita iniziarono a volare sui tasti. Si sentiva un po' Zangari quando dettava dei suoi insetti.

Mio amato Franco,
ti scrivo per dirti che anche a me è accaduto il miracolo, l'unico concesso alle persone semplici come noi.
Ho aspettato di esserne sicura prima di dirtelo, di avere la certezza di non essere in confusione, e tu sei stato il primo a cui ho pensato per confidarmi.

Non è importante raccontarti come, perché, quando tutto questo sia successo. I meccanismi dell'amore sono sempre gli stessi, e a raccontarli si ha sempre la sensazione di impoverirli, normalizzarli, spogliarli di tutto il loro splendore. Ma è accaduto, e questo è importante, e la più stupita sono io, io che non pensavo che queste cose potessero accadere così, io che da un giorno all'altro mi sono trovata dentro una delle tue tante storie.
Volevo ringraziarti perché con la tua presenza mi hai preparato ad accogliere tutto ciò, che sono tanti e diversi i modi in cui le persone possono influenzarsi.
Sembrerebbe strano che io sia qui a scriverti di un altro uomo, ma come spiegartelo che in lui ci sei tu?
Che in lui ho cominciato ad amare quello che amavo in te?
Sono felice, e sentivo il bisogno di dirlo a te, che hai un'anima affine alla mia, a te che sei l'unica persona al mondo che può capirmi.

Liberty

Mise la lettera in una cartelletta, insieme a tutte le altre, che non sapeva se avrebbe mai spedito. Quando uscì, guardò nella buca delle lettere. C'era un biglietto, di Zangari:

Domattina alle nove potete passare da me?

"Non ti sei portato niente da mangiare, vero?"
Glielo chiese senza nascondersi, mentre Bruno poco più in là fumava una sigaretta, e questo sorprese Luvio, che si guardò intorno come cercando di capire il perché di quella impavidità.
Rispose a bassa voce:
"Ma cosa ti prende?".
"Non dobbiamo più nasconderci."
"Cosa vuol dire?"
"Ho parlato di te ai miei."
"A tuo padre?"
Luvio era contento.
"Veramente è stato lui a prendere il discorso. Mi ha detto che si vedeva che tra noi..."

"Siamo stati poco cauti."

"Non sei contento?"

"E tua madre?"

"Lei ha i suoi modi, ma lo sai che le piaci. E non immagini... Mi ha detto che oggi puoi venire a pranzo da noi."

Il volto di Luvio s'illuminò.

"Stai dicendo che non dobbiamo più nasconderci da nessuno?"

"Da nessuno!"

Le fece segno di seguirlo sul retro dell'officina, e quando furono al riparo da sguardi indiscreti la strinse forte e la baciò.

"Sei contento?" gli chiese.

"Non immagini quanto. Posso venire a casa tua, possiamo stare insieme tutte le volte che vogliamo! E tu, tu sei contenta?"

Liberata non gli rispose ma ricambiò con un bacio più lungo.

Quando ritornarono con gli altri, arrivò Beccaria con la sua giardinetta blu. Parcheggiò nello spiazzo di cemento di fronte all'entrata.

"'Na luce, 'na luce, s'appicciò 'na luce," disse andando verso Oreste.

Lì per lì il meccanico non capì, e nemmeno Liberata, che aveva pensato subito a un'illuminazione divina, una visione celestiale delle sue. Poi il sacrestano spiegò in qualche modo che si trattava di una spia dell'auto.

"Dammi qualche minuto che controlliamo," lo rassicurò Oreste.

Luvio e Bruno avevano intanto iniziato a spostare alcune cassette colme di ferri vecchi, così pesanti che dovevano portarne una in due.

Beccaria, senza dire niente, ne sollevò una da solo e la portò fuori, sotto lo sguardo meravigliato di Luvio.

"Ha una forza, quello, nelle braccia!" commentò Bruno. "Una volta l'ho visto alzare da solo un motore intero."

Beccaria rientrò, Oreste nel frattempo aveva finito.

"Vediamo cos'ha la tua macchina."

Girò la chiave per controllare il quadro.

"Non è niente, un po' d'olio e la luce si spegnerà. Vuoi aggiungerlo tu?" chiese Oreste, sapendo che a Beccaria piaceva occuparsi da solo delle piccole manutenzioni.

"Vai da quel ragazzo e fattelo dare."

Col suo passo lento e dondolante, il sacrestano andò verso Luvio, che nel frattempo s'era messo a parlare con Liberata.

Non aveva fatto che qualche passo quando all'improvviso, terrorizzato, si pietrificò. In un corpo immobile, il volto si trasfigurò in una maschera d'orrore che Liberata riconobbe subito. In mezzo al garage, indifferente all'universo degli uomini, uno scarafaggio s'era fermato proprio davanti a lui a raccogliere qualcosa. Uno di fronte all'altro, sembravano antichi duellanti prima dello scontro. Appena l'insetto si mosse nella sua direzione, Beccaria, già sudato, emise un urlo sommesso e tragico. Liberata gli andò incontro, lo prese per un braccio e lo allontanò a fatica, mentre Luvio, che aveva capito, andò verso la blatta e la schiacciò con un colpo così forte che il rumore secco della corazza frantumata echeggiò in tutto il garage. Il sacrestano si portò le mani sulle orecchie come a proteggersi da quel suono di morte.

Con un calcio, Luvio scaraventò la carcassa lontano e poi s'avvicinò a Liberata.

"Ha il terrore degli insetti," gli disse lei senza smettere di accarezzare Beccaria.

Luvio lo guardò e gli parve curioso che quel corpo ciclopico arretrasse di fronte a un essere quasi invisibile.

Oreste intanto aveva chiesto a Bruno di mettere l'olio nel motore.

Aspettarono che Beccaria si tranquillizzasse, quindi lo accompagnarono all'auto.

"Vuoi che venga con te?" chiese Oreste.

"No, no, da solo io," rispose Beccaria, che s'infilò subito nella giardinetta, chiuse i vetri e abbassò le sicure come a sigillarsi e ripararsi da un'imminente e incorporea invasione di blattoidei.

Partì di scatto, e Liberata lo immaginò correre in chiesa e accucciarsi ai piedi della statua di sant'Antonio.

Anche per lei era venuta ora di andare a casa.

"Alle dodici e mezzo, puntuale," raccomandò a Luvio.

Agata le aveva lasciato l'incarico di passare da Pina Ferraina la macellaia e prendere la carne per il sugo.

Oreste arrivò a casa cinque minuti prima dell'orario stabilito:

"Ma sei solo?".

Liberata pensava che sarebbero arrivati insieme.

"Mi ha detto che ci raggiunge, doveva finire una cosa."

Luvio arrivò subito dopo, puntualissimo, con un mazzo di peonie in mano.

"Sono per tua madre," le disse quando andò ad aprirgli la porta.

Era imbarazzato, e parve curioso a Liberata vederlo per un attimo perdere la sua sicurezza.

"Non dovevi disturbarti," lo accolse Agata, visibilmente contenta, e nel prendere i fiori gli accarezzò la mano. Liberata sentì come un fastidio per quel gesto, un dispiacere, che allora non era questione di fede, come con Beccaria, c'era dell'altro, forse la madre avrebbe voluto un maschio e non una femmina, che dal dolore si era liberata ma non dalla delusione. Avrei dovuto nascere maschio, pensò.

La madre prese il vaso di ceramica a fianco del candelabro di vetro, dono di nozze di un parente emigrato, e vi mise le peonie. Liberata fissò la mensola, un altro spazio vuoto che si liberava, un altro posto del mondo che sarebbe presto stato occupato da qualcos'altro.

Oreste cercò di mettere Luvio a suo agio limitandosi a parlare di lavoro, Agata invece voleva sapere altro.

"E i tuoi genitori cosa fanno?"

"Mio padre ha un negozio di ferramenta."

"E come mai non lavori con lui?"

"È un piccolo negozio, lui da solo basta e avanza. E comunque a me piacciono i motori. Un giorno vorrei avere un'officina tutta mia, grande come la vostra."

Oreste ebbe un impercettibile moto d'orgoglio, mentre Liberata già fantasticava.

"E hai fratelli, sorelle?"

"Sono figlio unico."

"Qui lo siamo tutti, tranne mio marito."

Luvio cercò di cambiare argomento.

"Come vanno i preparativi della festa?"

"Dovremmo essere a buon punto."

"Se avete bisogno, vi aiuto volentieri."

"Non vorrei approfittarne."

"Credetemi, per me è un piacere. E poi me ne intendo, sono anni che aiuto per l'organizzazione della festa della nostra patrona."

Alla Madonna delle Grazie di Torre Ruggero, i fedeli giungevano a piedi da ogni paese della zona. La chiamavano "la piccola Lourdes".

"A proposito," disse Liberata rivolgendosi al padre, "l'altro giorno ho incontrato Ippolito. Sta davvero male. Mi è dispiaciuto vederlo così."

"È stato un brutto incidente," disse Oreste scuotendo la testa.

"Era il ragazzo che lavorava in officina prima di te," aggiunse Liberata rivolta a Luvio. "Mi piacerebbe fartelo conoscere."

"Hai un minuto?" gli chiese Liberata, quando, bevuto il caffè, Luvio salutò Agata e si alzò per andare.

"Un minuto solo, non voglio arrivare in ritardo... Non vorrei che tuo padre pensasse che me ne approfitto."

Liberata lo prese per mano per portarlo in giardino, e quel gesto fatto così, alla luce del sole, che tutti potevano vederlo – anche comare Arcangela che avrebbe notiziato il paese nel pomeriggio che la figlia di Oreste Macrì s'era fidanzata ufficialmente con un forestiero – lo rese più dolce.

Lo portò di fronte al suo magazzino.
"Entra."
Luvio si trovò di fronte a centinaia e centinaia di fotoromanzi allineati in pile, ordinati, e le pareti tappezzate di poster di Franco Gasparri.
"Ci tenevo a fartelo vedere, questo è il mio rifugio."
Luvio rimase stupito.
"Ti piace proprio. È così bello?"
Si avvicinò per guardare meglio un poster dove l'attore era seduto su una moto.
"Una Kawasaki 900 Z1. Bella moto, ma preferisco la mia Honda CB 450."
"La prima volta che ti ho visto sulla moto ho pensato che eri come lui."
Luvio le si avvicinò.
"Anche il giubbino di pelle... E i capelli."
"Mi fai essere geloso."
Ma non la fece parlare, perché le sigillò la bocca con la sua. Poi si staccò.
"Il minuto è passato."
Uscirono.
"Questa è la mia camera," disse Liberata mostrandogli la finestra più vicina al magazzino.
"La prossima volta me la farai vedere."
Luvio salì sulla moto, lei si avvicinò.
"Perché ci tieni a presentarmi il ragazzo che lavorava in officina?"
"Così. In fondo è grazie a lui se ci siamo conosciuti."
"C'era qualcosa tra di voi?"
Liberata fu sorpresa.
"No, mai, assolutamente."
"Meglio così. In ogni caso, mi è già antipatico."
Accese il motore, le diede un ultimo bacio e partì.

"Ma è vero che ti sei fidanzata ufficialmente?" chiese Giuditta.

La voce di comare Arcangela era stata più lesta del solito.
Liberata sorrise.
"È venuto a pranzo."
"Non mi avevi detto niente. La tua migliore amica deve venire a saperlo dagli altri?"
"Te ne avrei parlato. Lo ha invitato mia madre."
"Non ti riconosco, si vede che hai perso la testa. E chi l'avrebbe detto?"
Liberata cambiò discorso, anche perché aveva avvertito nell'amica qualcosa che non andava.
"Con Fortunato tutto bene?"
"Normale."
Giuditta s'era messa a piegare alcune magliette, ma si vedeva che stava pensando ad altro. Poi all'improvviso si interruppe e la guardò con fare interrogatorio.
"Ma sei proprio sicura?"
Quella domanda non se l'aspettava.
"Cosa vuoi dire?"
"Non fraintendermi, lo sai che ti voglio bene, sei la mia migliore amica e non vedo l'ora di vederti finalmente felice con qualcuno, ma... da quanti giorni lo conosci?"
"Non so di preciso, comunque non molti."
Liberata era consapevole che l'amica aveva ragione, e anche lei si era stupita della sua repentina metamorfosi, ma era stato tutto così naturale, così inoppugnabilmente naturale, che le parve possibile, che allora cosa le avevano insegnato i fotoromanzi in tutti quegli anni se non il misterioso e improvviso nascere dell'amore?
"Non lo conosci, Liberà... Cosa sai di lui?"
Si fece una carta d'identità mentale: Luvio Chianese, di Torre Ruggero, figlio unico con padre ferramenta, meccanico con il sogno di aprire un'officina tutta sua, amante delle moto, allergico alla polvere, lettore di menti umane.
"Ancora poco, ma avremo tempo per conoscerci."
"E te lo ha fatto il regalo?"
Rispetto all'ultima volta che si erano parlate, i ruoli si era-

no invertiti: quella volta era Giuditta a minimizzare e lei a preoccuparsi.

Liberata prese in mano la luna e gliela mostrò.

"Mi riferivo ai vestiti, alla camicetta e alla gonna che ha preso da me, aveva detto che erano per la fidanzata."

Liberata aveva voluto togliersi quel peso dal petto, aveva voluto rimuoverlo, e invece adesso l'amica rimetteva le cose al posto giusto, perché le voleva bene e non voleva vederla soffrire, che chi non è abituata ad amare soffre più facilmente. Il suo volto si rattristò. Giuditta le prese una mano.

"Non voglio che tu stia male, solo questo."

Se l'abbracciò stretta.

"Ma forse fai bene tu, conosco Fortunato da anni e cosa ne ho guadagnato? E poi io e te abbiamo la stessa taglia, vedrai che quei vestiti sicuramente saranno per te. Magari è la volta buona che sali su una moto."

Il sentiero delle foglie morte

"Charme", Quattordicinale di fotoromanzi
Anno X, nr. 148, Sped. abb. post. Gr. III – 70, 84 pagine, 250 lire

Siamo quello che vediamo. Di più. Coincidiamo con i nostri occhi.

Dei sensi dei quali il suo corpo godeva, quello che passava dalla vista era il suo preferito. Avrebbe potuto fare a meno di ascoltare il mondo, avrebbe potuto rinunciare a toccarlo, annusarlo, gustarlo, avrebbe perfino smesso di parlare, che anche gli insetti non hanno parole eppure comunicano meglio degli uomini.

Ma avrebbe preferito morire piuttosto che non poter guardare. E non era un modo di dire.

Lo aveva capito quando di fronte a casa Macrì, anni prima, era venuto ad abitare Pepè Mardente, di professione cieco.

Se gli uomini erano come lettere di un alfabeto, e se c'erano persone che aveva l'impressione fossero state messe vicino a lei solo per suggerirle una direzione, tra questi, oltre a Cateno, alla maga, e adesso Zangari, c'era lui.

Pepè non era cieco dalla nascita, per sua sventura. Aveva perso completamente la vista intorno ai trent'anni per colpa di una retinite pigmentosa. Viveva da solo.

"Apparentemente," aggiungeva, "perché sono sposato a vita con la signora Rodopsina", ch'era il gene ereditato e maledetto che gli aveva occluso il mondo.

Come facesse ad abitare da solo, a muoversi in casa, a riconoscere le persone dalle voci, era un mistero. Liberata lo osservava sempre e si meravigliava che quell'uomo si orientasse come i proturi, insetti senza occhi e antenne che usano il primo paio di zampe come organi tattili per orientarsi sul suolo umido.

"Come fate?" gli chiese una volta quando lo aiutò a rialzarsi dopo essere inciampato su una pietra. *Come fate?* Con un'accorazione ch'era quasi pianto, perché a vederlo lei ogni volta si sentiva disperata per quella capacità che aveva di infilarsi immaginariamente nelle esistenze altrui.

"Faccio," rispondeva lui. "Lo so cosa stai pensando, cosa pensano in tanti, che farei meglio ad ammazzarmi che vivere così. E ci penso ogni giorno, sai? Ogni giorno, appena metto i piedi a terra cercando le pantofole, appena allungo la mano sulla sedia per prendere i pantaloni e invece afferro la maglia e me la infilo dalla manica, ogni giorno penso: forse oggi mi ammazzo. Aspetto di sapere come andrà. Finora sta andando così. Domani vedremo."

Poi Liberata tornava a casa e chiudeva gli occhi e non resisteva al buio. Meglio la morte. Non aveva dubbi.

Pensò a lui perché il padre, la sera prima, era rimasto in soggiorno a leggere del *Carabo cieco*, un piccolo coleottero che viveva tutta la sua vita sottoterra e per il quale la scomparsa degli occhi e delle ali era un vantaggio poiché comportava un risparmio di energia.

Avrebbe preferito morire piuttosto che non poter guardare il mondo. E da qualche giorno, tra le cose di cui bearsi con lo sguardo, c'era il volto luminoso di Luvio. Lo avrebbe visto dopo essere passata da Zangari.

Liberata entrava in casa sua con una certa familiarità.

"Adesso scendo," aveva detto Zangari dal piano di sopra.

Lo aspettò nel soggiorno. Sul tavolo erano appoggiati dei libretti dalla copertina grigia. Li prese in mano per leggerne i titoli: *La grande lezione dei piccoli animali*, *Le meraviglie del microscopio*, *Vita e morte degli insetti*, *La signora Bovary*. Prese quest'ultimo in mano e lo aprì a caso: "In fondo al cuore aspettava un avvenimento. Come i marinai in pericolo, girava occhi disperati sulla solitudine della sua vita cercando lontano qualche vela bianca tra le brume dell'orizzonte. Non sapeva cosa le sarebbe toccato ma ogni mattina, nello svegliarsi, ella sperava per quel giorno, e ascoltava ogni rumore, si alzava di soprassalto, si stupiva che nulla accadesse".

Liberata pensò che quelle parole esprimevano bene il suo stato d'animo prima di incontrare Luvio, che adesso per lei la vela bianca era giunta sulla riva.

"Conoscete la storia della signora Bovary?"

Si voltò come se fosse stata colta in fallo.

"No, io non leggo libri."

"Ma leggete fotoromanzi."

"Sono cose diverse."

"Ne siete sicura? Secondo me il libro che avete in mano vi piacerebbe. Potrebbe benissimo essere una storia da fotoromanzo. Cambia solo il finale, che è triste. Ve lo presto volentieri."

Lo prese e lo mise in borsa, più per assecondare Zangari che per una vera intenzione di lettura.

"Siete andata avanti?"

"Fin dove mi avevate detto."

Liberata gli porse il quaderno. Lui lo sfogliò:

"Vi dispiace leggermi l'ultimo paragrafo che avete trascritto?".

Prese l'ultimo foglio:

"*Sulla lenta morte di un centopiedi.*

Ho sempre pensato che gli insetti morissero di schianto, improvvisamente, mangiati, schiacciati, scoppiati.

Non immaginavo che anche loro conoscessero la morte umana dello spegnimento lento, l'agonia di chi si appoggia sul limitare dei regni di vita e morte. Lo imparai con un centopiedi che tenevo con me, in cattività. Lo catturai un giorno perché m'aveva morso: dormiva sotto un sasso che avevo spostato e mordermi fu il suo modo di difendersi, o vendicarsi. L'istinto fu di schiacciarlo, ma in quel momento ebbi come un rimorso, la morte mi parve smisurata per un atto del quale egli era completamente irresponsabile. Lo graziai, in cambio mi presi la sua libertà. Lo misi in un vaso col terriccio, a mostrarsi, lui che svolge tutta la sua vita sotto le pietre, le foglie, il muschio. Per questo fatto, ch'egli recita il suo ruolo nell'universo in sordina, ne concludiamo che questa parte sia di nessuna importanza o il suo un dramma senza interesse. Ma spesso i personaggi apparentemente più in ombra sono quelli che procurano allo spettatore le migliori sorprese. Dopo qualche mese, una mattina lo trovai malato: disteso, senza forze, con le antenne insensibili. Lo presi nel cavo della mano, lo bagnai con gocce d'acqua. In quel momento ebbi un pensiero strano, che non esistono farmaci per gli insetti. Peggiorò, finché una mattina non lo trovai immobile, e davanti al suo cadavere provai una mancanza che forse era dolore, forse solitudine. Anche da questo minuscolo essere di terra emanava la grandezza della morte. Il mio centopiedi esanime, che mai chiamai poiché non hanno nome gli esseri invisibili, prese per me in quell'ora il volto dell'eternità".

Zangari aveva l'aria soddisfatta.

"Anche a me capita, guardando i fotoromanzi, di considerare che alcune comparse sono più interessanti dei protagonisti."

"Ditemi cosa guardate e vi dirò chi siete."

"Le avete vissute davvero queste cose che scrivete?"

L'uomo sorrise.

"Dipende da quale significato diamo al verbo vivere. Il problema è che noi, intendo le donne e gli uomini in generale, tendiamo a considerare vita solo ciò che coincide con il fare, con l'azione pratica, con la realtà. Ma questo rappresenta solo una minima parte di quello che siamo. E dove lo mettiamo tutto quello che succede nella nostra testa? Non è forse anche quello parte della nostra esistenza? Date queste premesse, alla vostra domanda non posso che rispondere affermativamente. Dovremmo imparare a sostituire la parola vivere con essere."

"Dovevate essere un bravo professore. Spesso dite cose che ho sempre provato, e questo mi sorprende perché pensavo di essere solo io a sentirle," continuò Liberata.

"È lo stesso motivo per il quale leggo libri come quello che avete messo in borsa: perché offrono parole e immagini a ciò che pensiamo vagamente, mettono ordine nel nostro sentire, e soprattutto ci suggeriscono che non siamo soli al mondo."

"Voi siete solo?"

Si sorprese di quella domanda, e se avesse potuto l'avrebbe cancellata scrivendoci sopra altre lettere, come quando faceva ritornare indietro il carrello della macchina da scrivere e batteva i tasti finché le lettere della parola sbagliata non erano del tutto scomparse.

"Lo sono stato molto, in passato, al punto che mi sono ritirato per un anno in un convento. Ma... non sono sposato, se è questo che intendete. Ci sono andato vicino, una volta."

Zangari guardò verso la finestra, e in quella scena che avrebbe potuto essere benissimo un fotogramma di "Letizia" o di "Charme", Liberata riempì la nuvoletta tratteggiata che simboleggiava i pensieri, CHISSÀ DOVE SEI ADESSO, COSA STARAI FACENDO, SE SENTI I MIEI PENSIERI CHE RITORNANO A TE, COME UNA MAREA SEMPRE UGUALE.

"La pensate ancora?"

"Ogni giorno."

La sincerità del professore la sorprese. Non andò oltre, era già stata troppo impudente.

"Ma come insegna la legge generale che governa i nostri insetti," disse Zangari avvicinandosi al tavolo e aprendo il quaderno e leggendolo, "*passiamo gran parte della nostra esistenza sotto la forma d'abbozzo, che vuol dire: viviamo per imparare a vivere ma senza aver mai l'occasione di mettere in atto il frutto del nostro apprendimento.*"

"Ricordatevi, Liberata, che la vita è sopravvivenza. Non ci sono sogni, progetti, intenzioni, desideri, passioni, amori, tutto ciò che pensiamo possa rendere le nostre vite degne d'essere vissute. Queste cose non appartengono alla Natura. Non c'è senso, nessun significato, nulla di nulla. Viviamo e moriamo, semplicemente. Non ci sono disegni da realizzare: si vive e si muore. Nient'altro."

Liberata sarebbe rimasta ad ascoltarlo per ore, con un pensiero in testa: che, contrariamente a quanto affermava, per arrivare a sentire quelle cose e dirle, Zangari doveva aver vissuto tante e tante vite in una sola. Anzi, si corresse, non *aveva vissuto*. *Era stato*.

Aveva chiesto a Luvio se ritornava a mangiare da loro, ma lui aveva detto di no, non voleva sembrare invadente, e poi c'era da fare in officina, e adesso che era entrato in casa, cioè adesso che si erano fidanzati, doveva lavorare di più, che non voleva fare la parte di quello che stava con la figlia del padrone e se ne approfittava.

"Però quando finisco vieni tu qui."

Glauco era agitatissimo, che mancavano pochi giorni alla manifestazione. C'era sempre qualche compagno da lui, al quale assegnava ruoli e compiti, e continuava a prendere appunti che non voleva dimenticare niente.

"Ci saranno tutti, ma proprio tutti, i compagni più importanti. Guarda qui l'elenco delle adesioni," disse soddisfatto mostrando un foglio che però Liberata non fece in tempo a leggere, "da Cosenza Filippo Veltri, da Reggio Calabria Rocco Palamara, da Platì Mimmo Catanzariti, da Catanzaro Pasquale Capellupo ed Ettore Castagna."

Liberata non conosceva quei nomi, ma dall'enfasi con cui Glauco li pronunciava dovevano essere importanti.

"Saremo almeno duemila. E oggi mi è arrivata l'autorizzazione del Comune."

Si capiva che aveva la testa da un'altra parte perché andò allora a mettere gli strilli negli espositori, cosa che di solito faceva la mattina appena apriva. E così Liberata poté conoscere in anteprima una notizia che non sarebbe piaciuta alla madre.

"Mi dai la 'Gazzetta del Sud'?"

Glauco gliela porse insieme alla *Cetonia thailandese*, ultima uscita de "Gli insetti del mondo".

Aprì subito il giornale alla pagina delle cronache regionali:

IL TAGLIATORE DI TESTE È RITORNATO

Montalto Uffugo – La Madonna con Bambino della Serra è salva per miracolo. Questa notte il tagliatore di teste sacre ha colpito nel piccolo paese montano del Cosentino, ma per fortuna il suo atto sacrilego non si è consumato fino in fondo.

Qualcosa o qualcuno deve averlo interrotto e costretto a desistere quando già aveva cominciato a tagliare la testa della Madonna, sul cui collo rimangono i segni irregolari di una lama.

Nessun dubbio sul fatto che si tratti della stessa mano che ha colpito nei paesi limitrofi.

Liberata uscì di casa che rimase molto in bagno a farsi bella. Luvio le aveva dato appuntamento a fine giornata, e quando arrivò lui si stava lavando le mani.

"Cinque minuti, vado a cambiarmi."

Bruno era ancora indaffarato a regolare una frizione, mentre Oreste era pronto per uscire: "Scappo, che devo accompagnare tua madre per una visita".

Liberata si mise ad aspettare davanti alla porta dello spogliatoio. Luvio ne uscì poco dopo e le parve bellissimo. Fece un gesto, toccandosi i capelli, che era proprio di Franco Gasparri quando veniva colto di sorpresa.

"Sei pronta?"

"Per cosa?"

La condusse sul retro dell'officina.

"Sei ancora della stessa idea?"

Salì sulla moto, girò la chiave e accese il motore, quindi la guardò, soddisfatto e sorridente.

"La vita ci aspetta. Sali."

Non era mai stata su una moto, ma ricordava come salivano le attrici nei fotoromanzi e allora fece lo stesso movimento, e fu semplice.

"Stringiti a me," le disse, e lei non aspettava altro.

Un'accelerata più forte e la moto partì.

Aveva sempre avuto paura, pensava che sarebbe caduta, e

invece in quel momento, con sua grande sorpresa, non ebbe timori né esitazioni. Si sentiva sicura, si fidava di Luvio, nulla di brutto poteva accaderle.

Strinse ancora più forte e si appoggiò completamente al suo corpo, solo il volto era discosto, per la curiosità di vedere la strada. Ma nei tratti rettilinei, se Luvio accelerava, era costretta a chiuderli, lacrimando. Erano sensazioni nuove, come quando l'aria che entrava in bocca era tanta da bloccarle il respiro. Le piaceva. Il vento le sbatteva in faccia il suo odore. E non solo, che su un tratto rettilineo, mentre accelerava, le arrivò sulle labbra una sua lacrima, e lei la raccolse con la punta della lingua e la trascinò nella bocca senza perderla, un modo speciale di entrare in intimità con lui e conoscerlo. Ci sono persone che non hanno mai assaggiato lacrime in vita loro, neanche le proprie, e invece c'era un'ape thailandese, la Lisotrigona, che si nutriva di lacrime umane, che addirittura per berle si appoggiava direttamente sull'occhio, impercettibile, che quando il padre glielo aveva raccontato Liberata aveva pensato che avrebbe voluto avere la stessa leggerezza, passare sul mondo senza farsi sentire e invece adesso no, adesso voleva che tutto il suo peso gravasse sul corpo di Luvio, che la sentisse, che ne colmasse l'anima.

In alcuni momenti chiudeva gli occhi e non pensava a niente, ed era strano non pensare, lasciarsi andare e godersi l'attimo.

Non sapeva dove stavano andando, forse Luvio voleva arrivare in un posto preciso, forse no, ma per Liberata non aveva alcuna importanza: le interessava solo essere lì con lui e sfrecciare verso la vita, che aveva avuto ragione, la prima volta che si erano visti, e adesso confrontava quel fremito sconosciuto con le pagine sfogliate dei fotoromanzi, che le parvero all'improvviso prive di forze, sfocate, distanti dalla realtà. Ogni tanto Luvio le indicava qualcosa, ma le parole erano inutili e per lei, amante del silenzio, quella vicinanza di corpi bastava. Non sapeva quanto tempo fosse passato, si fece sera senza che se ne accorgesse, e fu bello vivere in quel modo il passaggio dalla luce all'ombra, come se non avessero attraversato uno spazio ma una dimensione. Luvio si fermò in cima a una collina che Liberata non conosceva. Spense il motore e scesero.

Si abbracciarono. Si vedeva una striscia sottile di mare, lontanissimo.

"Domani sera ti porto lì," disse Luvio. "Per cena, va bene?"

Liberata disse di sì con la testa, non parlò, come se le parole avessero potuto rompere l'incanto che ancora la possedeva, che le faceva battere il cuore come nelle curve, quando si piegava con lui e pensava adesso cadiamo, adesso cadiamo, ma senza avere paura, che anche la caduta con Luvio e su Luvio non avrebbe fatto male. Lui se ne accorse ed ebbe la sensibilità di non dirle niente, di lasciar andare pensieri e silenzi per le loro strade.

Rimasero lì finché il buio nascose l'orizzonte marino. Poi si baciarono e ritornarono indietro, e quando la portò davanti casa, Liberata non avrebbe voluto scendere.

SCESE DALLA MOTO E FU COME SVEGLIARSI DA UN SOGNO. GUARDÒ LUVIO FIN QUANDO SCOMPARVE DIETRO L'ANGOLO, E FU SOLO ALLORA CHE EBBE PAURA, SENTENDO IL ROMBO DEL MOTORE, PAURA CHE POTESSE ACCADERGLI QUALCOSA, PAURA CHE POTESSE SPARIRE DA UN MOMENTO ALL'ALTRO E CHE LA SUA VITA RITORNASSE A ESSERE QUELLA DI PRIMA.

Pepè Mardente era andato a vivere in casa della sorella Bebba, ch'era diminutivo di Addis Abeba. Liberata seppe che un giorno si era svegliato, aveva appoggiato il piede a terra e fatto lo stesso pensiero di sempre: Forse oggi mi ammazzo. Ma quella mattina qualcun altro decise per lui, e alle dieci e quindici morì di crepacuore. Non aveva paura della morte, le aveva detto una delle ultime volte che si erano visti: era la vita che lo spaventava.

Siamo quello che guardiamo.

Il mondo era cambiato, ma Liberata non lo sapeva che c'erano state relatività e indeterminazione e che la scienza aveva capovolto i termini della disputa e sancito che ogni visione corrompe il mondo, lo modifica. Lei avrebbe detto il contrario, che ogni cosa vista apporta modifiche sullo spettatore; avrebbe potuto, se avesse avuto il genio di Werner Karl o quello agguagliato dello scomparso don Ettore, partorire una sorta di principio della modificazione visiva: ogni oggetto visto e guardato produce sull'osservatore un cambiamento di stato variamente calcolabile. Ignara delle leggi che reggono l'universo, Liberata si costruiva il mondo con le proprie, elaborando un personale *Compendio di fisica*, una breve *Introduzione alla biologia*, una sconosciuta appendice storica con *la Cronologia dei fatti rilevanti*, addirittura una propria *Tavola periodica dei sentimenti umani* nella quale l'amore aveva la stessa valenza dello scandio, la rinuncia gli stessi protoni del lantanio.

Incontrarsi alla fine di un giorno che muore

"Lucky Martin", Mensile di fotoromanzi
Anno VIII, nr. 23, Sped. abb. post. Gr. III – 70, 84 pagine, 350 lire

Sono tutti bravi a svegliarsi.

Il difficile è svegliarsi con la curiosità di vivere.

E quella mattina, Liberata ce l'aveva. Non solo per la sensazione di beatitudine che ancora si portava dentro dal giorno precedente, ma anche perché quella sera sarebbe stata la prima uscita ufficiale.

Aprì l'armadio per scegliere cosa indossare. Nulla le sembrava all'altezza. Ci sarebbe voluto qualcosa di nuovo, di particolare. La gonna e la camicetta che Luvio aveva acquistato da Giuditta. Fu un pensiero fulminante. Acquistate per una fidanzata che non era lei. L'unica macchia che le imbrattava l'umore. Quella sera glielo avrebbe chiesto, adesso poteva, che si era presa del tempo ma non era cambiato nulla.

Era una giornata piena di lavoro; il primo appuntamento era dal notaio, ma non si trattenne a lungo perché voleva passare dall'amica: le era venuta un'idea.

Giuditta stava chiudendo a chiave il negozio dopo aver esposto il cartello TORNO SUBITO.

"Dove vai?"

"Ho bisogno di un caffè per svegliarmi. Vieni."

La prese a braccetto e andarono.

"Ieri sera ho litigato con Fortunato. Gliel'ho detto: o me o il partito."

"E lui?"

"Non mi ha risposto. Gli uomini sono fatti così, non sanno mai decidersi."

"E i consigli della maga?"

"Avevo chiamato per un appuntamento, ma poi ci ho ripensato. È arrivato il momento di sbrigarmela da sola."

Liberata pensò a quella volta che Adele le aveva detto che qualcuno aveva disdetto all'ultimo minuto, e non immaginava potesse essere l'amica.

"E tu? Il tuo bel motociclista?"

"Stasera usciamo a cena. Mi porta al mare."

La toccò col gomito.

"Lo sai perché ci portano al mare, vero? Per la spiaggia..."

"Smettila."

"A proposito, come si chiama?"

Le disse il nome mentre entravano nel bar. Andarono a sedersi al tavolino più in fondo. Si stavano togliendo le giacche quando la musica della radio s'interruppe:

Buongiorno da Radio Alternativa 71, la radio dalla parte dell'umanità. Giungono notizie di un altro tentativo di decapitazione di Madonna a Montalto Uffugo non andato a buon fine. Che lo sconosciuto tagliatore di teste sia stato colto da un improvviso senso di colpa? Oppure l'unico elemento di novità, il Bambino Gesù in braccio alla Madonna che indica il cielo col dito, gli ha ricordato qualcosa? Forse l'atto del tagliare la testa non ha solo un intento sacrilego ma nasce da qualcos'altro? Quale ragione a noi sconosciuta si nasconde dietro un gesto così anomalo?

Arrivarono i caffè. Giuditta lo beveva amaro, Liberata mise come al solito due zollette di zucchero.

"Ma alla fine te le ha regalate, la gonna e la camicetta?"

Lei fece un'espressione dubbiosa.

"Eppure avrei giurato che fossero per te."

In quel momento entrò il giovane carabiniere.

"Ecco, quello che ci voleva," disse Giuditta ricomponendosi. "Vuoi un altro caffè?"

"No."

"Io mi sa proprio che ne prendo un altro."

Si alzò e andò verso il bancone, affiancando l'uomo in divisa. Si salutarono e si dissero qualcosa. Giuditta ritornò al tavolino con la tazzina in mano.

"Secondo me gli piaccio," disse soddisfatta all'amica sedendosi.

Prima di uscire, secondo maschile copione, il carabiniere si voltò verso il tavolino, ma non fu Giuditta la ragazza sulla quale posò l'ultimo sguardo.

"Di cosa stavamo parlando? Ah, già, dei regali che non ti ha fatto."

L'argomento feriva Liberata, e l'amica lo comprese. Ma capiva anche di doverla mettere nuovamente in guardia. "Te l'ho detto la volta scorsa che forse dovevi prenderti del tempo, a me questa cosa dei regali non piace."

"Secondo te sa che siamo amiche?"

"Che ne so! Ci può stare che ti abbia vista uscire dal negozio, però da qui a sapere che ci diciamo tutto... E comunque, perché me lo chiedi?"

"Perché se fosse così ci staremmo preoccupando per niente, non avrebbe comprato i regali per un'altra dall'amica della sua fidanzata. Avrebbe immaginato che me ne avresti parlato. Sarebbe così palese che per forza ci sarebbe dietro un'intenzionalità. Voglio dire, lo avrebbe fatto proprio perché tu me lo dicessi, perché io la notte non dormissi pensandoci, perché noi fossimo ancora qui, dopo giorni, a parlarne. Potrebbe essere anche questa una delle sue strategie per conquistarmi."

"Ecco, vedi che i fotoromanzi servono a qualcosa? Esperta di strategie amorose..."

"Non prendermi in giro."

"Dico davvero. Stai imparando bene. Anche se non penso sappia che siamo così amiche. Non sarebbe venuto da me. Troppo complessa la tua ricostruzione. L'unica cosa quasi certa è che quei vestiti non erano per te."

Liberata tornò a preoccuparsi.

"Andiamo, devo riaprire," disse Giuditta posando la tazzina.

"E il caffè non lo finisci?"

Entrarono nel negozio e la prima cosa che fece Giuditta fu accendere la radio.

“Non mi prendere per stupida,” le disse Liberata, “ma sono venuta qui per una cosa.”

“Dimmi.”

“La gonna e la camicetta che ha comprato. Ne hai ancora qualcuna?”

“Dovrei controllare...”

“Controlla.”

“La gonna è sul manichino, vedo se è la tua taglia. Per la camicetta guardo in magazzino.”

L’amica scostò la tenda verde che portava al piano di sotto, dove teneva il grosso della merce. Lei andò verso la vetrina a guardare per strada. Ciccio Manno e Peppe Voltello, sul marciapiede di fronte, stavano facendo volantinaggio. Appartenevano alla locale sezione del Movimento sociale italiano e di certo i volantini che porgevano ai passanti avevano a che fare con la manifestazione di Glauco, che da lì a pochi giorni avrebbe invaso il paese. Liberata gli aveva promesso che lo avrebbe aiutato a scrivere sugli striscioni, per cui si aspettava una sua chiamata da un giorno all’altro.

“Sei fortunata,” disse l’amica ritornando con la camicetta in una mano e la minigonna nell’altra.

“Sono le ultime della tua taglia, tutte e due.”

Gliele mostrò tenendole – prima una e poi l’altra – davanti a sé. Erano davvero belle.

“Ma cosa vuoi fare?”

“Comprarle.”

“Per?”

“Indossarle stasera.”

Giuditta la guardò stupita.

“Stai scherzando?”

“No, perché?”

“Vorrei essere lì per vedere la sua faccia.”

Liberata non sapeva cosa sarebbe successo e che effetto avrebbe avuto la sua trovata, ma qualcosa doveva far succedere.

Andò a provarli nel camerino e poi si fece vedere dall’amica.

"Sono perfetti."
Giuditta si offrii di farle un pacchetto, ma Liberata rifiutò: "Non serve. Mettili in una busta, vengo a prenderli dopo".
E uscì, non prima di aver promesso all'amica di andare a trovarla l'indomani mattina per raccontarle tutto.

Passò da Marisa Coiffeur, se quel pomeriggio poteva farle una piega.
"Alle due puntuale, che ho solo mezz'ora a disposizione."

Era stata una giornata di lavoro interminabile, sempre a guardare l'orologio con la tentazione di picchiettarne il vetro per spingere le lancette a muoversi più in fretta, che sembravano voler restare ferme, a scrivere più veloce del solito come se in quel modo potesse accorciare anche il tempo e avvicinare il momento di tornare a casa e prepararsi per Luvio. Come adesso.
"Mi ha invitato a cena," disse alla madre.
La osservò cercando sul suo volto tracce di scoramento, se mai avesse saputo della Madonna di Montalto Uffugo. Non aveva visto giornali in cucina e la radio era spenta.
Oreste, in soggiorno, stava parlando con qualcuno. Quando entrò per salutare, fu sorpresa di trovarci Zangari.
"Vostro padre mi ha invitato a bere qualcosa," le disse il professore alzandosi per salutarla.
Le piacque vederlo in casa sua, complice dei discorsi del padre, l'idea che quella persona a lei cara facesse ormai parte della sua quotidianità. Poi pensò che non sarebbe rimasto in paese per sempre: e quel pensiero le mise addosso un po' di tristezza. Per una di quelle strane associazioni che chissà come spuntano nella galassia delle menti, ritornò a galla una frase del padre di qualche settimana prima, quando a pranzo aveva detto che Luvio aspettava una risposta per un posto di lavoro e che forse sarebbe partito al Nord.
Si chiuse in bagno. I capelli che sapevano di lacca erano

morbidi e boccolosi come nella réclame dello shampoo Testanera. Si truccò e andò a vestirsi in camera. Tolse l'etichetta ai vestiti nuovi e li indossò. Cambiò anche borsa, ne prese una più piccola, rossa, e vi mise dentro lo strumento delle sette fortune. Ovviamente, la luna d'argento era sempre lì, al collo, ormai una parte del corpo, un duecentosettesimo osso.

Era pronta. Un ultimo sguardo allo specchio dell'ingresso, quindi salutò e uscì fuori ad aspettare Luvio.

Era curiosa di vedere che faccia avrebbe fatto vedendola vestita a quel modo.

Arrivò puntuale, col giubbotto di pelle e i jeans scuri. Le diede un bacio. Era quasi buio e probabilmente non si era accorto di com'era vestita. Liberata salì sulla moto e partirono.

Il ristorante non era proprio sul mare, come aveva immaginato: dalla spiaggia lo separavano la strada statale e una fila di villette a schiera.

Il parcheggio dove si fermarono era illuminato, Liberata scrutò il volto di Luvio per vedere la sua reazione e in effetti le sembrò di scorgervi un lampo di sorpresa.

"Sei bellissima," le disse baciandola a lungo, ma Liberata notò nella sua voce come un'incrinatura, una crepa.

"Vieni?"

La prese per mano e salirono sul terrazzo.

Il cameriere li accompagnò al loro tavolo.

Liberata si sentì un po' a disagio quando il ragazzo in giacca bianca scostò la sedia per farla accomodare, che quelle cose le aveva viste solo nei fotoromanzi.

Dovevano conoscersi, lui e Luvio, perché tra loro c'era una certa confidenza. Liberata glielo chiese.

"È anche lui di Torre Ruggero."

Una volta seduti, Luvio fissò la camicetta di Liberata, e in quel momento lei avrebbe voluto essere in un fotoromanzo, quando anche i pensieri degli attori vengono riportati, tra linee tratteggiate, che sarebbe una cosa bella leggere nella testa delle genti.

"La tua camicetta mi piace molto."

"L'ho presa dalla mia amica Giuditta, forse l'hai conosciuta."

"La commessa del negozio? Simpatica, molto."
Si guardarono in silenzio, come se volessero dirsi qualcosa.
"Perché hai preso proprio questa?"
"Mi piaceva."
"Peccato, sei stata consigliata male."
"Che vuoi dire?"
Guardò verso il cameriere, e quando finì di prendere la comanda a un altro tavolo, gli fece un cenno con la testa. Poco dopo arrivò con un pacchetto incartato di bianco che posò davanti a lei.
"Aprilo."
Liberata si sentì gli sguardi addosso e arrossì. Aprì il pacchetto con mani tremanti immaginando cosa avrebbe trovato. Non si era sbagliata.
Guardò Luvio con addosso una felicità che non aveva mai sentito.
"Dovevi solo aspettare un giorno," le disse sorridendo.
Ogni brutto pensiero, ogni dubbio, ogni timore: tutto dileguò in un attimo, e tale fu il sollievo che si alzò a baciarlo, davanti a tutti, un gesto impudico che nemmeno nelle sue fantasie avrebbe mai immaginato di poter compiere.
"Ma la tua amica non te l'ha detto che avevo comprato le stesse cose?"
Liberata ritornò a sedersi.
"Mi ha raccontato tutto, con ogni particolare."
"Appunto."
"Ma non me le davi, e allora ho pensato che non fossero per me. Ne ero convinta fino a pochi secondi fa. Ecco perché ho comprato la stessa gonna e la stessa camicetta. Per vedere come avresti reagito." Si interruppe e poi aggiunse, come per giustificarsi: "Avevi detto che era per la tua fidanzata".
"Avevo già deciso che lo saresti stata. Ma tu continui a non fidarti di me."
Liberata si sentiva in colpa: "Non succederà più".
Luvio le sfiorò la mano.
"Però ha fatto bene la tua amica a consigliarmi queste cose, sei proprio bella."

Ordinarono da mangiare. Lui sembrava di casa, le consigliò alcuni piatti. Liberata non faceva che sorridere.

"Scusami se ho dubitato."

"Ti scuso," rispose Luvio, "ma ricordati che sei in debito."

Ogni tanto Liberata si guardava intorno, fissava la gente seduta agli altri tavoli, molte coppie, ma nessuna bella e felice come loro. Fu una cena perfetta, al punto che quando arrivarono al dolce, a Liberata venne l'urgenza di fargli una domanda.

"Non andrai via da me, vero?"

"Se tu mi vuoi, no."

"Ha detto mio padre che aspetti un'offerta di lavoro, lontano."

"Un mio cugino che sta a Milano mi ha trovato un buon posto in un'officina grande. Ci stavo pensando, ma era prima di conoscere te."

"E adesso che mi hai conosciuta?"

"Adesso non mi muovo da qui. Tu sei mia. E se mai dovessi andare da qualche parte, ti porterei con me."

"Davvero?"

"Sì. Anzi, scegli tu. C'è un posto dove ti piacerebbe andare?"

Liberata non aveva bisogno di pensarci.

"All'Hotel Navona."

"A Roma?"

Liberata lo guardò stranita:

"A Marebello di Rimini, in viale Rapallo".

A Luvio venne da sorridere e lei ci restò male: "Cosa ho detto di strano?".

"Come ti è saltato in mente?"

"C'è su tutti i fotoromanzi."

Liberata ricordava l'annuncio a memoria, la foto di un palazzo a cinque piani, la scritta in alto HOTEL NAVONA, l'indirizzo con tanto di codice postale e poi la didascalia in basso: *Aperto da maggio a fine settembre. Quarantasei stanze tutte con bagno. Telefono in ogni stanza. Ristorante-bar. Ampio parcheggio privato. Prezzi modici.*

Luvio continuava a sorridere.
"E di tutti i posti del mondo, vorresti chiuderti proprio lì dentro?"
Liberata abbassò lo sguardo.
"Ho sempre pensato che ci andassero gli attori," disse delusa.
"Va bene, vuol dire che passeremo da questo hotel, ma solo una notte, lungo la strada per la Francia o la Spagna."
Più lo guardava, più Liberata trovava lineamenti ed espressioni simili a quelli di Franco Gasparri, che quella sera anche lei si sentiva un po' Katiuscia.
Avrebbe voluto che il tempo si fermasse, avere il potere di immobilizzare le persone o alzare maree come Calipso per trattenere Ulisse sull'isola, che l'aveva sentito nello sceneggiato dell'*Odissea* di qualche anno prima e le era rimasto impresso:
"Vorrei stare sempre qui con te".
"Basta soltanto ritornare."
Luvio chiese il conto.
"Andiamo a vedere il mare?"
Rimasero lì per un tempo che non avrebbero saputo misurare perché, quando si realizzano, i sogni esistono per sempre.

La perfezione del cerchio

"Idillio", Mensile di fotoromanzi e attualità,
Anno XX, nr. 341, Sped. abb. post. Gr. III – 70, 84 pagine, 250 lire

Glauco era agitato ma felice. Il giorno dopo si sarebbe svolta la manifestazione che rappresentava un suo piccolo trionfo personale.

"Domani devi esserci anche tu, Liberata. In testa al corteo ti voglio."

Arrivò allora Fortunato, aveva l'espressione preoccupata.

"Che è successo?"

"Girano voci che non mi piacciono."

"Per esempio?"

"Che i fasci stanno pianificando di nascosto una contromanifestazione per domani. Vogliono far scoppiare degli incidenti."

Glauco non sembrò preoccuparsi.

"Ma cosa vuoi che facciano? Domani saremo in migliaia e controlleremo ogni strada. Vedrai che non avranno nemmeno il coraggio di affacciarsi dalla finestra."

"Se lo dici tu va bene, ma forse sarebbe il caso di prepararci."

"E come? Manifestiamo contro la violenza e ci presentiamo con spranghe e ferri? Domani non voglio nessun incidente, hai capito? Nessun incidente. Dovessero provocarci, noi ce ne stiamo al nostro posto."

"E invece sarebbe l'occasione giusta per dargli una lezione, una volta per tutte."

"Ho detto di no, Fortunato, non combinarmi casini."

Il fidanzato di Giuditta andò via contrariato.

"È una testa calda," disse Glauco a Liberata. "Fosse per lui e per il suo gruppo, ci sarebbero sempre scontri."

Davanti a loro passò l'auto dei carabinieri e si fermò nel parcheggio poco più in là, spegnendo il motore. Alla guida c'era il giovane carabiniere con gli occhi neri: aveva abbassato il finestrino e s'era messo a guardare intorno.

"Inizia il suo turno di controllo?"

"Non hanno mai smesso. E figurati oggi, il giorno prima della manifestazione. Sono pure venuti a farmi delle domande, ieri... Ovviamente non ho risposto."

"A che ora domani?"

"Ufficialmente inizieremo nel pomeriggio, alle due, ma arriverà gente da tutta la regione, immagino che saranno qui già dalla mattina. Partiremo dalla gazzoseria."

In paese chiamavano così la fabbrica di bibite.

"Va bene, allora, ci vediamo domani."

Liberata si allontanò, ma dopo qualche passo Glauco la richiamò indietro.

Si voltò e lo guardò con aria interrogativa.

"Tutto a posto?" chiese Glauco.

"Sì, perché?" rispose lei senza capire il senso di quella domanda.

Glauco scosse la testa.

"Ti ha fatto proprio uscire di senno."

"Ma cosa?"

Glauco le mostrò gli ultimi numeri di "Letizia" e "Charme": in entrambi c'era Franco Gasparri in copertina.

"Da quando ti conosco, è la prima volta che dimentichi di prendere non uno ma due fotoromanzi, e questo te l'ho messo da parte tre giorni fa."

Anche a lei parve strano. Glauco si avvicinò per darglieli.

"Mi sa che ti ha conquistato, non passa più da me a comprare i tuoi giornali. Perché domani non porti anche lui?"

"Vedremo," disse lei andando via.

Non aveva mai sentito Luvio parlare di politica; di calcio

sì, qualche volta commentava col padre le partite del Catanzaro. Visto che aveva ancora mezz'ora prima dell'appuntamento dal notaio, decise di andare a chiederglielo.

Quando scorse Luvio aiutare Oreste a spingere un'auto, Liberata si emozionò come se fosse ancora seduta al ristorante della sera prima. Appena la vide lui le sorrise. Avrebbe voluto baciarlo, ma non era quello il momento. Si mise a guardarli lavorare, e le piacque vedere accosti e sodali i due uomini più cari della sua vita. Chissà se sarebbe stato così a lungo, se il loro amore sarebbe durato per sempre, se si sarebbero sposati e il padre avrebbe affidato a lui la sua officina, e nell'immaginare questo futuro come singoli fotogrammi di una storia, Liberata si beava. Squillò il telefono.

"Rispondi tu," le disse il padre.

Andò nell'ufficio.

"Pronto?"

Silenzio.

"Pronto?"

Chiusero.

Rimise la cornetta a posto. Qualcuno che aveva sbagliato numero o che, sentendo una voce femminile, pensava d'aver sbagliato. Ritornò dagli altri.

Oreste era andato in ufficio a bere un bicchiere d'acqua. Luvio ne approfittò per avvicinarsi a Liberata.

"Come stai?"

"Come dopo aver passato una serata splendida."

Squillò di nuovo il telefono.

"Luvio, è per te!" urlò Bruno.

"Chi può essere," disse a mezza voce Luvio, come un pensiero condiviso.

Andò verso l'ufficio mentre Liberata rimase immobile, come spesso le accadeva di fronte a una situazione nuova. Neanche sapeva che Luvio ricevesse chiamate in officina. Era normale lasciare il numero del posto di lavoro per farsi rintracciare, ma chissà perché a lei parve strano. Si spostò per guardarlo parlare attraverso i vetri dell'ufficio, nessun gesto del corpo scomposto, nessun segno di nervosismo, però le aveva dato le spalle, si era voltato, e questo non le era piaciuto, poi si girò verso di lei, e Liberata pensò magari una chiamata dalla famiglia, la madre che gli chiedeva di comprare qualcosa. Eppure, sentiva addosso un'agitazione che produceva domande su domande: era la prima volta che lo chiamavano? Era una donna?

Luvio riattaccò e ritornò da lei.

"Un mio amico, aveva bisogno di un favore," disse sbrigativo. Dopo lo sguardo indagatore di Liberata precisò: "Una gara di moto".

Lei non cambiò espressione.

"Che fai, la gelosa? Era un uomo, puoi chiederlo a Bruno."

L'aggiunta finale la tranquillizzò, ma adesso il pensiero era un altro.

"Fai gare?"

"Ogni tanto. Questa volta devo solo preparargli la moto."

"Ma non è pericoloso?"

"Anche attraversare la strada lo è. Se è destino, le cose accadono lo stesso."

Quella frase in bocca a Luvio le suonò strana. Non voleva pensare a cose brutte e cambiò discorso.

"Ma a te la politica interessa?"

Luvio rimase sorpreso dalla domanda.

"E cosa c'entra adesso? Perché?"

Gli raccontò dell'invito di Glauco e della manifestazione, ma già dalle prime parole, Luvio aveva cominciato a scuotere la testa.

"Non mi interessano queste cose. Per me sono figli di papà che si divertono giocando a fare i cattivi. Hanno tempo da perdere, e certo non devono guadagnarsi da mangiare."

A Liberata sembrò di sentire i commenti di sua madre davanti al telegiornale.

"Hai da fare?"

"No."

"E non puoi venire lo stesso? Sarà come fare una passeggiata."

"Perché invece non andiamo in moto da qualche parte?"

"Dopo, la sera. Potremmo mangiare ancora fuori."

Luvio non era convinto.

"Ci sarà tanta gente, ma mi sentirei sola senza di te," gli sussurrò.

"Mi chiedi una cosa che non ho mai fatto."

"Anch'io sono salita per la prima volta su una moto."

"Ma a me la manifestazione non piacerà di certo."

"Quindi verrai?"

Luvio rimase in silenzio per tenerla sulle spine.

"Lo farai per me, vero?"

"Solo per te."

Liberata ne fu felice.

Senza aggiungere niente, andò verso l'ufficio e prese il telefono in mano. Luvio la vide comporre un numero e parlare. Una chiamata breve. Poi ritornò da lui.

Si guardarono senza dire niente. Il volto di lui si era annuvolato.

"Chi hai chiamato?"

"Perché, sei geloso?"

Oreste li interruppe:

"Luvio, aiutaci a spostare questi bidoni".

Mentre si allontanava, indispettito, Liberata gli parlò: "Ho chiamato mia madre. Mangi da noi".

Suonò. Aspettò più del solito prima che si aprisse il portone. Diversamente dalle altre volte, la porta dello studio era chiusa e sentì delle voci. Si sedette, in attesa. Le sembrò che stessero parlando della manifestazione.

"In quanti?"

"Una trentina, per lo più da Reggio."

"Il resto è tutto chiaro?"

"Sì."

"Allora siamo d'accordo."

Il notaio venne ad aprire la porta.

"Liberata! Venga, entri."

La ragazza salutò i due che aveva visto il giorno prima fare del volantinaggio.

Il notaio li accompagnò fino alla porta e rimase lì qualche secondo per chiacchierare. Lei, guardando sulla scrivania, notò il volantino del Msi che aveva visto diffondere per strada. Si avvicinò per vedere meglio. Lì accanto, su un foglio, una specie di mappa disegnata grossolanamente, con alcuni appunti. Sentì il notaio salutare e allora fece due passi indietro.

"Eccoci a noi," disse lui ritornando a sedersi.

Prese i fogli che erano sulla scrivania e li mise disordinatamente dentro un cassetto.

"Sa qual è il vero problema dell'uomo?"

"Penso ne abbia tanti."

"Troppi, è vero, ma tutti derivano da uno solo: non sapere stare al proprio posto."

Era, anche quella, una frase che avrebbe potuto dire la madre, ma di certo conteneva una sfumatura differente.

"Dipende dal posto che ci è stato assegnato," rispose.

"È proprio lì l'errore, cara Liberata: pensare che ci siano posti sbagliati. Ciò che ci è stato dato è quello che abbiamo meritato. Altrimenti, sarebbe come dire che l'Architetto ha sbagliato. E questo è inconcepibile."

Liberata pensò che era facile parlare a quel modo quando si apparteneva alla parte fortunata dell'umanità.

"Si è mai fermata a riflettere su quale meraviglioso congegno sia il corpo umano?"

Le sembrava di sentire uno Zangari cinico.

"Il marchingegno perfetto della vista, il sistema circolatorio, tutto perfettamente organizzato millimetro per millimetro. Come possiamo pensare che un Creatore di tale ingegno possa sbagliare nel facile compito di collocare questi corpi?"

Il notaio prese il compasso che teneva sempre sulla scrivania e tracciò una circonferenza. Poi lo chiuse di qualche centimetro e disegnò un cerchio più piccolo.

"Ciò che interessa non è la misura del cerchio ma la sua perfezione. Potrei tracciare cerchi per migliaia di anni, sarebbero sempre perfetti."

Liberata non riusciva a capire il senso di quel discorso, e perché lo facesse proprio in quel momento. Pensò fosse la conclusione di un lungo ragionamento fatto prima con gli altri.

"Lasci stare i vaneggiamenti di una vecchia anima senza cuore, e veniamo a noi," disse il notaio con un sorriso. Prese due cartelle e gliele porse. "Deve trascrivere questi atti d'acquisto, si tratta di un terreno e di un fabbricato."

Liberata andò a sedersi al tavolino in fondo alla stanza e cominciò a battere a macchina.

Ne ebbe per quasi un'ora, compresa la pausa per il caffè.

"La prossima settimana potrebbe accompagnarmi a casa Caracciolo?" le chiese il notaio mentre si preparava per andare via. "C'è da fare un testamento."

"Va bene."

"Glielo farò sapere un paio di giorni prima."

"Ma tu sapevi che Luvio fa le gare?" chiese al padre appena arrivò.

"No, anche se a quell'età le fanno un po' tutti."

"E non sono pericolose? Vanno veloce?"

A Liberata venne addosso quella stessa sensazione di precarietà che provava ogni qual volta Franco Gasparri durante un'intervista parlava della sua moto e di quanto gli piacesse la velocità. Le sembravano, quelle parole, il preannuncio d'una disgrazia. E adesso era così per Luvio. Aveva paura che potesse succedergli qualcosa, e non era un semplice presentimento, che il suo vivere tanto intensamente certe fantasie gliele rendeva quasi reali.

Poco dopo lui arrivò e andarono a mangiare.

"Cos'è questa storia della manifestazione?" le chiese Agata.

Liberata le raccontò in breve.

"Ci andrai anche tu?" chiese poi rivolta a Luvio.

Liberata rispose per lui.

"Non ci voleva venire ma l'ho convinto a farlo per me."

"Meno male che è domani e non domenica. Alle cinque inizia la novena del Santo."

"Quindi, fra nove giorni..."

"La grande festa per il nostro patrono. Lunedì prima delle preghiere inizieremo ad addobbare le strade con le catene che abbiamo fatto all'Asilo."

"Se avete bisogno, quando finiamo in officina posso venire ad aiutarvi, vero?" disse lui guardando Liberata.

"Ci sarà tanto di quel da fare! Dovrebbe venire anche il vescovo quest'anno. Lo ha promesso a don Pantaleone."

Dopo il caffè gli uomini ritornarono in officina, il padre con l'auto e Luvio con la moto.

Le bastò sentire il rombo del motore perché ritornasse la paura.

Andò in camera. Si soffermò sul poster del suo attore preferito: Glauco aveva ragione, che non solo s'era dimenticata delle uscite dei fotoromanzi, ma era qualche giorno che nemmeno li leggeva, e tuttavia non si sentiva in colpa, anzi, interpretò quella dimenticanza come una crescita, una sorta di esuviazione umana. Si sentì come la vasca di pietra che il nonno aveva messo in giardino tra il basilico e il trifoglio fresco: il suo scopo, l'unico, era di essere riempita; non importava se di acqua piovana o dai residui delle irrigazioni o dai fondi dei secchi sporchi di terra: ciò che interessava era colmare il concavo. E così lei, o dalle storie dei fotoromanzi o dai baci di Luvio. Ritornò la gelosia della mattina, e immaginò che in quel momento lui fosse al telefono. Lo pensò parlare con una donna. Volle verificare le sue sensazioni. Andò a quello di casa e chiamò in officina. Era libero. Dopo due squilli chiuse.

Le servivano dei cartoncini per un frontespizio, e allora dopo la cartoleria ne approfittò per passare da Glauco.

"Ma il notaio Capistrano da che parte sta?"

"A cosa ti riferisci?"

"Stamattina da lui c'erano Manno e Voltello."

Glauco fece una faccia sorpresa. Lo aveva sempre preso in giro, il notaio, per quella sua passione per i soldatini, e invece vuoi vedere che sotto sotto era un camerata convinto?

"Sulla scrivania aveva uno di quei volantini che mi hai fatto leggere l'altro giorno."

"Glielo avranno portato quei due leccapiedi."

"Quando sono arrivata erano già lì, parlavano di qualcosa ma non ho capito bene."

"Tu cos'hai sentito?"

La voce era agitata. Il notaio Capistrano era un uomo potente, ma per arrivare lì dov'era arrivato, pensò Glauco, qualche santo in paradiso doveva averlo, e certo non si trattava di un compagno.

"Parlavano di trenta persone da Reggio."

"E poi?"

"Solo questo ho sentito. La parte finale del discorso."

Glauco era assorto in qualche pensiero poco consolatorio.

"Nient'altro?"

"Un disegno. Vicino al volantino c'era un disegno, sembrava una mappa, c'erano delle strade, ma niente di chiaro."

"Vedremo. Tu vieni domattina ad aiutarci a scrivere i cartelli?"

Il cielo non ascolta le preghiere degli amanti

"Sogno", Settimanale di fotoromanzi, varietà, attualità
Anno XIII, nr. 301, Sped. abb. post. Gr. III – 70, 84 pagine, 250 lire

Sarebbe stata una giornata intensa, che lei sperava tutta all'insegna di Luvio. Sabato l'officina era aperta solo di mattina, ma lui sarebbe tornato alla manifestazione del pomeriggio, e poi in serata avrebbero potuto stare insieme. Giuditta le aveva rinnovato l'invito a uscire con lei e Fortunato, "Sempre se la manifestazione va bene," aveva aggiunto.

Prima di raggiungere Glauco, Liberata volle andare da Luvio.

"Stamattina non è venuto," fu la risposta lapidaria del padre: si vedeva che era contrariato, perché doveva smontare e aggiustare una frizione e questo significava dover tornare lì dopo pranzo, mentre anche lui avrebbe voluto unirsi al corteo.

Liberata ci restò male.

"Ma ti ha chiamato per avvertirti?"

"No."

Oreste e Bruno cercavano di lavorare più velocemente possibile.

"Fa come Beccaria. Quando ha le crisi scompare," commentò Oreste.

Liberata guardò verso il telefono. Perché sperava suonasse da un momento all'altro e fosse lui. Perché per un attimo aveva avuto paura che l'assenza di Luvio fosse legata alla telefonata del giorno prima. Un appuntamento con una donna. O una gara finita male. L'idea la spaventò: Luvio suo aveva avuto un incidente con la moto.

In quell'attimo, nell'abbaruffio di pensieri e immagini che

le offuscarono la mente, si rese conto che non poteva rintracciarlo. Che non sapeva niente di lui. Solo un numero di telefono che squillava a vuoto. Che se lui fosse sparito, improvvisamente, lei non avrebbe potuto in nessun modo trovarlo. Questa ipotesi la sconfortò. Cercò di restare calma. Era già successo, era sparito addirittura per tre giorni e poi era ritornato. Come prima. Più di prima. Sarebbe stato così anche questa volta. E non doveva attendere molto, le aveva promesso che il pomeriggio sarebbe andato alla manifestazione con lei.

Il paese brulicava come un formicaio. L'appuntamento era alle due, ma già verso metà mattinata aveva cominciato ad affluire gente dai dintorni. Il ritrovo delle auto era nel parcheggio del campo di calcio. Il corteo sarebbe partito dalla gazzoseria e, dopo aver sfilato lungo il corso, si sarebbe fermato al Piano, con un comizio sul palco allestito per l'occasione.

Di fronte all'edicola, Glauco era indaffarato a dare disposizioni, accertarsi che tutto procedesse senza intoppi. Salutò l'amica con un cenno della mano. Finì di parlare con qualcuno di fuori, quindi si avvicinò a lei.

"Alla fine, sei venuta sola?"

"Sì, ma lui mi raggiunge nel pomeriggio."

"Vieni, che c'è qualche cartellone da terminare."

Lo spiazzo semicircolare di cemento dietro l'edicola, simile a un anfiteatro, era la base operativa dell'organizzazione. Lì tutti si davano da fare: chi provava l'amplificazione, chi intonava canzoni, chi dava gli ultimi ritocchi ai cartelloni.

Arrivò Fortunato insieme a un compagno.

"Abbiamo fatto un giro di ricognizione lungo il percorso e non abbiamo visto niente di anomalo. Dei missini, apparentemente nessuna traccia."

"Meglio così."

Poi Glauco si voltò, con voce più bassa, verso Liberata: "Dopo quello che mi hai raccontato ieri, meglio essere sicuri".

"Magari non stavano parlando della manifestazione."

"In ogni caso, ho raccomandato ai ragazzi del servizio di

sicurezza di stare molto attenti. E adesso vieni, che ti faccio vedere cosa fare."

Raggiunsero un gruppo di giovani che armeggiava tra cartelloni e bandiere. Glauco le diede delle bombolette di vernice.

"Scegli il cartellone che vuoi e ricopia questi," disse porgendole degli slogan scritti a mano su un pezzo di carta.

Le piaceva scrivere, a Liberata: cercava il rapporto giusto tra le parole e lo spazio, la grandezza giusta dei caratteri, la distanza tra le lettere in nome dell'armonia visiva.

Quando finì e chiamò Glauco per vedere il risultato, l'amico fu soddisfatto: "Avevi ragione, sembrano stampati".

Poi chiamò alcuni ragazzi e li fece portare insieme agli altri.

Più il tempo passava, più la gente aumentava, e Liberata scrutava tutti i volti che incontrava, sperando d'incrociare quello di Luvio. La visione mancata se la portò dentro sotto forma di nostalgia.

"Ci vediamo alle due," disse a Glauco.

Andò a casa, e nella mezz'ora prima di pranzo si mise a scrivere. Forse anche il quaderno azzurro di Zangari, chissà, sarebbe finito dritto dritto in una *Storia della letteratura minore*, nel paragrafo dedicato a *Gli insetti nella letteratura*.

Annunciati dalle campane di mezzogiorno, arrivarono Agata e Beccaria.

"Con tutta questa gente, non volevo che si spaventasse. E poi don Pantaleone non è stato bene."

Ma Liberata sapeva che il vero motivo per cui si era portata il sacrestano era che Beccaria era sparito per un giorno intero: lo avevano trovato ai piedi della statua del duca Caracciolo di fronte al Palazzo Comunale, e Agata si era molto preoccupata perché le era parso particolarmente sciupato.

Arrivò Oreste.

"Avete visto quanta gente in giro?" disse dopo aver salutato il sacrestano.

Andò ad accendere la radio.

"Chissà sa parlano della manifestazione di oggi."

"Ma alla fine vieni anche tu?" gli chiese la figlia.

"Con Bruno siamo riusciti a sistemare tutto, quindi sì, vengo anch'io."

"Alla tua età dove devi andare?" esclamò Agata. "Per fortuna che ho da preparare gli addobbi per la novena di domani, che mi chiudo in chiesa e ne esco stasera quando tutto sarà finito."

Buongiorno da Radio Alternativa 71, la radio dalla parte dell'umanità. Il grande giorno è arrivato, e tutti ce ne siamo accorti. Le strade sono piene di gente, tra poche ore inizierà la festa. Ricordiamo che la manifestazione è stata organizzata dalla segreteria locale del Pci, per prendere le distanze da ogni deriva di violenza politica. Saranno presenti le massime cariche della Regione. Una festa che speriamo non venga rovinata da nessuno, come accaduto in altri eventi simili. Noi ci saremo, insieme a tutti coloro che credono che cambiare è possibile, ma senza ricorrere all'odio e alla violenza.

"Sembra un predicatore. Lo vedrei bene a leggere i salmi in chiesa," commentò Agata.

Beccaria confermò con un cenno del capo. Fu lui ad aprire il pranzo con la solita preghiera: appena finita, il suo primo gesto fu prendere la bottiglia e versare l'acqua nel bicchiere di Liberata, solenne come se stesse versando il vino che era il sangue di Cristo, e nel farlo le sorrise, e Liberata pensò ch'era il suo modo di prendersi cura di lei, di dimostrarle il suo affetto e di benedirla.

"Domani preghiera," disse il sacrestano portandosi il cucchiaio alla bocca.

Liberata osservava Beccaria e in certi momenti era come se mancasse, come se la testa partisse per chissà dove: strizzava gli occhi e li teneva chiusi a lungo, come ad allontanare qualcosa.

Non si fermò per il caffè. Appena finito di mangiare, salì sulla sua giardinetta per ritornare in chiesa.

Prima di andare a prepararsi, Liberata si voltò verso la madre.

"Ha chiamato qualcuno?"

"Mi ero dimenticata. Ha telefonato Luvio, ha detto che ha avuto un problema ma che vi vedrete nel pomeriggio."

Liberata ritornò a respirare.

Le strade del paese erano piene di gente: le paesane, sedute sui balconi, si gustavano lo spettacolo, ed era come guardare un campo di papaveri. Liberata era d'accordo con Glauco che sarebbe andata all'edicola, ma cambiò idea e passò dall'officina, che pure si trovava a una cinquantina di metri dal punto di partenza del corteo. Non si erano dati un appuntamento con Luvio, ma quello era l'unico posto che avevano condiviso. In quella zona non era arrivato ancora nessuno. Quasi. Liberata vide sei o sette auto lasciare la strada e svoltare per parcheggiare dietro l'officina. Le sembrò strano, dato che il ritrovo era dall'altra parte del paese. Andò a guardare e vide scendere Manno e Voltello da un'Alfetta grigia. Dietro di loro, da tutte le altre, solo forestieri: sicuramente, i reggini di cui aveva sentito parlare dal notaio. Uno di loro aprì il cofano di una Golf e cominciò a distribuire a tutti bastoni con la bandiera rossa. Ridevano e scherzavano, e uno fece il gesto di colpire a destra e a sinistra. Poi si divisero dei fazzoletti rossi con i quali si coprirono il volto fin sotto gli occhi, come per non essere riconosciuti. Stava succedendo qualcosa e doveva avvertire Glauco.

Tornò sulla strada e vide che la gente stava arrivando per il raduno. Una macchina dei carabinieri si era appena fermata lì vicino. Riconobbe il giovane carabiniere con gli occhi neri. Doveva agire prima che quei forestieri si unissero ai manifestanti. Decise di andare dal gendarme, che quando se la vide venirgli incontro si mise in ordine e le si fece avanti.

"Ho bisogno di voi."

"Ditemi."

"Secondo me, lì dietro sta succedendo qualcosa."

Liberata raggiunse Glauco sul luogo del raduno. Il paese non aveva mai visto tanta gente insieme, nemmeno quando c'era stata, qualche anno prima, la sollevazione popolare per la chiusura dell'ospedale, Liberata addirittura immaginò che le strade non avrebbero retto quel peso, e che da un momento all'altro si sarebbero sfondate.

Lei continuava a guardarsi intorno, allungandosi anche sulle punte dei piedi, e ogni volta che non vedeva Luvio ci restava male.

Il corteo partì con qualche minuto di ritardo: passando davanti all'officina, Liberata sperò di scorgere la moto. Niente. Dopo un centinaio di metri sentì una mano toccarle la spalla: finalmente era arrivato e l'aveva trovata. Si voltò. Era Giuditta.

"Alla fine, Fortunato mi ha convinta a venire. Meno male che ci sei tu, almeno ho qualcuno con cui parlare. Sei sola? Lui non è venuto?"

Ci rimase male.

"Sarà qui, da qualche parte, ma in questa confusione non mi vede," rispose in fretta.

Quando finalmente il corteo giunse al Piano, tra urla e slogan, Liberata provò ad arrampicarsi su un muretto per guardare nella folla se mai lo vedesse. Ma era inutile.

Non aveva voglia di sentire i politici parlare delle solite cose.

"Io vado," disse a Giuditta.

"E che pensi, che rimango qui da sola? Vengo con te."

Guardò in direzione di Fortunato e lo salutò con la mano.

"Sembra una festa," disse tornando.

Mentre la folla si dirigeva verso il comizio, loro due tornavano indietro, controcorrente.

Giuditta si accorse del volto scuro di Liberata.

"Magari ti sta cercando e non ti trova."

"Mi aveva promesso che sarebbe venuto."

Continuava a guardarsi intorno, sperando di vederlo uscire da qualche vicolo.

Arrivati all'incrocio, Liberata fece per andare verso casa.

"Che fai?" esclamò Giuditta tirandola per un braccio. "Non vorrai chiuderti in casa adesso, a pensare e pensare e pensare, con tutto questo mondo che c'è fuori. E poi, se lui fosse qui?"

"Non è venuto."

"Fa niente, adesso vieni con me."

Andarono al bar. Non c'era posto per sedersi, allora presero un caffè e si fermarono sui gradini: non faceva freddo, e arrivava anche la musica della radio.

"Te la prendi troppo. Avrà avuto un imprevisto."

La gente cominciava lentamente a sciamare verso il parcheggio.

"Hanno organizzato tutto davvero bene" osservò Giuditta. "Spero che da domani Fortunato tornerà a darmi retta. Io parlo, parlo, ma senza di lui non vado da nessuna parte." E scoppiò a ridere.

La musica s'interruppe.

Buonasera da Radio Alternativa 71, la radio dalla parte dell'umanità. Finisce qui la nostra cronaca di una giornata indimenticabile per il nostro paese. Abbiamo seguito la manifestazione dall'inizio alla fine, e tutto è andato bene malgrado il tentativo di sabotaggio da parte di un gruppo di esponenti del Movimento sociale prontamente bloccati dai carabinieri.
È stata una giornata di festa, di gente arrivata da ogni parte della regione per testimoniare la propria fede politica e soprattutto per ripudiare ogni forma di violenza. Ce l'abbiamo fatta, e ringraziamo di cuore tutti coloro che hanno contribuito alla riuscita della manifestazione.

All'improvviso la voce s'interruppe:

Un momento...

Si sentì il frusciare d'un foglio.

Ci è appena arrivata la notizia che proprio questo pomeriggio, qualche ora fa, è stata tagliata la testa di un'altra Madonna molto vicino a noi, precisamente a Torre Ruggero. Per il momento non abbiamo altre notizie, ma sarebbe la prima decapitazione che avviene in pieno giorno. Appena avremo altri particolari vi aggiorneremo. Per adesso, buon rientro a tutti.

"Cosa c'è?" chiese Giuditta all'amica vedendola frastornata.

"Torre Ruggero! È il paese di Luvio."

L'amica aveva detto qualcosa ma lei non la stava a sentire, troppo presa dai suoi pensieri e dalle sue ricostruzioni.

Avevano tagliato la testa della sua Madonna. Sicuramente era per quello che Luvio non era venuto: doveva essere rimasto sconvolto, di certo si era messo a disposizione, aveva aiutato a risistemare la statua, magari era a fianco del prete che cercava di calmare i fedeli. Proprio la Madonna del suo paese, di pomeriggio, quando però lui avrebbe già dovuto essere da lei, e allora il misfatto non c'entrava con la sua assenza... Per un attimo le si affacciò alla mente un pensiero assurdo, così assurdo da rigettarlo subito, che proprio non poteva immaginare il suo fidanzato andare di chiesa in chiesa a decapitare Madonne.

A letto, i suoi ultimi pensieri furono per Luvio. L'indomani era domenica e dunque lui non sarebbe venuto al lavoro. Doveva aspettare un altro giorno per capire, e solo all'idea dell'attesa sentiva un'agitazione dentro che non la faceva stare ferma. Per sua fortuna era stata una giornata stancante, e alla fine la spossatezza ebbe la meglio, e il sonno la colse all'improvviso, quando meno se l'aspettava, come tutte le cose della vita per cui vale la pena attendere.

Le ombre che si sono dissolte

"Mina", Mensile di fotoromanzi, attualità, varietà
Anno XVI, nr. 151, Sped. abb. post. Gr. III – 70, 250 lire

Credeva a tutto quello che non si vede, ma qui stava il vero problema dell'umanità, avrebbe risposto a Capistrano: non, come sosteneva lui, accettare e accontentarsi del posto che ci è stato assegnato, ma trovare la prova che esiste qualcosa di cui non si può avere esperienza diretta. Forse un giorno qualcuno ci sarebbe riuscito, ma intanto non rimaneva che testimoniare in silenzio atti di fede. Come quella mattina.

All'improvviso, mentre era a letto, sentì un dolore al gomito destro. Inspiegabile: non aveva sbattuto, non aveva fatto movimenti strani, eppure avvertiva un dolore puntorio preciso, secco. Solo un secondo e poi sparì, subitaneo com'era arrivato, senza lasciare strascichi. E chissà perché Liberata pensò subito a Luvio, che in quel momento dovesse essersi fatto male in quel punto. Cadendo dalla moto. O picchiando contro uno spigolo. Fu un pensiero incontrollato, un riflesso condizionato, immaginare una corrispondenza di corpi, come se il loro contatto di quel tempo, il loro stare vicini avesse influenzato le loro meccaniche, permesso uno scambio di particelle e molecole e che queste parti cedute comunicassero tra loro, ancora distinte eppure già unite.

Liberata credeva alle cose che non si vedono e alle relazioni invisibili che intrecciano tutti i corpi del mondo.

Era un giorno importante in casa Macrì, iniziava la novena di Sant'Antonio che si concludeva con la festa del 13 giugno.

Quando Liberata andò in soggiorno, la madre era riversa sul divano, in una posa di arrendevolezza. Si ricordò allora di Torre Ruggero.

"Sei così per la Madonna?"

Agata le offrì uno sguardo di rassegnazione. Era abbattuta, e Liberata pensò che fosse un peccato che quel giorno a lungo atteso fosse stato rovinato.

"Non pensarci, oggi è un giorno importante."

"Già, pregare... è l'unica cosa che ci resta."

Agata si alzò controvoglia, e solo perché era attesa.

"Vieni anche tu nel pomeriggio?"

La domanda la spiazzò, che Agata, dopo i rifiuti dei primi anni, non le aveva più chiesto di andare alla novena.

"Ho convinto anche tuo padre."

Se Oreste aveva accettato, significava che la madre ci teneva particolarmente e Liberata già immaginava le strategie per convincerlo, attraverso allusioni, accerchiamenti, sfinimenti. E invece a lei lo aveva chiesto in maniera diretta, semplice, col suo tono perentorio e tuttavia lasciando come una scia di "per favore", un riflesso di "mi piacerebbe fossi con me".

"Sì, verrò anch'io."

E a Liberata parve di sentire come un sospiro di gratitudine.

Agata mise nella borsa le chiavi con la medaglia di sant'Antonio.

"Ricordati che è alle cinque. Ritorno per pranzo, e mi porto Beccaria."

Sarebbe stato bello se ci fosse stato anche Luvio a mangiare con loro.

Sperava che la sua assenza fosse dovuta alla decapitazione della Madonna, anche se il pensiero che gli fosse accaduto qualcosa non la lasciava in pace, il terrore di un incidente, che lui era bravo a guidare, ma non basta, che il mondo è fatto anche di macchie d'olio sull'asfalto o di gatti neri che si lanciano da una finestra o di neuroni improvvisamente spenti, di accidenti che le scomponevano il cuore.

Se non era successo, e lei sperava che fosse così, sarebbe potuto succedere. Doveva proteggerlo e proteggersi.

Ritornò in camera e si mise a cercare nei cassetti. Gli amuleti non li buttava, convinta che funzionassero un po' come certe movimentazioni astrali, che bisognava attendere la combinazione giusta, il corretto allineamento dei fattori. Non sapeva perché aveva pensato a quell'angelo, lei che non credeva negli emissari del Dio polveroso, ma quando lo trovò lo avvolse in un fazzoletto e lo mise nella tasca interna della borsa.

Avrebbe voluto andare da Glauco per raccogliere i suoi commenti entusiastici sulla manifestazione, invece passò la mattinata in casa, facendo le pulizie: temeva che Luvio la chiamasse proprio mentre lei non c'era. La radio era sempre accesa.

Buongiorno da Radio Alternativa 71, la radio dalla parte dell'umanità. Oggi non si fa che parlare del grande successo della manifestazione di ieri. E questa volta dobbiamo dare merito alle nostre forze dell'ordine che, grazie a una segnalazione, sono riusciti a bloccare un gruppo di destra che avrebbe voluto infiltrarsi nel corteo per provocare incidenti. Il gruppo è stato fermato prima che entrasse in azione e tutti i suoi componenti sono stati identificati e interrogati. Tra loro, alcuni nomi noti alle forze dell'ordine, fiancheggiatori di Ciccio Franco che avevano partecipato alla rivolta di Reggio Calabria.

Anche Oreste rimase in casa, doveva preparare una camera umida per due farfalle.

"Ma Luvio si è fatto sentire?" chiese alla figlia.

"No, avrà avuto da fare a Torre Ruggero."

Il padre era andato in giardino a cercare dei legnetti e lei ne approfittò per telefonare a casa di Luvio. Anche se lo aveva usato solo una volta, conosceva il suo numero a memoria. Chiamò. Il telefono squillava, ma non rispondeva nessuno. Riprovò ancora. Inutilmente.

Liberata arrivò in chiesa che mancavano pochi minuti alle cinque, e non immaginava di trovare tutta quella gente. Il primo banco, dove era seduta Agata, era tutto occupato: pensò ch'era meglio, così poteva stare in ultima fila. Prima di sedersi, però, aspettò che la madre si voltasse, per farle segno che era arrivata. Con lei c'era Oreste, ma non Beccaria.

Quando tutti cominciarono a pregare, a differenza di quanto aveva immaginato, Liberata si accorse che lei, essere umano votato alla dimenticanza, ricordava perfettamente la preghiera, come se in quegli anni di silenzio fosse rimasta lì, pronta per quel momento, sopravvissuta per un motivo che doveva scoprire: *Caro sant'Antonio, rivolgo a te la mia preghiera, per benedire la mia famiglia, tenendo lontani i mali dell'anima e del corpo*. La voce di Agata sovrastava quelle degli altri. *Tu che conducesti una vita evangelica, aiutami a vivere nella fede e nella speranza cristiana; tu che predicasti il messaggio della carità, ispira agli uomini desideri di pace e di fratellanza*. Si sentiva strana. Forse per quella passeggera debolezza, le parole era come se la colpissero e la commuovessero. *Tu che soccorresti anche con i miracoli i colpiti dalla sofferenza e dall'ingiustizia, aiuta i poveri e i dimenticati di questo mondo*. Tutte quelle voci che si alzavano insieme le parvero belle. *Glorioso sant'Antonio, tu hai esercitato il divino potere di trovare ciò che era stato perduto. Aiutami a ritrovare la Grazia di Dio, e ciò che ho perso, così da...* Ma Liberata in quell'attimo preciso smise di pregare, che non ci poteva credere, che lei non credeva ai miracoli di Dio, ma adesso forse doveva ricredersi, perché appena ebbe pronunciato quelle parole, da quelle propriamente evocato e chiamato e tirato, apparve Luvio.

Liberata pensò che fosse la sua immaginazione a farglielo vedere, un miraggio provocato dalla preghiera e dalla nostalgia.

Dopo essere entrato dalla porta laterale si era segnato, si era guardato intorno, e quando la vide, avanzò rasente il muro e andò a sedersi al suo fianco, uno dei pochi posti rimasti liberi, uno spazio lasciato vuoto perché andasse occupato, come sulla mensola il candelabro.

Luvio prese il libro delle preghiere appoggiato sul banco, cercò la pagina giusta e, senza dire niente, confuse la sua voce con quella dell'umanità credente: *Sant'Antonio, glorioso servo di Dio, dacci il tuo aiuto nella prova; e illumina la nostra mente nella ricerca della volontà divina. Aiutaci a riavere la grazia che il nostro peccato distrusse, e conduci noi al possesso della gloria promessaci dal Salvatore. Ti chiediamo questo per Cristo nostro Signore. Amen.* Luvio prese la mano di Liberata e la tenne vicino a sé. La preghiera andava ripetuta più volte, ma dopo la seconda e un'occhiata d'intesa, si alzarono e uscirono.

Andarono a sedersi su una panchina nel cortile interno della parrocchia.

"Ti ho aspettato tutto il giorno!"

"Scusami."

"Ho pensato al peggio, bastava fare una telefonata."

"Perdonami."

"È stato per la Madonna?"

"Quale Madonna?"

"Non hai saputo della testa tagliata?"

"Scusa, non avevo capito. Sì, cioè, no. Ho saputo della Madonna, ma è per un altro motivo che non sono venuto. Mio padre non è stato bene."

A tutto aveva pensato Liberata, ma non a quello, che poteva essere invece una delle ragioni più probabili, un malore improvviso, di sé stessi o degli altri. E in un attimo, come tante altre volte era accaduto, i ruoli s'invertirono.

"Ho pensato che ti fossi fatto male, a un incidente con la moto... la gara del tuo amico."

"Sto bene."

"Non sapevo dove cercarti. Ho riprovato a telefonarti. Se dovesse succederti qualcosa io non saprei dove venire, dove andare..."

"Avrei dovuto chiamarti, hai ragione."

Mentre lo abbracciava, gli sfiorò il gomito destro, poi glielo toccò con più decisione.

"Ti fa male?"

"No, perché?"

Liberata non pensava di essersi sbagliata, che lei credeva alla corrispondenza dei corpi e allo scambio di molecole e particelle, semplicemente considerò che la soglia del dolore di Luvio fosse molto alta e non si fosse accorto dell'urto.

"Ieri è stata una giornata lunghissima."

Gli raccontò della manifestazione, e per tutto il tempo lui la tenne stretta a sé. Quando le campane suonarono la fine della novena, ritornarono verso la chiesa.

"Sei venuto anche tu per la preghiera?" gli disse Agata scendendo le scale del sagrato.

"Sì," e poi, rivolto verso Oreste, "scusatemi per ieri mattina, se non vi ho avvertito, ma mio padre non è stato bene."

"Ho saputo della Madonna," disse Agata segnandosi. "Perché non ti fermi a mangiare con noi, così ci racconti?"

Mentre apparecchiavano, dalla radio accesa la voce misteriosa cominciò uno dei suoi notiziari.

Qui Radio Alternativa 71, la radio dalla parte dell'umanità. Arrivano notizie più dettagliate in merito alla Madonna di Torre Ruggero, di cui vi avevamo parlato ieri in anteprima. Non si tratta della più famosa Madonna delle Grazie, celebrata l'8 settembre, ma della meno conosciuta Madonna dei Pastori, conservata in una chiesa di campagna e sconosciuta perfino a molti abitanti del posto. Proprio questo dettaglio lascia pensare che l'azione delittuosa possa essere opera di qualcuno che abita nelle vicinanze. Inoltre, il fatto che il sacrilego gesto, a differenza dei precedenti, sia stato compiuto di giorno sarebbe da ricondurre alla contemporanea manifestazione nel nostro paese, che ha accentrato tutte le forze d'ordine della zona dando la possibilità al collezionista di teste di agire indisturbato. Come negli altri casi, la testa è stata portata via e non ci sono testimoni dell'accaduto.

Per tutta la durata della cena, Luvio sotto il tavolo tenne la mano sulla gamba di Liberata.

Quando stava per andarsene, dopo l'ultimo bacio che lui la accarezzò con una dolcezza tale che le parve di ritornare bambina, lei gli disse: "Prometti di non ridere?".

"Perché dovrei?"

Liberata prese l'angelo d'argento dalla borsa.

"Tienilo con te, come portafortuna."

Luvio lo prese in mano, lo girò e rigirò più volte, lo fissava come un oggetto estraneo e sconosciuto, facendo l'espressione che lei aveva immaginato.

"Lo sai che non credo a queste cose."

"Io sì, fallo per me."

"Non serve a niente," disse lui fermo, ma senza perdere la dolcezza della voce.

"Fallo per me," insistette Liberata avvicinandosi e prendendogli la mano. "Non c'è bisogno che lo fai vedere, puoi nasconderlo da qualche parte. Sotto la sella della moto, per esempio."

Luvio accettò il bacio di lei e cedette. Sollevò la sella e mise l'angelo, avvolto nel fazzoletto, tra pezze unte d'olio e chiavi inglesi.

Liberata gli accarezzò i capelli.

"Se ti accadesse qualcosa ne morirei."

Chissà perché, le venne da piangere. Si trattenne.

"Facciamo un giro?" gli chiese, e così andarono, e Liberata non nascose il volto sulla schiena di Luvio ma si prese in faccia tutto il vento possibile, che aveva voglia di piangere, non sapeva di preciso per cosa, forse per quell'accenno alla morte, o per il timore che accadesse davvero qualcosa, o semplicemente perché quell'angelo aveva misurato la distanza che in certi momenti c'era tra loro, di certo le piacque che il vento freddo riempisse di lacrime i suoi occhi e se le portasse via, alle sue spalle, chissà dove, a sperdere nell'universo quegli invisibili segni del nostro soffrire sulla terra.

Quando tornò a casa, non era più arrabbiata con lui. Luvio non lo sapeva, ma Liberata lo aveva perdonato nell'attimo stesso in cui era apparso in chiesa, prima che glielo chiedesse con parole inutili, lo aveva perdonato per il solo fatto di non essere fuggito da lei, per il solo atto del ritorno. Le aveva promesso che non lo avrebbe più fatto, che se avesse avuto di nuovo un imprevisto l'avrebbe avvertita; Liberata ci credette, e anche se non fosse andata in quel modo, sapeva che lo avrebbe perdonato ancora, e ancora, perché non è vero che ci si stanca delle cose, se di quelle cose siamo noi ad averne bisogno. Ci piace apparire generosi, in verità siamo soltanto egoisti: ogni cosa che facciamo è un gesto d'egoismo, anche quando sembrerebbe il contrario, e il perdono è forse il maggiore di questi camuffamenti, che si perdona sempre e solo per sé stessi e mai per gli altri. E lei lo avrebbe perdonato, dimenticando i suoi gesti di uomo egoista, indipendente, solitario. D'altronde lei dimenticava tutto, e a volte sceglieva di farlo.

Era nata essere umano vocato alla dimenticanza.

Che poteva anche essere un bel nome per chiamarsi.

Dimenticanza.

Dimenticanza Macrì.

L'amore ai confini dell'odio

"Sabrina", Mensile di fotoromanzi e attualità
Anno XII, nr. 129, Sped. abb. post. Gr. III – 70, 300 lire

Liberata non sapeva sognare. Perché anche per i sogni ci vuole maestria, e lei non aveva ancora imparato. Ogni tanto Giuditta glielo chiedeva, quando le raccontava i suoi, cosa avesse sognato, e la risposta era sempre la stessa, "non ricordo", e allora l'amica le diceva che era normale, che lei lo faceva già a occhi aperti. Ma Liberata pensava non fosse questa la causa.

Per un certo periodo aveva avuto come vicina, nella stessa casa dove aveva abitato Pepè Mardente, Teresina Rosanò, che lei ricordava, oltre che per la sua solitudine, perché faceva sempre sogni straordinari, completi di particolari, odori, colori. Ogni mattina ne aveva sempre uno da raccontare, come fosse un film, e Liberata se ne stupiva e la invidiava, e un giorno glielo aveva chiesto, qual era il segreto per saper sognare, e Teresina se l'era pensata prima di rispondere, e in quell'attimo in cui abbassò la testa rivide, come i morienti, l'intera vita sua, e allora rispose che era una ricetta semplice, bastava non avere più nemmeno una mollica di speranza.

Liberata non le aveva creduto, ma pensò che chissà se ci fosse un manuale per imparare a sognare, e adesso che aveva conosciuto Zangari pensava che lui avrebbe potuto scriverlo, col suo modo singolare di guardare la vita, che lei sarebbe andata di corsa a comprarlo e lo avrebbe imparato a memoria.

In attesa d'un libro siffatto, ogni volta che si svegliava doveva fare i conti con il vuoto della notte, con quella parte segreta della sua esistenza scivolata via per sempre senza lasciare traccia.

Qualcun altro, a differenza di lei, non aveva fatto trascorrere quella notte inutilmente. Liberata lo seppe quando accese la radio, prima di sedersi a fare colazione.

Buongiorno da Radio Alternativa 71, la radio dalla parte dell'umanità. Un'altra notte di stelle cadenti. È comparsa in paese, e precisamente sul portone della chiesa dell'Addolorata, una nuova stella rossa, questa volta con l'aggiunta della scritta ANCHE GESÙ È COMUNISTA. Dunque, la manifestazione pacifica di sabato non è servita ad allontanare rischi di derive violente. Sale la tensione, e cresce il timore per un'escalation che chissà dove potrà condurre. Resta sempre in piedi l'ipotesi che si tratti di uno scherzo o di un tentativo di emulazione: a conferma di questo scenario, il fatto che nulla di pericoloso è realmente accaduto.

Pensò subito a Glauco. Sarebbe passata da lui più tardi, aveva del lavoro da sbrigare.

Prima di mettersi a lavorare, però, voleva essere sicura che Luvio quel giorno fosse andato al lavoro, e così con una scusa chiamò il padre in officina. Prima di chiudere gli chiese del fidanzato.

"Vuoi che te lo passi?"

Bastava così.

Il primo quaderno di Zangari era quasi finito. Mancava una pagina. Le aveva detto che le avrebbe fatto avere il seguito, ma dopo la volta che se l'era trovato in soggiorno, la sera della cena con Luvio, non lo aveva più visto. Era anche passata da casa sua, senza trovarlo. Non avere le sue storie da leggere, le sue parole che ridisegnavano il mondo, un po' la intristiva. Per questo, fino all'ultimo fu incerta se trascrivere quell'ultima pagina, ma era troppo curiosa di sapere cosa c'era scritto, che certo doveva essere speciale come lo sono sempre l'inizio e la fine di una storia. E così batté a macchina l'epilogo di quel primo viaggio nel mondo dell'invisibile.

Gli insetti non vivono che per cominciare a vivere.

La loro vita media è di circa dodici ore. Dodici.

La maggior parte della loro esistenza si svolge nella condizione di larva.

La Magicicada septendecula, *per esempio, una cicala americana dagli occhi rossi, trascorre sottoterra diciassette anni in stato di ninfa prima di divenire adulta: poi, in pochi giorni canterà, si accoppierà, morirà.*

Diventare adulti, per gli insetti, significa morire.

Eppure, c'è in loro una frenesia per esserlo, un'attesa lunga e paziente: essere adulti, compiere il proprio ciclo biologico è più importante che morire.

Queste cicale hanno delle cugine, le Magicicada tredecula, *che stanno sottoterra per tredici anni.*

E qui accade qualcosa di meraviglioso.

Tredici e diciassette sono due numeri primi. Non scelti a caso.

È una combinazione perfetta, per effetto della quale le due varietà di cicale escono dalla terra contemporaneamente solo una volta ogni 221 anni.

Ogni altra combinazione, anche di numeri maggiori – soprattutto di numeri pari –, comporterebbe un'uscita contemporanea molto più frequente, che provocherebbe un indebolimento della specie a causa dell'eventuale ibridazione, oltre a rendere il cibo più scarso e a esporre le cicale a predatori con cicli vitali più brevi.

Tredici e diciassette non sono quindi numeri scelti a caso.

Sono calcolati, previsti, determinati.

Sono il segno divino della Natura.

Suggestionata da quel racconto, quando chiuse il quaderno vide, in fondo alla copertina, un tratto che non sembrava fatto con la penna ma come stampato, una sbavatura tipografica, un segno qualsiasi per il resto del mondo ma non per lei, che lo riconobbe chiaramente.

Lo sguardo di Franco Gasparri, che incrociò alzando gli occhi dal quaderno, aveva sempre più l'aspetto d'un rimprovero. A Liberata sembrava ogni tanto che i volti nelle foto cambiassero espressione. Franco Gasparri era come risentito, e non solo perché Liberata lo trascurava, ma anche perché aveva capito, dal modo in cui lei lo guardava, di non bastarle più, che lei avrebbe voluto vedere, oltre al suo, pure il volto di Luvio, avere il *suo* poster, le *sue* foto sparse ovunque.

Ma Liberata non aveva una foto di Luvio, e per lei, che conosceva il mondo attraverso gli occhi, era una grave mancanza. Anche una piccola sarebbe andata bene, che le piaceva, quando la gente apriva il portafogli, vedere dentro le fototessere delle persone amate, quell'illusione umana che basti il simulacro d'una persona perché essa sia tutta con noi. Una volta aveva ritagliato da un fotoromanzo il volto di Franco Gasparri, un piccolo rettangolo delle stesse dimensioni di una fototessera, e per un certo periodo se l'era tenuto pure lei nella borsa, che a volte, quando prendeva il borsellino in un negozio, lo teneva aperto un po' più del necessario affinché vedessero e pensassero, oltre che era fidanzata, anche che il suo uomo era bellissimo, bellissimo come un attore. Ma poi un giorno il borsellino si era bagnato, la foto si era rovinata e lei non ne aveva ritagliata un'altra, convinta com'era che anche gli oggetti deperiscono, muoiono, e che è un errore non assecondare le leggi di natura. Che a lei le cose riparate non piacevano, aggiustare gli oggetti rotti sembrava una cosa senza senso, opporsi alla decadenza del mondo, rovesciare le sue regole: come voler ridare il respiro a un morto, imbalsamare un corpo finito, negare la morte.

Luvio era solo. Bruno e Oreste erano andati a prendere un'auto rimasta in panne.

Era seduto. Lei arrivò e gli si sedette a fianco, appoggiandogli la testa sulla spalla. Le piaceva il suo odore.

"Siamo soli."

Lui si alzò, la prese per mano e andarono dentro. Non le diede il tempo di parlare che la spinse al muro e la baciò sulla bocca, sul collo, le succhiò i lobi delle orecchie, le morse le labbra, e Liberata non capì nulla, si lasciò andare che il suo corpo non era più suo, e quando sentì la mano di lui infilarsi sotto la camicetta e sfiorarle il seno, capì che non era mai stata viva come in quel momento. Non avrebbe saputo dire quanto tempo restarono così, ma il motore dell'auto che si fermò nel piazzale giunse troppo presto.

Si sistemarono, ma solo lui uscì, lei andò in ufficio perché aveva bisogno di tempo per riprendersi.

Dopo un po', Luvio la raggiunse.

"Mi accompagni? Devo andare a prendere un filtro."

Liberata si guardò nello specchio, si diede un'ultima sistemata alla camicetta e andò con lui, a piedi, che il negozio di autoricambi non era lontano.

"Voglio una tua fotografia," gli disse sentendosi ancora addosso i baci di poco prima.

Luvio la guardò in maniera strana.

"Cosa devi fartene?"

"Che domanda è? Cosa si fa con le fotografie? Si guardano."

"Ma io non ne ho."

"Nemmeno una?"

"Non mi piace vedermi in foto, non vengo bene."

"Non ci credo."

Luvio sperò che il suo silenzio improvviso le facesse cambiare discorso.

"Allora la facciamo. Una fototessera, così me la posso tenere nel borsellino e portarti sempre con me."

"Vedremo."

"C'è la macchina delle foto di fronte alla scala del Comune, possiamo andarci oggi pomeriggio quando finisci."

"Non ho detto *oggi*. Ho detto *vedremo*."

"Fallo per me."

"Me lo ripeti spesso ultimamente."

"E quando?"

"Me lo hai chiesto ieri per l'angelo, e l'altra volta per..."

"Puoi chiedermelo anche tu, di fare delle cose per te."

Lui sorrise.

"Arriverà anche quel momento."

"Allora oggi andiamo a farla?"

"Un altro giorno."
Liberata ci rimase male.

Malgrado quello che aveva detto la voce misteriosa della radio, nessuno in paese credeva più a uno scherzo. La gente era allarmata, preoccupata che da un momento all'altro la situazione degenerasse: ogni minima traccia di novità – un forestiero che si fermava al bar, un'auto mai vista, un profumo diverso – era osservata con scrupolo e timore. La porta dalla sede del Partito comunista, diversamente dal solito, veniva tenuta chiusa.

Come aveva immaginato, Glauco era preoccupato.

"L'hanno fatta apposta!" fu la prima cosa che le disse. "La manifestazione è stata un successo, e questo a qualcuno ha dato molto fastidio."

L'auto dei carabinieri passò più volte.

"Ho saputo che hanno mandato rinforzi dal comando provinciale," disse Glauco. "Stamattina sono già venuti a farmi delle domande."

Nei bar e nelle piazze, oltre che sul Totocalcio e sulle partite del Catanzaro, si discuteva sul luogo in cui era più probabile che mettessero una bomba e tutti indicavano la Cassa di Risparmio di Calabria e Lucania e la sede del Movimento sociale.

La risposta dei missini non si fece attendere, e la mattina in cui apparve la seconda stella rossa sui muri della chiesa organizzarono un sit-in di fronte alla sezione, dove appesero un lenzuolo con lo slogan IL TERRORISMO NON PASSERÀ. IL NOSTRO ONORE SI CHIAMA FEDELTÀ. E ci fu anche il primo scontro, al Piano, tra Fortunato e un missino, che arrivarono alle mani davanti a tutti.

Quando sentì la figlia entrare in casa, Oreste la chiamò.

"Prima è passato il signor Zangari dall'officina e ti ha lasciato quel sacchetto. Mi ha detto di scusarlo se non vi state vedendo, ma deve sistemare alcune faccende urgenti," le disse mentre ritagliava delle etichette

Liberata lo prese e andò in camera. Dentro, come aveva immaginato, un quaderno uguale al precedente ma con la copertina verde. Lo aprì e fu contenta di ritrovare l'ammirata scrittura, di avere ancora tra le mani una preziosa riserva di consigli per la vita.

"Mi accompagni alla chiesa dell'Addolorata? Voglio vedere la stella rossa prima che la cancellino."

Liberata aveva saputo dalla madre che il vescovo aveva intimato di togliere subito quell'obbrobrio, ma le autorità avevano chiesto un giorno di tempo per fare tutti i rilievi necessari. Così aveva proposto a Luvio di andare con lei. Salì sulla moto.

All'inizio della salita che portava alla chiesa, era parcheggiata l'auto nera con due carabinieri. Il portone era aperto per via della novena. Una volta in cima alla lunga scalinata, Liberata si avvicinò alla stella rossa per osservarla. Era un po' più piccola di quella della farmacia. Notò ancora una volta l'insicurezza e l'indecisione della mano, evidenti soprattutto nella parte finale del disegno, quando il tratto rettilineo un poco s'incurvava e cedeva d'intensità.

"I carabinieri sono ancora nell'auto?"

Luvio si affacciò.

"Sì, perché?" disse continuando a guardare in basso.

Liberata tirò fuori dalla borsa la Polaroid e fece una foto ravvicinata alla stella sul portone.

Sentendo il rumore dello scatto, Luvio si voltò verso di lei.

"Ma cosa fai?"

Non finì di pronunciare la frase che subito Liberata si girò verso di lui e scattò. Luvio cercò di nascondersi il volto con la mano, ma non fece in tempo.

"Perché?"

La voce e l'espressione del volto si erano induriti. Liberata non capiva.

"È solo una foto."

"Non dovevi farlo."

Lei teneva la polaroid tra le dita, aspettando che i colori si formassero.

"Fammela vedere," le disse, e gliela prese di mano.

Quando l'immagine si fu composta, che Liberata riuscì solo a stento a intravederla, Luvio le parlo con voce ancora più severa.

"Te l'avevo detto! Guarda come sono venuto male! Non sopporto di vedermi fotografato."

E senza aggiungere altro, la strappò.

Liberata rimase in silenzio, attonita, quasi spaventata. E quel gesto le parve così violento che per un attimo, guardando Luvio, ebbe la sensazione di avere davanti uno sconosciuto. Lui buttò i frammenti di sé in un cestino dei rifiuti.

"Andiamo," le disse perentorio.

Liberata, frastornata, lo seguì.

Non si dissero niente.

Arrivati davanti a casa, Luvio la fece scendere in fretta.

"Non farlo mai più."

Liberata entrò in casa. Voleva solo chiudere gli occhi e dimenticare tutto. Il quaderno di Zangari era sul letto. Chiuso. Lo prese in mano per spostarlo e allora si ricordò della sbavatura tipografica in fondo alla copertina, insignificante per il resto del mondo ma non per lei, un segno stenografico che aveva interpretato ma che solo adesso comprendeva fino in fondo. *Corso pratico di stenografia italiana corsiva sistema Cima.* Pagina cinquantadue, *Sezione f) parole gruppo -cia, -gia.* Terzo esempio.

Rinuncia.

Ciò che gli uomini chiamano amore

“Kolossal”, Mensile di fotoromanzi
Anno XII, nr. 193, Sped. abb. post. Gr. III – 70, 82 pagine, 300 lire

Ripetono sempre gli stessi errori, gli uomini.

Non sanno apprendere dall’esperienza, né quella del giorno prima né quella delle trascorse esistenze.

Liberata credeva alla vita dopo la morte e alle anime che di rinascita in rinascita si trovavano in corpi sempre diversi. Dimenticando ogni volta sé stessi.

E invece sarebbe importante ricordare qualcosa delle vite passate, custodire nelle pieghe più inaccessibili del corpo anche solo delle sensazioni, dei presentimenti, come piccole calamite per gli aghi delle bussole: l’anulare che si gonfia in prossimità delle bugie d’amore, le ciglia che tremano nell’incipienza del pianto, il piede che s’inarca al cominciamento dell’infelice sentiero.

Liberata quella mattina, seduta sul letto, si guardava alla ricerca d’impercettibili cambiamenti che avrebbe interpretato alla stregua di profezie e vaticinazioni: le braccia, le mani, un oscuramento che pareva un neo in prossimità dell’indice, le gambe, i piedi.

All’origine di quei pensieri c’era una sensazione provocata dalla lettura dell’ultimo numero di “Charme”. Si era imposta di leggerlo la sera precedente, per non pensare al gesto di Luvio. Non era stata la solita lettura coinvolgente, ma collaborò a una momentanea distrazione. A un certo punto, le era sembrato che Michela Roc si ritrovasse a vivere la stessa situazione di qualche mese prima nel fotoromanzo *Una spina nell’anima*.

Le parve addirittura che indossasse lo stesso maglione grigio a collo alto, che nella realtà aveva immaginato potesse essere giallo o arancione. Lo sapeva che i meccanismi delle storie si ripetevano, che i vestiti potevano passare da un attore a un altro, che gli sfondi, i quadri, i soprammobili e tutti gli arredi di scena erano spesso gli stessi, eppure c'erano volte nelle quali le ripetizioni erano talmente numerose che le sembrava di leggere storie in alcuni passaggi perfettamente sovrapponibili. E come nella precedente, ch'era andata in fretta a recuperare nel magazzino malgrado fosse tardi, anche nella nuova Michela Roc si chiamava perfino allo stesso modo: Elena. Aveva cominciato a innamorarsi di Franco Gasparri guardandolo dalla finestra, non riusciva a farne a meno sebbene sapesse che lui era già fidanzato e quella storia le avrebbe arrecato solo dolore.

Per incontrarlo lo aspettava sulle scale, tra il terzo e il quarto piano: sentiva i suoi passi rimbombare nell'androne e calcolava i gradini mancanti, i gradini che la separavano da lui, e per la seconda volta aveva avuto lo stesso pensiero, la stessa nuvoletta tratteggiata: QUANDO CAPÌ CHE ERA A POCHI METRI, SENTÌ IL CUORE BATTERLE FORTE, E NASCERE DENTRO UNA SENSAZIONE STRANA, DI FASTIDIO, DI TIMORE, COME UN AVVERTIMENTO. UN AVVERTIMENTO CHE LEI PER LA SECONDA VOLTA NON SEPPE RACCOGLIERE. Lo stesso pensiero della storia di mesi prima, lo stesso primo piano, che se Michela Roc non avesse avuto i capelli raccolti avrebbe potuto essere lo stesso fotogramma. Fu proprio allora, mentre Liberata dentro di sé diceva *Ricordati della volta scorsa, ricordati*, inutilmente, fu proprio allora, di fronte al suo ultimo richiamo, che s'innescarono i pensieri sul mancato perdurare della memoria. Quella prima volta Elena, accertata poi la veridicità della sensazione infelice, avrebbe dovuto lasciare a sé stessa un segno, come quando si spezza un ramo nel bosco per ricordare il passaggio recente, una traccia, qualcosa con cui indicarsi a futura memoria gli errori da non commettere di nuovo. Un biglietto nella tasca, per esempio, magari nella giacca più bella, quella che si indossa a distanza di anni. Un breve messaggio, poche parole, essenziali: *Non cercarlo, ti farà solo male.*

Per un attimo si sentì Elena, ma lei poteva ancora imparare, correggere la crudeltà del tempo. Aprì l'armadio per scegliere la giacca giusta, quella che avrebbe potuto indossare anche quando sarebbe stata una donna matura, fors'anche maritata, quella che più d'altre avrebbe potuto resistere al trasmutare delle vite. Ma nell'allungare la mano per prenderla, la pieghevolezza del panno le trasmise una sensazione di fragilità, precarietà, cedevolezza. Si guardò intorno. Vide la scatoletta metallica delle liquirizie Amarelli. L'aveva conservata per i colori accesi dei fregi, senza immaginare a cosa sarebbe potuta servire. Lo avrebbe scoperto col tempo. Era un insegnamento del padre, che in officina non buttava mai nulla, nemmeno un dado, nemmeno un bullone, che prima o poi anche quelle minuscole particelle ferrose avrebbero trovato il loro incastro universale. Il tempo è ambiguo: cancella le memorie, ma rimette a posto le cose. Il senso di robustezza che arrivava dalla scatoletta bastò.

L'aprì. Era vuota, eccetto qualche granello appiccicoso di zucchero negli angoli. Meglio, pensò, si attaccherà alla carta e la renderà più resistente. Strappò mezzo foglio da un quaderno a quadretti e, mettendo da parte l'indecisione che rallentava ogni gesto della sua vita, scrisse:

Appunto per la mia prossima vita:
RESTARE SOLI.

Chiuse la scatoletta, la mise nella tasca dell'impermeabile verde e uscì dalla stanza succhiandosi la punta zuccherosa dell'indice.

Fino all'ultimo pensò di chiamare il notaio per dirgli che non sarebbe andata. Ma rinunciare alla normalità le sembrava un modo di darla vinta a Luvio, di concedergli altro in un momento in cui avrebbe voluto togliergli tutto. Così si preparò con cura e andò.

Era la prima volta che si vedevano dopo i fatti della manifestazione, e Liberata arrivò allo studio con un certo timore. Alla luce del fallimento del piano, temeva che potessero incolparla. Entrò titubante, ma Capistrano la accolse come sempre, facendole addirittura un complimento per come si era truccata gli occhi. Liberata si tranquillizzò e si mise a lavorare.

"Dopodomani ha da fare?" le chiese il notaio quando ebbe finito.

"A che ora?"

"Nel pomeriggio. Si ricorda che le avevo chiesto di accompagnarmi per un testamento?"

"Dai Caracciolo."

"Sì. Ci vediamo al cancello alle quattro."

Oreste aveva un libro in mano.

"Stamattina è passato Zangari dall'officina. Mi ha detto cosa state facendo. L'aspetto di uno che scrive libri ce l'ha."

"Ed è molto bravo," aggiunse Liberata.

"Mi ha dato anche questo libretto," continuò Oreste indicandole un piccolo volume che aveva appoggiato sulla cassapanca, "gli ho detto che non sono abituato a leggere, ma lui ha insistito, ha detto che per questo devo fare uno sforzo, che non si possono amare ragni e farfalle se non si è letta questa, *Vita e morte degli insetti.* Vuol dire che seguirò il consiglio, con fatica ma lo seguirò."

Liberata riconobbe uno dei libri che erano sul tavolo di Zangari il giorno in cui a lei aveva dato *La signora Bovary*.

Era andata avanti con la lettura, e le stava piacendo. Era arrivata al punto in cui Emma s'innamora del giovane Léon. Avrebbe visto benissimo Jean Mary Carletto nella parte del giovanotto, mentre per tutta la lettura cercava di trovare quale potesse essere fra tutte la migliore attrice per interpretarla, e adesso aveva deciso fosse Adriana Rame.

Era a letto, irrequieta. Aveva chiuso presto la persiana, che quella sera al cielo piaceva ingannare gli occhi promettendo speranze.

Si era appena aggiustata il cuscino per iniziare a leggere il secondo quaderno di Zangari quando sentì dei colpi alla finestra.

Si spaventò. Non capiva cosa stesse succedendo. Altri due colpi, più forti.

"Liberata, sono io."

Luvio.

Rimase immobile, non sapendo cosa fare. Era arrabbiata con lui, e nello stesso tempo stava accadendo, quando ormai aveva disperato, ciò che aveva atteso per tutto il giorno.

"Aprimi. Devo parlarti."

Scostò la coperta, prese dalla sedia un golfino e se lo mise sulle spalle, quindi aprì la finestra.

Non disse niente, ma teneva gli occhi bassi, perché temeva che dicessero troppo.

"Sono stato uno stupido."

"Parla piano."

Ripeté la frase quasi sospirando: "Sono stato uno stupido".

"Cosa fai qui a quest'ora?"

"Sto arrivando da Torre. Non ce la facevo più, non sarei riuscito a passare una notte così, lontano da te."

"L'hai voluto tu."

"Ho sbagliato e sono venuto per chiederti scusa."

Liberata era ancora ferita, ma sganciò il fermo della persiana e la schiuse.

"So come farmi perdonare."

Mise la mano in tasca e tirò fuori una fototessera in bianco e nero.

"Per te."

Lei la prese in mano e la guardò, e Luvio le parve così bello che davvero non avrebbe sfigurato al fianco di Franco Gasparri.

"Puoi tenerla nel borsellino, è tua."

Ancora una volta, per l'ennesima volta, Liberata si sentì in colpa: Luvio aveva reagito in quel modo perché davvero odiava le foto, che forse qualche brutto ricordo o evento lo faceva essere così, e proprio per questo quella foto rubata l'aveva vissuta come una mancanza di rispetto, d'altronde lui era stato chiaro: non voleva essere fotografato, e invece lei l'aveva fatto di prepotenza. Messa così, Luvio non aveva tutte le colpe.

"Mi hai spaventata."

Appoggiò la foto sul letto.

"Scusa, non volevo. È che io odio le foto, non posso farci niente."

Liberata riabbassò gli occhi.

"E io ho insistito troppo," ammise dispiaciuta.

Lui allungò il braccio per accarezzarla.

"Hai la mano fredda."

Guardò verso il giardino, le cime degli alberi sbattute dal vento.

"Sì, fa freddo qui."

Ci fu un attimo di silenzio. Imbarazzante.

"Fammi entrare."

"Ma..."

"Solo qualche minuto."

Liberata guardò alle sue spalle, verso la porta.

"Di cosa hai paura?"

"Di niente," gli rispose con poca convinzione.

"Allora lasciami entrare."

Lei aprì la persiana e fece un passo indietro, lui salì sul davanzale e con un salto fu dentro.

Liberata richiuse piano la persiana.

"Mi hai chiuso dentro," sorrise lui, "adesso non posso più uscire."

La baciò. Lei all'inizio si irrigidì, ma poi si lasciò andare.

Si sedettero sul letto.

"Speravo venissi in officina," disse Luvio sottovoce, accarezzandola.

"Toccava a te cercarmi," rispose Liberata.

"Adesso sono qui. Non dormivi, vero?"

"No, non ho sonno."

"Peccato."

"Perché?"

"Devi essere ancora più bella mentre dormi. Posso restare qui a guardarti?"

Liberata sorrise.

"Ma tu domattina devi lavorare e hai bisogno di riposarti."

"Appunto. Non posso tornare a Torre Ruggero. Perderei troppo sonno, e poi non è sicuro viaggiare di notte con questo vento."

"Cosa stai cercando di dirmi?"

"Mi basta anche quella sedia."

Si alzò e andò a sedersi alla scrivania.

"È comodissima."

"Smettila."

"Dico davvero. Tu puoi tornare a letto."

Liberata allora si tolse il golfino dalle spalle e si mise sotto le lenzuola.

"Lascia accesa la luce del comodino. Girala verso la parete, così non ti darà fastidio e io posso guardarti."

Ubbidì.

"Così è perfetto," disse Luvio. "Adesso puoi anche chiudere gli occhi."

Lei li chiuse, come ad assecondare il gioco, ma subito dopo li riaprì.

"Smettila, non puoi stare lì tutta la notte."

"Vuoi davvero farmi andare via a quest'ora?"

Liberata rimase in silenzio, la sua testa stava facendo calcoli su calcoli.

"Puoi sederti vicino a me."

Luvio le andò vicino, si tolse le scarpe e si sedette sopra le coperte.

"Così stai comodo?"

"Non tanto."

"Mettiti come stai meglio."

Luvio allora alzò le lenzuola e si distese al suo fianco.

"Così, così sto benissimo."

Lei provò a protestare ma lui la abbracciò forte e la baciò, poi allungò il braccio per spegnere la lampada.

Il quaderno verde cadde aprendosi sulla prima pagina.

Si odiano, i maschi e le femmine dei ragni.
Più grande, lei. Dominante. Prepotente.
Stanno lontani.
Se potessero vivrebbero in universi paralleli.
Ma non decidono tutto. Non possono decidere tutto. Nessuno può farlo.
Qualcosa accade. Improvvisamente.
C'è un attimo in cui i ragni maschio e i ragni femmina s'incontrano, come se smarrissero memoria della loro condizione, o forse chissà, recuperassero quella autentica e perduta; un attimo in cui la femmina dimentica la propria ferocia e il maschio i propri timori.
Un attimo in cui il ragno intinge i pedipalpi nel liquido fecondante che stilla dal suo torace e lo depone su un punto preciso del corpo della sposa, un accoppiamento che è una fredda operazione di laboratorio, senza scambi e amplessi, una combinazione geometrica di corpi e volumi.
Una breve tregua che permette il compiersi dell'atto fecondatore.
Quella tregua, quel momentaneo silenzio delle voci cattive,
è ciò che gli uomini chiamano amore.

Come un fiore senza sole

"Noidue", Mensile di fotoromanzi
Anno II, nr. 10, Sped. abb. post. Gr. III – 70, 84 pagine, 250 lire

Forse aveva sognato. Ma la persiana e la finestra erano aperte. Luvio era andato via prima che lei si svegliasse, prima che facesse giorno e qualcuno potesse vederlo. Non aveva sognato. Sul cuscino c'era il suo profumo, e non solo lì.

Era felice. Forse non le era mai successo. Felice. Che pensava non avrebbe mai usato quell'aggettivo per sé: le sembrava esagerato, eccessivo, il punto più alto di pienezza; e invece quella mattina era proprio così che si sentiva. Si alzò. Raccolse il quaderno di Zangari. Poi si mise a cercare la foto di Luvio. Tolse le lenzuola, alzò il cuscino, spostò anche il letto: niente. Della fototessera nessuna traccia. Forse era finita sotto l'armadio. Si abbassò per guardare, ma non c'era abbastanza luce. Non importava, che in quel momento nulla avrebbe potuto turbarla: l'avrebbe cercata più tardi, magari gliene avrebbe chiesta un'altra.

Accese la radio, aveva voglia di ascoltare la musica. E poi arrivò la voce.

Buongiorno da Radio Alternativa 71, la radio dalla parte dell'umanità. Un altro triste risveglio per la nostra cittadina: questa notte, mani ignote e ignobili hanno disegnato una svastica nera sull'edicola di Glauco. È un'escalation, dopo la manifestazione di sabato e la seconda stella rossa sul portone della chiesa, e noi, insieme a tutti voi, ci chiediamo dove arriveremo. Forse è giunto il momento di riflettere, di fare tutti un passo indietro per ritornare alla civile convivenza che ha sempre caratterizzato la nostra piccola comunità.

Liberata si vestì in fretta e furia.

I carabinieri erano appena risaliti in macchina.

Glauco aveva il volto scuro e raccontò all'amica ch'era stato appena interrogato. Il maresciallo aveva fatto riferimento a una specie di resa dei conti, e l'allusione era stata molto chiara. Gli avevano chiesto se volesse sporgere denuncia.

"Gli ho risposto di no, tanto so chi è stato, non gli darò certo questa importanza. Se pensano di spaventarmi, hanno proprio sbagliato persona."

Liberata si avvicinò alla croce uncinata per vederla più da vicino, un tratto indeciso e irregolare che finiva in una minuscola e quasi impercettibile parabola.

Ritornò dall'amico e gli mise una mano sulla spalla:

"Lo sai che io ci sono sempre per te!".

Cercò di cambiare discorso e, vedendo sulla copertina di "Marina" Kirk Morris e Adriana Rame scambiarsi un intenso bacio sulle labbra, commentò: "Sono sempre insieme questi due".

Lui guardò la foto e poi cominciò a sistemare i giornali.

"Prima o poi si lasceranno."

Quella risposta sorprese la ragazza.

"Liberata..." aggiunse con voce sommessa.

Non riusciva a parlare, e non era da lui.

"Cosa c'è, Glauco? Così mi fai preoccupare."

L'edicolante abbassò lo sguardo.

"Devi."

Liberata si spaventò.

"Cosa c'è, dimmi!"

Glauco lasciò quello che stava facendo e la prese per le braccia, perché ormai era inutile fingere, rimandare, prendere tempo, e per la prima volta da quando Liberata era lì la fissò negli occhi.

"Non avrei mai voluto..."

Liberata non disse niente, ma già si sentiva morire e guardò le labbra di lui in attesa delle parole che l'avrebbero finita.

"Si tratta di Luvio."

Fu lei a stringergli le braccia.

"Ha avuto un incidente? Come sta?"

Era accaduto, era solo questione di tempo, che lei glielo diceva continuamente di andare piano, che le moto sono pericolose e lui era troppo spericolato, che lei lo sapeva, ogni volta che si lasciavano, ogni volta che lo vedeva scomparire dietro l'angolo, che sarebbe stata la moto la causa della loro rovina. Che gli aveva regalato anche un angelo d'argento per illuminarlo, custodirlo e proteggerlo. Non era servito a niente.

"È vivo? È ancora vivo, vero?"

Glauco le mise la mano tra i capelli.

"No, no, nessun incidente. Lui sta bene."

Ritornò a guardare per terra.

"Troppo, in verità."

"Cosa significa? Dimmi cosa è successo!"

Glauco le fece una carezza.

"Ieri sono andato a Chiaravalle per il raduno del partito. Al ritorno, mentre passavo da Torre Ruggero..."

Liberata non capiva, se non era successo niente, perché tutto quel timore nel parlare.

"Ecco, mentre passavo da lì, ho visto Luvio... con una ragazza."

Liberata tirò un sospiro di sollievo.

"Tutto qui? Sarà stata un'amica."

Lui scosse la testa.

"La stava baciando."

Liberata subì il colpo, per un attimo pensò che forse un incidente sarebbe stato meglio, e cercò di aggrapparsi a qualcosa prima di cadere.

"Sì, un'amica," ripeté, "l'avrà salutata baciandola sulla guancia."

Guardò il volto di Glauco in cerca di segni corroboranti, ma trovò la pietrificazione del diniego.

"In quel modo?" disse allora Glauco indicando il bacio appassionato sulla copertina di "Marina".

Liberata si sentì male. Guardò il poster e vide Luvio al posto di Kirk Morris.

Provò un freddo nel corpo, un'improvvisa ondata di gelo che la immobilizzò. Il mondo sembrò crollarle addosso, le pareva che il cuore non battesse più, sentì mancarsi e per un attimo si lasciò andare a peso morto. Il suo sogno era finito.

Glauco l'aiutò a sedersi sulla sua sedia.

Liberata era confusa, e lì, in quell'attimo di sospensione in cui doveva scegliere se sprofondare nell'abisso della disperazione o ritornare a respirare in superficie, nel suo corpo e nel suo cuore prevalsero istinti di sopravvivenza.

Guardò l'amico.

"Sei sicuro che fosse lui?"

"Sicurissimo. Se solo avessi avuto un minimo dubbio, non te lo avrei nemmeno detto."

"Ma puoi esserti confuso, se la stava baciando non hai potuto vederlo bene..." insistette. "Com'era vestito? Che ora era? Lui finisce tardi in officina."

Liberata non riusciva a rassegnarsi. Glauco la guardava con compassione, che in quel momento si pentiva di averglielo detto, che i destini devono fare i loro percorsi e noi non dobbiamo metterci di mezzo, che lui non sarebbe dovuto passare da quella strada, e che era passato di lì solo perché aveva un trattore davanti, che non era calcolato nella loro storia d'amore e che avrebbe dovuto farsi i fatti suoi.

"Non era lui, sicuramente ti sei sbagliato."

Glauco non ebbe più il coraggio d'insistere. E comunque sarebbe stato inutile.

"Forse," disse, ma era solo una concessione alla disperazione.

Liberata si alzò e andò via.

"Le riviste," la richiamò lui.

Lei ritornò indietro, pagò, prese i giornali, tutto con movimenti rallentati, non salutò Glauco e lui ci rimase male, che mentre la vedeva andare via si disse che avrebbe potuto farne a meno, e tuttavia un giorno forse Liberata l'avrebbe ringraziato, perché lui di dubbi non ne aveva, che quello era proprio Luvio, almeno così gli era sembrato, anche se adesso, nella confusione di Liberata che aveva coinvolto anche lui, adesso non ne era più così certo, e davvero non capiva perché gliene avesse parlato.

Liberata non aveva voglia di fare niente, tanto meno di andare da Zangari. Non pensava ad altro che alle parole di Glauco, cercò di immaginare la scena, Luvio che abbracciava e baciava un'altra donna, e le si allinearono in testa una serie infinita di domande che avrebbe voluto fargli, se erano in piedi, quanto tempo erano stati attaccati, se lei era bella. Proprio non poteva credere che Luvio avesse dormito con lei, la notte precedente, qualche ora dopo aver baciato un'altra. Pensò di non andare da Zangari, ma quando le venne in mente la sua camera, il letto, il cielo nuvoloso che avrebbe appesantito i suoi pensieri, l'ossessione di quell'immagine, si disse che lavorare l'avrebbe distratta. Passò a prendere la macchina da scrivere.

Zangari l'accolse come sempre: notò che era diversa dal solito ma non volle approfondire, e quando tratteneva lo sguardo su di lei per capire cosa avesse, lei lo distoglieva all'istante. Si sedette al tavolo e mise la carta nel rullo della macchina.

"*Se non ci fossero le farfalle, la terra sarebbe come quelle spiagge dell'Oceania dove la sabbia è nera, come i paesaggi lunari, come un pozzo disseccato nel deserto, come un cimitero dalle tombe abbandonate. Molti insetti cercano di redimersi con un piccolo merito, una piccola virtù più o meno palese: la formica lugubre ma laboriosa; il grillo vestito d'una tonaca monacale ma musicista; la cicala esasperante ma evocatrice del sole; la cetonia che divora le nostre rose ma indossa una corazza splendente; il carabo sanguinario ma vestito d'oro e d'acciaio brunito; l'ape che ci lascia prendere il suo miele come il bombice ci dà la sua seta, come il laido ragno cattura le noiose mosche.*

Ognuno ha il suo compito o qualche cosa d'analogo rispetto a noi uomini.

La farfalla, invece, non serve a nulla, assolutamente a nulla.

È inutile, ma è bella.

E nulla di ciò ch'è bello è inutile."

Zangari voltò pagina e vide che Liberata era rimasta indietro, e si sorprese, che di solito il ticchettio terminava quasi insieme alla sua voce. Continuò dettando più lentamente.

"*Appena venute fuori quali insetti perfetti, le farfalle non pensano che ad accoppiarsi. È il compito che spetta allo stadio d'immagine.*

Mentre l'uomo ha fatto dell'amore un'inquietudine cronica, una specie di mania che influisce sui suoi atti in tutti i momenti dell'anno, in natura l'amore arriva alla sua ora, secondo lo stesso ritmo degli altri appetiti, retto dalle stesse leggi biologiche."

"Bio..."

Zangari la guardò stupito.

"Tutto bene, Liberata? Mi sembrate distratta."

Non era mai successo che lei perdesse il filo della dettatura.

"Sì."

"Sicura? Volete che ci fermiamo un attimo?"

Liberata tolse le mani dalla tastiera e le appoggiò sul tavolo.

"Sì, in verità, forse era meglio se non fossi venuta."

"Cosa è successo? Posso aiutarvi?"

"No, non potete."

Zangari le si sedette di fronte.

"A volte parlare aiuta a sentirsi meglio, ad alleggerirsi."

Liberata non sapeva cosa fare, ma certo uno che scriveva quelle cose aveva uno sguardo sul mondo che forse avrebbe potuto comprenderla.

"Ma secondo voi, uno sbaglia a seguire l'istinto? Voglio dire, quando c'è da fare una scelta..."

"Dipende. Se mi fate capire meglio, magari posso provare ad aiutarvi."

"Se per esempio qualcuno vi dicesse che una persona non è quella che voi pensate."

"Un'amica vi ha delusa?"

Liberata tolse le mani anche dal tavolo, in segno di resa, facendo cadere le braccia lungo il corpo.

"Il mio migliore amico..." E a quella frase s'interruppe, come a ponderare la veridicità delle parole.

Zangari non disse niente, ma attese.

"Poco fa sono passata da lui e mi ha detto una cosa alla quale non posso credere."

"E allora non credeteci."

"Ma se fosse vero..."

"È così grave?"

"Il proprio fidanzato che bacia un'altra donna è abbastanza grave?"

Zangari aspettò che Liberata aggiunse qualche particolare, quindi chiese: "Il vostro amico è proprio certo che fosse lui?".

"È quello che gli ho chiesto. Dice di sì, ma secondo me si sbaglia. Luvio vuole solo me."

Zangari si alzò.

"Sì, la mia risposta è sì, seguite l'istinto. Lo avessi fatto anch'io, tanti anni fa! Il vostro amico potrebbe essersi sbagliato, succede a volte di confondersi... E poi com'è quella storia? Ognuno di noi ha sette sosia, e magari il sosia del vostro fidanzato si trova a qualche chilometro da qui. Se voi sentite di essere nella ragione, se lo credete fermamente, allora non perdete tempo in altri pensieri. Il vostro amico si è sbagliato e basta. Con il vostro fidanzato ne avete parlato?"

"No, ancora non l'ho visto."

"Avete intenzione di dirglielo?"

Liberata non ci aveva pensato. Di certo Luvio si sarebbe arrabbiato e comunque, se fosse stato vero, non sarebbe stato certo così stupido da confermarglielo.

"No, non vale la pena, è solo un fraintendimento."

"Saggia decisione. Non pensateci più e vedrete che tutto ritornerà alla normalità."

Ripresero il lavoro. Prima di andare via, Liberata si fermò sulla porta.

"Ma voi credete nell'amore?"

Sul volto di Zangari passò un velo di malinconia, e lei lo immaginò recuperare il volto amato, perduto. Anche la sua voce era piena di nostalgia:

"Osservo gli insetti e anche altri animali da tanti anni, e sapete qual è la grande certezza che ne ho ricavato? Che per loro, e quindi per la maggior parte degli esseri viventi, l'amore non esiste. L'amore, mia cara Liberata, è un'invenzione umana, e come tutte le invenzioni serve solo a risolvere un problema pratico. Scegliete voi quale".

Parlare con Zangari le aveva fatto bene. Il dubbio non era completamente dissolto, ma le sue parole la facevano stare meglio. Camminando per strada, si mise a fare una specie di gioco: guardava le persone da lontano e tirava a indovinare chi fossero. Il più delle volte falliva, e ogni errore era per lei balsamo e medicamento. Che allora era più facile sbagliare, per un forestiero che attraversa un paese in auto, che deve stare attento alla guida, che magari ha anche il finestrino appannato, e per un secondo, per un secondo, che un'auto in movimento non offre più di questo spiraglio di tempo, in un secondo si guarda intorno e vede gente sconosciuta e poi per un millesimo di secondo, su un marciapiede, gli sembra di vedere un volto conosciuto che bacia una donna, forse perché proprio in quel momento stava pensando a lui, forse per una somiglianza di particolare, capelli ricci, pelle scura, che a vederli da lontano gli uomini assomigliano agli insetti, tutti uguali, tutti identici uno all'altro, che gli insetti non hanno nomi, non hanno individualità, ma tutti si chiamano col nome della specie. Si era fidata delle apparenze, si era lasciata confondere da quella realtà che sapeva ingannevole, per fortuna si trattava di un cedimento facilmente risanabile.

Aveva peccato d'imprudenza nel mettere in dubbio la fedeltà di Luvio.

Imprudenza.

Che poteva essere un bel nome per chiamarsi, pensò.

Imprudenza.

Imprudenza Macrì.

L’angelo dalle ali sporche

“Le avventure di Jacques Douglas”, Mensile di fotoromanzi – attualità – varia Anno XIII, nr. 124, Sped. abb. post. Gr. III – 70, 84 pagine, 300 lire

“Guarda,” disse al padre, “sta arrivando Ippolito.”

Tutti e quattro si voltarono verso il marciapiede dove colui che era stato un giovane forte e dal futuro ancora da scrivere arrancava trascinandosi su due stampelle che sembravano essere parte del suo corpo, che a Liberata da lontano parve una mantide religiosa.

“Che pena a vederlo così,” commentò Oreste.

“La vita è un velo di cipolla,” seguì Bruno.

Ippolito si accorse che lo stavano guardando: si fermò per riposare e alzò la mano a salutarli. Entrò lentamente nel piazzale, e subito Oreste e Bruno gli andarono incontro offrendogli il braccio mentre Liberata era andata a prendere una sedia dall’ufficio.

Quando si sedette, Ippolito tirò un sospiro di sollievo.

“Grazie, non immaginate che fatica. È la prima volta che faccio tanta strada da solo. E non potevo non venire qui.”

Bruno era commosso: erano cresciuti insieme in quell’officina e per lui era come un fratello, a vederlo in quel modo si sentiva male.

“Mi mancava questo posto,” sospirò Ippolito.

“Anche tu manchi a noi,” gli rispose Bruno.

A quella frase, Ippolito scoppiò a piangere. Oreste gli si avvicinò per consolarlo, mentre il ragazzo cercava di controllarsi.

“Scusatemi, non è facile per me.”

Gli uomini non dovrebbero piangere. Liberata non sopportava di veder piangere qualcuno, chiunque fosse. Le sembrava come la messa in crisi del mondo, la prova che qualcosa nel processo di costruzione era andato storto. Il pianto era una delle poche cose che i fotoromanzi non erano capaci di imitare: camuffavano credibilmente baci e schiaffi, sofferenze e sorrisi, ma non il pianto, come se quello fosse, in quanto irreplicabile, il carattere distintivo dell'umanità vivente.

"Se avete bisogno di aiuto sono qui," scherzò Ippolito per smorzare la gravità del momento.

"A proposito, dov'è il mio sostituto?"

Liberata si guardò intorno e non vide Luvio.

"Sarà andato in bagno."

"Doveva prendermi dei pezzi all'autoricambi, magari ne ha approfittato adesso," aggiunse Oreste.

Lei andò a controllare sul retro dell'officina e la moto non c'era.

Ritornò da loro. Ippolito si era alzato a fatica e si era avvicinato al cofano aperto dell'auto che stavano riparando. Per un attimo gli ritornò il sorriso e dimenticò il suo stato, ma poco dopo le braccia e le gambe ritornarono a fargli male.

"Mi sa che è ora di tornare a casa," disse sforzandosi di sorridere. "Oggi ho esagerato."

"Vuoi che ti riaccompagni io?" si offrì Oreste.

"Torno da solo, grazie, il medico ha detto che devo muovermi. Piano piano arriverò."

Si salutarono con la stessa commozione di prima, e Oreste gli ribadì l'invito a tornare tutte le volte che voleva.

Liberata lo osservò andare via, e ritornò l'immagine della mantide. C'era stato un momento, da ragazza, sollecitata dalla passione paterna, che si divertiva ad assomigliare la gente che incontrava agli insetti conservati nel soggiorno. La mantide religiosa le faceva più paura di tutti. Quella che Oreste conservava nella sua collezione aveva le zampe unite, come in preghiera, ed era una postura che la assomigliava terribilmente a un essere umano. Da bambina, Liberata pensava che la mantide fosse una donna trasformata in insetto per punizione, e che allora si vendicava ammazzando gli uomini, nel modo peggiore, dopo averne inglobato il seme, negandogli la paternità.

E poi c'era un particolare che la inquietava: la mantide religiosa è l'unico insetto, e quindi l'unico essere vivente, capace di girare completamente la testa. Completamente.

Dopo qualche minuto che Ippolito era andato via, ritornò Luvio con i pezzi di ricambio. Liberata non gli raccontò nulla. Lo salutò, doveva ritirare una relazione dall'ingegnere Vincenzo Cristofaro ed era in ritardo.

Liberata aveva appuntamento da Zangari alle cinque. Ma poiché alle sei doveva andare con la madre alla novena del Santo, decise di passare da lui con mezz'ora d'anticipo.

Il cancello era aperto. Come la porta. Per abitudine, ormai, e su insistenza di Zangari, entrava in casa senza aspettare la risposta. E così fece anche quel giorno. Ma appena si richiuse la porta alle spalle, sentì arrivare dal soggiorno voci concitate e litigiose. Entrò nella stanza, e quale fu la sua sorpresa quando, di fronte a uno Zangari teso e nervoso, vide il suo uomo parlare animosamente.

"Luvio!" esclamò.

I due si voltarono insieme verso di lei, entrambi stupiti.

"Liberata," disse Zangari andandole incontro. "Arrivate proprio al momento giusto. Volete dirglielo voi che tra di noi non c'è niente? Che venite qui solo per lavorare?"

Liberata guardò Luvio, che indossava la tuta da meccanico e aveva un'espressione rancorosa, e anche la voce.

"Visto che sei qui, adesso spiegami perché vieni sempre in questa casa! Sai quante volte ti ho seguita?"

Liberata non trovava le parole.

"Le ripeto che non c'è niente tra noi! Solo lavoro," insisteva Zangari.

Liberata andò verso Luvio, gli mise una mano sul braccio: "Perché fai così?". E la dolcezza della sua voce sciolse all'improvviso la tensione che s'era addensata in mezzo a loro. Anche Luvio abbandonò la sua tracotanza.

"Vieni qui e stai ore e ore, e poi quando siamo insieme mi parli di... di..." Guardò verso Zangari ma non pronunciò il suo nome, forse lo aveva dimenticato.

"Vengo solo per lavoro," ripeté lei dolcemente.

Poi si rivolse a Zangari, con la stessa mitezza.

"Mi spiace essere stata la causa di tutto questo, forse la colpa è stata anche un poco mia. A questo punto, penso che le presentazioni siano inutili."

"Per me basta chiarire l'equivoco," si affrettò a rispondere Zangari, "è entrato in casa e mi ha assalito senza darmi il tempo di spiegare. Si è calmato?" domandò a Luvio.

Lui guardò entrambi, prima l'uno e poi l'altra, più volte, e probabilmente pensò di aver esagerato, ma era fatto così.

"Andiamocene, subito."

Liberata rivolse uno sguardo supplichevole a Zangari.

"Ero passata in anticipo, ma... penso sia meglio rimandare."

"Va bene."

"Perché non lo hai chiesto a me?" chiese a Luvio quando si ritrovarono fuori.

"Queste cose sono abituato a risolvermele da solo," rispose lui brusco.

"Ma te lo avrei detto che non c'è niente, niente di niente, come puoi pensare che io..."

"Se non altro, adesso quello ha capito che se dovesse sfiorarti..."

"Non lo ha mai fatto."

"Avrebbe potuto, che ne sai? Ora vedrai che, se anche ne avesse l'intenzione, ci penserà due volte."

"Sei testardo."

"Tu sei mia, non voglio che qualcun altro ti stia intorno."

Ci fu un momento di silenzio.

"E se ti chiedessi di non venire più qua?"

Liberata aveva temuto quella domanda, sperando che non l'avrebbe pronunciata. Le sarebbero mancate le parole di Zangari, troppo.

"Non faccio niente di male, è il mio lavoro."

"E se insistessi? Se ti costringessi a scegliere?"

Liberata abbassò lo sguardo, ripetendo a bassa voce: "Se dovessi scegliere...".

"Ti dispiacerebbe?"

"Sì."

"Perché lui ti piace?"

"Racconta cose e pensieri che mi piacciono."

"E non è la stessa cosa?"

"No."

"Ma alla fine sceglieresti me, vero?"

Lei mosse la testa, che era un sì. Lui allora la prese per mano e s'incamminarono verso il centro del paese.

"Ci penserò. Adesso però devo ritornare in officina. Ero uscito mezz'ora con una scusa. Passo dopo da te, tua madre ha bisogno in chiesa."

Agata e Liberata erano in cucina. Suonarono alla porta.

"Vai a vedere chi è," le disse la madre.

Quando la ragazza si trovò davanti Luvio, rimase immobile: aveva la guancia destra graffiata, un cerotto sulla fronte e un dito fasciato.

"Cosa è successo?"

Lo fece entrare, e anche Agata, quando lo vide, si preoccupò.

"Non è niente, sono solo scivolato."

"Con la moto," aggiunse Liberata, in tono di rimprovero, sedendogli vicino e osservando le ferite e soffrendo per quella bellezza contaminata dai graffi e dal sangue rappreso.

"Quando è successo?" chiese Agata.

"Poco fa. C'era della sabbia sulla strada e la moto è scivolata."

Liberata sfiorava le ferite.

"Lo sapevo io, prima o poi..."

"Non mi sono fatto niente, è solo un graffio."

"Chi ti ha medicato?"

"Mi sono medicato da solo, ho una cassettina di pronto soccorso sotto la sella."

Agata si fece il segno della croce.

"E comunque avevo ragione," riprese Luvio rivolgendosi a Liberata.

"Su cosa?"

"Il tuo angelo. Non è servito."

"Che angelo?" volle sapere Agata.

"Vostra figlia me ne ha dato uno da portarmi dietro per proteggermi."

L'ironia della voce infastidì Liberata.

"È fissata con queste cose! Un angelo..." Il tono di Agata era canzonatorio. "Almeno fosse stato un angelo benedetto! Sarà una di quelle cianfrusaglie che ritira dai suoi giornali!"

"Non è vero che non è servito a niente."

Liberata guardava Luvio, ma si rivolgeva anche alla madre.

"Ma se sono caduto!"

Sembravano essersi alleati.

"Nessuno può dire davvero se abbia funzionato."

"Ancora insisti?" continuò Luvio con la voce sempre più accesa, come uno che si sente preso in giro. "Ha funzionato? Guarda qua, guarda," disse avvicinandole la parte del volto tumefatta.

"E quello che non si vede?"

Le parole di Liberata parvero come le insegne d'un esercito decimato che non vuole arrendersi, a nessun costo.

"Cosa vuoi dire?"

Luvio e Agata la guardarono come se vaneggiasse.

"Le sue solite uscite," sentenziò la madre alzandosi per andare a prepararsi. "Vuoi qualcosa da bere?" chiese a Luvio.

"E se quell'angelo lo avesse salvato da cose peggiori? Se quella sabbia a terra gli avesse evitato un incidente ancora più grave?"

"Poteva non capitare nessun incidente, che era ancora meglio."

A Liberata non sembrava di aver detto una cosa tanto strana, ma in fondo Luvio e la madre non avevano tutte le colpe, che la gente è fatta così, basa i propri giudizi solo su ciò che vede, sul fenomeno avvertibile, mentre a lei sembrava che per ogni evento accaduto ce ne fossero centinaia che erano accaduti non accadendo, non incidendo sui fatti degli uomini, che a volte il miracolo è quello che non accade. Era questo il problema della gente che le stava intorno: credere solo a ciò che si vede. E invece a lei sembrava tutto diverso. E si sorprese che anche Luvio suo non comprendesse, lo visse per un attimo come un tradimento, perché quando ci innamoriamo di qualcuno viviamo questa legge strana per cui gli attribuiamo le nostre qualità, i nostri pensieri, il nostro sentire profondo, allo stesso modo in cui proiettiamo le nostre inverse sensibilità sulle persone che sentiamo distanti.

Agata uscì dalla cucina e in quell'istante, come se fosse stata la sua presenza a condizionarlo, Luvio abbracciò Liberata, ancora pensierosa.

"Immagino che verrai anche tu con noi."

"Non ti lascio andare da solo, e poi con quel dito, se non ti aiuto io!"

C'era da appendere le catene alle finestre e ai balconi.

Entrarono in chiesa, perché con gli altri della Congrega avevano appuntamento alla canonica. Nella settimana della novena, tutti venivano ad aiutare.

Gli uomini avevano il compito di prendere i cartoni con i nastri e portarli fuori.

"Mentre parlo con loro, voi iniziate ad aprire l'Asilo e a portare gli scatoloni?"

Agata tirò fuori il mazzo delle chiavi e lo diede a Liberata: "Controllala tu," disse a Luvio, "che lei ha la testa nelle nuvole e si perde tutto".

Agata guardò verso Beccaria e gli fece segno di andare con loro ad aiutarli.

"Vuoi che le tenga io?" le chiese Luvio mentre andavano.

"Non ascoltare mia madre," rispose in fretta Liberata.

Ma la porta dell'Asilo era difettosa e, per quanti tentativi facesse, non riusciva a girare la chiave.

"Fai provare me," disse Luvio.

Liberata lo guardava e si chiedeva se davvero l'uomo che le stava davanti aveva potuto fare quello che diceva Glauco. Allontanò subito il pensiero da sé.

Provò in ogni modo, ma per quanti tentativi facesse non ci riuscì.

Allora si fece avanti Beccaria, che fino ad allora era rimasto a guardare in silenzio. Senza dire niente, prese le chiavi dalle mani di Luvio e le infilò nella toppa: girò leggermente a destra, si sentì un rumore metallico; quindi, fece due giri a sinistra e la porta si aprì. Liberata e Luvio guardarono attentamente quei movimenti per evitare la prossima volta di fare brutte figure con Agata.

Entrarono e cominciarono a prendere gli scatoloni da portare, e Beccaria da solo ne prendeva quanti loro due messi insieme. Poi arrivarono gli altri, e una volta che tutti i cartoni furono portati via e smistati nelle varie case, cominciarono ad appendere le ghirlande da un balcone all'altro, da una finestra a quella di fronte, e in poco tempo quella parte del paese fu vestita come una sposa.

Quando suonarono le campane delle otto, il lavoro era ormai finito.

Agata aveva chiesto a Luvio se si fermasse a cena da loro, ma lui aveva risposto che era stanco e preferiva andare a casa a riposarsi.

Liberata ci restò male ma non disse niente, che subito pensò che avesse un appuntamento con la donna che aveva baciato.

Lui si accorse del cambiamento d'umore, le si avvicinò e le accarezzò la guancia.

"Facciamo che l'angelo lo tengo ancora sotto la sella, va bene?"

La dolcezza del gesto non bastò ad azzerare le fatiche di una giornata piena di dubbi né ad annullare la distanza che Liberata sentiva crescere tra loro malgrado i suoi sforzi. Si ricordò dello slogan della pubblicità trascritto da Zangari, *Se vuoi puoi, se puoi devi.* Ecco, lei voleva, poteva, sapeva che doveva, ma qui s'interrompeva la catena della perseveranza, perché non ci riusciva, malgrado volesse, non riusciva a mettere da parte il dubbio accesole da Glauco, soprattutto adesso che vedeva Luvio salire sulla moto, scomparire dietro una curva e lei restare sola.

Immalinconita. Triste. Avvilita.

Che poteva essere un modo giusto per chiamarsi.

Avvilita.

Avvilita Macrì.

Il passato è un giorno sfiorito

"Sabrina", Mensile di fotoromanzi e attualità
Anno XIV, nr. 137, Sped. abb. post. Gr. III – 70, 300 lire

Si sentiva in colpa per come aveva lasciato Glauco, in un momento tra l'altro non facile per lui. Sarebbe passata dall'edicola. Non avrebbero più parlato di quella cosa: lei non voleva saperne più niente, e lui avrebbe capito. Fece il giro lungo per passare prima in farmacia e prendergli, in segno di pace, le Zigulì all'arancia di cui era goloso. Sarebbe bastato per rivederlo tornare a sorridere.

Al fianco dell'entrata, la prima stella rossa sembrava un vecchio cimelio. Il farmacista aveva cercato in tutti i modi di convincere i carabinieri a ricoprirla con della vernice, ma loro avevano detto di no, non prima di aver concluso le indagini. E certo adesso, dopo la seconda stella, chissà quanto ancora avrebbe dovuto sopportarla. Per camuffarla, il farmacista ci aveva fatto appendere sopra una bandiera dell'Italia, che svolgeva il proprio compito solo se soffiava ponente.

Con le Zigulì in tasca, andò da Glauco.

Quando voltò l'angolo, l'edicola era chiusa. Non poteva essere. Non c'era giorno dell'anno in cui Glauco non alzasse le saracinesche, eccetto Natale e Ferragosto. Si avvicinò lo stesso, semmai avesse appeso da qualche parte un foglio per spiegare l'assenza. Niente. I quotidiani erano ammucchiati a terra, dove la mattina presto li aveva lasciati il distributore. Si guardò intorno come a cercare testimonianze di quella straordinarietà. Ebbe la tentazione di andare a casa dell'amico. Sicuramente non era stato bene. Rimase ancora lì ferma per qualche secondo, poi andò verso il bar.

Rocco Ziparo stava lavando i bicchieri. Appena la vide, chiuse il rubinetto e si asciugò le mani.

"Buongiorno Liberata, un caffè?"

"Sì."

Le portò la tazzina, la schiuma del latte fino al bordo.

"Hai visto Glauco, stamattina?"

"Per niente. Non è passato nemmeno qui."

"Strano."

"Molto. Avrà avuto un contrattempo."

"Bello e buono," aggiunse Mascaro mentre, al fianco di Liberata, si scolava una birra.

"Che vuoi dire?"

"Hanno chiamato il medico d'urgenza, stanotte."

"Cosa è successo?"

"Dormivo, mi hanno svegliato i pianti della sorella, e quando mi sono affacciato per vedere cos'era successo..."

Si scolò un altro sorso di birra mentre Liberata era appesa alle gocce bionde che gli impreziosivano i baffi.

"...ho visto il povero Glauco portato a braccia da due persone, che non riusciva a stare in piedi. Sembrava ubriaco."

"Ma se non beve!" lo interruppe Rocco.

"Appunto! Per un attimo l'ho visto alla luce del lampione e... la faccia..."

Si bevve tutta in una volta la mezza bottiglia rimasta; quindi, si asciugò la bocca con la manica della giacca.

"Cosa aveva la sua faccia?"

"Secondo me lo hanno picchiato, e devono avergli fatto molto male."

Il barista tolse la tazzina di Liberata dal banco e l'appoggiò nel lavandino.

"Glielo dico sempre di stare attento, con questa politica."

"Dopo la svastica dell'altro giorno!"

"Una spedizione squadrista?"

"Cos'altro? Non hai sentito cosa hanno combinato a Crotone?"

"E adesso sapete come sta?"

Mascaro fece di no con la testa e pagò la birra.

"Con permesso," disse rivolto alla donna, e uscì.

Liberata guardò l'orologio. Doveva essere dal notaio alle dieci e mezzo. Avrebbe allungato la strada per passare da casa di Glauco.

La via era tranquilla, come se la storia notturna appena ascoltata non fosse mai accaduta. Si avvicinò alla casa dell'amico guardando a terra se trovasse tracce evidenti del racconto, qualche goccia di sangue, segni di trascinamento.

Si fermò sulla porta. Era in dubbio se suonare o no. Dall'interno non giungevano rumori e il balcone del primo piano era chiuso. Forse stavano riposando, sarebbe stato comprensibile dopo una notte insonne. Stava per tornarsene, quando un rumore di pentolame la fece tornare indietro. Bussò piano. Sentì dei passi avvicinarsi. Callista, la sorella di Glauco, aprì la porta lentamente, quasi timorosa. Quando vide il volto della donna, si tranquillizzò.

"Liberata! Si tu! Entra, trasa," le disse quasi tirandola per un braccio e richiudendo la porta dopo aver guardato per strada a destra e sinistra. "Fa' piano, Glauco dorma."

"Ho saputo."

La donna si lasciò cadere sul divano coprendosi il volto con le mani e trattenendo a stento le lacrime.

"Povero fràtama! Che l'hanno fatto!"

Liberata le mise una mano sulla spalla.

"Cosa è successo, Callista? Come sta?"

"Me l'ammazzàru, maledetti!"

"Chi è stato?"

"Non lo so... Stefano Destefani e Rocco Sgrò lu trovaru che si lamentijava per terra nel parcheggio del campo. Lu pigghiaru e lo hanno portato a la casa. Mi hanno chiamata, e quando l'ho visto... tutta la faccia china di sangue, il naso spaccato... chiamai il dottore, lo medicò, gli mise puru punti, ma mi ha detto che stamatina arritornava per vedere se portarlo all'ospitala."

Parlava così, Callista, mischiando dialetto e italiano, un

po' come Beccaria, come se le parlate strane fossero prodotti di menti contaminate.

Liberata non se ne capacitava, Glauco non aveva mai fatto del male a nessuno, ma dopo la comparsa della stella rossa il clima era teso, e quando si trattava di politica lui certo non si tirava indietro. Di sicuro erano venuti da fuori per pestarlo a quel modo.

"Ma chi lo ha ridotto così? Ti ha detto qualcosa?"

"Non riusciva a spreddàra parola, maledizioni a chi è stato!"

Sentirono dei rumori giungere da sopra.

"S'arrivigghiò," disse Callista alzandosi in fretta e salendo le scale. Anche Liberata si alzò, ma rimase lì, immobile e silenziosa, cercando di captare ogni parola che giungesse da sopra.

Poi sentì scendere le scale.

"S'è riaddormentato. Non riesce ad aprire la vucca manco per lamentarsi. N'àtru poco dev'arrivare il medico," aggiunse Callista guardando l'orologio sul muro.

"Io allora vado."

Callista abbassò gli occhi per nascondere la commozione: "Pè mia all'ospitala lo portano".

"Se non ti dispiace passerei nel pomeriggio."

"Sei benvenuta sempa, quando vuoi."

"Cos'ha oggi la mia ragazza?" le chiese Luvio abbracciandosela forte.

Aveva mangiato un panino in officina, ma per il caffè aveva pensato di passare a casa sua. Lei era in giardino.

Provava a seguire il consiglio di Zangari, di prestare fede solo alle proprie sensazioni, solo che ogni tanto l'immagine di Luvio che baciava un'altra si fermava nella sua testa e non c'era verso di allontanarla. Appena lo aveva visto scendere dalla moto, le era venuto naturale guardargli la bocca alla ricerca di qualche segno, forse una tetragona traccia di rossetto, forse un rigonfiamento del labbro dovuto a un piccolo morso, così che quando lui la baciò lei alleggerì il contatto per non cancellare eventuali segni. Lui se ne accorse.

“Hai litigato con tua madre?”

Liberata non rispose subito e cambiò direzione ai propri pensieri.

“Hai saputo di Glauco?”

Luvio fece segno di no.

“Lo hanno picchiato. Questa notte. Io non ho potuto vederlo, ma è ridotto male.”

“E chi è stato?”

“Pensano a qualcuno venuto da fuori per dargli una lezione. La politica.”

“Lo vedi? Te l’ho detto che porta solo male. Meglio starne alla larga. Mi spiace per il tuo amico.”

Dalla cucina arrivò la voce di Agata.

“Sbaglio o ho sentito la voce di qualcuno?”

Luvio chiese a Liberata di entrare per salutarla.

“Lo vuoi il caffè?” gli chiese Agata.

“Grazie.”

“Siediti, che ci stai a fare in piedi,” aggiunse mentre metteva la caffettiera sul fuoco.

Liberata prese le tazzine e lo zucchero.

“Posso andare in bagno a lavarmi le mani?”

“E c’è bisogno di chiederlo?”

La madre aveva un filo bianco che le pendeva dalla maglia. Liberata fece per toglierlo, ma lei indietreggiò e non si lasciò toccare.

Frattanto Luvio era tornato in cucina e Agata gli versò il caffè.

“Ormai ci vuole poco alla festa.”

“Già, anche se non si capisce più niente. Ci mancava pure il fatto di Glauco.”

“Voi lo sapete come la penso. Chi gioca col fuoco rischia di bruciarsi.”

Liberata non aveva voglia di ascoltare quei discorsi e allora fece segno a Luvio di uscire.

Andarono a sedersi sui gradini. Le bastò appoggiare la testa sulla sua spalla perché le ritornasse in mente la storia del bacio.

“Mi spiace per il tuo amico, ma oggi sono allegro.”

Liberata si scostò per guardarlo in faccia.

“Non immagini. Emerita, mia cugina che sta in Australia, è arrivata all’improvviso due giorni fa e ha fatto a tutti una sorpresa. Ti ho mai parlato di lei?”

No, non lo aveva fatto, ma non importava, non era più importante per Liberata, che si sentì all’improvviso come uno di quegli scarafaggi caduti con la pancia all’insù e voltati dalle mani caritatevoli di un bambino.

“Abbiamo la stessa età, siamo cresciuti insieme. Poi, dopo la scuola media, andò con tutta la famiglia a Sydney, che mio zio, il fratello di mio padre, non trovava lavoro. Adesso è venuta per due settimane, e quando l’ho vista... Sono felicissimo, non vedo l’ora di fartela conoscere.”

Allora Liberata lo baciò, prima che finisse di parlare, che anche lei non vedeva l’ora di conoscere Emerita, la ragazza che Glauco aveva visto abbracciare e baciare Luvio come un fratello. Lei. Ne era certa.

I Caracciolo erano la famiglia più nobile e antica del paese, discendenti diretti di quel famoso duca Fabrizio la cui statua in pietra era ancora conservata di fronte al palazzo comunale. L’unico erede in vita, e non si sapeva ancora per quanto, era l’ingegner Annibale, per molti anni potente direttore della Cassa di Risparmio di Calabria e Lucania. Da qualche mese il male di cui soffriva era peggiorato, così l’ingegnere aveva chiamato il notaio per redigere le sue ultime volontà.

Villa Caracciolo dominava il paese dall’alto: dello sfarzo d’altri tempi, a vederla adesso da fuori, come stava facendo Liberata che era arrivata qualche minuto prima all’appuntamento, non restava quasi nulla e chissà perché quella visione le ricordò il vestito da sposa impolverato che la madre stipava in fondo all’armadio e su cui ancora resisteva, dopo tanti anni, un coriandolo rosa. Il cancello segnato dalla ruggine, i prati incolti, addirittura l’intonaco intorno ai balconi segnato dall’umidità e cedente. Come se anche le cose appartenute all’ingegnere fossero state colpite dal suo male e seguissero i tempi mortali del corpo piagato, come forse dovrebbero fare tutte le cose che ci sono appartenute. Non diversamente da certi animali che quando sentono la malattia del padrone cominciano anche loro a lasciarsi morire, così le parti di quella villa sembravano rispondere all'estremo comando, come se ogni cosa che gli occhi di Liberata scoprivano sarebbe tra poco finita sottoterra, sepolta alla maniera di monete psicopompe.

Vide il notaio arrivare da lontano, prima con passo andante, poi arrancando lungo la salita: dava la sensazione che ci fosse un confine intorno alla villa, oltrepassato il quale l'andatura rallentava.

"Forse era meglio se mi facevo accompagnare," le disse Capistrano prendendo fiato. Aspettò che il respiro tornasse normale e suonò. Entrarono. Sul portone della villa, Liberata fu sorpresa di vedere Colomba, l'inconsapevole rivale, che non sapeva lavorasse lì come governante.

"Prego," disse rivolta al notaio, "i signori vi aspettano di sopra. Faccio strada."

Anche l'interno della casa restituiva la stessa sensazione di decadenza, soprattutto i tanti segni sui muri spogli di fotografie e quadri ritirati.

Colomba li condusse al primo piano. La camera da letto era in fondo. Attraversarono il lungo corridoio su cui si affacciavano tante porte e Liberata notò che tutte avevano la chiave tranne una.

Nella camera da letto, illuminata solo dalla luce naturale della finestra, la scena che Liberata aveva immaginato di trovare, con l'ingegnere disteso a letto e la moglie, su una sedia, al suo fianco. L'uomo indossava la maschera dell'ossigeno. Si salutarono.

"Colomba, porta un'altra sedia per favore," disse la signora.

Liberata e il notaio si sedettero dalla parte opposta a dove c'era la moglie.

Lei aiutò il marito a sfilarsi la maschera dell'ossigeno. Il notaio fece un segno a Liberata, la quale tolse dalla custodia la macchina da scrivere e se l'appoggiò sulle gambe. Come spesso accadeva quando non conosceva il posto in cui doveva lavorare, non aveva portato con sé la macchina elettrica ma l'Olivetti 32.

Il notaio iniziò a dettare REPERTORIO N. 86 DEGLI ATTI DI ULTIMA VOLONTÀ – TESTAMENTO PUBBLICO – REPUBBLICA ITALIANA. IL GIORNO Liberata mentre schiacciava i tasti notò la mano di lei afferrare e stringere quella di lui NELL'ABITAZIONE SITA IN il crocifisso dorato sopra la testata del letto INNANZI A ME DOTTOR la foto di una ragazza sul comodino NOTAIO IN che aveva un rosario intorno alla cornice, una ragazza bella ISCRITTO NEL RUOLO DEL DISTRETTO NOTARILE DI CATANZARO capelli e occhi neri, sorridente IN PRESENZA DEI SIGNORI la stessa identica foto era sull'altro comodino, circondata dai medicinali NATA A e poi una foto più grande appesa al muro, la stessa ragazza E DELLA SIGNORA LIBERATA MACRÌ ma qui distesa su un prato con un bellissimo vestito bianco NATA A e poi ecco, un'altra foto ancora sulla parete dell'armadio INTERVENUTI QUALI TESTIMONI AVENTI I REQUISITI DI LEGGE questa volta non è sola, al suo fianco un uomo e una donna È COMPARSO IL SIGNOR CARACCIOLO ANNIBALE che possono assomigliare a questi signori, forse loro qualche anno fa RESIDENTE IN VIA tutti e tre sorridenti e guarda quelle mani DELLA CUI IDENTITÀ PERSONALE quelle mani che padre e madre, sicuro, padre e madre IO NOTAIO SONO CERTO appoggiano sulle spalle di lei IL QUALE MI CHIEDE quanto amore trasmettono quelle mani DI RICEVERE IL SUO TESTAMENTO sembra la foto della felicità, l'immagine di qualcosa che non tornerà più IN FORMA PUBBLICA E io non ho immagini così felici A TAL FINE IN PRESENZA DEI TESTIMONI forse io non ho mai nemmeno sorriso in questo modo MI DICHIARA LE SUE VOLONTÀ la ragazza dai capelli neri indossa una collana di perle RIDOTTE IN ISCRITTO DA ME NOTAIO anche la signora che continua a stringere la mano del marito ne indossa una simile adesso COME SEGUE forse è la stessa REVOCO QUALSIASI DISPOSIZIONE TESTAMENTARIA DA ME io non ho mai indossato nulla di mia madre né lei nulla di mio FATTA IN PRECEDENZA anche scambiarsi gli oggetti è un modo d'amarsi CON LA SOLA ECCEZIONE DEL FABBRICATO

SITO IN VIA TRENTO TRIESTE CHE ATTRIBUISCO A MIO NIPOTE AMILCARE, ATTRIBUISCO A MIA MOGLIE doveva essere una famiglia felice DESTINO LA SOMMA DI ma non è rimasto nulla di quello che erano

DICHIARATO CONFORME ALLA SUA VOLONTÀ.

Liberata tolse il foglio dal rullo della macchina e lo porse al notaio, che rilesse a voce alta. Fece firmare subito a lei come testimone, quindi le chiese gentilmente di aspettarlo sotto. Lei mise la macchina da scrivere nella custodia e uscì.

Mentre aspettava, vide che la porta del salotto era aperta. Immaginò Colomba togliere la polvere inutilmente, che lì era come se quella coltre facesse parte dell'arredamento, la polvere che era frantume di tempo, sbriciolamento di affetti, che partecipava al peso specifico di marmi e intarsi. Entrò. Appesa al muro a fianco alla porta c'era una foto di gruppo. Liberata si avvicinò. Doveva essere una festa, forse di laurea. Una decina di persone. Al centro, la ragazza con i capelli e gli occhi neri, la stessa ritratta sui comodini di sopra. Intorno, amici e amiche. Amici. Uno in particolare. A destra della ragazza. Con le braccia che si toccavano. Liberata si avvicinò quasi a sfiorare il vetro col naso. Non poteva essere. Eppure, sembrava proprio lui. Liberata era incredula. Cosa ci faceva lì? I capelli erano più corti, anche il modo di vestire diverso, eppure il volto era il suo. Si guardò intorno, nell'assurda convinzione che ci fosse qualcuno a cui chiedere. O anche per rinfrescare lo sguardo. Ritornò a fissarlo e l'impressione non cambiò. Anzi. Divenne più solida. Era lui, difficile sbagliarsi. Tutto le apparve senza senso. Sentì addosso la stessa sensazione di qualche settimana prima, di fronte a un'altra fotografia.

Il notaio stava scendendo le scale. Liberata fissò intensamente quel volto nel gruppo per non dimenticarlo. Uscì dal salotto.

"Possiamo andare," disse Capistrano.

Tornarono in paese, col notaio che le raccontava di malattie mortali e testamenti, che lui avrebbe preferito farsi sparare un colpo prima di ridursi a quel modo, che vivere non è solo il cuore che batte, c'è altro, porca miseria, c'è altro.

Ma Liberata non lo stava ad ascoltare.

Non riusciva a togliersi dalla testa quella fotografia. Quel volto.

Non si capacitava di cosa ci facesse in quel gruppo, che cosa c'entrasse con quel mondo.

Le sembrava un mistero il braccio della ragazza con i capelli e gli occhi neri che sfiorava il suo, proprio il suo.

Il braccio di Luvio.

All'ombra della mia tristezza

"Letizia", Quattordicinale
Anno XVII, nr. 245, Sped. abb. post. Gr. III – 70, 84 pagine, 250 lire

Cominciava a credere troppo alle cose che si vedono.

Glielo aveva detto anche Adele: il problema era lei, e Liberata stava iniziando a convincersene. Da quando aveva conosciuto Luvio, ogni giorno c'era un problema, un dubbio, un pensiero triste, un presagio d'ombra, e ogni volta non faceva in tempo a gioire della risoluzione del nodo che subito un altro la faceva inciampare. Erano i suoi occhi a sbagliare: abituati a leggere vaticini sulla carta del pane o a intravedere parole compiute tra i segni d'una sgommata, avevano dimenticato come si guardano gli uomini.

C'erano stati giorni in cui avrebbe giurato che i regali presi da Giuditta erano per un'altra, e invece aveva sbagliato. E così per la foto e il bacio: stava sbagliando tutto.

Pensava a Glauco. Si sentiva in colpa per come si era comportata con lui, in fondo aveva fatto quello che ogni vero amico avrebbe fatto in quella situazione. Gli venne voglia di abbracciarlo forte, così tornò a trovarlo.

La porta era aperta.

"Callista?"

Si affacciò dentro:

"Callista?" ripeté.

Non c'era nessuno. Entrò, forse era salita sopra per assistere il fratello. In cucina c'era una pentola rovesciata per terra.

"Callista?" chiamò a voce bassa, per non svegliare Glauco.

Ebbe paura. Forse, quelli che avevano picchiato il suo amico erano ritornati e avevano fatto del male anche alla sorella. Per un attimo pensò di uscire, ma una sagoma scura si era fermata sulla soglia.

"Liberata!"

Quando riconobbe la voce di Callista, si tranquillizzò.

"Scusa, avevo visto aperto..."

"Ma che scusi e scusi! Mi catta la pentola e mio fratello chissà dove ammuccia lo straccio. Sono andata a pigghiarlo dalla vicina."

Andò verso la cucina e cominciò a strofinare il pavimento sporco.

"Glauco come sta?"

"Il medico dissa che forse il naso s'è ruppùto, che bisogna fargli una lastra."

"Sta dormendo?"

"Mo salgo a vidìra."

"Non voglio disturbarlo..."

Salì le scale.

Liberata, rimasta sola, chissà perché ricominciò ad avere paura.

"Vieni," la chiamò Callista dal piano superiore.

La camera di Glauco era in penombra, e Liberata fece fatica a distinguere le cose. Callista andò ad alzare un poco la serranda.

"Vau a finìra," disse uscendo dalla stanza.

Adesso lo vedeva meglio. La fronte era fasciata, le guance e il naso gonfi e graffiati. Si avvicinò al letto.

"Glauco..." Ma non andò oltre. Anche le mani, appoggiate sul lenzuolo, erano ferite.

Lui le indicò una sedia. Liberata la prese e gli si sedette vicino.

"Cosa ti hanno fatto?"

Glauco le cercò la mano, lei comprese e gliela strinse.

Si capiva che parlare gli costava sofferenza, e anche il sorriso che le fece. Ogni movimento del corpo era dolore. Non si sforzò di parlare, ma le teneva stretta la mano, voltato dall'altra parte. Dopo un po', il respiro regolare fu segno di un sonno ristoratore. Liberata sfilò piano la mano dalla sua. Si guardò intorno. L'armadio di fronte e le pareti ai lati erano ricoperti da poster e fotografie di Kirk Morris. In tutte le pose, in tutti i modi.

Solo lui.

Liberata capì.

Il respiro di Glauco si era fatto pesante e allora decise di scendere.

"Si è addormentato," disse a Callista, che stava ancora pulendo.

"Lo disse il medico, gli fece 'na puntura per il dolore che lo fa durmìra."

"Tornerò anche domani, se hai bisogno di qualcosa chiedi pure."

Andò da Giuditta, dove aveva lasciato la macchina da scrivere per non portarsela dietro a casa di Glauco. Vedere l'edicola chiusa le strinse ancora di più il cuore.

"Stasera che fai?" le chiese l'amica.

"Non lo so, perché?"

"Avevamo pensato di andare a mangiare qualcosa verso la marina, venite anche voi? Non vedi che bella giornata?"

"Non sono dello stato d'animo giusto." E alle domande dell'amica rispose raccontando della sua visita a Glauco.

Precedette di qualche minuto la notizia della radio:

Buongiorno da Radio Alternativa 71, la radio dalla parte dell'umanità. Alle minacce sono seguiti i fatti. E così il nostro Glauco, dopo l'intimidazione della svastica, è stato vittima di una spedizione squadrista.
Non sappiamo chi siano i vigliacchi che lo hanno ridotto quasi in fin di vita, ma speriamo che vengano presto individuati e puniti.
Per la giornata di domani è stato organizzato un sit-in silenzioso di fronte alla sua edicola, per testimoniare a Glauco la solidarietà del paese e per dire NO alla violenza.

Liberata prese la valigetta e uscì.

Approfittando della giornata calda, Zangari era seduto fuori, su una vecchia sedia di legno. Fumava. Non si accorse subito di Liberata, così che lei poté osservarlo in quel suo raccoglimento profondo che le parve addirittura drammatico per l'intensità e fissità dello sguardo.

Si fermò davanti al cancelletto per non far rumore e distrarlo. Dal giorno del litigio con Luvio non si erano più visti né sentiti. Avrebbe atteso lì fin quando non si sarebbe destato dai suoi pensieri. Non durò molto.

Alzò la testa e la vide, e il suo volto s'illuminò subito.

"Cosa fate lì? Venite, venite."

La ragazza aprì il cancello e gli andò incontro. Lui rimase seduto.

"Sedetevi un attimo qui, c'è un sole bellissimo oggi," le disse indicandole un'altra sedia vicino a lui.

"Vi ho visto così pensieroso che non volevo disturbarvi."

"A volte, certi pensieri è meglio disturbarli."

Ci fu un attimo di silenzio.

"Prima di cominciare," disse Liberata dopo aver preso fiato, "volevo dirvi, riguardo la volta scorsa, che..."

"Non ce n'è bisogno, per me è tutto passato."

"Mi spiace, spero che questo non influisca..."

"Davvero, per me è come se non fosse successo niente."

Ritornò a guardare là dove stava guardando prima.

"Avete visto quel bruco?"

Liberata non lo vedeva, allora lui si alzò e avvicinò il dito per indicarglielo. Tornò a sedersi.

"Stavo pensando a una cosa e guardavo verso quel punto, così, come avrei potuto fissarmi su qualsiasi altra direzione, ma guardavo proprio lì, e mentre guardavo e pensavo, guardavo e pensavo, compare questo bruco, probabilmente caduto da un ramo. Una cosa normalissima. Un bruco che cade da un ramo. Ma. Non il segno è importante, quanto la sua interpretazione. C'è un ma. Cade proprio nel punto in cui io sto guardando. E penso che cada per me, per indicarmi qualcosa. Faccio sempre così, devo sempre spiegarmi tutto. Me lo chiedo anche quando conosco le persone. Ho pensato 'perché il bruco?', e allora l'ho collegato a una cosa che non so se sia vera, ma che da quando l'ho sentita è divenuta per me memorabile: se un bruco viene messo in un percorso circolare, esso continuerà a muoversi in cerchio fino alla morte."

Zangari riprese a fissare il vuoto. Forse stava pensando a come liberare il bruco.

"Ho saputo cosa è successo al vostro amico," disse poi improvvisamente, senza distogliere lo sguardo dal nulla.

"Sono appena stata a casa sua."

"Come sta?"

"Probabilmente lo dovranno ricovererare in ospedale."

"Una brava persona."

Appoggiò la testa al muro per prendere il sole in faccia, chiudendo gli occhi:

"Vi dispiace se oggi non andiamo avanti? Rimandiamo a un altro giorno".

Liberata rimase sorpresa. "Va bene."

Per un attimo temette che fosse per colpa della discussione con Luvio.

"Oggi non riuscirei nemmeno a leggere, ho la testa piena."

Anche Liberata avrebbe voluto mettersi con il volto al sole e chiudere gli occhi e non pensare a niente.

"Naturalmente vi pagherò l'ora pattuita."

"Non preoccupatevi, faremo la prossima volta... A proposito, vi ho riportato il libro che mi aveva prestato."

Prese dalla borsa *La signora Bovary* e glielo diede.

"Vi è piaciuto?"

"Molto. In alcune pagine sembrava parlasse di me."

"È la magia di alcuni libri. Sembra che siano stati scritti pensando a noi, come se ci conoscessero e cercassero di parlarci."

Liberata si alzò per andarsene, ma prima si fermò davanti a lui, proiettando la sua ombra sul volto dell'uomo.

"Io non so perché vi ho conosciuto, ma sono contenta che sia successo."

Zangari rimase com'era.

"Anch'io, credetemi, anch'io."

Aveva la macchina da scrivere in mano e un'ora di tempo libera. Decise di passare dal notaio, magari finiva di fare le cose e poteva così evitare di andarci il giorno dopo.

C'era sempre da fare da Capistrano, e l'ora trascorse veloce.

Prima di andare, Liberata vide il testamento dei Caracciolo in cima alla pila di documenti che dovevano essere consegnati.

"Se vuole posso portarglielo io, devo passare nelle vicinanze."

"Mi farebbe un favore, eviterei di fare tutta quella strada."

"C'è qualcosa da firmare?"

"No, è solo la loro copia."

Lei prese il documento e lo infilò nella borsa.

Mentre aspettava Luvio, si rese conto che c'era sempre come un fondo d'inquietudine fra di loro. Forse era normale, forse per tutti era così, anche Giuditta era dovuta andare più volte dalla maga, ma lei ancora non si era abituata. Il dubbio della foto era rimasto lì, appeso sul petto, a contatto del cuore, come una catena della comunione. L'ennesimo. Luvio arrivò puntuale e la raggiunse sul dondolo in giardino, dove si era seduta sperando che muoversi avrebbe in qualche modo scaricato un po' di quella tensione. Cominciarono a spingere insieme avanti e indietro.

Luvio aveva imparato a conoscerla.

"Dimmi subito cosa non va," le disse dopo che un bacio più lungo del solito aveva mancato il suo effetto calmante.

Lei non cercò di sviare il discorso. Altre volte aveva iniziato con "niente" e poi era finita male. Nel tempo dell'attesa aveva escogitato una via di mezzo.

"È una piccolezza," rispose, che era sempre più di "niente."

"Se ti fa stare così, tanto piccola non è."

Luvio aveva perso il buonumore. Quando arrivava sorridente, pretendeva che l'universo tutto si confacesse al suo stato d'animo. Bastava che un nonnulla gli si opponesse, che tutto si rovesciava all'improvviso, come se il buonumore fosse solo apparente.

"Di cosa si tratta questa volta?"
"Conosci la famiglia Caracciolo?"
Dopo aver pronunciato quel nome, Liberata fu come quegli insetti che quando sentono il nemico avvicinarsi s'immobilizzano per acuire tuti i sensi e riuscire a captare il minimo segnale, l'impercettibile variazione del cosmo. Accostò la gamba a quella di Luvio per avvertire tremiti o irrigidimenti o altre variazioni, fissò lo sguardo nei suoi occhi se mai ne denunciassero il turbamento, calcolò le oscillazioni del dondolo, se modificazioni di grado o intensità fossero intervenute, e soprattutto se la voce avesse subìto il colpo.
"No, mai nemmeno sentita, perché?"
Il corpo freddo e indifferente gli dava ragione.
"Sono stata a casa loro, col notaio, e... lo so che è una cosa stupida."
"Continua."
"C'era una foto appesa al muro, un gruppo di ragazzi a una festa, e mi è sembrato che ci fossi anche tu con..."
Luvio non le fece finire la frase; puntò i piedi a terra e fermò il dondolo.
"Ancora con queste foto?" gridò. "Adesso basta!"
Liberata si spaventò al punto che non riusciva più a parlare.
Luvio divenne improvvisamente furioso e scattò in piedi.
"Ti rendi conto? Mi vedi in ogni fotografia. Qualche settimana fa mi vedevi nella folla della festa, adesso in un gruppo di sconosciuti... E tra un mese? Dove mi vedrai tra un mese? Ti sembra possibile? Rispondimi! Ti sembra possibile?"
Liberata aveva paura, provò a dire qualcosa, timidamente.
"Perché ti..."
"Sai qual è il tuo problema? Questi sono il tuo problema!" disse picchiando con l'indice sui due fotoromanzi appoggiati sul dondolo.
"Tutto il giorno non fai che guardare foto, foto su foto, e ti fa male, ti fa male perché a furia di guardarle ti confondi, non capisci più cosa è foto e cosa è realtà. Vedi gli attori per strada e le persone in carne e ossa nei giornali. Ormai nemmeno tu distingui più le cose!"

Luvio si lasciò cadere di nuovo sul dondolo.

Liberata non lo aveva mi visto così. Lo guardò in silenzio, si soffermò sui particolari del volto, uno per uno, il mento, la bocca, il naso, un elemento per volta, ad accertarsi che fosse davvero lui. Luvio aveva chiuso gli occhi mettendosi una mano sulla tempia, l'altra, lentamente, la stava facendo scorrere lungo il cuscino verso la mano di lei. La accarezzò. La strinse.

"Scusami."

Le venne da piangere. Gli occhi, che si riempivano fino a traboccare, erano l'unico segno di vita in un corpo che sembrava di bambola. Luvio riprese piano a spingere il dondolo.

"Liberata!"

Alla voce di Agata seguì il rumore della porta che si chiudeva. Luvio si ricompose subito, facendo le prove di un sorriso. Liberata si limitò ad asciugarsi le lacrime con il braccio, abbassare gli occhi e prendere un fotoromanzo per far finta di leggerlo.

"Luvio, sei arrivato! Allora posso mettere la pasta."

Era ritornato in un attimo quello di sempre, e Liberata lo guardò con stupore: com'era possibile cambiare così, all'improvviso, spogliarsi di un sentimento e indossarne l'opposto, come se il mondo delle emozioni si consumasse solo in superficie, e sotto il fondale fosse sempre lo stesso, freddo, buio, imperscrutabile? Lei non sapeva nascondere la recente lacrimatura, e alla madre bastò uno sguardo per accorgersene, ma rimase impassibile.

"Vi chiamo appena è pronto."

Luvio prese Liberata per mano e le diede un bacio, come quando era arrivato, quei due baci che presero la forma di due parentesi graffe dentro le quali veniva racchiuso e cancellato tutto quello che era accaduto in quel frangente, un'equazione uguale a zero.

"Sorridi," le sussurrò Luvio dopo il bacio, "non è successo niente."

Mangiarono come se nulla fosse accaduto, parlando di un lavoro difficile in officina e dei preparativi per la festa imminente, ma nel vederlo andare via, per la prima volta Liberata sentì un piccolo sollievo. Come per un pericolo scampato. Andò in camera a ripensare alla rabbia di Luvio, al suo tono esacerbato, al suo corpo che sembrava sul punto di esplodere. Era confusa. Non sapeva cosa pensare. E tuttavia, anche in quella situazione c'erano momenti in cui gli concedeva qualche grammo di ragione. Ma su una cosa Luvio sbagliava, su una cosa tutti sbagliavano.

Non erano stati i fotoromanzi a rovinarla, a farla divenire una sognatrice, a modellarle anime nostalgiche e malinconiche. Era così già quand'era venuta al mondo, perché non sono gli eventi a cambiarci, le esperienze che viviamo o le persone che incontriamo: veniamo al mondo già formati, e attraiamo e calamitiamo eventi e azioni e persone che si conformano al nostro essere. Apparentemente sembra il contrario, che un amico ci abbia mal influenzato, che delle letture ci abbiano corrotto, che un'esperienza ci abbia segnato, ma non è così, che quell'amico e quelle letture e quell'esperienza noi ce li siamo cercati poiché si conformavano naturalmente al nostro essere, ne erano una sorta di appendice.

È già in noi quello che a noi s'attacca.

In noi innato.

Che avrebbe potuto essere un bel nome per chiamarsi.

Innata.

Innata Macrì.

La verità brucia il cuore

"Darling", Mensile di fotoromanzo
Anno XII, n. 122, 300 lire

Liberata non aveva appuntamenti per quella mattina, e così voleva approfittarne per mettere in ordine e pulire l'ufficio di suo padre. Appena poteva, Luvio andava da lei.

Verso le undici arrivò Ippolito. La prima cosa che fece fu guardarsi intorno, come se cercasse qualcuno o qualcosa.

"Il nuovo non c'è mai quando vengo a trovarvi."

"È uscito proprio adesso con la moto," rispose Liberata.

"Da dietro."

"Sì..."

"Che coincidenza. Ogni volta che arrivo io, lui sparisce."

"Cosa vuoi dire, Ippolito?" chiese Oreste.

"Sono venuto qui perché... devo dirvi una cosa. Lui non vuole vedermi, ma io l'ho visto l'altro giorno al bar, con te."

Liberata recuperò una frase di Luvio, se Ippolito fosse innamorato di lei, e forse anche stavolta aveva colto nel segno, che il giovane malandato parlava come un amante geloso.

"L'ho riconosciuto. E adesso è tutto chiaro."

Padre e figlia lo guardavano senza capire.

"Lui era con me, la sera dell'incidente. È stato lui a sfidarmi."

Liberata era incredula:

"Cosa stai dicendo?".

"La notte, sul lungomare dopo il porto, si fanno gare clandestine di moto. Quel sabato ero lì. Qualche volta ho partecipato, ma mi piaceva soprattutto assistere. Si scommette tanto, e qualche volta si vince pure. Me ne stavo tranquillo per i fatti miei, quando mi si avvicinò un uomo, uno che vedevo di tanto in tanto, mi chiese se mi andava di fare una gara contro un suo amico. Lui ci guardava da lontano. Li avevo visti qualche volta, ma non li conoscevo, non sapevo da dove venivano né come si chiamavano. Dapprima gli dissi di no, e lui cominciò a stuzzicarmi, mi disse che se avevo paura non era un problema, che forse la mia moto era buona solo per pezzi di ricambio, insomma, mi provocò per farmi gareggiare. L'altro rimaneva in disparte, non diceva niente. Così decidemmo di sfidarci, io salii sulla moto e l'amico s'avvicinò."

Per la prima volta Ippolito fece una pausa, come se riflettesse o cercasse di recuperare un'immagine precisa.

"Fu a quel punto che vidi lo scorpione. Sul suo giubbino di pelle. Sulle spalle. Accendemmo i motori e partimmo. Fu un attimo. Giunsi per primo alla fine del lungomare, ma quando feci per tornare indietro qualcosa ai freni non funzionò, arrivai lungo e sbattei contro il muretto. E poi, di quella sera maledetta, non ricordo più niente."

Liberata era ammutolita. Aveva ascoltato ogni parola di Ippolito in un silenzio che nessuno avrebbe saputo decifrare.

"E sapete qual è la cosa più strana di tutta questa storia? Qualche giorno dopo, quella stessa persona prende il mio posto in officina!"

"Dove vuoi arrivare, Ippolito?" chiese Oreste serio.

"Da nessuna parte, signor Macrì, da nessuna parte. Ma sarete d'accordo con me che è una strana coincidenza."

Liberata assisteva in silenzio, riflettendo su ogni minimo particolare che potesse avvalorare o meno i sospetti di Ippolito. Era suo padre che faceva le domande.

"Strana è strana, sono d'accordo, ma non è stato lui a causarti direttamente l'incidente. Capisco se ti avesse buttato fuori strada, se avesse fatto una manovra apposta per farti male, ma tu stesso hai detto che i freni non funzionarono bene."

"Li avevo controllati qualche giorno prima! Voi mi conoscete, sapete quanto sono scrupoloso su queste cose. Ho un pensiero che non posso dimostrare. Un pensiero..."

"Ho già capito quale."

"Ho fatto un errore, quella sera. Con quel tipo che venne a provocarmi, dopo che avevo accettato la sfida, andammo dal Barone, quello che gestisce gare e scommesse, e lì ebbi la sensazione che trovasse delle scuse, come per prendere tempo. Restammo almeno un quarto d'ora. E in quel tempo si possono fare tante cose, soprattutto se qualcuno con i motori ci sa fare."

"Non può essere," furono le prime parole di Liberata, "lui non farebbe una cosa del genere."

"Le tue affermazioni sono gravi, Ippolito," continuò Oreste.

L'altro abbassò lo sguardo, deluso.

"Di grave, qui, c'è solo quello che è successo a me."

Si posò sulla loro testa un silenzio pesante, corposo, asfissiante.

"Io, comunque, ve lo dovevo dire. Mi avete sempre trattato bene ed è giusto che sappiate com'è andata. Ammettiamo pure che mi sbaglio, che lui con i freni non c'entra niente, resta però una cosa singolare tutto il resto. Ognuno trarrà le proprie conclusioni."

Poi si voltò verso di lei.

"Mi dispiace, Liberata, spero davvero di sbagliarmi... per te..."

Ippolito, lento come una mantide ferita che si allontana dal nemico trascinandosi appena, uscì dall'officina.

Il padre vide il volto scuro della figlia e le mise una mano sulla nuca, ad accarezzarla.

"Luvio non è il tipo. Vedrai che si tratta di un malinteso. Non pensiamoci più."

Forse nemmeno lui ci crede fino in fondo, lo dice per consolarmi, pensò Liberata vedendolo ritornare al lavoro. Si guardò intorno, la moto di Luvio non c'era, e chissà dov'era andato così all'improvviso. Lo chiese a Bruno.

"L'ho mandato io da Filippone a prendere un filtro dell'olio. Era urgente."

Ritornò a respirare. Luvio non era scappato. Non aveva niente da nascondere. E lei doveva seguire i dettami di Zangari, che a sua volta li aveva appresi dai suoi insetti che sapevano vivere solo il presente, senza ricordi, senza progetti: dimenticare, abbandonare, non voltarsi. Che dovrebbe esserci, di tanto in tanto, la celebrazione dell'oblio, della dimenticanza volontaria, dello scordamento beneficante. Cancellare quello che ci ha fatto male, assottigliarlo giorno dopo giorno, ora dopo ora, ridurlo niente più e niente meno che a un ciglio caduto per terra, che con un soffio facciamo scomparire nei bui recessi sotto i mobili che ingoiano i frammenti della vita senza mai più restituirli.

Bruno stava mettendo mano in un motore. Lei, che dimenticava tutto, si ricordò all'improvviso delle parole che il padre le aveva detto quando aveva preso Luvio: gliene aveva parlato Bruno, aveva detto che era bravissimo, soprattutto con le moto.

Andò da lui.

"Posso farti una domanda?"

"Sì, ma se non ti spiace vado avanti," rispose il ragazzo mentre con il cacciavite cercava di avvitare qualcosa.

"Sei stato tu a portare Luvio qui?"

"Sì."

"E come l'hai conosciuto?"

"Alla concessionaria Honda, a Catanzaro. Lavorava in officina, scambiavamo qualche parola, poi un giorno mi disse che era stanco di andare avanti e indietro, se conoscevo qualcuno che cercava un meccanico, e quando Ippolito si è fatto male ho subito pensato a lui. È davvero bravo con le moto, di là ancora lo rimpiangono."

Liberata si tolse un altro peso dal petto, che il teorema della macchinazione scricchiolava sempre più. Ma lei non respirava.

Era un attacco continuo. Non passava giorno senza che un dubbio ne uggisse l'umore. Era stanca. Aveva bisogno di parlarne con qualcuno. Di capire.

Le fu subito chiaro cosa fare. Mentre tornava a casa si fermò alla cabina telefonica all'inizio del corso. Aveva sempre qualche gettone con sé. Compose il numero.

"Volevo sapere se per oggi era rimasto un posto."

"No, oggi no. Se vuole c'è posto a Squillace, domani alle quindici."

Chiuse la cornetta senza rispondere. Non poteva aspettare oltre. Ormai le parole di Adele erano divenute per lei segni di natura, al pari dei grafemi stenografici che fotografava, ma negli ultimi tempi ne aveva incontrati pochi, come se Natura non sapesse più cosa consigliarle. Chiamò di nuovo al numero camuffando la voce per farsi dire a che ora era l'ultimo appuntamento.

"Alle sei del pomeriggio, ma è già..."

Non aspettò che finisse di parlare e riattaccò. Aveva le idee chiare: avrebbe atteso che l'ultima cliente fosse uscita e si sarebbe infilata lei, a sorpresa, tanto era sicura che Adele non avrebbe avuto da ridire. E così fece.

Arrivò dieci minuti dopo le sei. Sperava che il portoncino fosse aperto e invece era chiuso. Aspettò fuori. Di tanto in tanto guardava verso la pasticceria. Per fortuna, a pochi metri c'era parcheggiato un furgoncino, così poteva nascondersi. Alle sei e venti la porta si aprì, lei si affrettò: "Non chiuda, per favore".

La donna doveva essere di fuori paese, non disse nulla e lasciò aperto. Lei entrò. La porta dello studio era socchiusa, quel tanto che bastava per vedere la maga seduta al tavolo tenersi la testa tra le mani, in segno di stanchezza.

"È permesso?"

"Non si riceve più," rispose senza guardare.

Liberata si fece vedere fermandosi sulla porta della stanza.

"Neanche un'anima in pena?"

Adele la riconobbe, ma questa volta non fece la solita espressione cordiale.

"Ne conosci una che non lo sia?"

Attese in piedi, aspettando invano di essere invitata a sedersi.

"Lo so che è tardi."

"Ho già messo via le carte."

"Per favore."
"Sono stanca, davvero."
Liberata la guardò supplicante.
"Avevo chiamato per un appuntamento... non c'era posto."
Si accorse che Adele s'era già tolta i bracciali e li aveva appoggiati sul tavolo.
"Solo dieci minuti."
Adele cedette.
"Dieci minuti, che poi mi vengono a prendere."
Liberata si sentì sollevata e si sedette, mentre l'altra apriva il cassetto e metteva le carte sul tavolo. Le mischiò.
"Come sopra così sotto."
Il tono della voce era diverso dal solito, Liberata lo imputò alla stanchezza. La maga guardava le carte senza dire niente. Quel silenzio l'agitò, ma non osò chiedere. Poi Adele la fissò negli occhi. Liberata non sapeva cosa pensare, anche perché all'improvviso l'altra raccolse con un gesto brusco le carte, ricompose il mazzo e lo rimise via.
"Basta," disse alzandosi, con una voce cupa e risentita.
"Cosa c'è? Cosa hai visto?" volle sapere Liberata.
Adele ritornò a guardarla, sembrava che volesse parlare ma c'era come qualcosa che la tratteneva.
"Cosa vuol dire? Mi spaventi, così."
"Adesso devo andare."
La maga si alzò. Senza nemmeno togliersi il foulard dai capelli, indossò un cappottino rosso e prese la borsa.
"Mi aspettano. Devo andare, e anche tu!"
Liberata s'alzo e senza accorgersene si trovò fuori dalla porta insieme a Adele, che la chiudeva a chiave.
"Non andartene così. Dimmi cosa hai visto."
Le mise una mano sul braccio. Adele si fermò e la guardò con occhi freddi, dolorosi, implacabili.
"Il Cavaliere Nero!"
Andò via scendendo le scale di corsa.
Liberata rimase immobile, che quelle parole la raggelarono.

Luvio si fermò a cena, per la gioia di Agata che non le sembrava vero che quella figlia inconcludente si fosse trovata un ragazzo così a modo, di quelli che non ce n'erano più, non come quei vagabondi che perdevano tempo davanti alle sezioni politiche a parlare di nulla.

"Cosa avete, signora Agata?"

Impossibile non accorgersi del suo nervosismo. Liberata lo aveva capito, ma si guardava dal chiedergliene i motivi; le avrebbe risposto a modo suo, sgarbata e senza dire niente. Ma a Luvio non sapeva rispondergli male.

"Si vede così tanto che sono nervosa?"

"Si respira appena si entra in casa," disse Oreste sedendosi.

"E ditemi voi come dovrei essere! Tua cugina proprio domani doveva sposarsi!"

Agata spense il fornello e mise la pentola al centro della tavola.

La figlia di un cugino di Oreste si sposava nel paese vicino.

"È da un anno che lo sappiamo! L'abbiamo pure battezzata. Cos'è successo?"

"Proprio domani, che voglio dire, come si fa a sposarsi di mercoledì?"

Liberata intanto riempiva i piatti.

"Ma si può sapere che problema c'è?"

"Mi hanno telefonato quelli della sartoria di Cosenza che proprio domani consegnano le nuove mantelle della Congrega. Sono preziose e non possono restare incustodite."

"Digli di venire un altro giorno."

"Impossibile."

"Manda qualcun altro della Congrega."

Agata non rispose. Oreste sapeva che non si fidava di nessuno di loro.

"Ma cosa ci sarebbe da fare?" chiese Luvio.

"Bisogna essere lì e aprire la sede. Ci sarà anche Beccaria, ma lui da solo... Ha bisogno di qualcun altro."

"Se è soltanto questo, possiamo farlo io e Liberata, vero?" chiese guardando la fidanzata.

Il primo istinto di Agata fu di dire di no. Per l'abitudine di accentrare su di sé ogni cosa, per la delicatezza del compito, e certo, se si fosse trattato solo della figlia, lo avrebbe detto. Ma visto che c'era di mezzo Luvio, forse poteva fidarsi, d'altronde aveva poche altre alternative. Non disse subito di no, e questo era già segno che stava prendendo in considerazione l'idea.

Cominciarono a mangiare, in silenzio, attendendo l'agatiano vaticinio; Liberata con un peso in più degli altri, come se ci fosse qualcosa, un pensiero che non riusciva a chiarire, un'incognita.

"Ci ho pensato e va bene," disse infine Agata, "darò le chiavi a voi."

Luvio andò via subito dopo cena. Un quarto d'ora più tardi suonarono alla porta, e Liberata pensò fosse lui che aveva dimenticato qualcosa.

Invece era Giuditta.

"Come mai a quest'ora?"

"Visto che tutto il giorno ti ho aspettata in negozio..."

Andarono nella camera di Liberata.

"Avevamo un appuntamento?"

"No, ma ricordi cosa c'è domani?"

"Domani?"

"Davvero ti sei dimenticata?"

Liberata, pensando all'appuntamento con Luvio in chiesa, fu presa dal panico.

"Ma dai, ce l'hai pure qui!" disse avvicinandosi alla libreria dove c'era attaccato un ritaglio di giornale. Lo staccò e porse all'amica.

"Domani è il grande giorno."

Era l'articolo che aveva ritagliato settimane prima, in cui si annunciava il Grande Evento Lancio presso il teatro Cilea di Reggio Calabria: tutti gli attori più famosi dei fotoromanzi incontravano dal vivo i loro ammiratori.

"Non posso credere che non te ne ricordavi più!"

Liberata stessa si rendeva conto che la dimenticanza era

così evidente da sembrare finzione: non sapeva cosa ribattere, e come ogni volta restava impassibile con la bocca socchiusa e la voce sospesa come il celante o l'ingannatore, allora abbassava lo sguardo offrendosi anima e corpo ai pensieri malevoli sulla sua parte segreta: pensate quello che volete, si ripeteva nel silenzio della mente, pensatelo pure, solo io so cosa c'è e non c'è nella mia testa. Solo io.

"E guarda qui," aggiunse Giuditta togliendo dalla borsa l'ultimo numero di "Annabella" e mostrandole un breve articolo in colonna "guarda, ci saranno tutti: Katia Rivelli, Adriana Rame, Katiuscia, Kirk Morris, Luciano Francioli... E anche loro: Franco Dani e Franco Gasparri," disse facendo un salto di gioia.

Liberata l'aveva dimenticato, altrimenti non avrebbe preso l'impegno con la madre. Era confusa e sgomenta.

"Ma cos'hai? Non sei contenta? Non dirmi che hai cambiato idea..."

"No," rispose, ma in modo così timido che l'amica s'allarmò.

"Non mi fare scherzi, Fortunato s'è preso un giorno dal lavoro per accompagnarci, e anch'io ho dovuto chiedere un permesso alla signora. Non si tratta di Catanzaro, parliamo di Reggio Calabria, tre ore di macchina ad andare e tre a tornare. E quando ci capita più?"

Già, quando le sarebbe capitato più? Franco Gasparri a tre ore da lei! Che appena lo aveva saputo aveva cominciato a immaginare il momento in cui finalmente l'avrebbe visto, in carne e ossa, il giorno più bello della sua vita, che forse nella folla si sarebbe accorto di lei, uno sguardo sarebbe bastato, forse l'avrebbe riconosciuta come l'autrice di quelle foto e fatta salire sul palco. Quante notti lo aveva sognato! E adesso quel giorno era arrivato, ma non come avrebbe voluto.

Per un attimo fu anche sul punto di dire a Giuditta che non sarebbe andata, e si rese conto che sarebbe stato solo per il timore della reazione di Luvio. Ma come poteva non andare? Come? Guardò tutti i poster di Franco Gasparri appesi alle pareti, e pensò a come avevano illuminato la sua vita dalla prima volta che lo aveva visto all'edicola di Glauco: le solitudini cullate, le avventure silenziose, la vita immaginaria che le aveva fatto compagnia in quegli anni. Tutto questo valeva un'arrabbiatura di Luvio. Lui la voleva e alla fine avrebbe capito, sarebbe sparito per qualche giorno ma avrebbe capito e sarebbe ritornato da lei. E poi, dopo tutte le turbolenze di quei giorni, le attese, i dubbi, i pensieri, sentiva il bisogno di alleggerirsi, e cambiare aria anche solo per mezza giornata poteva bastare.

"A che ora ci vediamo domattina?"

"Partiamo alle undici e mezzo dal negozio. Non vedo l'ora," le disse Giuditta baciandola sulla guancia.

Liberata aveva scelto. Non sarebbe tornata indietro, sebbene la tentazione si affacciasse di continuo. Era così irrequieta che difficilmente avrebbe dormito. Irrequieta.

Che poteva essere un bel nome per chiamarsi.

Irrequieta.

Irrequieta Macrì.

Mentre si avvicina l'uragano

"Marina", Mensile di fotoromanzi – attualità – varietà
Anno XVIII, nr. 190, Sped. abb. post. Gr. III – 70, 250 lire

Sarebbe stata una giornata piena. E quella mattina aveva tante cose da fare, oltre a prepararsi per il viaggio.

La prima non era prevista.

Il testamento di Annibale Caracciolo era sulla scrivania. Aveva chiesto al notaio di portarlo lei, per avere il pretesto di ritornare in quella casa. E adesso era lì, a provocarla. Calcolò i tempi della mattinata. Forse riusciva a passarci. Voleva passarci. Le sembrava che tutto stesse come crollando, e ogni dubbio tolto poteva sollevare dalle rovine.

C'era però una cosa più urgente da fare.

Agli strali rabbiosi di Luvio si era preparata, ma non poteva andare via lasciando sua madre in difficoltà.

Fu per questo che appena Oreste e Agata uscirono da casa per andare al matrimonio, con la madre che ogni secondo le raccomandava di essere puntuale e non farle fare brutte figure, Liberata prese il mazzo di chiavi e si affrettò ad andare in chiesa. Doveva solo sperare di trovare Beccaria e augurarsi che la sera precedente non gli fosse apparsa la Sacra Sindone o che non fosse sparito per uno dei suoi stralunati pellegrinaggi.

Il sacrestano era intento a sistemare le candele sull'altare.

Quando la vide sorrise, ma continuò a fare quello che stava facendo.

"Beccaria, ho bisogno di te. Puoi aiutarmi?"

Annuì, senza smettere di infilare le candele nei sostegni.

"Guardami, è importante. Vieni con me."

Lo prese per la mano sinistra. Lui appoggiò le candele che teneva con l'altra e la seguì.

"Agata dov'è?" domandò.

"Non c'è, è lei che mi ha chiesto di venire da te."

"Agata mi vole bena come un figlio."

"Anch'io Beccaria, anch'io te ne voglio."

"Come na sùaru."

"Sì, come una sorella, per questo adesso devi stare attento a tutto quello che ti dico."

Tirò fuori dalla borsa il mazzo di chiavi.

"Le chiavi d'Agata."

"Sì, sono le sue chiavi, e ha detto che per oggi devi tenerle tu. Ma devi fare una cosa importante. Alle sei, ricordati, alle sei, verranno dei signori per portare alcune confezioni. Tu devi aprire la stanza della Congrega e far appoggiare lì quelle cose. Ti lascio le chiavi. Mi raccomando, Beccaria. È molto importante per Agata."

"Agata mi vole bena come un figlio..."

"Sì, Beccaria, sì, per questo sarai bravo."

Si affrettò a ritornare a casa. Aveva ancora due ore di tempo.

Prese il testamento. Come stava per uscire suonò il telefono. Si fermò. Non voleva rispondere. Non poteva. Sicuramente era Luvio, per chiederle come mai non era passata in officina, ma soprattutto la conferma per l'appuntamento in chiesa. Non sapeva cosa dire. Aspettò che gli squilli finissero.

La stessa sensazione della volta precedente. Suonò il campanello. Fu Colomba a riceverla.

"Ho un documento per la signora."

Liberata le osservò i capelli sempre ben pettinati, ripensò tutto in una volta alla gelosia di qualche tempo prima, alle domande fatte a Glauco, alla lettera di "Grand Hotel", e tutto in quell'attimo le parve privo di senso.

"Ti faccio aspettare qui," le disse Colomba, facendole segno di entrare nel salotto.

Andò subito verso la fotografia. Era agitata, per un attimo

si domandò cosa ci faceva lì dentro, in un luogo in cui ogni oggetto sottolineava la sua estraneità. Sperava di essersi sbagliata, che il tempo trascorso avrebbe in qualche modo modificato il mondo. Abbassò gli occhi, contò fino a tre e poi alzò lo sguardo verso l'immagine, come se quel rito avesse potuto propiziare la metamorfosi. Ma era stato tutto inutile. Quel ragazzo era Luvio. Se davvero fosse stato un altro, si sarebbe trattato di una somiglianza incredibile. Lei credeva alle cose incredibili. In quel momento ci sperava.

Sentì dei passi sulle scale e si allontanò dalla fotografia.

Entrò solo la signora Caracciolo.

La salutò porgendole la mano.

"Il notaio le manda questo."

"Grazie. Vuole accomodarsi? Le faccio portare qualcosa da bere?"

"No, la ringrazio."

Liberata le fissò la mano, la immaginò poco prima stringere quella del marito, e un po' le dispiacque di averli separati.

Restarono in silenzio.

La signora Caracciolo non capiva perché la dattilografa del notaio non accennasse ad andarsene.

"Posso fare altro?"

"In verità, sì," rispose Liberata facendosi coraggio.

Fece due passi avanti e si fermò di fronte alla fotografia appesa al muro.

"Conosce questo ragazzo?" chiese indicandolo.

La signora la seguì, e quando vide la persona da lei indicata, l'espressione composta e il contegno che aveva sempre mantenuto scomparvero. Una maschera di risentimento, quasi di fastidio.

"Perché vuole saperlo?"

Anche la voce si era indurita.

"Assomiglia a qualcuno che conosco."

"Mi auguro per lei che non sia la stessa persona. Colomba!"

"Quindi lo conosce."

"Purtroppo sì. Colomba!"

"Aspetti, volevo sapere..."

Arrivò la governante.
"Colomba, metti via questa foto."
La donna la staccò dal muro, mentre la signora si avviava alla porta e la apriva.
"Grazie per il testamento," disse in tono deciso a Liberata, che con passo rassegnato si apprestò a uscire dal salotto.
"Mi dica solo se si chiama Luvio."
La signora le rivolse uno sguardo carico di dolore.
"No, non era quello il suo nome."
Liberata attraversò l'ingresso e uscì. Il portone si richiuse e il cuore di Liberata si aprì. Respirò profondamente dopo aver rischiato di sprofondare nell'abisso. Il destino metteva continuamente alla prova il suo amore. I dubbi non erano svaniti del tutto, ma almeno aveva con sé una piccola verità capace di calmarli.
Quando stava per aprire il cancello si fermò. Vide qualcosa muoversi sul sentiero di pietra e si abbassò. Un coleottero stava attraversando il passaggio. Lo riconobbe subito. Una *Blaps mortisaga* della famiglia dei Tenebrionidi. La osservò, col suo corsaletto arrotondato, scomparire tra i fili d'erba per andare a nascondersi chissà in quale umido e buio scantinato. Liberata si rialzò e prima di uscire guardò verso la finestra della camera da letto.
Il nome comune di quell'insetto era "nunzio della morte".

Arrivò al negozio in ritardo di soli quattro minuti. Fortunato era già al volante, Giuditta appoggiata al cofano.
"Pensavo peggio," disse l'amica buttando la sigaretta e infilandosi in auto.
Liberata si sedette dietro il guidatore, per poter parlare meglio con l'amica, e partirono. Passando davanti all'officina del padre ebbe l'istinto di abbassarsi, per non rischiare di essere vista.
Oltrepassato il cartello del paese, cominciò a rilassarsi. S'impose di non pensare più a nulla, né a Beccaria né a Luvio: ormai era fatta, e come sarebbe andata, sarebbe andata. Era il

giorno più importante della sua vita e non avrebbe permesso a nessuno di rovinarlo.

Fu però solo quando presero l'autostrada a Lamezia e Fortunato aumentò la velocità che si sentì davvero tranquilla, perché fino ad allora, nelle curve che rallentavano la marcia, provava sempre una sensazione come se Luvio potesse raggiungerli da un momento all'altro.

Giuditta accese la radio e alzò il volume al massimo, e lo abbassava solo se dovevano dirsi qualcosa, come quando superarono l'uscita di Pizzo.

"Ma lo sai che la maga se n'è andata?"

"Almeno così risparmi qualche soldo," scherzò Fortunato.

No, Liberata non lo sapeva. L'ultima volta era stata scontrosa, diversa dal solito, strana, ma non avrebbe mai immaginato che sarebbe andata via. Avrebbe sentito la sua mancanza. Forse l'avrebbe cercata in un altro paese. Per un attimo pensò che fosse andata via per colpa sua.

"Stamattina sono passata da lì e ho visto che sulla porta c'era il cartello AFFITTASI. Allora ho fatto per suonare, e si è affacciata Carmela Bonodorosa, la vicina, e mi ha detto: 'Se cercate le magàra, non c'è più, s'è presa i suoi bagattelli e se n'andò per sempre'. Vedrai, tempo un paio di settimane e verrà qualcun'altra al suo posto."

L'amica ritornò ad alzare la musica.

Dopo un'ora e mezzo fecero una prima sosta.

Fortunato fumò una sigaretta, le ragazze mangiarono un pacchetto di patatine.

Fatti un paio di chilometri, Giuditta abbassò la musica.

"Non ci crederai, ma..."

Si interruppe voltandosi verso il fidanzato, che rispose al suo sorriso.

"Glielo diciamo o le facciamo una sorpresa?"

"Ormai..." rispose Fortunato.

"Allora, Liberata, tieniti forte. L'altro giorno, alla manifestazione, è venuta una rappresentanza da Reggio Calabria, tra cui un vecchio amico di Fortunato. Dopo siamo andati a bere qualcosa, abbiamo parlato e io ho raccontato che saremmo andati presto a Reggio per vedere questa cosa al teatro, e uno di loro ha detto: 'Ma io lavoro lì'. E insomma, per fartela breve, forse riuscirà a farci incontrare gli attori. Ti rendi conto? Da soli!"

Liberata guardò fuori dal finestrino e non riuscì a trattenere un sorriso.

"Siamo a metà strada," riprese Giuditta. "Se ti viene sonno dormi pure, ora abbasso la radio. E se vuoi distrarti, proprio stamattina ho preso l'ultimo numero di 'Jacques Douglas', così me lo faccio autografare."

Liberata avrebbe dormito, ma ogni volta che chiudeva gli occhi pensava a Luvio e si agitava. Allora pensò che un fotoromanzo avrebbe potuto aiutarla sia a non pensare sia a conciliarle il riposo. Aprì il sacchetto e prese la rivista, *Mentre si avvicina l'uragano*. Cominciò a leggerla recuperando, in alcune pagine, il gusto perduto dell'immaginazione. Fin quando un fotogramma la riportò alla realtà. Il particolare di un fotogramma. Il titolo di un giornale che Ken-Franco Gasparri trova su un tavolino e sfoglia distrattamente: *Il cavaliere nero*. La carta che aveva spaventato Adele. E dire che proprio poco prima Giuditta le aveva parlato di lei! Pensò non fosse una semplice coincidenza. L'evocazione di quella figura la spaventò, perché era chiaro, in quel momento, che non poteva non essere Luvio. Forse a quell'ora era venuto a cercarla a casa, dopo aver provato invano a telefonarle.

La vista dello Stretto le procurò sollievo, che era la prima volta che si trovava davanti quella striscia d'acqua e i traghetti che la solcavano e la Sicilia.

Entrarono in città e Liberata si disse che gli abitanti erano fortunati, che doveva essere bello vivere sul mare.

Fortunato abbassò il finestrino per chiedere a un passante dove fosse l'Università: il compagno di Reggio gli aveva detto di parcheggiare lì, che era proprio a fianco al teatro.

Quando giunsero nella piazza, rimasero stupiti dalla folla che si era radunata.

"Io direi di mangiare subito," propose Fortunato.

Liberata guardò Giuditta:

“Visto che abbiamo un po’ di tempo, possiamo andare vicino al mare?”.

“Oggi possiamo fare tutto quello che vogliamo,” rispose l’amica.

Il lungomare non era lontano, e così si sedettero su una panchina e mangiarono i panini che si erano portati da casa. Liberata guardava l’acqua e riusciva a non pensare a niente. Fecero in tempo anche a prendere un gelato da Ercole prima di ritornare. La folla nel frattempo era cresciuta.

“Aspettatemi qui, vado a telefonare.”

Liberata si guardò intorno: erano quasi tutte donne, molte avevano in mano copie di fotoromanzi, alcune avevano striscioni e poster, altre avevano cominciato a scandire in coro i nomi degli attori. Chissà se c’era Colomba: l’aveva pensata, durante il viaggio, se fossero state più amiche l’avrebbe invitata. Quando vide una signora vestita di rosso alzare il poster cartonato di Kirk Morris pensò a Glauco, e cercò nella folla quanti uomini ci fossero, venuti lì con la scusa di accompagnare qualcuno e invece anche loro ad ammirare gli attori di cui erano segretamente innamorati.

Ma era ora di andare, Fortunato le stava chiamando.

Lasciarono la via di fronte al teatro e s’infilarono per la strada che lo costeggiava.

“Ci sta aspettando sul retro.”

Ci furono le presentazioni, poi Romeo, era questo il nome del ragazzo, disse loro di seguirlo:

“Vi faccio stare in balconata. I posti a sedere sotto sono tutti occupati. State un po’ indietro, non fatevi vedere. Aprono le porte fra un’ora”.

“Ma allora riesci a farceli incontrare?” chiese Giuditta.

“Dopo è previsto un incontro privato con alcune lettrici. Cercherò di mettervi dentro.”

Il tempo che seguì parve a tutti e tre infinito, poi finalmente la gente cominciò a entrare. Liberata si soffermava spesso sui volti delle ragazze, e immaginava tra loro chi potesse essere la preferita di Franco Gasparri, chi fra tutte avrebbe scelto se fosse sceso tra il pubblico, e la sua attenzione cadde su una fanciulla in seconda fila, vestita di rosa, bella, fine, elegante, poi pensò a sé stessa, a come sarebbe apparsa a chi si fosse preso il tempo di guardarla.

Quando il presentatore arrivò sul palco, l'emozione salì. Spiegò che avrebbe chiamato gli attori e le attrici uno per uno e avrebbe fatto loro alcune delle domande che avevano raccolto tra le spettatrici e gli spettatori all'ingresso in teatro. Alla fine, gli attori sarebbero saliti sul palco tutti insieme per i saluti finali.

La prima a essere chiamata fu Adriana Rame.

Fu straniante per Liberata, e certo anche per Giuditta e per tutti coloro che erano lì, veder materializzarsi di fronte a loro, in carne e ossa, volti e corpi che avevano sempre e solo visto in fotografia, ma la cosa più straniante fu, soprattutto, sentirne la voce.

Liberata guardava e ascoltava tutti in silenzio, ammirata, affascinata, esaltata. Si avvicendarono Franco Dani e Michela Roc, Luciano Francioli e Simona Pelei. Kirk Morris era più alto e robusto di quanto apparisse in foto, e Liberata pensò che sarebbe piaciuto ancora di più a Glauco.

Dopo Heros Zamara e Claudia Rivelli, venne il turno di Franco Gasparri: fu chiaro dal boato del pubblico all'annuncio del suo nome che tutto il teatro era lì per lui.

Quando apparve in tutta la sua bellezza, fu un caotico susseguirsi di urla, pianti, qualcuna cercò anche di salire sul palco e venne fermata. Fu necessario l'intervento di altri agenti della sicurezza per arginare l'esuberanza della folla. E tutto questo mentre lui, con una camicia bianca e un paio di jeans, timido, quasi impacciato, con la mano destra in tasca, se ne stava al centro del palco, sorridendo, guardando nel pubblico come a cercare qualcuno. Liberata si disse che forse stava cercando lei, Liberty, anche se temeva che il suo sguardo potesse soffermarsi sulla seconda fila.

Stava vivendo il momento più emozionante della sua vita: Franco Gasparri era lì, a pochi metri da lei, come aveva sognato in tutti quegli anni.

A differenza degli attori che l'avevano preceduto, lui era

perfetto in tutto, non c'era espressione fuori luogo, il tono della voce sempre modulato, ogni gesto elegante. Liberata lo guardava e sospirava, e anche lei avrebbe voluto scendere da lì e lanciarsi sul palco, anche solo per sfiorarlo un attimo. La terza domanda che il presentatore gli fece era quella di Teresa Sisinni da Taurianova: "Cosa deve avere una donna per attrarti?".

Franco Gasparri sorrise e si prese qualche attimo per pensare, e in quell'attimo Liberata pensò che avrebbe risposto: *Deve saper scrivere come Liberty*.

Il suo fu l'incontro più lungo, e quando il presentatore lo concluse ci furono fischi e voci, che nessuno voleva lasciarlo andare via.

Aspettarono che la gente cominciasse ad alzarsi.

"Andiamo, statemi dietro," disse Fortunato.

Romeo arrivò quasi subito e li portò in una stanza, vicino ai camerini, in cui già aspettavano una ventina di ragazze. Avevano tutte un fotoromanzo in mano.

Poi, un signore entrò dalla porta in fondo e disse che si sarebbero presentati per le firme solo Claudia Rivelli e Franco Gasparri. Liberata ne fu felice, Giuditta un po' meno.

Capirono, poco dopo, dal frastuono che gli attori erano entrati nella stanza.

"Avviciniamoci anche noi," disse Giuditta.

Prese per mano l'amica e, tra spinte date e ricevute, riuscì ad avvicinarsi al tavolo dove erano seduti gli attori.

"Vai avanti tu," le disse invertendo i posti e spingendola.

Fu così che Liberata si trovò di fronte a Franco Gasparri.

A un metro di distanza, senza nessuno in mezzo.

Lei e lui, e fu come se tutto ciò che stava intorno scomparisse: la gente, le voci, la vita. Esisteva davvero, era lì, che bastava allungare un braccio per sfiorarlo, ancora più bello di quanto le foto lasciassero immaginare, che avrebbero dovuto creare una parola nuova per renderne l'idea.

La guardò. Lei, impacciata, mise la mano nella borsa e tirò fuori la polaroid che aveva scattato all'Asilo, i due anelli di nastro bianco incatenati tra di loro. Sulla striscia bianca in basso, la frase: *Tutto è legato a tutto*.

Mentre l'avvicinava, lo fissò per vedere se la foto avrebbe suscitato qualche emozione, e le parve che le labbra si schiudessero, che le guance si stendessero, che gli occhi mimassero il recupero di un ricordo.

L'attore sorrise, osservò l'immagine, quindi la girò: sul retro, come le volte precedenti, aveva scritto *Liberty*. Liberata interpretò quel voltamento come un segno positivo, come se ricordasse e sapesse che ci sarebbe stato qualcosa.

Fu lì, sotto il suo nome possibile, che Franco Gasparri appose la sua firma. Proprio sotto, a sfiorarsi, addirittura a toccarsi, sovrapporsi, unirsi, legarsi: due segni del mondo che, dopo lungo e solitario andare, s'erano finalmente ritrovati in un punto dell'universo.

Gli occhi sono fatti per piangere

"Sogno", Settimanale di fotoromanzi, varietà, attualità
Anno XVII, nr. 331, Sped. abb. post. Gr. III – 70, 84 pagine, 250 lire

Sognò uno scorpione. Era stato l'ultimo brano che aveva letto dal quaderno di Zangari. Due pagine intere delle quali ricordava il particolare che era l'unico animale capace di suicidarsi. E poi una frase che le era piaciuta: c'era stato un tempo in cui gli scorpioni, come i pesci, avevano le ali.

Si svegliò quando l'auto era vicina al cartello col nome del paese.

"Portatemi in chiesa," disse Liberata.

"E cosa devi fare?"

"Questione di un attimo."

Fortunato arrivò, fermò la macchina e Liberata scese.

"Visto che siamo qui, io vado a casa," disse Giuditta, che abitava a pochi metri da lì. "Fortunato, la riaccompagni da solo?" gli chiese dopo averlo baciato sulla bocca.

"Posso tornare anche a piedi."

"Sarai stanca, amica mia, e comunque lui passa da lì per andare a casa sua."

Le si avvicinò e l'abbracciò forte.

"È stata una giornata bellissima, e sono contenta di averla trascorsa con te."

Liberata chissà perché rispose a quell'abbraccio con una stretta ancora più forte, che non le apparteneva, una stretta profonda, silenziosa, disperata, come i soldati quando partono per la guerra.

"Arrivo subito," disse a Fortunato.

In chiesa non c'era nessuno. Si avviò verso la canonica con

addosso una tranquillità che la sorprendeva, non perché sicura dell'esito dell'incarico affidato ma perché a esso indifferente. Era come pronta a tutto perché si sentiva nel giusto.

Beccaria era nel suo stanzino, con un giornale in mano. Nel vedere Liberata le andò incontro contento.

"Fatto, alle sei inprecìse, fatto."

Il volto soddisfatto del sacrestano la fece ben sperare.

Si fece restituire le chiavi e andò con lui verso la stanza della Congrega. Le confezioni delle mantelle erano state ordinatamente appoggiate sul divano. Fu contenta al punto di commuoversi.

Guardò Beccaria, in attesa, con le mani intrecciate dietro la schiena, e lo abbracciò.

"Grazie, sei stato bravissimo. Grazie. Sapevo di poter contare su di te."

Il gigante ondeggiava felice.

"Agata mi vole bena come un figlio."

Liberata andò via sentendosi leggera, e passando accanto alla statua di sant'Antonio le venne quasi la tentazione di sfiorarla, e quando si soffermò sulla Reliquia osservò il dito, e notò che la direzione che indicava era proprio quella di casa sua.

Fortunato aveva già acceso il motore.

"Hai finito?"

"Sì, portami a casa per favore."

Era stata una giornata stancante e non vedeva l'ora di mettersi a letto. Con Beccaria era andato tutto bene, ma non riusciva a stare tranquilla, che il giorno dopo avrebbe dovuto affrontare Luvio, spiegargli, giustificarsi, subire le sue arrabbiature.

Il giorno dopo.

E invece, appena arrivò con Fortunato, lo vide seduto sui gradini di casa, la moto parcheggiata di fronte.

"Meno male che c'è il tuo fidanzato. Sono più tranquillo."

Liberata non disse niente e scese dall'auto.

Le luci erano spente, i suoi non erano ancora arrivati. Luvio la fissò quando l'auto si fermò, la fissò quando scese con addosso un timore di cui sconosceva la natura, la fissò quando Fortunato scomparve dietro la curva e lei rimase lì, in piedi, da sola nell'universo. Si sentì come quegli insetti impigliati nella ragnatela, che vedono il ragno avvicinarsi ma non possono scappare. Per la prima volta non avrebbe voluto essere davanti a lui.

Luvio fumava. Altre volte aveva sentito l'alito o l'odore del fumo addosso, ma lui aveva sempre negato, aveva sempre detto che gli amici fumavano e quell'odore gli restava sui vestiti. Le aveva mentito, ma in quel momento la menzogna non la feriva, nullificata dal vento di paura che le soffiava sulla pelle. C'era una calma agghiacciante intorno, la quiete che è peggio della tempesta non perché la precede o la segue, ma perché la nasconde. In quei pochi metri che la separavano da lui, Liberata cercò le parole giuste per spiegare, per placare, per mediare, invece pronunciò un'unica parola, una sola: "Scusami".

Lui buttò lontana la sigaretta accesa a metà.

"Sei stata col tuo nuovo amico?"

Liberata lo guardò bene in volto ed ebbe paura, che le vennero in mente alcuni quadri di battaglie nei quali i volti trasfiguravano per l'orrore.

"Ma cosa dici. Era il fidanzato di Giuditta."

"E adesso anche con i fidanzati delle tue amiche vai?"

Liberata non credeva a quelle parole.

"Mi ha solo accompagnato."

"Certo, dopo si accompagna sempre a casa. E no! Non ti scuso."

Liberata abbassò gli occhi per non guardarlo.

"Non potevo mancare."

Il riso sarcastico di Luvio le gelò il sangue.

"A cosa non potevi mancare, poverina, dimmi, a cosa di così importante da farmi aspettare da solo per ore e ore davanti a una chiesa? O forse il tuo amico ti ha fatto dimenticare che avevamo un appuntamento?"

"Avrei voluto dirtelo..."

"Dimmelo adesso dove cazzo sei stata!"

"A Reggio Calabria, con Giuditta, c'era un incontro con gli attori dei fotoromanzi, avevamo organizzato da tempo."

"E c'era anche Franco tuo? Lo hai visto? Ti ha baciata?"

Non le diede il tempo di rispondere: si alzò di scatto e lei, d'istinto, indietreggiò.

"E dunque non sei venuta all'appuntamento per quei cazzi di fotoromanzi!"

Liberata stava per giustificarsi, avrebbe voluto dirgli che in fondo era solo un giorno, solo uno, che avevano il resto della vita davanti, un giorno cosa vuoi che sia, ma lui la zittì.

"Basta parole."

La prese per mano e la trascinò verso il giardino.

Sul giubbotto di pelle nera aveva uno scorpione grande quanto tutte le spalle. Pensò a Ippolito. Doveva essere la giacca che usava per le gare. E per la resa dei conti.

"I fotoromanzi! Adesso si capisce tutto. Quei maledetti fotoromanzi. Vieni, vieni... Vieni con me!"

La lasciò sotto la finestra della sua camera.

Lei non poteva crederci che fosse Luvio suo a parlarle con quella rabbia.

"Lo sai di chi è la colpa di tutto questo, vero? Lo sai sì o no?"

Aprì il magazzino, e dalla cassa cominciò a prendere i fotoromanzi che vi erano conservati.

"Tutta colpa di questi maledetti giornali!"

Li prendeva a gruppi e li buttava fuori, uno sull'altro, come rami su un falò.

Liberata cercò di fermarlo, di prendere i fotoromanzi che cadevano e si piegavano, si strappavano, perdevano pagine.

"Lasciali stare, ti prego, lasciali stare!"

Ma non c'era nulla da fare contro quella furia. Tentò di nuovo di fermarlo ma lui, con una spinta più possente delle altre, la buttò a terra. Non aveva più la forza di alzarsi. Come un pazzo, Luvio continuava ad accatastare i giornali, farneticando: "Te lo faccio vedere io che fine fanno i tuoi fotoromanzi, ti faccio vedere io che fine si meritano. Lui, lo vedi lui?" urlò mostrando Franco Gasparri su una copertina. "Tutta colpa sua! Lo hai visto oggi? Lo hai visto almeno? Ne è valsa la pena?"

Quando li ebbe presi tutti, si mise di fronte alla catasta di carta. Liberata era immobile, avrebbe voluto scagliarsi contro di lui, ma sapeva che sarebbe stato tutto inutile. Il volto di Luvio sembrava deformato come certe maschere greche, e poi divenne tutto un sorriso ironico, sprezzante, orrifico.

"Te lo faccio vedere io."

Solo allora, quando la prese in mano, Liberata si accorse della tanica che aveva appoggiato vicino al muro, sotto la finestra della sua camera. Luvio cominciò come un forsennato a versare la benzina sui fotoromanzi accatastati.

"Non farlo, ti prego," urlava, ma Luvio nemmeno la sentiva. "Non farlo, ti prego," ripeté a bassa voce, come una preghiera, non farlo, non farlo, ti prego. La voce si spense.

Liberata si vide tremare la vita e cominciò a piangere, disperata.

Luvio versò la benzina fino all'ultima goccia, quindi buttò lontano la tanica, e cacciò qualcosa dalla tasca. Si fermò, con il fiammifero in mano, fissandola negli occhi con un odio che non poteva essere umano, con una ferocia di belva ferita, la fissò negli occhi e accese la fiamma.

"Te lo faccio vedere io, che fine fa il tuo mondo."

Liberata, dolorante, ebbe un ultimo sussulto d'orgoglio e si lanciò con l'intenzione di mettersi tra i giornali e il fuoco ma lui la trattenne con un braccio, la strinse forte a sé, così forte che le sembrò di soffocare, e fu in quell'attimo, sotto gli occhi imploranti di lei, che gettò il fiammifero sul cumulo di fotoromanzi impregnati. Fu un attimo e la fiamma si alzò. Liberata si lasciò andare e lui la liberò dalla stretta, spezzandole la catenina con la luna, facendola cadere a terra come un peso morto.

Fu così, dal punto di vista degli insetti che abitano i piani inferiori della vita, che Liberata vide la carta bruciare, accartocciarsi, annerirsi, sparire, che forse era meglio se la lasciava la polvere lì sopra, che forse era una pelle, la polvere, un mantello che dio calava sul mondo per proteggere, che la polvere forse avrebbe rallentato le fiamme, e invece adesso vedeva bruciare tutto in fretta, il fumo che si confondeva con le nuvole basse, e seguiva il fumo e le forme che prendeva, e lei provò un ultimo scatto di resistenza, ma il braccio di Luvio la schiacciò di nuovo a terra, e allora lei rimase immobile, stringendo i pugni, immobile come quando da bambina imitava la tanatosi degli insetti, essere come morti, essere lo *Zopherus chilensis* o la farfalla monarca, fermarsi, chiudere gli occhi, che adesso non doveva pensare a qualcosa che le facesse paura, che adesso era lì il terrore, di fronte a lei, visibile, reale; e lei non sapeva se c'erano esseri viventi capaci di fermarsi il cuore, ritardarlo anche solo di un battito, ma avrebbe voluto essere lei la prima, fermati cuore, brucia cuore.

Quando il fuoco si spense, dopo un tempo che a Liberata parve secolo, Luvio raccolse un pugno di cenere ancora fumante, calda, e si avvicinò a lei.

"Questo rimane della tua vita, questo," le disse facendo scivolare di fronte ai suoi occhi la cenere come polvere di clessidra.

Si abbassò, raccolse qualcosa da terra e se ne andò, con addosso l'impunità dei vincitori.

In quel momento si sentirono le campane suonare a morto, o almeno così le sembrò, che le parve il giusto corollario a quella che era per lei come una morte. I rintocchi continuarono a echeggiare nella sua testa come un ronzio.

Non aveva le forze nemmeno per muoversi, e allora preferì stendersi a terra, sentire la polvere sulla guancia e scorgere, illuminata dalla luna piena, una formica, una sola, l'annunciatrice, intromettersi tra lei e i resti anneriti della carta bruciata.

Fu in quelle condizioni che la trovarono, Oreste e Agata, mezz'ora dopo.

"Cos'è successo?" le chiese Oreste abbracciandola. "Cosa t'hanno fatto? Chi è stato?"

Tra le sue braccia, Liberata ricominciò a piangere. Doveva essere una scena straziante se anche Agata, Agata, la madre mancata, anche lei s'inginocchiò al fianco della figlia e le accarezzò i capelli, e Liberata riconobbe finalmente cos'era la dolcezza materna e se ne beò appoggiandole la testa sul petto, che non tutte le disgrazie vengono inutilmente, e la madre continuò ad accarezzarla, e la strinse forte mentre cercava di immaginare cos'era potuto succedere, immaginare cosa era stato quel mucchio di cenere nera che ancora fumava alla maniera di vulcani millenari.

"Luvio."

Lo stupore gelò i due.

"Non è possibile," sospirò la madre come se l'avessero ferita.

"Maledetto!" disse Oreste, con una voce così rabbiosa che mai nessuno gliel'aveva sentita.

Entrò nel magazzino e capì, e immaginò cosa sarebbe stato lui se da un momento all'altro la sua collezione d'insetti fosse stata distrutta.

"Coraggio, alzati," le disse la madre, continuando a tenerla stretta.

Oreste andò incontro alle due donne e aiutò entrambe a tirarsi su, ma dovette sorreggere Liberata, che non riusciva a stare in piedi. Padre e madre la portarono lentamente in casa e la fecero stendere sul letto.

"Vado a sistemare fuori," disse lui.

Agata rimase lì, e con una premura attesa da secoli spogliò la figlia cominciando dalle scarpe, piano, delicatamente, come fosse una bambola, la sua bambola preferita di quand'era bambina che aveva ritrovato per caso in fondo a una cassa, quando era ormai certa di averla persa, e che adesso colmava di tutte le attenzioni mancate. La aiutò a mettersi la camicia da notte dopo che, presa dell'acqua calda in una bacinella, aveva lavato le parti del corpo sporcate dal fumo e dalla terra e dall'odio, con gli stessi gesti leggeri che aveva visto fare al vecchio don Pantaleone quando lavava il corpo ligneo del Cristo morente durante la Settimana Santa.

Le alzò la coperta fino al collo e le accarezzò la fronte.

"Ti sta salendo la febbre."

Ritornò con la bacinella in bagno e la riempì d'acqua fredda. Poi tornò da lei. Prese la sedia dalla scrivania e la spostò a fianco al letto.

"Resto qui stanotte, vicino a te, vuoi figlia mia?"

Spense la luce lasciando la persiana socchiusa, che la luce lunare, entrandovi, faceva esistere i profili del mondo. Che se Liberata avesse aperto un attimo gli occhi, fosse ritornata in sé stessa, avrebbe detto di trovarsi in un sogno, a vedere la madre al suo fianco che tutta notte la vegliava accarezzandole i capelli, assorta nei pensieri che erano gomitoli di cotone che lentamente scioglieva, che poco per volta capiva che si è sempre in tempo, che gli attimi sono più importanti dei secoli, che le larve vivono una vita d'attesa e poi basta un attimo per diventare farfalle, che Agata solo in quell'attimo si rivelò madre, ma con un'intensità che era valsa la pena attendere.

Liberata, se avesse potuto guardare, avrebbe pensato di essere in un sogno, che incubi e sogni spesso si avvicendano, si alternano, e purtroppo talvolta, incautamente, si sovrappongono.

L'ultimo petalo della margherita

"Idillio", Mensile di fotoromanzi e attualità
Anno XXII, nr. 356, Sped. abb. post. Gr. III – 70, 84 pagine, 250 lire

Chissà dov'era finita la cenere nera rimasta in giardino, spazzata dai venti dispettosi, raccoltasi e aggrumatasi tra le fenditure di suole frettolose, se aveva dimenticato il proprio passato o continuava a conservare le parole che erano state della carta, trasformandole semplicemente in richiami, echi, suggerimenti. Chissà se anche la cenere diventava polvere, se diveniva pur essa particella del mondo creata in eccedenza, il non necessario, la dismisura, ciò di cui si può fare a meno.

Quando Liberata aprì gli occhi, la prima cosa che vide fu la madre al suo fianco, addormentata sulla sedia, che le teneva la mano. Lei se la portò alle labbra e vi depose un bacio. Agata si ridestò.

"Come stai, figlia mia?"

Non disse nulla. Agata pensò che stesse meglio.

"Vuoi qualcosa? Perché oggi non te ne stai a letto?"

Ma Liberata aveva altri progetti. Fra tutti, scoprire chi fosse davvero Luvio Chianese, o meglio, trovare la conferma concreta e terrena di quanto ormai era evidente.

"No, mi alzo," rispose. "Tu adesso però vai a coricarti, sarai stanca."

"Sì, mi sa che vado a stendermi un poco sul divano."

Agata si alzò e mise la sedia a posto.

"Mamma?"

Si bloccò, che in quel momento quella parola le colpì il

cuore, facendole perdere per sempre un battito che volò alto e andò a depositarsi lontano, forse sulla superficie lunare, tra le sue preghiere di peccatrice, tra l'ozio lungo degli uomini ignoranti e i vani desideri che non han mai loco, i vani desideri che son tanti.

"Grazie."

Agata continuava a darle le spalle: non voleva la vedesse con gli occhi luccicanti di commozione, e rispose semplicemente alzando la mano e andando, che anche la voce sarebbe stata ingannatrice.

Liberata si alzò. Passando davanti al telefono in corridoio ebbe una tentazione alla quale non seppe opporsi. Compose il numero della casa di Luvio. Era molto probabile che avesse mentito anche su quello e che non fosse il suo. Il telefono squillava, come le altre volte. Stava per riattaccare quando qualcuno rispose. Una voce di donna. Lenta, sussurrata, affaticata.

"Pronto?"

Rimase un attimo in silenzio, infine si fece coraggio.

"C'è Luvio?"

Silenzio. Silenzio, Silenzio. E poi la comunicazione che veniva interrotta.

Liberata ci rimase male. Rifece subito il numero, ma non rispose nessuno. Lo rifece altre volte. Ebbe l'impressione che nessuno avrebbe più risposto.

Si vestì. Era tramortita e al tempo stesso decisa, il corpo si muoveva come se ubbidisse a un imperativo biologico, come quando la zampa del ragno continua a muoversi anche dopo che se l'è staccata, l'autotomia, che talvolta per continuare a sopravvivere bisogna perdere una parte di quello che si ha, foss'anche la più cara e preziosa.

Tutto era chiaro nella sua mente: stava collegando tra loro i punti oscuri di Luvio, come una costellazione formata dalle stelle meno luminose, fino all'esplosione finale. Voleva solo capire perché. Quando uscì di casa, sapeva esattamente cosa avrebbe fatto quel giorno. Sarebbe stata una via crucis, il suo calvario in tre tappe.

La prima prevedeva anche l'acquisto di un biglietto. Il chiosco di Glauco era ancora chiuso e allora andò dal tabaccaio. Il pullman passava dal Piano alle dieci. Salì. Si mise dalla parte del finestrino, guardare fuori era un modo semplice per distrarsi dal dolore.

Ripetiamo tutta la vita le stesse parole. A distanza di mesi, anni, decenni, le usiamo come se fossero monoliti, inscalfibili, e invece quello che indicano cambia nel tempo.

Il dolore, per esempio. Da bambine diciamo "mi fa male" quando ci dondola un dente. L'espressione "fa male" la ripeteremo da allora centinaia di volte: un taglio al dito, una gamba rotta, l'amore che ci ha lasciati, una zia scomparsa, addirittura potrebbe essere la nostra espressione estrema, le ultime parole riferite al cuore che batte troppo in fretta o alla testa che si è sbattuta cadendo dalle scale; ma non è e non sarà sempre lo stesso male. Bisognerebbe che le parole si conformassero al mondo e si adeguassero all'esperienza, e che per infiniti dolori ci fossero infiniti vocaboli, mentre adesso non c'era parola capace di definire quello che Liberata sentiva dentro di sé, un dolore che per definirsi aveva bisogno di altre parole – infinito, offuscante, mortifero.

Dal dolore era giunta alla grammatica. Che poi vai a parlare male delle fantasticazioni, delle sognerie, dell'infinita catena di pensieri, quando ti distraggono dal viaggio tormentato, dalla vita dolorosa. Glielo aveva detto Zangari, qualche giorno prima: se si ricorre all'invisibile è perché la vita non basta. Ma a lei quell'invisibile fatto di pensieri e immaginazioni la vita gliel'aveva riempita.

Il vuoto che sentiva adesso, invece, era colpa della realtà.

Per un momento aveva accantonato l'invisibile e ceduto a tutto ciò che si vede: al corpo febbricitante, agli uomini, a

Luvio. Aveva provato come il resto dell'umanità ad abbandonarsi alle combinazioni del mondo, ma aveva fallito, e adesso il prezzo da pagare era un dolore che mangiava il fiato. Non s'impara a vivere per il solo fatto di essere vivi. Era come un insetto d'acqua che un vento arrogante e invidioso aveva spinto a terra: doveva fare ritorno nel suo luogo naturale. Ma prima di rientrare nel mondo acquatico dell'invisibile doveva scrollarsi da dosso ogni rimasuglio di terreno.

Il pullman si fermò al centro della piazza.

Quando Liberata si trovò da sola, capì che sarebbe stata una ricerca difficile. Non aveva fotografie da mostrare. Solo un nome e un cognome.

Si guardò intorno: undici alberi, un bar, una chiesa, tre panchine di legno, un tabaccaio. Chiese al barista se conosceva qualcuno che si chiamasse Luvio ma lui disse di no, poi lo chiese ad alta voce ai quattro clienti seduti al tavolino a giocare a carte, se conoscessero qualcuno con quel nome, ma a turno negarono.

"Mi spiace, signorina, posso offrirle un caffè?" Ma Liberata ringraziò e uscì. Pensò che forse c'era un accordo tacito, tramandato di generazione in generazione, per cui non si danno informazioni ai forestieri.

La scalinata della chiesa di fronte a lei fu come un suggerimento. Vi entrò. Un prete di paese di solito conosce tutti. Su una panca c'erano due vecchie che pregavano. Liberata avanzò lungo la navata laterale, rasente il muro, quindi si sedette. Aspettò sperando comparisse il sacerdote, ma non fu così. Nell'attesa, e con stupore, notò che la statua della Madonna aveva il collo segnato, come se fosse stato reciso e poi incollato, e subito le venne in mente il tagliatore di teste sacre, che per qualche motivo non aveva fatto in tempo a portarsi dietro il trofeo ed era stato costretto a lasciarla là dove i fedeli l'avevano presa e riattaccata. Pensò che la testa dell'altra Madonna di Torre Ruggero era stata tagliata dopo questo tentativo andato a male. Aspettò ancora un po', quindi uscì.

Prese la strada che costeggiava la chiesa, era la più grande e doveva essere la principale.

Solo una cosa sapeva di lui, e così chiese a una ragazza, che le indicò la ferramenta di Rodolfo. Liberata notò che aveva lo stesso nome del padre di Franco Gasparri.

Il piccolo negozio era in una strada parallela alla via principale.

Si fermò sull'entrata, timorosa, impaurita, poi decise di varcare la soglia. C'erano due clienti. Un signore anziano col camice grigio li stava servendo. Lo scrutò alla ricerca di somiglianze con Luvio, che non c'erano: era stempiato, col naso aquilino e gli occhi grandi. Di certo Luvio assomigliava alla madre, che immaginò bellissima.

I due clienti erano insieme, e quando furono serviti uscirono. Toccava a lei.

"Ditemi."

"Cercavo vostro figlio."

L'uomo la guardò aggrottando le ciglia e indietreggiando con il corpo.

"Scusate, ma voi chi siete?"

"Una sua amica."

"Non siete del paese."

"No."

"Guardate che vi state sbagliando, io non ho figli."

La risposta non la sorprese, ormai si aspettava di tutto e aveva messo in conto ogni menzogna.

"Forse ho sbagliato ferramenta, scusate."

"In paese non ce ne sono altre."

Ma Liberata aveva già abbassato la testa e si era voltata per andare:

"Scusatemi ancora".

Quando si trovò fuori dal negozio, non seppe cosa fare. Per un attimo la sua fermezza vacillò e la colse disperazione. Luvio le aveva mentito su ogni cosa, si era preso gioco di lei. Forse non era nemmeno di Torre Ruggero, forse nemmeno si chiamava a quel modo.

Mancavano due ore al pullman di ritorno.

Mentre ritornava, delusa, passando da un fruttivendolo guardò dentro. Ed ebbe come un'apparizione.

Si nascose dietro la vetrina per guardare meglio senza essere vista. Sembrava lei. Era impossibile riconoscerla vestita così, con una maglia grigia bucata sui gomiti, un grembiule verde macchiato di terra e ai piedi un paio di stivali di gomma. L'unico segno di grazia femminile era il foulard rosso che le metteva in risalto la limpidezza degli occhi. Adesso si era voltata e stava sistemando delle lattughe dentro una cassetta di legno.

Liberata entrò, approfittando anche del fatto che il negozio era affollato, si avvicinò e le sussurrò, come se fosse lei la sortilega.

"Come sopra così sotto."

Le formule, nelle fiabe, di solito hanno il potere di svegliare i dormienti; in quell'attimo, invece, funzionarono alla stregua di sguardi pietrificanti, che la donna rimase immobile; poi si alzò, lentamente, lasciando cadere nella cassetta i cespi che teneva in mano, e si voltò con la stessa fiacchezza, senza l'urgenza dell'agnizione, come avesse già riconosciuto la voce. Si fissarono.

"Come sopra così sotto," rispose.

Per il tempo di quelle sillabe, la maga Adele ritornò sé stessa.

"Come hai fatto a trovarmi?"

"Non ti stavo cercando."

Adele si guardò intorno se c'era un posto in cui poter stare più tranquille.

"Spostiamoci."

Si rivolse all'uomo dietro il bancone:

"Abbondanzio, mi prendo qualche minuto".

Liberata sorrise, e neanche i poteri di una chiaroveggente

avrebbero capito i veri motivi di quell'espressione. Pensava al libro della madre con le biografie dei santi e a quel nome che non avrebbe mai creduto potesse appartenere a qualcuno.

"Cosa sei venuta a fare qui?"

"A cercare una persona."

"Non avresti dovuto."

Adele abbassò lo sguardo come a prendere coraggio, poi ritornò a fissarla negli occhi.

"È stato tutto un inganno."

Liberata corrugò la fronte socchiudendo gli occhi: "Non capisco".

"So chi sei venuta a cercare."

"Come fai a saperlo? Quale inganno?"

"È stata anche colpa mia."

"Siete dello stesso paese."

Liberata la fissava come fosse una delle sue polaroid prima che apparisse l'immagine.

"È venuto il momento che tu sappia come sono andate davvero le cose."

"Ormai sono pronta a tutto," le rispose rassegnata.

"Ci conosciamo da bambini. Il paese è piccolo, qui cresciamo insieme e sappiamo tutto di tutti, e diciamo che di lui non si è mai fatto un buon parlare. Il giorno dopo la prima volta che sei venuta da me si è presentato qui, nel negozio, che doveva parlarmi. Fino ad allora ci salutavamo semplicemente, e quella richiesta mi sorprese. Mi chiese di te. Mi disse se era venuta da me una ragazza insieme a una sua amica, ti descrisse così bene che era chiaro fossi tu. Non so come aveva fatto a saperlo, ho pensato ti avesse seguito o fatto seguire da qualcuno, ma mi chiese di fargli un favore e che, se mai fossi ritornata, di leggerti le carte in modo da spingerti verso di lui. Mi disse che era innamorato di te e che voleva conquistarti a ogni costo, mi chiedeva solo un piccolo aiuto, mi disse proprio così, 'un piccolo aiuto'. Aveva già in mente il piccolo aiuto, e così preparammo la coincidenza della luna."

Squillò il telefono del negozio e l'uomo dietro il bancone rispose, e a Liberata parve di riconoscere la voce che rispondeva agli appuntamenti della maga, infatti quello prese una penna, aprì un quaderno, segnò qualcosa prima di riattaccare.

Adele parlava velocemente, aveva fretta di finire, guardava sempre fuori dalla vetrina, e ogni volta che entrava qualcuno interrompeva il racconto, come se avesse paura.

"Pensavo che tutto sarebbe finito lì. Invece mi sbagliavo. Tornò, dicendomi che dovevo continuare. Io gli dissi di no, che già era troppo quello che avevo fatto, una volta poteva bastare e non volevo ingannare nessuno, ma lui insistette, si arrabbiò, mi strinse forte per un braccio dicendomi che non era una richiesta, era un comando, che io dovevo ubbidirgli, 'altrimenti,' disse, 'altrimenti', e non aggiunse altro. Lui non è uno che scherza, e non era la prima volta che faceva del male a qualcuno. Mi spaventai, e così feci come mi diceva, e per calmare i miei sensi di colpa mi ripetevo che in fondo non era così grave, si trattava solo di una storia d'amore, ce ne sono migliaia che finiscono, migliaia che cominciano."

Liberata pensò che forse aveva ragione, le carte avevano acceso i suoi entusiasmi ma certo si sarebbe comunque legata a Luvio. Ancora però non riusciva a capire perché tutta quella macchinazione, tutti quei sotterfugi.

"Se mi vede che sto parlando con te..."

"Ti ha mai detto perché? Perché proprio io?"

Dopo l'incendio dei fotoromanzi, Liberata si era tolta il dubbio sul fatto che Luvio mirasse all'officina del padre. Era il gesto definitivo di chi aveva deciso di uscire di scena per sempre.

"Perché non tu? Sei una bella ragazza, a lui sono sempre piaciute le belle ragazze. Ma perché sei venuta a cercarlo?"

Liberata, malgrado avesse saputo dell'inganno, non era arrabbiata con lei.

"Non lo so neanch'io, forse per convincermi di quello che già so, o forse no, forse sono venuta a cercare la salvezza, a riavere quello che ho perso, a ritrovare lui che mi chiede perdono. O forse a togliermi la terra di dosso. È che non ci abituiamo mai a perdere le cose belle."

"Ti ha fatto del male?"

Liberata abbassò la testa.

"Perdonami, non pensavo tutto questo. Alla fine, ho cercato di fartelo capire..."

"Il Cavaliere Nero."

"Sì, era lui. Se avesse saputo che ti avevo avvertita..."

"È per questo che te ne sei andata?"

"Anche. A lui ho detto che non avevo più soldi per pagare l'affitto, non l'ha presa bene ma ci ha creduto."

Ogni volta che finiva di parlare si guardava intorno, circospetta.

"Ha un'altra fidanzata in paese, vero?"

"Quell'uomo ama solo sé stesso."

Il fruttivendolo dietro al bancone fece un fischio in direzione di Adele.

"Adesso devo andare. Ma tu stai attenta, tornatene subito a casa, non farti trovare qui. Non la prenderebbe bene. Non sai di cosa è capace."

Liberata non si spaventò, non aveva più nulla da perdere. Mise le mani nella borsa e ne tirò fuori qualcosa.

"Questo è per te. A me non serve più."

Era lo strumento delle sette fortune.

Adele le mise una mano sul braccio e la accarezzò.

"È un bene che sia finita. Credimi. Pensa solo a te."

Fece per andarsene, ma Liberata la fermò.

"Un'ultima cosa. La prima volta che ci incontrammo, uscì il Cavaliere della Fortuna e mi dicesti che c'era un uomo. Anche allora era stato lui a farti dire quelle cose?"

"No," rispose la sibilla. "Quella volta furono davvero le carte."

Liberata rimase ferma, in silenzio. Poi si voltò per andarsene: "Allora le carte sbagliano".

Catastrofe. Fu la parola intorno a cui ruotarono i suoi pensieri durante il viaggio di ritorno. La immaginò scritta con i caratteri dei fotoromanzi, dentro qualche dialogo. Apparentemente improvvisa. Per un appuntamento mancato. Poteva essere?

Pensò ai cerchi infiniti quando lanciava un sassolino nello stagno. Pensò che nulla è esagerato se si conosce l'intera catena di causa ed effetto che l'ha generato.

Pensò che ci dovesse essere altro, dietro il gesto estremo di Luvio. Pensò che anche alle catastrofi sono assegnati un posto e un ruolo precisi nel mondo. E quindi anche alla sua.

Pensò che le catastrofi fossero come una sirena d'allarme che segnalava il turbamento dell'ordine e dell'equilibrio del mondo. Ma anche altro: che quell'ordine e quell'equilibrio chiedevano di essere ristabiliti.

La misura del dolore

"Charme", Quattordicinale di fotoromanzi
Anno XIV, nr. 162, Sped. abb. post. Gr. III – 70, 84 pagine, 250 lire

Credeva a tutto quello che non si vede, alla taumaturgia, al potere ultraterreno delle ombre, ai giuramenti che non si sciolgono, alle bestemmie che offendono e alle maledizioni che si attaccano addosso e prima o poi feriscono, alla veridicità di proverbi e fondi di caffè, alle coincidenze dell'universo, agli angeli custodi in carne e ossa, alle formule segrete che tolgono il malocchio. Solo a Dio non credeva, e agli uomini. E faceva bene. Luvio ne era la prova.

Quando scese dal pullman, riconoscere strade e case familiari la fece sentire meglio. Questa volta non doveva chiedere informazioni a sconosciuti. La seconda tappa della via crucis aveva una coordinata ben precisa. Aveva saputo che Glauco era ritornato a casa dall'ospedale. Il giorno prima era stata a Reggio, ma adesso poteva andare a trovarlo, e non solo per abbracciare l'amico caro.

Fu Callista ad aprirle.

"Sapìa che venivi. Trasa."

Qualcuno aveva fatto visita prima di lei, che sul tavolo c'erano, tolti dalla confezione, zucchero e caffè.

"Come sta?"

"Per fortuna mo è a la casa sua, me lo curo io," rispose picchiandosi con l'indice sul petto.

"Ma come sta?"

"Meglio assai. Non è cchiù in pericolo, accussì m'ha detto il dottore, non perde fiato."

"È a letto?"

"Ncià la camera sua. Vuoi mu sàgghi?"

Liberata annuì, Glauco le era mancato.

"Però solo si non è chi dorma, che mo guardo. Il dottore dissa che ha da riposarsi."

Si vedeva che era orgogliosa, per una volta, di essere lei a prendersi cura del fratello, e lo avrebbe fatto meglio che poteva.

Callista ritornò con una bacinella d'acqua.

"Va', t'aspetta."

Nel salire i gradini, Liberata si sentì in colpa verso l'amico, ancora di più dopo la sera precedente. Era lì per chiedergli scusa, che aveva sbagliato a non credergli, che non c'era nessuna cugina australiana, a farsi raccontare di nuovo ciò che aveva visto. Quando entrò, Glauco le sorrise. Liberata gli andò incontro e gli prese la mano e le venne da piangere.

"Perdonami se ho dubitato di te! Come stai?"

"Non piangere, Liberata. Siamo qui adesso, mano nella mano. Il resto non conta."

"Mi sei mancato."

"Anche tu."

"Come stai?"

Parlava lentamente, facendo lunghi respiri.

"Il peggio è passato. Ho rischiato di perdere un polmone, ma adesso sono fuori pericolo. Mi ci vorrà ancora qualche settimana, ma ritornerò come prima. E tu?"

"Male, Glauco, male."

L'uomo guardò dall'altra parte, verso la luce che filtrava dalle fessure delle persiane.

"Mi avevi avvertita e io non ho voluto crederti."

"Ti ha lasciata?"

Liberata abbassò gli occhi, ripensò alla sera prima e pianse.

"È stato cattivo, vero?"

"Molto."

Glauco le strinse forte la mano, come a consolarla.

"Raccontami di quel giorno, per favore," gli chiese lei asciugandosi gli occhi.

"Quello che ti ho detto, Liberata. Sono passato per caso in

auto e l'ho visto sul marciapiede, davanti a un bar, abbracciato a una ragazza. E poi l'ha baciata, sulla bocca."

"Mi ha preso in giro, Glauco, solo non riesco a capire perché. Pensavo che fosse per l'officina, ma non è stato per quello, altrimenti non si sarebbe comportato così."

"Ci sono persone cattive che fanno male senza motivo, solo per il gusto e il piacere di farlo. Lui è uno di questi."

Glauco tossì, e nello scuotersi del corpo sentì dolore e si lamentò.

"Tu stai male e io sono qui a parlarti delle mie cose."

"Queste cose mi appartengono più di quanto immagini."

"In che senso?"

Glauco non rispose. Guardò verso le ante dell'armadio rivestite dai poster e dalle foto di Kirk Morris.

"Sai una cosa, Liberata? Ho sempre desiderato di essere bello, forte e sicuro come lui."

"Sul bello avrei qualche riserva," rispose.

L'amico sorrise.

"Ma non è per questo che conservo le sue foto," aggiunse con un tono differente, cercando per quanto poteva di fissarla negli occhi.

"Lo so."

Glauco ritornò a mirare l'attore sul poster, che sarebbe stato bello se anche lui fosse stato lì, in quel momento, a tenergli la mano.

"Chissà se è vero che ci si innamora di qualcuno a cui vorremmo assomigliare. Certo, se ci fosse stato lui, al mio posto, quella sera..."

"E cosa avrebbe potuto fare, contro un gruppo di persone?"

Glauco spostò lo sguardo su un punto imprecisato del pavimento.

"Dicono che erano in otto, fascisti armati di bastoni e spranghe."

I loro sguardi s'incontrarono.

"Non erano in otto."

"La gente esagera sempre."

"E non erano nemmeno cinque."

"Probabilmente, gli stessi che hanno disegnato la croce uncinata sul tuo chiosco."

"Uno solo."

Liberata lo guardò negli occhi.

"È stato uno solo a ridurmi in questo stato."

A quelle parole sentì come uno strappo spartirle il corpo, inspiegabilmente. Glauco la fissava e lei non capiva il perché.

"Quindi, hai visto chi è stato."

Continuava a fissarla.

"Lo hai visto?"

Lo sguardo immobile.

"Glauco... lo hai..."

E all'improvviso, quell'alfabeto di sguardi fino ad allora indecifrabile si chiarì. Liberata ebbe la sensazione di una mano che le afferrava il cuore e glielo spremeva.

"Lui?"

Glauco chiuse gli occhi, che equivaleva a silenzio. Silenzio.

Lei si sentì morire. Non era possibile. Non anche questo. Ma le parole dell'amico le tolsero ogni dubbio.

"È stato lui a ridurmi così."

Liberata gli lasciò la mano e se la portò sulla gamba che si muoveva ossessivamente su e giù cercando di fermarla. L'altra l'appoggiò sulla tempia a sentire la vena ingrossarsi e pulsare.

"Quel giorno è venuto in edicola, aveva un atteggiamento strano, che non saprei definire. Non prese niente, disse solo che passava di là ed era venuto a salutarmi. La sera andai al parcheggio del campo, dopo la sezione qualche volta ci vado per leggere il giornale in solitudine o magari quando devo scrivere qualche volantino. E mentre ero lì, all'improvviso, qualcuno apre lo sportello e mi sbatte a terra. Ho subito visto che era lui, ma non mi ha dato il tempo di parlare: mi ha messo un ginocchio sul petto, premendo forte con tutto il corpo che sembrava volermelo sfondare, mi ha preso i capelli con la mano e avvicinando la faccia alla mia ha minacciato che se avessi detto qualcosa di quello che avevo visto mi avrebbe ammazzato. Anzi no, ha detto che avrebbe fatto del male a mia sorella, ch'era come se lui sapesse tutto di me e della mia vita. Si alzò, e cominciò a prendermi a calci colpendomi dappertutto, in faccia, nella pancia, nella schiena. Non so per quanto andò avanti, ma sembrava fuori di sé, che volesse davvero ammazzarmi. M'avrebbe finito se non fosse che arrivò un'altra macchina e lui salì in moto e scappò. 'Se le dici qualcosa di questo,' mi disse prima di andare, 'ammazzo quella ritardata di tua sorella.' Lo avrebbe fatto, uno che mi ha quasi ucciso lo avrebbe fatto. È un miracolo che io sia ancora vivo. Pensavo che quel giorno non mi avesse visto, ma mi sbagliavo."

Liberata era impassibile, immobile, come l'insetto per mimetizzarsi. Le venne in mente il volto trasformato di Luvio la sera prima, quando la rabbia lo aveva reso irriconoscibile, che anche lei aveva temuto che potesse colpirla e farle male.

"È tutta colpa mia se sei ridotto così."

"Tu non c'entri."

"Sono stata io a portarlo da te."

"È un uomo pericoloso, stagli lontano."

"È fuori dalla mia vita, ormai."

Ricominciò a piangere.

"Perché? Perché tutto questo? Sono sempre rimasta nel mio angolo. Perché?"

Glauco aveva parlato troppo e si era affaticato.

Callista era arrivata poco dopo, che il dottore aveva detto "massimo parlare con ncunu un quarto d'ora" ed erano passati diciassette minuti "proprio mo", disse indicando l'orologio che aveva al polso, "Liberata, è il caso ca scindi e lo dassi riposare."

"Un'ultima cosa. Le stelle rosse. Sono state i missini a farle, è stata la stessa mano che ha disegnato la svastica," concluse Liberata.

Gli accarezzò il braccio e andò.

Arrivò a casa che era l'una e mezzo, che non era orario quello per la terza tappa. Ci sarebbe andata nel tardo pomeriggio.

“Dove sei andata? Mi stavo preoccupando. Come stai?” disse Agata appena la vide entrare in casa.

“Volevo distrarmi,” rispose.

“Ti ho aspettata per pranzare insieme, a tuo padre l’ho fatto mangiare che deve andare al lavoro.”

Oreste uscì in quell’attimo dal bagno. Quando vide la figlia l’abbracciò preoccupato.

“Quel maledetto non ha avuto il coraggio di presentarsi in officina. Spero di non vederlo più finché campo, altrimenti gliela faccio pagare.”

Liberata lo sapeva che Luvio sarebbe scomparso, che quell’incendio sembrava la messinscena di un congedo definitivo. Per un attimo avrebbe voluto dire al padre che era stato lui a picchiare Glauco e a mandarlo in ospedale, ma a cosa sarebbe servito?

“Ritorno al lavoro,” disse lui. “Se per caso dovesse farsi ancora vivo con te, chiamami subito.”

Oreste uscì e lei andò in bagno a lavarsi le mani, che Agata le stava scaldando la pasta. In quel momento suonò il telefono.

Già al primo squillo il sangue di Liberata si gelò. Anche la madre: entrambe pensarono alla stessa persona.

“Rispondo io, non ti preoccupare,” disse Agata.

Impostò una voce dura, sferzante.

Dall’altra parte del telefono chiusero.

Madre e figlia si scambiarono uno sguardo timoroso.

“Andiamo a mangiare, qualcuno avrà sbagliato numero,” disse Agata, ma mentre entravano in cucina, il telefono squillò di nuovo.

“Rispondo io,” disse Liberata.

“Ma...”

“Non ti preoccupare.”

Prese il telefono.

“Pronto?”

Silenzio.

“Pronto?”

“Liberata.”

“Chi è?”

"Liberata, siete voi? Sono Zangari."

Si tranquillizzò, e anche la madre quando capì che non era Luvio.

"State bene?"

Liberata era sorpresa che lui fosse al corrente dell'accaduto.

"Scusate se vi chiamo, ma stamattina vi aspettavo. Non è mai successo che mancaste un appuntamento e mi sono preoccupato. State bene?"

"Sì, sì, scusatemi, ho avuto un imprevisto, mi spiace."

"L'importante è che non vi sia successo niente di grave."

Lui rimase in silenzio, come se volesse dirle qualcosa ma non ne avesse la forza o il coraggio.

"Va bene, allora, non vi disturbo oltre. Alla prossima volta."

Non aveva fame, lasciò tutta la pasta nel piatto.

"Vado a stendermi sul letto," disse ad Agata.

Stava chiudendo le persiane, quando vide la macchia scura sul terreno. Il fuoco aveva bruciato anche la terra. Per un attimo ebbe la tentazione di prendere la Polaroid, poi chiuse di colpo per non vedere. Stare nella penombra era peggio. Si sentiva spossata, ma la stanchezza pesava meno dei pensieri.

In altri periodi si sarebbe distratta con un fotoromanzo, adesso al solo pensarci rivedeva davanti a sé l'incendio. E avrebbe continuato a vederlo ogni volta. Bisognava invece scontrarsi con la realtà, provocarla, renderla innocua. E poi non gliene erano rimasti più di fotoromanzi. Anzi sì, quelli che custodiva in soggiorno, i più recenti. Nel breve spazio del corridoio pensò che, qualunque cosa avrebbe provato nel maneggiarli, era un passo necessario per iniziare a risanare. Glielo aveva insegnato il padre da piccola, quando si era trovata di fronte un ragno e si era spaventata: lui lo aveva preso in mano e glielo aveva fatto camminare sul braccio.

Forse per quel ricordo recuperato, si avvicinò a guardare gli insetti allineati. Tutti fissati in cubi trasparenti. Immobili. Paralizzati. Per la prima volta quella visione le procurò fastidio, un fastidio fisico, come se un fazzoletto sulla bocca le impedisse di respirare. Fino ad allora aveva sempre invidiato quei piccoli esseri protetti dal vetro.

C'era una cosa che non aveva mai capito del padre e degli entomologi come lui, una cosa che il confronto con Zangari e le sue parole avevano riportato a galla. E cioè che l'amore smisurato che provavano per quelle piccole creature passava necessariamente dalla loro morte. Ogni insetto doveva entrare nella loro collezione, e per farlo doveva essere ucciso. E spesso erano loro stessi a causarne la fine, anche nei modi più crudeli. Non si potevano certo collezionare esseri viventi, eppure era come se la vita, per quegli animaletti, fosse solo un passaggio per finire lì, imprigionati in una teca, a impersonare eternamente la loro natura. Le sembrava una contraddizione, questo accostamento tra l'amore e la morte. Ma forse avevano ragione loro, forse il modo giusto di amare qualcuno è metterlo dentro un cubo di vetro e appoggiarlo su una mensola, per guardarlo, osservarlo, mirarlo e rimirarlo. Bisognerebbe amare solo con gli occhi, a distanza: glielo insegnavano quegli insetti, fastidiosi da vivi, odiosi, pericolosi, e poi invece così belli e innocui nella loro immobilità priva di respiro.

Qualcosa era cambiato, e quella vista altre volte consolante le divenne claustrofobica, insopportabile per similarità e condivisione. Si sentì come loro e pensò che forse non solo lei, ma anche la madre, Oreste, tutto il genere umano viveva la stessa condizione, che ci sembra di essere liberi e di poterci muovere liberamente ma in realtà siamo incastonati in una sostanza vischiosa che ci dà agio di spostarci, respirare, ma che sempre là ci inchioda, donne e uomini cristallizzati e allineati sulla mensola di un dio Collezionista, non Meccanico né Ricamatore, un dio che allinea i suoi pezzi solo per ammirarli nella loro disperata solitudine.

E allora Liberata fece una cosa insolita, incurante delle conseguenze paterne: memore del racconto di Zangari, estrasse la magicicada dalla sua teca e l'appoggiò sul davanzale della finestra che dava sul giardino. Sapeva benissimo che non sarebbe tornata a respirare, che non avrebbe riavuto la vita, ma provò comunque un senso di liberazione. Un gesto rivoluzionario, per lei, ma forse anch'esso inscritto nell'ambra, un altro falso movimento come ogni cosa che l'uomo compie: le rivoluzioni, le guerre per gli ideali, le lotte alle ingiustizie, i falsi progressi di un'umanità che ha guadagnato qualche anno di vita in più ma continua a morire come si è sempre morti, perché la vera conquista, l'unica, l'impossibile, sarebbe solo questa: l'affrancamento umano dalla mortalità.

Non vedrò le rose d'inverno

"Mina", Mensile di fotoromanzi, attualità, varietà
Anno XIX, nr. 173, Sped. abb. post. Gr. III – 70, 250 lire

Come c'è l'attimo in cui cominciamo a vivere autenticamente, quando si svela la nostra vera natura e ci ricongiungiamo con la nostra parte mancante, così accade che ci sia un momento altrettanto inatteso nel quale iniziamo a morire pur continuando a esistere. Forse era quello il momento per Liberata. Ma per le larve degli insetti la morte non esiste. Si chiama morte ciò che invece è rinascita.

Liberata pensò all'esuvia. Era certa che a lei non sarebbe mai capitata una metamorfosi, e invece ne subì due nel giro di poche settimane: la prima la trasformò in essere terreno che si era fatto trascinare nei sentimenti degli uomini; la seconda, ancora in atto, prevedeva il ritorno all'origine e l'abbandono dell'esoscheletro.

Mise da parte l'idea dei fotoromanzi. Era inquieta.

Andò in cucina, dove sua madre stava lavorando all'uncinetto. Le si sedette vicino e le appoggiò la testa sulla spalla. Chiuse gli occhi. Agata mise da parte il lavoro e le accarezzò i capelli. Le poche volte che Liberata apriva gli occhi, vedeva di fronte a sé i quadretti di uncinetto, l'unità di misura del mondo materno.

Si era sempre chiesta perché tutto quel lavoro: era l'esempio del fare per fare, nessun guadagno né ricavo, nessuna utilità, nessuna ricaduta pratica, ch'era un po' l'esistere degli insetti, il semplice compiersi di un ciclo biologico, lo stesso destino degli uomini, che sanno però mascherarlo con ingannevoli travestimenti.

Poi venne il momento della terza tappa. Si cambiò e uscì, e mentre saliva in direzione della Pineta, pensò che restava il tempo di fare una piccola deviazione verso il ponte di San Marco.

Le parole e il tono della voce di Zangari al telefono le erano sembrati diversi, come se ci fosse qualcosa che non riusciva a dire.

Andò a trovarlo.

Qualche giorno prima, forse intuendo il momento di confusione che stava vivendo, alla fine della dettatura Zangari le aveva chiesto di dargli un foglio bianco che aveva messo al centro del tavolo.

Uscì in giardino e ritornò con un vaso di vetro pieno a metà di terriccio. Dentro c'era un ragno.

Zangari infilò la mano e fece salire l'insetto sul palmo; quindi, lo appoggiò al centro del foglio bianco. Prese un pennarello nero. L'antipode all'inizio rimase fermo, come se scrutasse intorno per capire dove si trovava, quindi lentamente cominciò a muoversi. A quel punto Zangari, appena prima che il ragno uscisse dal foglio, tracciò una linea vicino al margine. Il ragno si fermò immediatamente, come se quel segno fosse un crepaccio, un fossato, un precipizio. Ritornò indietro, si mosse in un'altra direzione, e anche questa volta Zangari gli disegnò una linea davanti alle zampe. L'insetto s'arrestò e ritornò indietro. E così continuò a fare per qualche minuto: ogni volta Zangari disegnava una linea davanti al ragno in movimento e ogni volta questo si fermava e tornava indietro. Liberata era stupita.

"Ha visto? Non oltrepassa mai la linea che gli traccio davanti, come se fosse un muro invalicabile. Noi sappiamo che non è così, ma lui no, per lui quel segno è la fine del mondo. Succede anche a noi. Se lo ricordi sempre."

Suonò il campanello, ma non rispose nessuno. Provò a spingere il cancello, come altre volte, ma era chiuso a chiave. E notò che anche la persiana del soggiorno, di solito aperta, non lo era.

Sapeva fin dall'inizio che ci sarebbe stato un giorno in cui sarebbe ritornato da dove era venuto, che avrebbe ripreso le proprie abitudini, che adesso che ci pensava nemmeno sapeva da quale paese venisse, ma non si aspettava così presto e senza avvisare.

Non doveva essere una partenza programmata, altrimenti sarebbe passato a salutarla, anche solo per riavere indietro il suo prezioso quaderno; assomigliava più a un evento improvviso, e chissà perché Liberata volle fissarsi che si trattava della donna che lui aveva amato: forse lo aveva cercato, gli aveva fatto avere una lettera che diceva "corri da me, sono qui che ti aspetto", perché per il suo amore che finiva, un altro era pronto a ricomporsi.

Liberata pensava che la vita fosse il prodotto d'un equilibrio e che per questo le cose nel mondo viaggiassero a coppie, che se qualcuno si fosse messo a contare tutte le persone, tutti gli oggetti, tutti gli insetti esistenti, essi sarebbero stati in numero pari.

Ricordò allora un'altra cosa che le aveva detto Zangari, e cioè che i numeri pari non piacciono perché hanno un enorme limite: si possono scomporre e dividere in parti altrettanto valevoli. Questa idea della divisibilità li rende antipatici perché forse non si confanno allo spirito umano la semplicità, la proporzione, l'equilibrio. Gli uomini sono esseri complessi e dispari, e non sopportano l'idea che ci possa essere, nella natura fantastica, qualcosa di semplice.

Zangari avrebbe sorriso dell'ultima prova. Le sue parole sarebbero state una delle poche cose che avrebbe portato con sé nel suo ritorno al regno acquatico dell'invisibile.

Liberata si voltò e si diresse verso la casa dei Caracciolo alla Pineta.

Doveva chiudere i cerchi, e voleva sapere da donna Olimpia la verità sul ragazzo della foto, che ormai era certa fosse Luvio. E si trattava, dalla reazione che aveva avuto l'ultima volta, di una storia dolorosa. Sarebbe andata fino in fondo: era certa che la signora, per agguaglianza di vita, le avrebbe risposto.

C'erano delle persone davanti al cancello. Sembrava che

aspettassero qualcuno. Si incuriosì. Avanzò lentamente. Quando fu vicino alla villa, vide attraverso la recinzione altra gente in giardino, altra sul portone, tutti silenziosi. Annibale Caracciolo era morto.

Si ricordò della *Blaps mortisaga* della famiglia dei Tenebrionidi. Gli insetti non mentono. Per un attimo ebbe il pensiero di tornare indietro e lasciare stare, ma il mondo in quei giorni non aveva avuto con lei la stessa grazia, e allora mise da parte i pudori e le delicatezze di sempre. Beccaria stava accendendo alcune candele e le stava fissando con la cera sul davanzale di una finestra.

Entrò, nessuno avrebbe fatto caso a lei in quella confusione.

Se la volta precedente la casa sembrava restituire l'agonia del suo proprietario, adesso l'atmosfera era luttuosa, con i drappi neri alle finestre e un fumo come di candele sospeso nell'aria. Liberata non si era accorta, o trattavasi di cosa recente, della crepa che sembrava staccare il primo gradino dal resto delle scale.

Avrebbe fatto le condoglianze alla vedova. Seguendo il viavai della gente salì le scale, immaginando che la salma del defunto fosse rimasta nella camera da letto. Attraversò il corridoio, e notò ancora l'unica porta senza chiave.

La bara era al centro della camera. Si ricordò dell'ultima volta che era stata lì, e le sembrò davvero strano accogliere i visitatori in camera da letto, pensò che dovesse trattarsi d'un capriccio nobiliare, o di qualche motivo di carattere pratico.

Le sedie, quasi tutte occupate, erano allineate lungo le pareti. Si guardò intorno alla ricerca della vedova, ma non la vide. Ritornò indietro.

Mentre scendeva, dalla piccola vetrata scorse donna Olimpia. Era proprio come l'aveva immaginata, un elegante vestito nero con un velo che adesso le cadeva sulle spalle. Si sorprese, perché stava parlando con Agata e con altri membri della Congrega.

Alla fine delle scale si fermò sul portone. Non sapeva se fare le condoglianze, ma anche per la presenza della madre lasciò stare. Aveva deciso di andare via, quando vide venirle incontro Colomba.

"Mi spiace," le disse, come se fosse una parente.

"Sono tanti anni che lavoro qui, gli ero affezionata."

Stava per allontanarsi, ma Liberata la fermò.

"Colomba, ho bisogno di te."

Non si nascose. Avrebbe voluto aggiungere altro, per esempio che avevano la stessa passione, che probabilmente avevano vissuto le stesse emozioni, gli stessi sogni, che l'aveva pensata, il giorno prima, a Reggio Calabria, l'aveva cercata tra la folla, che era strana questa cosa che sconosciuti ci pensino quando per noi a volte nemmeno esistono, avrebbe voluto dirle che basta poco perché i rivali diventino alleati e viceversa, che è un bene che non ci siano mosche nei fotoromanzi.

"Dimmi."

Le fece segno di entrare nel salotto e lei la seguì.

"Ti ricordi la foto che era qui e che donna Olimpia ti ha fatto togliere?"

"Sì."

"Posso rivederla?"

Colomba esitò.

"Se te lo chiedo è perché è importante," le disse appoggiandole la mano sul braccio e sperando che nel contatto trasmigrasse, nel sangue dell'altra, parte della propria apprensione.

"Vieni."

Uscirono dal salotto e passando dalla cucina scesero delle scale arrivando in una specie di scantinato, dove si conservava tutto quello che non serviva più ma che nemmeno doveva esser buttato, una specie di archivio dell'inservibilità, il purgatorio degli oggetti dimenticati.

Qui Colomba si avvicinò a un vecchio comò, aprì un cassetto e tirò fuori un mazzo di fotografie.

"È tra queste. La signora me l'ha fatta togliere dalla cornice."

Le appoggiò sul vecchio piano di legno mangiato dai tarli. Liberata pensò per analogia alle piccole gallerie che il bostrico tipografo scava sotto la corteccia degli alberi e che a lei sembravano ciò che più assomigliava, in natura, ai caratteri stenografici.

"Colomba!"

Il nome della ragazza giunse attutito, come se i gesti del mondo potessero arrivare lì a condizione di farsi coprire dalla polvere.

"La signora mi chiama. Torno subito."

Liberata aspettò che salisse le scale.

La foto era in alto e la trovò immediatamente. Non ebbe nessuna esitazione: la mise dentro la camicetta e andò via. Con passo frettoloso e senza voltarsi indietro, uscì dalla villa.

Una volta a casa, la studiò con attenzione.

La somiglianza con Luvio era notevole. Dietro, c'erano cinque nomi: Emma, Teresa, Guido, Mariam Concetta, Gaetano. Luvio non c'era. Contò le persone sulla foto: erano otto. Tre non avevano firmato e certo Luvio era tra queste. Passare senza lasciare tracce doveva essere una sua abitudine.

Prese la foto fatta l'anno prima alla festa e la confrontò con quella: in entrambe sembrava esserci la stessa persona. Non poteva fare altri confronti. Le venne in mente la fototessera che Luvio le aveva regalato la notte in cui avevano dormito insieme e che al mattino, inspiegabilmente, era sparita. Quel giorno, presa dall'entusiasmo, aveva pensato che fosse finita sotto l'armadio, ma adesso era certa che Luvio se la fosse ripresa quella mattina, mentre lei dormiva, e se l'era portata via, come a non voler lasciare dietro di sé segni visibili del proprio passaggio.

Quando la madre rientrò, si mise subito a cucinare.

"Stasera mangiamo prima, che poi devo ritornare al lutto."

Più tardi arrivò Oreste.

"Si è fatto vivo?" chiese con tono nervoso.

"Non si farà più vivo, vedrai," rispose Liberata.

Si sedette con loro a tavola anche se non aveva fame.

"Vieni con me stasera?" chiese Agata a Oreste.

Lui guardò verso Liberata.

"No, preferisco restare in casa, non si sa mai."
"Se è per me, puoi andare."
"Non starei tranquillo. Preferisco rimanere."
Liberata lo guardò con gratitudine. Poi si rivolse alla madre:
"Sono passata dalla villa dei Caracciolo. Non mi avevi detto che era morto".
"Hai già tante cose per la testa! È successo ieri sera."
Liberata pensò alle campane che aveva sentito suonare a morto quando era a terra e i giornali bruciavano. Le era sembrato un vaneggiamento sonoro, un'allucinazione uditiva, aveva pensato che le campane suonassero di loro iniziativa per cadenzare la morte del suo mondo, e invece i rintocchi erano veri.
"Ti ho vista che parlavi con donna Olimpia insieme agli altri della Congrega."
"Non era il momento, ma dovevamo capire cosa fare. Le abbiamo detto che era nostra intenzione festeggiare il Santo in tono minore, ci sembrava giusto dopo il prezioso lascito che hanno fatto. Niente banda né fuochi d'artificio all'uscita della statua dalla chiesa."
"E lei?"
"Non c'è stato verso, si è opposta in ogni modo. Ha detto che il marito si sentiva che sarebbe morto il giorno della festa, e le ripeteva che non poteva scegliere data migliore per finire i suoi patimenti. Aveva già dato disposizioni affinché il funerale si facesse domani mattina, proprio per non sovrapporsi alle celebrazioni. Anzi, donna Olimpia ha aggiunto che sarà presente al rito dell'uscita e dell'Esposizione del Corredo Votivo, come programmato."
"Una famiglia proprio sfortunata. Ricca ma sfortunata!"
"Ha smesso di soffrire, pover'uomo."
"A volte sembra che la natura si diverta a torturare le persone. Prima la figlia, poi il male."
Oreste guardò Liberata e avrebbe voluto abbracciarla.
"Un dramma nel dramma," aggiunse Agata.
"In che senso?"
"Donna Olimpia ogni tanto si è confidata con me. Tu te la ricordi Emma?"

Liberata recuperò un volto vago, debole, sbiadito.

"L'avevano mandata a studiare a Napoli. All'università. Dopo un paio d'anni si fidanzò. Loro non vedevano di buon occhio il ragazzo, mi disse che le aveva dato subito l'impressione di un poco di buono, un fannullone in cerca di eredità, usò proprio questa espressione, e si convinsero che stava con la figlia solo per interesse. Ma lei era innamoratissima, e i Caracciolo dovettero loro malgrado accettarlo in casa. Poi Emma si ammalò. Non potendo muoversi da Napoli, i genitori andarono a stare da lei. La malattia s'aggravò in poco tempo, e quei poveri disgraziati decisero di affidarsi al solo che poteva salvarli. Così offrirono tutti gli ori e i gioielli di famiglia al Santo, sperando in un miracolo. Fu a quel punto, raccontava donna Olimpia, che il fidanzato cambiò completamente, e da premuroso e amorevole divenne freddo e cattivo, e dopo pochi giorni scomparve senza farsi mai più vedere. 'A dimostrazione,' aggiungeva, 'che non ci eravamo sbagliati sul suo conto.' Quella fuga improvvisa fu, per Emma, la fine. La povera ragazza si lasciò andare: smise di mangiare, si rifiutava di prendere le medicine, non collaborava con i medici che volevano tentare una cura sperimentale. Si lasciò morire. Il suo cuore non resse che poche settimane dopo l'abbandono. Tutta colpa di quel vigliacco. Per donna Olimpia fu lui a ucciderla."

Liberata pensò subito a Luvio, anche se donna Olimpia aveva detto che non si chiamava a quel modo, e anche se il suo nome non c'era sul retro della foto, a Luvio che di certo aveva mentito anche su quello, bisognava capire a chi.

Finirono di cenare.

"Se devi andare ci penso io ai piatti," disse Liberata.

"Mi fai un favore, che vado a prepararmi."

Quando Agata rientrò, verso le undici, Liberata si alzò dal divano per andare a letto.

"A proposito, ricordati di ridarmi le chiavi della chiesa," le disse Agata prima di andare a dormire. "Oggi non mi sono servite, ma domattina ne ho bisogno."

“Saranno in borsa. Te le lascio al solito posto.”

Il quaderno di Zangari era rimasto a lei. Chissà se un giorno sarebbe ritornato a riprenderselo. Decise che sarebbe andata avanti lo stesso, che lo avrebbe trascritto fino alla fine.

Si cambiò per coricarsi, ma prima andò a prendere le chiavi della chiesa. Nella borsa non c’erano.

Ricordava chiaramente di averle messe lì dopo che Beccaria gliele aveva ridate. Ne era sicura. Fino alla sera precedente. Cercò di ricordare, anche se ogni scena era dolore, ogni immagine sofferenza: ciò che le ritornava alla mente e che poteva ricondurre a quella mancanza era solo un gesto, un gesto ch’ella rivedeva come lo avesse davanti: prima d’andare via, Luvio si era abbassato per raccogliere qualcosa da terra.

Guardò l’orologio. Mancavano dieci minuti alla mezzanotte.

Non esitò. Si vestì di nuovo, in fretta, e uscì dalla finestra.

L'ombra dello scorpione

"Lucky Martin", Mensile di fotoromanzi
Anno X, nr. 33, Sped. abb. post. Gr. III – 70, 84 pagine, 350 lire

Di notte, la chiesa di Sant'Antonio sembrava ancora più imponente. Liberata pensò che il silenzio e il buio non amplificavano solo i pensieri. Il portone era chiuso. Si avvicinò per provare a spingerlo, ma non si apriva.

Andò sul retro: anche la porta della canonica sembrava chiusa, poi appoggiò la mano e si accorse che era solo accostata. Ebbe un attimo di esitazione, poi fece un respiro profondo che era insieme paura e coraggio, ed entrò, pensando che forse si era sbagliata, che non tutti gli esseri malvagi lasciano i cattivi pensieri sulla soglia della chiesa.

Camminava attenta a non farsi accorgere. Sentì dei rumori. Sapeva già dove andare. Nella stanza della Congrega la luce era accesa.

La prima cosa che vide, quando si fermò sulla porta, fu il ritratto del papa a terra e qualcuno che cercava di aprire la cassaforte. Una tristezza cupa mista a delusione le tolse ogni parola.

L'uomo avvertì la sua presenza e si voltò, e anche in quel frangente, nell'attimo in cui i suoi occhi la fissarono, non poté non pensare a quanto era bello.

Luvio non fu sorpreso.

"Non dovevi venire."

La voce era dura, minacciosa.

"Cosa pensi di fare adesso? Fermarmi?"

Liberata era come se volesse parlare ma non avesse la voce, quello che accade in certi incubi così reali da sembrare veri.

Si limitò ad avanzare lentamente verso di lui.

"So tutto."

"E allora saprai che mi sto riprendendo ciò che mi appartiene."

"E io facevo parte del piano."

"Un piano lungo e faticoso, te lo posso assicurare."

Luvio stava cercando nel cassetto la chiave della cassaforte.

"Mi hai usata come un oggetto, nel modo peggiore."

"Lasciami stare adesso, devo finire."

Finalmente trovò la chiave e aprì. Prese a due mani tutto quello che c'era dentro e lo buttò sul tavolo. Anche il cofanetto nero era chiuso e lui cercò l'altra chiave, voleva essere sicuro che lì ci fossero gli ori dei Caracciolo.

"Non te lo posso permettere."

Luvio si mise a ridere: "Stai attenta".

Lei si avvicinò di altri due passi.

"Non farlo, Liberata."

Una voce giunse alle sue spalle. Qualcuno che era nella stanza, dietro la porta, ma che lei non aveva visto. Si voltò.

Zangari.

Liberata rimase attonita. Lo guardò, rassegnata come Beccaria quando sentiva parole di cui non conosceva il significato.

"Anche voi," sussurrò, incredula.

Lo fissò negli occhi a chiedergli attraverso il corpo, come facevano i suoi insetti, mille domande, mille suppliche, e lui rispose.

"Fallo finire e non succederà niente."

"Ti presento la parte del piano che non immaginavi," intervenne Luvio, spavaldo.

Liberata non sapeva se fosse in quel momento più doloroso il raggiro di Luvio o l'ipocrisia di Zangari. Le tornò in mente la prima volta che lo aveva visto in casa sua, alle cose belle che pensava e scriveva, alla fiducia che aveva in lui: tutta una trappola, che Natura non sbaglia a mandare i suoi segni, siamo noi che li interpretiamo male.

Allo scoramento iniziale, nel quale la delusione era stata tale che per un attimo aveva pensato di lasciarsi andare e arrendersi, seguì una rabbia proporzionale all'amarezza del doppio inganno, e sentì salirle dentro come una forza sconosciuta.

Ripensò alla frase della pubblicità, *Se puoi devi*.

"Non ti farò andare via."

Gli andò incontro, ma lui con un braccio la respinse.

"Non costringermi a farti del male."

Lei si tenne in equilibrio e riuscì a non cadere.

"Non potresti farmene di più."

"Liberata, ti prego, fatti da parte," intervenne Zangari, che si capiva essere impacciato.

Ma lei nemmeno lo sentiva. Fissava Luvio, che le parlava con la stessa spavalderia di quando si erano conosciuti.

"Povera illusa. Pensavi davvero che volessi te? È un anno, un anno che preparo tutto questo. D'altronde mi hai visto nella foto della festa, o mi sbaglio? Da quando ho saputo che tua madre era l'unica custode delle chiavi vi ho fatte seguire. E quando tutto era organizzato a perfezione, sono arrivato io. C'è voluto poco per conquistarti. E i tuoi fotoromanzi mi hanno aiutato, sai? Mi hanno fatto capire di cosa avevi bisogno. Quel 'Jacques Douglas' è stato un bravo maestro."

Le si avvicinò, quasi sfiorandole il volto col suo.

"Ogni minimo particolare, dai discorsi con Bruno all'incidente del tuo amico meccanico. Mi ha aiutato anche la buona sorte, come con la tua foto preferita. Te la ricordi? Ti sembrò un miracolo, fu solo un colpo di fortuna. Un paio di settimane prima ti avevano vista uscire dalla merceria che avevi comprato un ventaglio bianco. E poi l'ho ritrovato in quella storia. Ho tentato e mi è andata bene. Mi hanno riferito i tuoi gusti preferiti della pizza e del gelato, di quanto zucchero metti nel caffè. Quando ti ho vista andare dalla maga, ho inserito nel piano anche lei. Ogni cosa doveva portarti a me. E attraverso di te sarei arrivato a tua madre. Chi si metteva in mezzo, come il tuo amico Glauco, faceva una brutta fine. Come vedi," riprese mostrandole il collo, "anche il crocifisso era studiato. Mi perdonerà, il Signore, se non credo in lui." Lo strappò con forza e lo buttò a terra.

Liberata ripensò alla sera prima, e la rabbia le salì forte in corpo e sembrava farla esplodere. E all'improvviso, inattesa, si scagliò su di lui e riuscì a colpirlo in faccia. Fu solo un attimo: Luvio reagì con uno schiaffo così forte che la fece cadere a terra.

"Non toccarla!"

La voce indurita di Zangari echeggiò nella camera.

"Stai attento, anche tu non mi servi più," lo avvertì Luvio.

"Non toccarla. Prendi quello che devi prendere e andiamo."

A quel punto, parve giungere nella stanza come un lamento. Silenzio. I due uomini si guardarono, Liberata cercò di capire cosa fosse. Un altro lamento, più forte.

"Beccaria!" esclamò.

Si alzò in fretta e scappò dalla stanza.

"Valle dietro," urlò Luvio mentre afferrava i gioielli e li ficcava in un borsone. Zangari ubbidì.

Un altro lamento. Proveniva dalla cripta.

Liberata aprì il chiavistello e cominciò a scendere le scale poco illuminate quando, alle sue spalle, Zangari richiuse il portoncino.

"Beccaria! Sono io, Liberata. Dove sei?"

Il suo lamento adesso era più forte. Lei continuò a scendere un gradino per volta, che non sapeva cosa avrebbe potuto trovare. Giunta in fondo, vide il sacrestano seduto a terra, nell'angolo umido della cripta, lamentevole e terrorizzato. La luce proveniva da una torcia che era indirizzata verso di lui ma appoggiata sull'ultimo gradino, dove qualcuno l'aveva messa prima di andare via perché il poveretto potesse vedere. Liberata la prese in mano per illuminare meglio e solo allora capì: decine, centinaia di scarafaggi avevano tracciato come un cerchio e lo avevano circondato. Beccaria, lo sguardo terrorizzato, cercava di ritrarsi il più possibile contro il muro per evitare il contatto. Liberata prese un quadro lì appeso e cominciò con quello ad allontanare gli scarafaggi, spingendoli lontano, nell'angolo buio della stanza, più velocemente possibile: "Vieni con me, Beccaria, dammi la mano".

Ma il sacrestano non riusciva a muoversi. Allora gli prese il braccio e lo tirò verso di sé. Superata l'ideale linea dell'accerchiamento, egli si strinse a lei. Liberata guardò verso il basso, dove si vedevano i resti della striscia di zucchero preparata da Luvio per radunare gli insetti che chissà dove aveva raccolto.

Fu a quel punto, ai piedi della scala, quando indirizzò il fascio di luce sulla parete opposta per vedere che ne era stato di quegli scarafaggi, che le vide.

Allineate sulle mensole a parete.

Le teste delle Madonne.

I volti dagli occhi vitrei la fissavano, e lei non riuscì a trattenere un urlo. Ci mise un attimo per capire; guardò verso Beccaria che tremava seduto sulle scale. Si avvicinò, facendo attenzione a non calpestare gli scarafaggi: viste così, da vicino, sembravano teste umane, e anche gli occhi parevano muoversi e seguirla nei suoi movimenti. Era come se da un momento all'altro potessero tornare in vita. Ebbe la tentazione di toccarle. Sfiorò i riccioli neri della prima Madonna, morbidi come i suoi: le parve, nella penombra, che quei volti di legno e resina si assomigliassero tutti, come se la donna raffigurata fosse sempre la stessa. Alla base del collo, a nascondere il taglio, erano state messe delle strisce di tulle nero. Abbassata la torcia, Liberata si accorse di altre mensole sulle quali altre piccole teste femminili erano allineate con la stessa cura: sembravano essere state recise da statuine di diverse dimensioni, alcune così piccole che di certo provenivano da qualche presepe.

Beccaria la chiamò con un verso. Liberata diede un ultimo sguardo alle Madonne, quindi andò da lui e salirono in fretta le scale, ma quando cercò di spingere la porta per uscire, capii che era stato tirato il chiavistello.

La rabbia nel corpo gigantesco del sacrestano crebbe, il terrore che gli scarafaggi potessero salire le scale e andargli dietro fece il resto. Prese la rincorsa e dopo tre, quattro spallate delle sue, il chiavistello cedette di schianto.

"Beccaria, vai a chiudere la porta della canonica. Subito."

Liberata si diresse dalla parte opposta, verso la stanza della Congrega.

Luvio aveva riempito il borsone e stava per andarsene. Zangari era con lui, anche se sembrava assente.

“Non ti faccio andare via,” gli disse lei mettendosi sulla porta.

“Ancora qua! Adesso mi hai stancato, hai capito? Mi hai stancato!”

Luvio andò contro di lei con veemenza e la spinse forte nel corridoio.

“Questi gioielli mi appartengono. Sono miei!”

Lei cadde rovinosamente a terra.

“Lasciala stare!” gridò Zangari andandogli dietro, ma Luvio, ch’era già arrivato all’altezza della cripta, lo colpì e lo fece cadere per le scale.

Liberata, dolorante, si rimise in piedi.

Luvio avanzò e per un attimo pensò d’avercela fatta: pochi metri lo separavano dall’uscita, solo un attimo, il tempo di vedere Beccaria apparire in fondo al corridoio, Beccaria che sollevava da solo il motore d’un auto, Beccaria che poco prima aveva visto piangere, circondato dagli scarafaggi.

Il sacrestano strinse i pugni, e con un volto ch’era la massima espressione terrena della rabbia avanzò contro di lui.

Luvio ebbe paura, d’istinto s’infilò per il passaggio che portava in chiesa. Ma quando uscì sull’altare, Liberata gli scagliò addosso una sedia e lui cadde insieme al borsone.

“Non dovevi venire!”

Si rimise subito in piedi. Raccolse il bottino e avvicinatosi a Liberata la prese per il collo, come per soffocarla.

“Voi donne non valete niente!”

La buttò di nuovo a terra per scappare, ma una mano, come una morsa, gli afferrò la testa da dietro; non fece in tempo a capire cosa stesse accadendo che si ritrovò il capo immerso nell’acqua fredda del grande fonte battesimale. Si divincolò per sciogliersi dalla presa con tutta la forza che aveva, tentò in ogni modo di sollevare la testa ma le grandi mani di Beccaria non davano scampo. E il sacrestano, all’improvviso, con la solennità propria dei santi e dei folli, guardando verso l’immagine del Signoriddio che una luce debole mostrava sulla grande vetrata dell’abside, cominciò a proferire parole lente e scomposte: *Signùra invisibile e potente assai, chi l’acqua preparasti per segnara la fine del peccato originala e lu cominciamentu de la vita nova*. "Fermati, Beccaria! Ti prego, fermati! Lascialo stare!" gridò Liberata vedendo il corpo di Luvio lottare disperatamente, ma il gigante, col volto tutto bagnato, sembrava in preda a una delle sue visioni mistiche *Tu chi dalla crùcia acqua e sangu iettasti, benedici a chistu peccatore e dalli grazia.* Liberata gli prese un braccio con entrambe le mani e fece forza per tirarlo a sé e dissuaderlo *A te Cristo si ricongiungeranno in mortem* "Ti prego, Beccaria, lo stai ammazzando! Lascialo, lascialo!" *Io ti battezzo in nomine del pater* Il corpo di Luvio si muoveva sempre meno *del figlio* Liberata si buttò a terra piangendo, "Beccaria, no! Beccaria!" *e dello spirito della Madonna Santa* Il corpo di Luvio tacque *Amen*.

"Beccaria, fermati!"

Don Pantaleone era arrivato troppo tardi. Quando il sacrestano liberò la presa e tolse la mano dall'acqua benedetta, Luvio non respirava più.

Il suo corpo senza forza poco per volta scivolò dal fonte battesimale e Liberata, ancora in ginocchio, se lo trovò tra le braccia, col volto sul petto: a don Pantaleone, che si faceva il segno della croce, parve una sacra Deposizione, di più, una Pietà terrena.

Liberata, con gli occhi umidi, gli tolse i capelli bagnati dalla fronte, li accarezzò, che Luvio era ancora così bello che sembrava dormire, e non riuscì a non benedirne l'anima col bacio del perdono, il bacio delle madri prima che i figli chiudano gli occhi.

Rimase così, a guardarlo e a pensare che aveva ragione Zangari, che ciò che gli uomini chiamano amore è solo una temporanea messa in pausa della loro cattiveria.

Evocato dal suo pensiero, Zangari arrivò. Quando capì cos'era successo, fu preso anche lui dallo sconforto e non riuscì a trattenere un urlo soffocato prima, un pianto dopo. Si avvicinò al corpo di Luvio, lo guardò come si guarda un fratello, lo accarezzò e poi lo sollevò da Liberata adagiandolo a terra.

"Vieni," le disse allungandole il braccio. Lei lo afferrò e si alzò.

Beccaria fu come se si fosse ridestato da un sogno. Si guardò le mani gocciolanti, e l'acqua nella sua testa divenne sangue, sangue e acqua che dalle braccia gli scorrevano dappertutto e il corpo ricominciò a tremare come poco prima nella cripta.

Don Pantaleone cercò di calmarlo e lo fece sedere sui gradini dell'altare dove, con le braccia serrate, il corpo del gigante bambino cominciò a dondolarsi avanti e indietro.

"Bisogna fare qualcosa," sentenziò Zangari.

"Voleva solo difendermi," disse Liberata con voce tremante.

"Lo so, lo so. Ma ha ucciso un uomo."

Lei guardò verso Beccaria che, malgrado le carezze del prete, non riusciva a calmarsi:

"Per lui sarebbe la fine".

Liberata trovò in quel frangente una fermezza sconosciuta.

"Siete in debito con me. Mettetelo in salvo."

Poi si avvicinò al prete.

"Don Pantaleone, venite, devo parlarvi."

Il vecchio si alzò.

"Cosa è successo? Perché tutto questo?" le chiese.

"Dopo vi spiegherò, ma adesso ci sono cose più urgenti. Dobbiamo mettere in salvo Beccaria."

"Cosa vuol dire 'in salvo'? Lui non può starmi lontano, ha bisogno di me."

"Lo metteranno in prigione, se lo trovano qui."

"Ma lui è debole di testa, quelli come lui non li arrestano."

"Glielo porterebbero via in ogni caso," intervenne Zangari.

L'anziano parroco si voltò a guardarlo, quel bambino cresciuto, e nella sua inconsapevole disperazione vide la propria fine.

"Dove volete portarlo?"

Liberata guardò verso Zangari, che sentì la domanda e si avvicinò:

"Conosco un convento dove saprebbero prendersi cura di lui".

Il prete guardò verso il grande crocifisso ligneo sulla colonna, e pensò che a lui non rimanevano più tanti anni, che il problema si sarebbe posto comunque presto, e allora meglio risolverlo subito.

"Va bene."

Si avvicinò a Beccaria.

"Nipote mio, ascolta tuo zio, ascoltami, guardami," gli disse alzandogli il mento. "Adesso calmati, che devi andare. Vedi quel signore? Ti accompagnerà in un posto dove starai bene, un posto dove potrai pregare sempre e Nostro Signore continuerà a farti visita."

Beccaria si calmò e lo guardò negli occhi, e uno strano sorriso gli apparve sulla bocca. Allungò le mani verso lo zio e si alzò, e quando fu in piedi il prete se lo abbracciò piangendo.

"Adesso vai."

Don Pantaleone, stanco come se avesse in un attimo consumato tutta la vita a venire, andò a sedersi sulla scranna vicina, incapace di resistere al peso del corpo, alla gravità del tempo. Con la mano sulla tempia, sembrava il vecchio Pilato quando doveva giustificare per l'ennesima volta la sua scelta: entrambi agli uomini e a Dio.

Beccaria si avvicinò a Liberata, che gli accarezzò il collo.

"Beccaria..." gli disse commossa.

"Agata," sussurrò lui.

"Sì, anche Agata ti saluta. Le mancherai tanto."

Zangari guardò Liberata senza dirle niente.

Tirò Beccaria da un braccio e quello gli andò dietro.

Fu la loro maniera di uscire dal mondo.

La vita che non ci appartiene

"Le avventure di Jacques Douglas", Mensile di fotoromanzi – attualità – varia Anno XV, nr. 136, Sped. abb. post. Gr. III – 70, 84 pagine, 300 lire

Liberata aveva apparecchiato, Agata era ai fornelli. La radio era accesa e Oreste, appena arrivato, si stava lavando le mani.

Erano a tavola quando la voce dalla parte dell'umanità si sedette con loro.

Buon inizio di settimana da Radio Alternativa 71, la radio dalla parte dell'umanità. Ha finalmente un nome l'uomo il cui corpo senza vita è stato ritrovato ieri nella chiesa di Sant'Antonio. Si tratta di Luvio Chianese, originario della vicina Torre Ruggero.
Secondo una prima ricostruzione dei carabinieri, il Chianese stava tentando di rubare il Tesoro della Reliquia quando qualcosa è andato storto. Questa vicenda, ancora avvolta nel buio, ha permesso tuttavia di risolvere un mistero di cui da tempo seguivamo gli sviluppi, quello delle statue delle Madonne decapitate. Durante un sopralluogo, i carabinieri hanno trovato nella cripta della chiesa tredici teste di Madonne, comprese le sette recentemente tagliate. Nessun dubbio sul fatto che l'autore sia Beccaria, il sacrestano.
Notizie di prima mano sono state fornite al riguardo da don Pantaleone, zio materno del sacrestano, all'oscuro della vicenda. Secondo il suo racconto, il nipote aveva sette anni quando la madre s'impiccò, ed è probabilmente da ricondurre a questa tragedia la sua ossessione per le teste delle Madonne, nelle quali il pover'uomo continuava a cercare le fattezze materne.
Di Beccaria non si hanno più notizie da questa notte, ma gli inquirenti, anche alla luce delle sue condizioni psicofisiche, sono certi che il suo ritrovamento sarà questione di giorni.

Agata piangeva sommessa, e le sue lacrime cadevano come pioggia fuori stagione nel brodo che sorbiva incurante, perché non solo la *Lisotrigona* sa nutrirsi di lacrime umane.

Liberata se ne accorse e le accarezzò il braccio.

Era difficile anche per lei, con tutto quello che era accaduto il giorno prima: l'inganno e la morte di Luvio, il rinvio dell'Esposizione della Sacra Reliquia, la scomparsa di Beccaria. La festa tanto attesa s'era volta in tragedia.

Rabbia e delusione. Era questo che Agata provava per Beccaria: non si dava pace all'idea che fosse lui, accudito come un figlio, l'autore di quel sacrilegio che avveniva così vicino a lei, proprio lui che vedeva Dio e che lei ammirava per la sua imperscrutabile fede.

E tuttavia, per quell'ambivalenza connaturata ai sentimenti umani, non riusciva a non volergli ancora bene e a non preoccuparsene.

"Non essere arrabbiata con lui," le disse Liberata.

Agata lasciò il cucchiaio nel piatto e mise la mano su quella della figlia.

"Non voglio che gli succeda nulla di male," disse singhiozzando.

Allora Liberata se la abbracciò.

"Beccaria è al sicuro, mamma."

Lei la guardò per capire da dove le arrivasse quella certezza.

"Don Pantaleone lo ha affidato a una persona che si prenderà cura di lui."

Liberata guardò verso il padre, che certo non avrebbe mai immaginato fosse Zangari.

"Davvero? Lui sta bene? È al sicuro?"

"Sì, di questo non devi preoccuparti. Io c'ero quando è andato."

Suonarono alla porta. Si guardarono, e ognuno pensò a una persona diversa. Liberata comprese, al sopraggiungere di quelle onde sonore, quanto non si possa controllare la testa, che il suo primo pensiero andò a Luvio, come se il corpo avesse dimenticato che era morto, come se i sensi vivessero una vita loro, a parte. L'ipotesi più credibile fu quella di Agata, che immaginò Beccaria in fuga per una delle sue crisi mistiche e ritornato da lei. Fu sua, infatti, l'espressione meno sorpresa, come se si aspettasse di vederlo comparire da un momento all'altro, fu lei che si alzò per prima e, asciugandosi le lacrime, andò ad aprire.

"Don Pantaleone!"

Oreste comprese la delusione della moglie dal tono della voce.

"Prego, entrate."

"Spero non stiate mangiando."

"Abbiamo appena iniziato. Vi fermate con noi?"

Entrarono in cucina.

"Metto un piatto anche per voi. Cucino sempre una porzione in più, di solito..." Ma Agata si fermò, e si voltò con la scusa di prendere il piatto per non farsi vedere piangere.

"Torno adesso dalla caserma dei carabinieri," disse il prete, affannato, sedendosi sulla sedia che Oreste gli aveva avvicinato. "Non molto," aggiunse verso Agata che stava versando il brodo. "Continuano a farmi domande," riprese, "ma io nemmeno sapevo niente, non immaginavo, solo lui entrava nella cripta."

Cominciarono a mangiare, ma furono più parole, quel giorno, che imboccate, e don Pantaleone sembrava lì per confessarsi, l'unico posto in paese in cui avrebbe potuto farlo:

"Lo avete saputo, immagino, che Beccaria era mio nipote, figlio di mia sorella Eloisa che abitava a Catanzaro, pace all'anima sua. Anche se pace, povera donna, non ne ha mai trovata, nemmeno dopo morta, che nemmeno la mia benedizione ha potuto avere. S'impiccò, non era riuscita a reggere tutti i pesi che nostro Signore le aveva mandato. Beccaria aveva sette anni. Abitavano da soli. Per questo non ce ne accorgemmo subito. Per tre lunghissimi giorni e per tre infinite notti quel bambino rimase accanto al corpo appeso della madre... Mi sono sempre chiesto cosa possa essergli passato per la testa in quegli attimi che non finivano mai, in quel pozzo di disperazione e orrore dal quale non è più uscito fuori. Fui io a entrare per primo in quella casa funesta, a trovarlo che stringeva i piedi nudi della madre come a trattenerla ancora su questa terra".

Agata non ce la fece a trattenersi e pianse.

"Ma non era solo per quello. Era terrorizzato da qualcos'altro. Lo presi in braccio, ma continuava a guardare con spavento sotto il letto. Lo lasciai un attimo e andai a guardare, e mentre mi avvicinai vidi uscire da lì sotto uno scarafaggio. Senza testa."

Liberata sentì un brivido attraversarle tutto il corpo.

"Una simile tragedia segnerebbe la vita di chiunque, la sua addirittura la fermò. Mi accorsi che qualcosa non andava qualche mese dopo, la mattina in cui vidi che mancava la testa di Maria nel presepe della chiesa."

Il brodo si era raffreddato, ma don Pantaleone non aveva fame.

"Non ho mai detto che Beccaria è mio nipote per proteggerlo, perché qualcuno avrebbe potuto collegarlo al suicidio di mia sorella e dirglielo e scatenare chissà che cosa. Prego solo il Signore Iddio che dove si trova adesso stia bene, per quanto bene possa stare un'anima ferita e lacerata come la sua."

La confessione finì e don Pantaleone si alzò.

"Vi ho detto queste cose perché so che per voi Beccaria era di casa, che gli volevate bene e che lui ne voleva a voi. Adesso vado, e grazie del pasto. Ci vediamo in chiesa, come sempre."

Oreste lo accompagnò alla porta, che anche lui era commosso.

Agata si alzò per sparecchiare, era un modo per non annegare nei pensieri.

"Beccaria," disse Liberata.

Lei si voltò.

"Beccaria, prima di andare via, la sua ultima parola..."

L'altra la guardò implorante.

"...la sua ultima parola è stata 'Agata'."

Nel pomeriggio, arrivò una pioggia improvvisa. Liberata doveva uscire e allora tirò fuori dall'armadio l'impermeabile verde.

Quando mise le mani in tasca per non farle bagnare, toccò qualcosa di metallico. Si fermò sotto un balcone e lo tirò fuori. Era la scatoletta delle liquirizie Amarelli. Ricordava benissimo cosa c'era dentro, un monito a sé stessa per indicarsi gli errori da non ripetere, il ramo spezzato nel bosco per ricordare il sentiero giusto. Ricordava, ma l'aprì lo stesso. Lesse l'appunto di sua mano per la prossima vita, quella che stava vivendo: *Restare soli.*

La richiuse e riprese a camminare.

Il notaio Capistrano era lo stesso di ogni giorno.

Chissà perché, camminando verso il suo studio, aveva pensato di trovarlo diverso, più triste e malinconico, e quando ciò non fu, ebbe una strana sensazione, misurando tutta la distanza che c'è tra gli esseri umani: il baratro tra la disperazione di quello che aveva vissuto e l'impassibilità di chi faceva parte della sua vita le mostrò che, malgrado la vicinanza dei corpi, gli uomini sono pianeti a sé stanti, che non sono destinati a incontrarsi mai.

Capistrano non le chiese niente, forse nemmeno sapeva. Meglio così. Liberata aveva bisogno di normalità.

"La terrò poco, oggi, dobbiamo solo trascrivere una donazione."

Il notaio aveva fatto riparare la macchina da scrivere elettrica e Liberata aveva lasciato la sua a casa.

Si sedette alla scrivania della segretaria.

Mise il foglio nel rullo: "Pronta".

Il notaio si schiarì la voce e cominciò a dettare:

"*Io sottoscritto Cosmo Zangari*" a sentire quel cognome, Liberata si bloccò. Non aveva mai saputo il suo nome né ci aveva mai pensato. Cosmo sì, poteva essere, si addiceva al suo volto, evocava universi, Cosmo Zangari, ma era certo un caso di omonimia "*nato a Torre Ruggero*" lo stupore della donna aumentò: era lui, erano dello stesso paese, ecco perché erano complici, e per un momento le ritornò in mente il volto bello di Luvio, perché l'aveva presa in giro ma lei no, lei no, e voleva fermarsi per capire, per rendersi conto, ma la voce di Capistrano continuava e lei gli andò dietro per abitudine, automaticamente "*confermo con la presente la mia volontà di donare per puro spirito di liberalità alla qui presente Liberata Macrì*" la ragazza si fermò, alzò lo sguardo dalla macchina da scrivere e lo puntò sul notaio.

"Cosa vuol dire tutto questo?"

"Quello che le sto dicendo. Una donazione per lei."

Liberata era frastornata.

"Finiamo e poi le spiego," aggiunse Capistrano, e riprese la dettatura, ma la ragazza sentiva la mente e le dita intorpidite, e scrisse meno velocemente del solito: "*Alla qui presente Liberata Macrì il bene mobile non registrato consistente in numero quattro quaderni con colori diversi di cui uno già in suo possesso; il libro* La signora Bovary".

A Liberata venne da piangere: sentì le lacrime agli occhi e non potendo alzare le mani dalla tastiera per asciugarli li chiuse, e continuò a battere le ultime lettere in quel modo, come nei primi esercizi di dattilografia, alla maniera di Pepè Mardente, proiettando sul nero del mondo l'ultima espressione di Zangari quando prese per mano Beccaria.

"*Dichiaro che l'oggetto della presente donazione, rispetto alla mia capacità economica e patrimoniale, è da intendersi di modico valore...* Lasci cinque righe."

Liberata mandò avanti il carrello e il notaio continuò: "*La sottoscritta Liberata Macrì accetta la donazione del suddetto mobile di modico valore...* Perché lei accetta, vero?".

"Sì."

Il notaio concluse il documento con le formule di rito.

"Finito. Tolga il foglio e firmi."

Liberata si asciugò gli occhi con la manica della camicetta e prese una penna.

"Quando è venuto?"

"La settimana scorsa."

"Non mi ha detto niente."

"Sono pur sempre un notaio, ho degli obblighi da rispettare."

"Le ha riferito qualcos'altro?"

“Niente. Mi ha lasciato il plico, mi ha pagato ed è andato. È una donazione molto particolare... Spero le faccia piacere.”

Il notaio le porse il pacco chiuso. Liberata lo prese e andò.

Non vedeva l’ora di aprirlo. Entrò in casa e si chiuse subito in camera. Non volle sedersi ma rimase in piedi, di fronte alla finestra. Il volto di Franco Gasparri, dal poster sul letto, sembrava la guardasse con la complicità di una volta.

Appoggiò il plico sul davanzale e lo aprì: un quaderno grigio, un quaderno nero, il quaderno azzurro che già conosceva. Prese quello verde che aveva con sé e lo mise insieme agli altri. Poi, *La signora Bovary*. Dentro c’era una busta bianca. Era infilata tra le pagine 178 e 179, dove un brano era sottolineato a matita:

Nessuno possiede mai l’esatta misura dei suoi bisogni né delle sue concezioni o dei suoi dolori, e la parola umana è come una caldaia incrinata sulla quale battiamo musica da far ballare gli orsi quando vorremmo commuovere le stelle.

Sulla busta, una scritta a mano:

A Liberata Macrì
la mia Signora Bovary

La aprì. Si sedette sul letto e cominciò a leggere:

Mia cara Liberata,
quando leggerete questa lettera, sarò divenuto come uno dei nostri insetti, invisibile agli uomini e al mondo.

Ed è giusto che sia così: tutta la mia vita è dipesa da uno di essi. E quella di tanti altri. E la vostra.

Ogni volta che mi chiedo come uno di quegli esseri insignificanti che di solito schiacciamo sotto le scarpe abbia potuto decidere le vite di molte persone, non so se sorridere o disperarmi.

Per il morso di un ragno mi salvai, per lo stesso qualcun altro morì.

Non vi ho mai detto il nome del mio compagno annegato, e

mi è sembrato strano che non me l'abbiate mai chiesto: voi per distrazione, io per calcolo.

Quella morte cambiò per sempre la mia vita e quella di Guido, il fratello più piccolo. Di lui il nome posso dirlo: questa è una storia fatta anche di nomi.

Costruiamo le nostre vite camuffando dolori, senza sapere cosa ne sarà dei vari tentativi. Dopo quel giorno, provai un senso di colpa tale che divenni per lui il fratello maggiore che non aveva più.

Cercai di proteggerlo, ma fin da subito compresi che non ci sarei riuscito: crebbe presto in lui una vocazione all'autodistruzione; non aveva paura di niente e di nessuno, e a volte sembrava proprio che sfidasse la morte, che la provocasse. Insensibile al mondo, non provava pietà né affetto, come se il fratello si fosse portato via la sua umanità. Si cacciò presto nei guai, e dovette andare via.

Non riusciva a dimenticare, non era capace di oltrepassare quel fiume. Ed era stata la madre a inchiodarlo lì, per sempre, il giorno del funerale, quando era stata lei a scegliere quale figlio seppellire, e fu il sopravvissuto, perché da allora con la sua testa guastata cominciò a chiamare il piccolo col nome del figlio morto, il preferito, e Guido divenne Luvio.

È lui che avete conosciuto e amato.

Per tutta la mia esistenza ho sempre fatto quello che mi chiedeva, pensando così di risarcire una parte del debito. E poi arrivò la sua ultima richiesta.

Era ossessionato da quei gioielli. Diceva che erano suoi, che gli appartenevano di diritto, che la sua vita sarebbe cambiata e che avrebbe fatto di tutto per riaverli.

Mi chiese di aiutarlo, dovevo solo guadagnarmi la fiducia della famiglia Macrì e avere informazioni: alla luce della mia passione per gli insetti, ero la persona giusta per avvicinare vostro padre. Gli dissi di no questa volta, non volevo essere complice, ma lui insistette, disse che sarebbe stata l'ultima. Glielo dovevo per chiudere definitivamente i conti col mio passato.

Ed eccomi qui.

Dopo avervi conosciuto ho cercato in ogni modo di convin-

cerlo a lasciarvi a stare, che c'erano altri modi per impossessarsi di quegli ori, ma non ne volle sapere, voleva che fosse un colpo sicuro, semplice.

Quella volta che lo trovaste a casa mia, lo avevo chiamato per dirgli che Glauco lo aveva visto baciare un'altra e ve lo aveva riferito. Litigammo: gli dissi che non volevo continuare, che voi non meritavate di essere trattata in quel modo. Arrivò a colpirmi e disse che vi avrebbe fatto ancora più male se non ci fossi stato io. Per questo scelsi di rimanere: vi sembrerà strano, eppure essere lì, vicino a voi, era un modo per proteggervi.

Ma c'è un'altra cosa che devo dirvi, alla fine di questa lettera, che forse non vi piacerà: non riuscirò mai a volergli male, perché nel suo volto ho sempre visto il bambino disperato e triste che aveva perso il fratello ed era stato dalla madre seppellito insieme a lui.

Non so cosa sarà delle nostre vite, dopo che avrà portato a termine il suo piano. Riuscirà o meno, so già che non troverà mai la quiete che cerca. Gli insetti non possono cambiare la loro natura, e lo scorpione continuerà sempre a pungere la rana che lo sostiene, fino alla fine dell'universo.

Non avreste potuto cambiarlo, anche se a volte in questi giorni ho avuto la sensazione che il dubbio lo sfiorasse, che gli fosse balenata davanti la tentazione della normalità.

Per usare un'immagine a voi familiare, posso dire che la vita è un fotoromanzo a cui hanno strappato le ultime pagine. Quelle dell'accomodatura e della conciliazione.

Non ci incontreremo mai più, mia cara Liberata.

Mi spiace per tutto il male che ho contribuito a procurarvi.

Per farmi perdonare, vi lascio l'unica cosa buona fatta in vita, di certo per me la più preziosa.

Se un giorno vorrete completare la trascrizione dei miei quaderni, dei nostri quaderni, mi piacerebbe che questo fosse il paragrafo finale:

Gli insetti non provano dolore.

Avendo una vita molto breve, il loro organismo non sviluppa i nocicettori, cellule specializzate nell'inviare segnali al cervello attraverso il midollo spinale.

Noi uomini ci crediamo gli esseri più evoluti del mondo, il punto più alto del progresso naturale, eppure tutto quello che abbiamo fatto nella nostra millenaria storia, dalla scoperta del fuoco all'invenzione della ruota, dalla scrittura all'arte, ogni cosa che abbiamo prodotto ha sempre avuto un solo scopo: rendere la vita meno difficoltosa, avvicinarci alla condizione più prossima allo stato di felicità, in breve, bandire la sofferenza ed eliminare il dolore.

Tutto quello che noi vorremmo, l'ambizione suprema dell'umanità, è già realizzata da esseri ripugnanti e invisibili che schiacciamo per cattiveria e vanità.

La mosca, per esempio, che sbatte continuamente contro il vetro, che noi pensiamo sia stupida, stupida non è: semplicemente non sente il perpetuarsi del male fisico. Più che stupida, a volte sembra disperata, e forse per gli insetti la disperazione è ciò che più si avvicina alla sofferenza.

Consideriamo stupide un sacco di cose solo perché non le conosciamo.

Gli insetti non conoscono il dolore, e per molti anni ho pensato che per questo fossero benedetti.

Ma, a ben vedere, non conoscono nemmeno il sollievo, che è la vera serenità concessaci.

Non esiste gioia che non sia stata prima tormento.

Talvolta una mano pietosa apre la finestra.

E la mosca vola via.

Liberata chiuse la lettera e guardò fuori.

Mentre gli assalti lamentosi del vento sollevavano la polvere liberando il mondo da un Dio che non c'era, Liberata vide apparire, tra le sue incoerenti particelle, tutto ciò in cui aveva sempre creduto e che la stava aspettando: vide fogli sparsi su cui i destini erano già scritti, vide i sogni che si realizzavano, le anime che vivevano dopo la morte, il malocchio che colpiva, i giuramenti che si scioglievano, i fili che legano tutte le cose della Terra, vide l'invidia che affama e le maledizioni che feriscono, vide tutti insieme gli insetti del mondo lottare per la sopravvivenza, la memoria degli oggetti, i nomi che sono destini, e vide anche Adele la maga specchiarsi in una carta, Cosmo Zangari tenere in mano un piccolo ragno, vide gli occhi azzurri di Pepè Mardente seguire una mosca, Beccaria giocare in braccio alla madre vestita da Madonna, Guido e Luvio correre lungo il fiume mano nella mano, e nella folla delle vite non accadute intravide sé stessa, a quel modo leggera, finalmente libera di vagare per il mondo e fare ritorno nel regno acquatico dell'invisibile.

Liberata.

Che era il modo giusto di chiamarsi.

Liberata.

Liberata Macrì.

Ringraziamenti

Il mio solo ringraziamento è per te
che allontani gli inverni col tuo nome di primavera.
Per te, Rosy.
Che è il nome giusto per chiamarti.
Rosy.
Rosy Demarco.

Indice